LA
FÁBRICA
DE
CARTÓN

Yudith Treviño

ibukku

Publicado por Ibukku, LLC
www.ibukku.com
Diseño y maquetación: Índigo Estudio Gráfico
Copyright © 2022 Yudith Treviño
ISBN Paperback: 978-1-68574-251-5
ISBN eBook: 978-1-68574-252-2

Con afecto y gran respeto a ti querido lector, dedico este libro esperando que encuentres en él, un poco de consuelo a tu corazón, cuando este se sienta desanimado.

En este libro encontrarás momentos de sonrisas, de llanto y de reflexión. Espero dejar en mis palabras ahora escritas, algo en tu alma que pueda servirte como superación personal para ti. Deseo que "la fábrica de cartón" te regale días inolvidables leyendo tranquilamente en la apacibilidad de tus momentos de soledad.

Que Dios te bendiga y edifique tu vida, según sea su voluntad.

Yudith Treviño

Todos alguna vez en esta vida hemos llegado a escuchar relatos o cuentos de algún amigo o algún familiar que nos resultaron fascinantes y llegamos a pensar también que probablemente sea solo la imaginación creando algo que no es totalmente real. Pero también es cierto y bien sabido que cada familia cuenta con su propia historia, dándoles vida también a sus propios personajes, dejando siempre el papel protagonista para el que supo sobresalir más. Sin olvidar también aquel personaje antagónico en nuestra familia, que nos llegó a mostrar su maldad sin temor alguno dejando de lado el arrepentimiento. Aunado, quizá, a los personajes que se mostraron ante nosotros con una apariencia frágil pero que en realidad siempre fueron todo lo contrario. Y en contadas ocasiones también hemos visto aparecer al personaje de la bondad cubierto con la capa de la justicia y llevando en su mano la espada del amor, logrando que todo vuelva de nuevo a su lugar para poder así alcanzar una vez más la unión y el amor que siempre deberían prevalecer en cada familia. ¡En fin! Cada familia cuenta con su propia historia y sus propios personajes. Personajes que, con el paso de los años, se han convertido en nuestros abuelos y bisabuelos dejándonos sus historias de vida, para recordarles y no olvidarles jamás. Y son ellos mismos, nuestros antepasados, quienes hacen que vivan de nuevo en nuestra imaginación cada vez que escuchamos hablar de ellos en pláticas en donde se recuerdan sus vidas y anécdotas que han sucedido años atrás, cuando nosotros ni por error aparecíamos en las mentes de ellos.

Si cada familia siguiera sus propias costumbres y tradiciones y no dejaran en el olvido al bisabuelo que llegó desde muy lejos y no hablaba ni pizca de español, o a la bisabuela que no se casó y huyó con el novio porque la familia no lo aceptaba por ser menor que ella, seguramente todos sabríamos muy bien de dónde venimos y recordaríamos siempre con amor y respeto a los que ya no están aquí presentes físicamente. Sería maravilloso poder tenerlos siempre en nuestras mentes hoy, mañana y en el futuro venidero, mostrando siempre con mucho orgullo a nuestros ancestros con esa fotografía antigua y desgastada por el paso de los años que la abuela conserva a la vista de todos para que nunca les dejemos en el olvido.

Si lográramos que eso sucediera y les permitiéramos estar siempre presentes en nuestras vidas, los nietos no estarían siempre preguntando lo mismo a la abuela. ¿En dónde nos dijiste que el bisabuelo se encontraba en esa cena de la fotografía, abuela? Y la abuela repitiéndonos la misma historia olvidada por los nietos que por falta de interés o de atención se olvidó. Vuelve de nuevo la abuela con todo el amor y la paciencia del mundo a narrar la historia de esa fotografía. Y por un instante viaja en el tiempo hacia el pasado, reviviendo todo lo sucedido aquella noche como si los años no hubieran pasado; recuerda y describe exactamente cada detalle y siente hasta lo más profundo de su ser los olores o las risas, y hasta puede volver a ver de nuevo a sus hijos jugar. Puede volver a sentir la nostalgia de aquella conversación que sostuvo ella con su padre esa inolvidable noche fría de invierno, donde la vida les regalaba momentos maravillosos para recordar en familia.

Y que aún con el paso de los años seguía sintiendo la misma emoción y amor por cada uno de los personajes que aparecían en esa fotografía. Y regresando de nuevo al presente, se percata de que solamente está ella con sus hijos, que han dejado de ser ya sus pequeños niños, quedando solo en su mente los recuerdos del pasado que abrazaba cada vez que sentía ganas de regresar a lo que fue su vida en sus años de juventud.

Son ellos entonces, mis antepasados, los que me han hecho escribir esta historia, dejándome su vida como inspiración para no dejarles morir por completo. Lo que hoy relato en cada una de estas líneas es la vida de un maravilloso y gran hombre que amó a su familia por encima de sus creencias, poniendo primero la vida de ellos antes que su propia vida. Y que, a pesar de tantas turbulencias, siempre estuvo agradecido con este extraordinario país que es México. Tierra noble y generosa que le dio una segunda oportunidad al protagonista de esta crónica, abriéndole los brazos con gran calidez hasta el último día de su existencia.

Esta historia está basada en hechos reales, hechos muy reales, en verdad que sí.

Allá por los año 1900/1930, en aquel México antiguo y hermoso en donde existían el correo postal o los viajes en tren, quedando guardado en la memoria de muchos el sonido de la locomotora anunciando su llegada a destino o a la estación del tren, donde las familias se reencontraban y los viajantes platicaban de lo maravilloso que había sido el viaje, habiendo disfrutado de largos días y de atardeceres hermosos. De esas montañas altas que pareciera que estaban hechas a mano de lo perfectas que eran, y de las vistas inigualables que la República Mexicana les regalaba a cada uno de los viajantes durante los largos caminos recorridos.

Ese México en donde los paseos familiares son como si fuera un requisito hacerlos. Caminando por las plazas de los pequeños pueblos, disfrutando de una paleta de hielo de limón al término de la misa de los domingos, a la que por ningún motivo era aceptable faltar. Dios guarde la hora de no asistir a misa los domingos. Así me esté muriendo y a rastras pero yo voy, decía mi abuelita, costumbres de esos años que estaban arraigadas hasta lo más profundo de su ser.

La vida en México era tan tranquila y pacífica que las señoras sacaban sus mecedoras cada atardecer de cada día a la puerta de sus casas para ver pasar a quienes caminaban por ahí o simplemente para tomar un poco de aire fresco después de un caluroso día de verano. Ese México tranquilo, hermoso y seguro en el que todos los que vivían en él, se sentían orgullosos de sus tradiciones y de su gente.

Y cómo dejar de mencionar también algo tan peculiar del México de ayer y de hoy, el tan inigualable grito de los vendedores en los mercados: "¡Pásele, marchanta, qué va a llevar!". Invitando a cada cliente a comprar o a probar algunos de los productos que se vendían cada día. Pero también algo muy característico de México, que lo diferenciaba de muchos otros países, era el respeto y el amor que se tenía por la familia y en especial por los adultos mayores. Recuerdo escuchar a mi madre decir que cuando salía del colegio y caminaba con sus compañeras por la alameda de su ciudad para ir de regreso cada una a sus casas, si sucedía que llegaran a toparse con un adulto mayor que se encontraba caminando por el mismo lugar que ellas, mi madre y sus compañeras tenían que bajar de la banqueta para ceder el paso a la persona y que esta pudiera caminar libremente con seguridad.

Y también este México maravilloso del que ahora les hablo es el mismo que albergó muchísima migración europea a causa de la segunda guerra mundial, abriéndoles los brazos a quien decidió quedarse por siempre a vivir en él.

El personaje principal en esta historia es Robert Richard Pilz. Él es uno de tantos y tantos migrantes que llegó a nuestro país, México, aproximadamente entre 1890 y 1900, originario de Freiberg, Sajonia, Alemania. El barco que lo llevaría a encontrarse con su destino arribó a Nueva York. Pero ese no sería su hogar, sino un pequeño pueblo de México, muy cerca de la frontera con Estados Unidos.

"Robert Richard Pilz en su interior sabía que su vida no pertenecía del todo al lugar donde nació, creció y empezó a formar una familia. Había un pedazo de él en un lugar muy lejano donde dejaría su huella para siempre"

Desde antes de su nacimiento, Richard era un niño muy esperado y deseado. Alfreda, su madre, había pasado muchas dificultades en sus embarazos y pasaron varios años antes de que ella pudiera volver a ser madre; tal fue el motivo por el cual, cuando Richard nació, comenzó a crecer con muchos mimos por parte de su madre y cierta preferencia sobre sus hermanos por parte de su padre.

Al fin llegaba el día tan esperado por toda la familia. Alfreda, una mañana del mes de agosto, comenzaba con labor de parto y no había nada preparado. Ella lloraba, su marido gritaba y el bebé lo único que pedía era salir de inmediato a este mundo. Al parecer el niño venía sentado en el vientre de su madre y eso puso en peligro la vida de ambos. Ese día tuvieron que intervenir dos doctores y también la partera que había atendido los partos de la familia Pilz por años. El nacimiento de Robert Richard se convirtió en el día que volvió locos a toda la familia Pilz, pero no locos de alegría, sino de preocupación y susto por la vida de Alfreda y del niño.

El silencio en la habitación aquel día causaba angustia en Alfreda. Las horas pasaban y nadie en la habitación salía para dar alguna noticia a los que esperaban afuera. El cansancio de Alfreda era evidente y su sufrimiento también; cuando parecía que todo iba a terminar, la contracción pasaba y regresaban de nuevo al principio. La preocupación era evidente en la cara de todos, y le decía a Richard que todavía faltaba un poco más, y al estar Richard viendo por una ventana los árboles verdes del jardín de su casa, escuchó que la partera les dijo a los doctores: "Ya viene, ya viene, haz un último esfuerzo, Alfreda, puja, puja de nuevo, los doctores han acomodado al bebé y ya va a nacer". Y con un grito de la madre y un chillido del bebé el mundo recibió a Robert Richard Pilz. La felicidad de Alfreda fue completa, su hijo había nacido sano y no podía evitar sentirse la mujer más plena, feliz y afortunada. La preocupación por el peligro del parto y el dolor que sintió, hicieron que Alfreda permaneciera dormida durante todo un día completo.

Pronto todo volvía a la normalidad. Alfreda y el pequeño Richard recibían la visita de toda la familia Pilz, que emocionados iban a conocer al bebé que había sido tan esperado. El pequeño Richard les había dado un susto tan tremendo a todos que era imperdonable no ir a conocerle de inmediato. Y así, con esas ganas tremendas de salir al mundo a vivir, fue el nacimiento de Robert Richard Pilz. ¡Imposible de olvidar!

Richard fue creciendo saludablemente y con mucho vigor y Alfreda cuidaba celosamente de su hijo. Pero había algo en él que lo hacía diferente. Alfreda podía darse cuenta, y a partir de ese momento en que su madre supo que sería diferente, se volvieron cómplices para siempre.

La familia Pilz vivía a las orillas de una hermosa ciudad en donde la puesta del sol cada mañana sobre las cumbres rocosas era indescriptible. Ahí su padre había construido una hermosa casa de estilo medieval, escondida dentro de un bosque repleto de árboles verdes y frondosos donde corría un pequeño lago, en donde cada día Richard y sus hermanos iban a buscar pescaditos o lo que pudieran guardar en pequeñas bolsas de plástico con agua, que colocaban a la orilla de una ventana donde les pudiera dar el sol, porque Richard pensaba que al día siguiente los pescados ya habrían crecido y así podría ganarse unos cuantos pesos si los vendía en el mercado que estaba enfrente de la fábrica de cartón de su abuelo. Cuando su padre trabajaba en casa, podía ver desde su oficina a sus hijos jugar y nadar en el pequeño lago sobre el que tiempo atrás habían hecho un puente de madera color blanco, para que los niños pudieran pescar y así estuvieran más seguros, pensaba su madre Alfreda. Todos los días por las tardes, al terminar los niños sus labores, Alfreda les permitía correr y jugar por todo el jardín y hacer lo que cada uno de sus hijos quisiera, pero acercándose las siete de la noche tenían que estar listos para la cena y Robert Richard, cansadísimo de tanto haber corrido, jugado y nadado en el lago, siempre se quedaba dormido encima del plato de su cena, y su madre, muy despistadamente y adelantándose al regaño de su padre, le daba un pequeño golpe a la mesa con un cubierto y así, rápido y brincando del susto, Robert Richard se incorporaba de nuevo a la conversación que siempre encabezaba su padre y en la que muy pocas veces, o más bien casi nunca, dejaba a sus hijos y a su esposa Alfreda participar. Toda la familia tenía que escuchar cada noche con atención y respeto lo que el padre de Robert Richard les tenía por platicar, y al terminar la cena y la conversación del patriarca de la familia, los niños podían levantarse para ir a descansar, despidiéndose de sus padres con un tierno beso en la mejilla que se convirtió en una costumbre familiar.

Era muy común y se había convertido en un hábito que su hermana Linna le leyera cuentos a Robert Richard cada noche antes de dormir, y por tal motivo aprendió muy pronto a leer y a escribir y descubrió también que en su imaginación todo era posible. Y mientras, Rudolf, su hermano mayor, escuchaba también muy atento recostado en un sofá el cuento en turno que tocaba para leer cada noche, pero siempre con la seguridad de que se quedaría dormido antes de llegar al final. Cada noche de su niñez fue exactamente igual; la lectura por las noches no era opción, era una obligación.

A pesar de ser Richard un niño tan pequeño sabía hablar dos idiomas, porque su madre Alfreda era una mujer polaca y su padre Robert Richard era alemán. Aunque algo confusa fue su niñez, escuchando hablar polaco y alemán en casa, muy pronto fue entendiendo el idioma de cada uno de sus padres. Lo contrario de sus hermanos, para quienes era un gran reto comunicarse y entender las conversaciones familiares.

Robert Richard, con muy corta edad y sin mayor esfuerzo, aprendió a comunicarse con todos en los dos idiomas, y pronto todos notarían la poca dificultad que tenía no solo para hablar ambas lenguas a la perfección, sino para muchas otras cosas más.

Así mismo con la inteligencia que se podía ver en él, también fue mostrando su personalidad inquieta, haciendo pasar a sus padres infinidad de disgustos, pero era a su madre a quien más canas verdes, por así decirlo, le sacó. ¡Pobre la señora Alfreda! Con tanta paciencia que esperó para traer a este muchacho al mundo y ahora ya no sabe ni cómo regresarlo la pobre mujer, comentaban las personas que la ayudaban con las labores de la casa nada más de ver cuánto afán le daba el niño Robert Richard. Había que tener siempre los ojos encima de él, decía su madre, porque en el primer parpadear que uno da ¡se desaparece! Y para encontrarlo ¡ay, Dios mío! Y así, entre travesuras y regaños, Richard iba creciendo y mostrando a toda luz la diferente vida que quería para él, pero que con seguridad no conseguiría, porque sus padres ya tenían un destino trazado para él.

La familia Pilz por generaciones se había dedicado fielmente a la fabricación de cartón. El padre de Robert Richard inculcaba a sus hijos la tradición de permanecer en el negocio familiar y parecía que Rudolf iba a ser bueno en el mismo, pero Richard ni por error se podría pensar que seguiría los pasos de su padre y de su hermano mayor. Y eso causó gran preocupación a sus padres. Eran tiempos en que los hijos no podían decidir su futuro y Richard no sería el primero en la familia Pilz en hacerlo, o al menos eso querían pensar todos en la familia. Pero no habría que esperar a que Richard creciera para imaginar los dolores de cabeza que les daría a sus padres al tomar decisiones de vida tan drásticas.

Cada mañana de martes y jueves Alfreda preparaba a Richard para que acompañara a su padre a la fábrica de cartón, con la esperanza siempre de fomentar en él el gusto por lo que se venía haciendo por años en la familia. También era indispensable que Richard y Rudolf pudieran ver todo el proceso que se tenía que hacer para fabricar el cartón. Los trabajadores de la fábrica de su abuelo y de su padre ya conocían muy bien a los nietos del señor Pilz. Y cuando Robert Richard quería saber algo en específico en sus días de paso por ahí, lo ayudaban para que pudiera entender más fácil; sabían que era un niño muy preguntón y curioso, pero sabían también que era muy inteligente.

Hay que ayudar al niño, decían los trabajadores de la fábrica, porque el señor Richard nos pide siempre que estemos al pendiente de sus nietos. Y claro estaba que todos en la familia y en la fábrica pensaban que cuando Robert Richard y Rudolf crecieran seguirían los mismos pasos que todos los hombres en la familia. De eso no había ninguna duda. Cada día en la fábrica era tan diferente, pero también era muy común el paso por ahí de mucha gente de países cercanos buscando comprar cartón. La fábrica era como un inmenso mercado, pero de cartón.

Richard siempre ponía mucha atención cuando llegaban clientes extranjeros a la fábrica, aunque no pudiera entender nada el idioma con el que se comunicaban. Pero de esa manera fue como logró aprender varios idiomas, escuchando con mucha atención a las personas que hablaban diferente a él, pero se perfeccionó en uno en particular, y el cual amó siempre hablar.

Había un cliente llamado Ángelo que era amigo de su abuelo y visitaba mucho la fábrica. Los padres de Ángelo eran italianos, pero tenían varios años de haber emigrado a Alemania. Ángelo hablaba perfecto italiano y alemán y, como el abuelo de Richard también tenía ascendencia italiana, ellos se comunicaban en ese idioma. De esa forma fue como aprendió Richard a hablar italiano, escuchando a su abuelo conversar con su amigo Ángelo. Cada tarde, cuando el señor Ángelo visitaba al abuelo, las pláticas eran interminables y Richard, sentado en el piso jugando con sus trenes, los escuchaba platicar de los recuerdos y vivencias de ambos, y parecía que a Richard no le aburría en lo absoluto estar en medio de pláticas de adultos. El gusto por aprender el idioma que el señor Ángelo hablaba era lo que lo hacía quedarse quietecito. Terminaba con las rodillas sucias de tanto estar en el suelo sentado; sus pequeños pantalones cortos negros con tirantes, con los que su madre lo había vestido esa mañana para mandarlo con su padre y con su abuelo, terminaban blancos de tierra y no por estar jugando sino por pasar tanto tiempo sentado en el suelo escuchando a su abuelo y al señor Ángelo platicar. Al final de cada día escribía en un diario lo más importante y relevante para él. Su abuelo le había regalado ese diario con ese propósito, pues sabía muy bien que Robert Richard tenía una inteligencia incomparable y también mucha imaginación, ya que había días en los que no paraba de hablar contando todo lo que imaginaba y lo que le gustaría hacer cuando creciera.

Se convirtió en una costumbre para su abuelo regalarle cada año un diario donde pudiera escribir todo lo que tenía en su mente, pero conforme fue creciendo ya no era suficiente solo un diario. Sus apuntes llenaban cajas y cajas, y ya no había espacio para una sola más en el oscuro sótano de su casa. Con el paso de los años, Richard había convertido el sótano en una gran biblioteca: en ella habían libros que su familia le había regalado y miles de hojas escritas por él mismo y de las cuales solo él tenía conocimiento. Y así fueron pasando muchas primaveras, veranos, otoños e inviernos en su pequeña ciudad; las hojas de los árboles caían amarillas y secas, y el sol se escondía para al día siguiente volver a ponerse con todo su esplendor, regresando de nuevo el siguiente año y volviendo nuevamente la primavera, el verano, el otoño y la nieve del invierno anunciando la llegada de la Navidad, y todo lo que traía esa época tan maravillosa para la familia Pilz y miles de familias más. Recuerdos y momentos que Richard guardaría en su memoria para siempre. Tardes inolvidables en el jardín de su casa donde tanto jugó con sus hermanos y donde algún día sus pies desnudos y descalzos quizá no volverían a tocar el pasto húmedo que dejaba la lluvia y que tanto le gustaba sentir.

Los años fueron pasando y con ellos pasaban también los pensamientos de lo que a lo mejor podría llegar a ser. Robert Richard comenzó a sentir la necesidad de hacer cosas diferentes a las que venía haciendo y a las cuales estaba acostumbrado. Quería viajar, conocer personas nuevas, crear recuerdos que pudiera compartir con el paso de los años, pero se empezó a dar cuenta de que no quería estar para siempre en la fábrica de cartón. Solo pensar en quedarse en ese lugar el resto de su vida, lo hacía caer en una depresión y no podía evitar sentir las ganas de salir huyendo, tratando de buscar algo que no sabía si iba a encontrar. Los días en la fábrica cada vez comenzaron a ser menos. Siempre encontraba un pretexto para no hacerse presente en la fábrica y su madre se comenzaba a dar cuenta de lo que le sucedía, porque era inevitable ver en su semblante que no se encontraba feliz con lo que hacía. Que es muy fácil que eso suceda cuando se es joven, no saber hacia dónde te diriges, porque la misma juventud y la inexperiencia nos impiden ver con claridad, y muchas veces vamos caminando perdidos por la vida por muchos años, pero en todo ser humano hay grandeza, todos fuimos creados por igual, tenemos el mismo corazón, el mismo cerebro, todos somos exactamente iguales, la esencia de Dios vive con nosotros para siempre. Solo lo externo es lo diferente. ¿Entonces? ¿Por qué nos sucede eso? Porque nos perdemos en lo maravilloso que es este mundo, en sus placeres, en lo bello de las cosas, y nos olvidamos de lo que quiere y necesita nuestro hermano. Afortunados son algunos que desde pequeños han sabido muy bien el rumbo correcto de sus vidas.

Pero Alfreda le propuso un trato a su hijo: solamente serían dos los días que Robert Richard iría a la fábrica con su abuelo. Robert Richard aceptó la propuesta de su madre, que hablaría con su padre disculpándolo y diciendo que los asuntos de la escuela le impedían estar a tiempo completo como había venido haciendo por años. Y ese mismo día, durante la cena, Alfreda encontró el momento adecuado para hablar con su marido, quedando como un hecho el asunto. Ahora, con tantos días libres, Robert Richard aprovechaba esos momentos para leer y pasar tiempo acomodando toda su biblioteca, pero en una de esas tardes, cuando por fin se había decidido a limpiar y a dejar todo perfectamente ordenado, se encontró con un libro que trataba acerca de las minas. Le pareció que el libro podría estar interesante, lo hojeó un rato y lo limpió, para después separarlo de entre los demás para esa misma noche comenzar a leerlo. Así fue como se enteró de todo acerca del trabajo en una mina; la lectura del libro lo atrapó, convirtiéndose así en un apasionado del tema. Cómo había sido posible que ese libro hubiera estado en su biblioteca por años y él no se hubiera dado cuenta. Esto es extraordinario, pensaba Richard, tengo que tener en mis manos toda la información que sea posible, para así poder decirles a mis padres que yo me convertiré en ingeniero minero y que viajaré por diferentes países y conoceré las minas más maravillosas que jamás imaginé que pudieran existir. Las horas que Richard pasó leyendo lo motivaron a comenzar a buscar cada vez más libros, notas, todo lo necesario para poder prepararse para ir a la universidad; aún faltaban dos años para que eso sucediera, pero estaba totalmente convencido del futuro que quería para él. Y en uno de esos días en que leía su libro favorito, se encontró con una pequeña hoja que anunciaba la universidad de ingenieros mineros de su estado. ¿Acaso eso era real?, se preguntaba Richard, esto no puede ser casualidad, la mejor escuela de ingenieros mineros estaba ahí, muy cerca de donde él vivía, y a partir de ese momento Robert Richard hizo todo lo que estuvo en sus manos para poder ir a estudiar ahí; planeó todo para poder ir a la universidad, pidió información, necesitaba saber absolutamente todos los requisitos y sus pensamientos se centraron únicamente en estudiar ahí.

El día había llegado. Robert Richard se encontraba parado justo enfrente de la universidad, su sueño ya casi podía verse convertido en realidad. Se detuvo un momento para observar detenidamente las columnas que les daban la bienvenida a cada uno de sus alumnos. La emoción de encontrarse ahí lo hizo sentir los latidos de su corazón, que palpitaba a marcha forzada; aun así, faltaban muchos meses para que él pudiera estar sentado en uno de esos pupitres que alcanzó a ver por las ventanas al estar cada vez más cerca de los salones de clases. De repente sintió la necesidad de cerrar los ojos e imaginar que era uno de esos tantos alumnos que llegaban corriendo deprisa, listos para comenzar una mañana más descubriendo y aprendiendo lo que por instinto supieron reconocer como su vocación.

Los siguientes meses le sirvieron para empaparse de todo lo referente a las minas. Leyó varias veces el libro que encontró en su casa, y cada semana iba a la biblioteca para buscar otros nuevos. Pensó también que era indispensable aprender otro idioma. Robert Richard siempre supo que partiría muy lejos, su corazón se lo decía, sabía que no era casualidad que la universidad estuviera tan cerca de donde él estaba, el universo o la vida actuaban a su favor y no fue nada difícil para Robert Richard ir cumpliendo cada meta que se trazó para cuando llegase el momento de convertir su sueño en realidad, ir a la universidad. Ahora solo faltaba esperar que el tiempo pasara para que Robert Richard pudiera platicar con sus padres. No iba a ser nada fácil anunciarles que no trabajaría en la fábrica el resto de sus días, pero tuvo mucho tiempo para pensar en el discurso que les daría a sus padres y a su abuelo para que las cosas no se pusieran difíciles para él. Se acercaba ya el tiempo de marcharse, los exámenes de admisión estaban anunciados para las próximas fechas. Robert Richard tenía que comunicar a su familia lo que por tantos meses estuvo planeando.

Entre más pronto me quite este peso de encima que vengo cargando por meses será mejor, pensaba Robert Richard caminando de un lado a otro en su habitación. Además, ¿que puede pasar? Si mis padres se oponen, tendré que irme de casa y buscar trabajo para pagar mis estudios, se me complicarán las cosas un poco, pero nada que no pueda resolver. Robert Richard estaba listo para encontrarse con su destino y con el futuro que él, y solo él, había elegido, y del cual se tendría que hacer responsable si llegase a equivocarse, porque lo que sí tenía muy claro era que se iría a la universidad con o sin el consentimiento de sus padres; todo el tiempo que se estuvo preparando le dio la seguridad de poder marcharse sin miedo. Se había convertido ya en un joven muy responsable y educado, agregándole a su lista de virtudes la gran inteligencia que poseía y que para ese entonces, y sin haber empezado a estudiar en la universidad, Robert Richard ya hablaba varios idiomas. Y como siempre pasa, nadie podía ver en él el hombre inteligente en el que se había convertido a pesar de su juventud. Robert Richard siempre supo muy bien lo que iba a hacer con su vida sin temor a equivocarse, gracias a la gran imaginación que siempre tuvo y que enfocó en visualizar sus sueños y trabajar duro para alcanzarlos a toda costa.

Pero como todo tiene su tiempo y su momento, una noche lluviosa y serena en que el olor de la tierra mojada por la lluvia entraba por la ventana de la sala donde se encontraba leyendo las noticias del día el padre de Robert Richard, que esperaba que Alfreda como cada noche le avisara que la cena estaba lista, y repentinamente se dio cuenta de que su hijo caminaba por el pasillo que se encontraba a la entrada de la sala. "Hijo, ¿necesitas algo? La cena estará lista en unos momentos, tu madre está un poco retrasada porque tu abuela la ha entretenido un poco, pero me ha dicho que pase al comedor en unos minutos. ¿Quieres acompañarme unos minutos mientras se sirve la cena?". Pero el padre de Robert Richard le hablaba a su hijo sin poderlo ver, solamente sabía que estaba por ahí rondando la cocina y la sala dejando que se escucharan claramente sus pasos lentos, que si ponías atención hasta en ellos podía mostrar su nerviosismo.

Richard muy sereno entró a la sala y se sentó en un sillón que se encontraba enfrente del de su padre. Esa noche en especial se veía muy apuesto, pensó su madre al verlo desde la cocina, sintiendo en su corazón unas ganas inmensas de abrazarlo y llenarlo de besos como cuando era un niño. Alfreda fue hacia donde estaba su hijo y lo abrazó, susurrándole al oído lo mucho que lo amaba.

Robert Richard esa noche traía puesto un chaleco negro y una camisa blanca remangada y el reloj de oro de cadena en el bolsillo que nunca olvidaba llevar. Él se acercó a su padre y le pidió que lo escuchara por un momento. Muy atento y sorprendido, su padre dejó de leer y con mucha atención escuchaba lo que su hijo Richard, con voz baja y temblorosa por los nervios, le trataba de decir. El señor Pilz, al ver el nerviosismo de su hijo en sus ojos, le pidió que dejara de hablar y, con una voz tajante y seca, llamó a Alfreda con un grito tan fuerte que asustó a todos en casa. Alfreda se encontraba en la cocina terminando de preparar la cena y del susto dejó caer al suelo los platos blancos de porcelana de la vajilla que su madre le había regalado el día de su boda. Y pensó: "Para que Richard grite de esa manera, algo terrible sucedió". Acercándose de prisa a la sala donde se encontraban su hijo y su esposo, preguntó sorprendida: "¡Pero, marido! ¿Qué han sido esos gritos tan terribles?". Pero el señor Pilz, sin imaginar lo que su hijo le iba a decir, le dijo a su esposa Alfreda: "Es tu hijo, mujer, dice que tiene algo muy importante que comunicarnos, espero que sea la agradable noticia de que por fin formará con nosotros equipo en la fábrica, mira que nos hace mucha falta; siempre sangre joven va a hacer falta en todo, pero como tú lo has consentido mucho y solapas todos sus caprichos aquí vemos las consecuencias de tu hijo al no querer tomar responsabilidades". Alfreda lo único que podía hacer era escuchar a su esposo sin decir absolutamente nada.

"Habla entonces, Robert Richard, tu madre y yo estamos esperando". "He decidido que me iré de la casa, iré a la universidad y no trabajaré en la fábrica. Si acaso les estoy haciendo pasar un disgusto, les pido que me perdonen, pero seguiré los deseos de mi corazón abriéndome paso por un mundo que desconozco en su totalidad, pero en el que, estoy seguro, encontraré mi felicidad". El señor Pilz no dijo una sola palabra y se levantó de la silla donde se encontraba dejando caer al suelo lo que llevaba en sus manos. Alfreda sabía que algún día eso sucedería; su hijo no había nacido para vivir los sueños de otros, siempre supo que viviría sus propios sueños. Y en ese momento Robert Richard se dio cuenta de que su madre lo dejaría partir sin hacer preguntas y también sabía que su madre se encargaría de convencer a su padre y a su abuelo de la decisión que él ya había tomado.

Los siguientes días el padre de Richard permaneció callado con todos en casa. Alfreda era la única a quien le dirigía la palabra; pensaba que dejando de hablar con su hijo menor se daría cuenta de que alejarse de su familia no sería la mejor decisión que pudiera tomar para su vida.

Habiendo pasado Robert Richard las siguientes noches sin poder conciliar el sueño, sintió la necesidad de salir un poco de casa para caminar, y al pasar por calles que no eran tan transitadas por él, llegó a un callejón muy largo y solitario y se dio cuenta de que solamente él se encontraba ahí. De pronto algo lo hizo voltear al suelo, un destello de luz lo hizo agacharse para ver qué era eso tan brillante que acababa de encontrar; los destellos brillantes eran una roca gris oscuro con pequeños pedazos de vidrio que, si observabas con detenimiento, podías darte cuenta de lo que era. Evidentemente había salido de algún lugar ese cuarzo, no podía haber llegado hasta ahí de la nada, pensaba Robert Richard. Y su primer pensamiento fue: "Es maravilloso todo lo que puede haber dentro de una mina, cuarzos, oro, plata, cuántas cosas más no habrá". De regreso a su casa mil cosas pasaban por su cabeza; estaba listo para marcharse pero no podía evitar sentir nostalgia por dejar a su madre, a sus hermanos, la fábrica, su biblioteca, sus notas que venía escribiendo desde la infancia y muchas otras cosas más por las que sentía un fuerte apego. Y muy en el fondo de su corazón le dolía dejar a su padre a quien, a pesar de su fuerte temperamento, tenía que agradecerle lo estricta que había sido su formación, la cual lo había llevado a ser quien era. De repente la duda venía a su mente una y otra vez, como nos sucede a todos cuando estamos a punto de tomar decisiones que cambiarán nuestra vida. No sabía si dejar la fábrica de cartón y dejarse guiar por lo que su corazón le decía, pero al mismo tiempo pensaba en todo lo que se había preparado para poder alcanzar su sueño, sus pasos ya iban en la dirección correcta pero solo le estaba faltando tener determinación. Ingeniero minero no era una elección equivocada, pensaba Robert Richard, y se lo repetía mil veces tratando de consolar su corazón lleno de remordimientos por no querer hacer lo que su familia le exigía hacer.

La determinación un día se arraigó a él firmemente y a las pocas semanas se encontraba sentado en el pupitre de la universidad de metalurgia tomando su primera clase. Así como un día lo había podido ver en su imaginación, ahora ya era real y estaba ahí, viviendo la experiencia que tanto llegó a platicar en su vida adulta.

Sus padres lo llevaron al lugar donde viviría los próximos seis años; la universidad era ahora su hogar y poco a poco aquel sueño se convertiría en realidad.

Los siguientes fueron los mejores años de la vida de Richard. Para ese entonces su nivel de preparación lo hacían sobresalir por encima de los demás y sus maestros tenían los mejores pronósticos de vida para él. Todo era perfecto, pero solo había un detalle, no todo en la vida de Robert Richard iba a ser trabajo, algún día tendría que casarse y tener hijos, pero ya habían pasado cinco años y Robert Richard casi estaba a punto de terminar sus estudios y se había olvidado por completo de esa parte tan importante en la vida de un ser humano que a veces, aunque lleguemos a planear, simplemente no se da, porque así es el amor, para unos llega y se va, para otros se queda hasta el final y hay algunos que solamente amarán y esperarán. Pero a veces la vida nos sorprende y el amor se asoma por las ventanas de nuestra alma. Qué regalo tan hermoso es sentirse amado, pero más hermoso aún, poder amar.

Y fue entonces como sin imaginar y como nos sucede casi siempre a todos, el destino, la vida o como quieran llamarle, hizo su magia. ¡Al fin!, habría pensado Robert Richard, o quizá no se percató de que el amor tocaría su vida dulcemente hasta lo más íntimo de su ser. Aunque es imposible pasar desapercibido ante tan semejante estruendo que ese sentimiento provoca en nuestro corazón.

Una tarde Robert Richard se encontraba estudiando para un examen final y no podía concentrarse porque sus compañeros de habitación no dejaban de platicar y reír a carcajadas, y como sentía un poco de calor decidió ir a estudiar a otra parte. Tomó sus libros y fue a una plaza cercana; se sentó en la misma banca donde solía sentarse cada día que le gustaba ir a tomar un poco de sol, y al momento de cruzar su pierna y recargar el libro sobre su rodilla para comenzar a estudiar, lo distrajo la belleza de una hermosa joven mujer rubia; su cabello ondulado caía por debajo de sus hombros, ella venía caminando y sonriendo justo en la dirección donde él se encontraba sentado. Robert Richard vio fijamente a los ojos azul cielo de Elenka y ella también quedó atrapada en el brillo de los ojos verdes de él; en ese mismo instante, los dos se dieron cuenta de que sus corazones se pertenecían y se habían estado buscando siempre. Robert Richard se acercó y se presentó con Elenka y las amigas que le acompañaban, él amablemente les dio las buenas tardes saludándolas de mano y quitándose el sombrero que llevaba puesto, pero todos ahí se dieron cuenta de que el saludo fue solamente entre ellos dos.

Esa tarde Elenka y Robert Richard platicaron solo unos cuantos minutos. Lo que sucede en esos instantes en que dos almas se vuelven a encontrar solo lo puede entender quien lo ha vivido, porque a veces las almas ya se amaron alguna vez y es el tiempo el que se encarga de que se puedan reencontrar.

Elenka y sus amigas se percataron de que ya se estaba haciendo tarde y decidieron marcharse. Robert Richard y Elenka se despidieron, pero quedaron de verse en ese mismo lugar, a la siguiente semana. Y así fueron pasando los días y ellos encontrándose y amándose; el amor no podía crecer, porque ya era inmenso. Juntos comenzaron a crear recuerdos en sus mentes y a soñar en un futuro juntos. La vida ponía todo a sus pies para que eso pudiera suceder, hasta que llegó el día en que Dios uniría sus vidas para siempre. Una mañana soleada y muy hermosa del mes de junio de 1913, Robert Richard y Elenka unieron sus vidas para siempre.

Desgraciadamente no sabemos cuándo ni con quién nos uniremos por el resto de nuestros días, hasta que de repente un día todo cambia y nos damos cuenta de que nos ha atrapado el amor, pero es triste no saber cuánto tiempo estaremos con esa persona única que existe para cada ser humano. A veces es la falta de disposición para acoplarnos a nuestro ser amado el motivo por el cual cada uno sigue su propio camino por separado, pero a veces es la muerte la que nos termina separándonos.

La vida nunca fue tan maravillosa para Elenka. Sentía correr por cada una de sus venas el amor que le tenía a su amado esposo; la vida le regalaba momentos inolvidables con su gran amor. Los años a su lado la habían convertido en una mujer hermosa, apasionada e irresistible para cualquier hombre que la viera, y Robert Richard se daba cuenta de eso. Él también había cambiado; la ternura y el amor con que Elenka cuidaba de él lo convertían en un mejor hombre para ella.

Y todo ese amor se desbordó cuando se enteraron de que se convertirían en padres. Noticia mejor jamás recibió ninguno de los dos. "¿Puede acaso ser la vida más perfecta de lo que ya es, Robert?", le preguntaba Elenka a su amado, perdida de amor y enredada en sus brazos. "Cada noche a tu lado es volver a nacer de nuevo, tus besos y tu aliento son la misma vida para mí. He llegado a pensar que moriría si no volviera a estar así, como lo estoy ahora".

Y la primogénita de la familia Pilz hizo su arribo a este mundo un día de invierno del año 1914 Elenka veía caer la nieve por la ventana de su dormitorio y daba a luz a la pequeña Cecilia. Fue un parto tranquilo y sereno esperado por las familias de ambos. Con un delicado y tranquilo llanto, Cecilia anunciaba a todos su llegada. La vida cambió por completo para Elenka y Robert Richard; ahora ya no vivían más para ellos mismos, ahora estaba Cecilia que en todo momento les recordaba el gran amor que existía entre los dos. A pesar de haber tenido un embarazo envidiable para muchas mujeres, la salud de Elenka se fue deteriorando desde el momento del parto. Se sentía todo el tiempo muy cansada y no tenía fuerzas para cuidar de su pequeña hija. Y mientras Elenka recuperaba las fuerzas, Robert Richard cuidaba de la niña recién nacida. Lentamente Elenka se volvía a incorporar a sus quehaceres y retomaba su vida, volviendo todo poco a poco a la normalidad.

Cecilia siempre fue una niña muy callada y observadora. La misma tranquilidad con la que llegó a este mundo era la tranquilidad que ella transmitía en cualquier lugar donde estuviera. Le gustaba mucho observar a su madre en la cocina horneando pastelillos para la cena, y como era muy pequeña a su madre no le gustaba que se acercara mucho al fuego. Pero observando a su madre y a su nana fue aprendiendo a cocinar; lo primero que aprendió a hacer en la cocina fue a preparar el café con piloncillo y canela que jamás podía faltar en las mañanas. fue acercándose a la cocina poco a poco, haciendo cosas sencillas hasta que ya un poco más mayorcita llegó a participar con las mujeres de la familia preparando la cena de Navidad. Elenka se dio cuenta de que Cecilia había heredado el gusto por cocinar igual que ella, y ahora lo que le tocaba hacer era enseñarla a cocinar y a perfeccionar el don que había heredado de sus antepasados. Aunque Cecilia era muy pequeña, podía ayudar en algunas cosas en la cocina. Elenka cada día le decía en qué podía ayudarla, secaba los platos húmedos recién lavados, guardaba las especias en frascos y las acomodaba por colores y observaba cómo su madre y las demás mujeres preparaban los deliciosos platillos que comían todos los días hechos con recetas que por generaciones habían pertenecido a la familia de Elenka y que ahora la familia Pilz conocía. La elaboración de los alimentos en la familia tenía que planearse con anticipación; nada que se cocinara cada día era improvisado, los ingredientes ya habían sido comprados días antes y siempre tenían todo listo para cualquier antojo que tuviera Robert Richard y cualquier miembro de la familia Pilz que los visitara.

Una noche Elenka, sentada en su mecedora favorita, en donde le gustaba pensar y leer y en donde disfrutaba de sus momentos de soledad, se preguntaba qué secreto o misterio estaba en los pensamientos de Richard, porque su corazón siempre le decía que él le ocultaba algo. Esa misma noche en la que sus dudas la atormentaban, Robert Richard aún no llegaba del trabajo y la preocupación llenaba por completo su cabeza. Había días en los que observaba la mirada perdida de Robert Richard y se podía dar cuenta de que eran sus pensamientos lo que aveces lo hacían tener esa mirada fría, triste y solitaria. En fin, quizá solo serían ideas de ella, porque de lo que sí estaba segura Elenka era que jamás por ningún motivo le preguntaría todas sus dudas.

La lluvia y la neblina del invierno habían retrasado a Robert Richard para poder cenar en casa con su familia. Elenka se cansó de esperarle y llevó a la niña a su recámara para descansar, le leyó un cuento, la arropó y le dio un beso de buenas noches y apagó la luz de la lámpara que se encontraba en el buró. Y a lo lejos se escuchó el cerrar de la puerta principal. Elenka apresurada fue a recibir a su esposo. Muriéndose de frío, Robert Richard le pidió que le trajera un té caliente con miel. Mientras ella preparaba el té en la cocina, él fue a su oficina a leer unas cartas que se encontraban sobre el escritorio. Cuando se recibía la correspondencia en la familia Pilz nadie tenía autorización para recibirla, solamente Elenka, pero ella sabía que tenía que dejar todos los sobres sin abrir sobre el escritorio de su esposo. En una de las cartas que se habían recibido esa semana le comunicaban a Richard que tendría que viajar por tiempo indefinido y no le explicaban exactamente de qué se trataba, pero Richard más o menos sabía los motivos por los cuales tendría que hacer ese viaje. El problema sería cuando se lo tuviera que comunicar a Elenka, porque el viaje lo tendría que hacer solo sin ella y sin Cecilia. Mientras leía la carta, escuchó los pasos suaves y delicados de Elenka por el piso de madera recién pulido. Al entrar a la oficina con el té que su esposo le había pedido, ella vio en el semblante de Robert Richard algo de preocupación, y se imaginó que era algo importante que su esposo había leído en esa carta que tenía en las manos. Él prefirió tomar el té y charlar el asunto de la carta en otro momento.

Al día siguiente, a la hora en que cantan los gallos, cuando el silencio del amanecer nos hace sentir con mucha fuerza la presencia de Dios, Robert Richard se preparaba para marcharse y para comunicárselo a Elenka. Ella notó que había despertado más temprano de lo habitual. Se le hizo raro, pero no preguntó nada; solo se apresuró y encendió el fuego de la chimenea y se fue a la cocina a preparar el desayuno y el café de olla que tanto disfrutaban tomar los dos muy temprano, y mientras tanto Richard la esperaba en la mesa del comedor algo preocupado por lo que tendría que comunicarle. Elenka preparaba la mesa con un hermoso mantel de encaje color blanco que tenía las iniciales E y R bordadas a mano con hilo de oro, regalo de su tía Yaya, tan querida por ella y hermana de su madre. Al sentarse en la mesa, Elenka se dio cuenta, con solo ver el semblante de Richard, de que había algo importante que tenía que saber, y él con preocupación y nostalgia por dejar a sus dos grandes amores le dijo que en la madrugada partiría al otro lado del mundo por cuestiones de trabajo. Hacía ya varios meses que le habían ofrecido una oportunidad de trabajo que le era imposible rechazar por tratarse de minas encontradas en diferentes partes de América que le interesaba mucho ir a visitar, mas no sabía si su familia querría mudarse con él a otro continente. Exactamente el lugar a donde viajaría no lo sabía; tal vez sería Brasil, Colombia, Argentina o Estados Unidos de América. Exactamente no lo sabría hasta que estuviera en América, una vez allí le comunicarían los lugares que iría a visitar, pero tampoco tenía conocimiento del tiempo que permanecería en cada lugar. En la carta le comunicaban solamente que su barco zarparía la madrugada del día siguiente a las 4:40 am. Pronto llegó la hora de partir y de despedirse de Elenka y de Cecilia. Ningún otro miembro de la familia de Robert Richard y de Elenka sabía de su partida y eso hizo que la despedida no fuera tan difícil para él.

Todos los familiares de los pasajeros se despedían también y algunos veían con asombro el gran barco que zarparía en unos instantes al continente americano esa madrugada que cambiaría la vida de Robert Richard y de su familia.

Los días en el barco fueron terriblemente interminables y aburridos para Robert Richard, a diferencia de las noches, que aun siendo tan oscuras y silenciosas mostraban a los pasajeros un cielo cubierto de estrellas brillantes en el que se podían observar con mucha imaginación figuras de todo tipo, pero eran solo algunos los pasajeros que observaban cada noche ese cielo que les regalaba distintos espectáculos brillantes, y uno de los observadores fieles que nunca se perdía ese espectáculo era Robert Richard. En su imaginación veía el rostro de Elenka dibujado en el cielo con cada una de las estrellas que aparecían cada noche; también podía darse cuenta de la grandeza de quien había creado ese interminable y admirable cielo. Fueron noches tan esplendorosas que jamás hubiera podido contemplar de esa manera si no hubiera estado tan solo en ese barco, sintiendo la soledad y la nostalgia que difícilmente lo hacían contener la compostura, causándole un gran llanto que solo permitía que lo escucharan el viento y las olas.

Mientras que en casa Elenka cuidaba de Cecilia y se encargaba de las labores, pasaban las semanas y no tenía noticias de Robert Richard, cada vez que venían recuerdos a su mente de su gran amor le pedía a Dios que él estuviera con vida. No sabía si lo volvería a ver, pero su corazón, que estaba unido al de él, le decía que todo se encontraba bien. Robert Richard ya se encontraba muy lejos, habían pasado ya un mes desde la última vez que Elenka besó sus labios. Robert Richard comenzaba a escribir las primeras líneas de la carta tan ansiosamente esperada por Elenka. Líneas que escribía cada noche que pasó solo en su camarote sin ella, diciéndole lo mucho que la extrañaba y lo solo que se sentía en esa cama tan fría que nunca pudo calentar porque le faltaba sentir el calor de ella.

Y una de esas noches que escribía para ella, vio unas luces a lo lejos y se dio cuenta de que habían llegado a tierra firme. La emoción lo hizo despertar a sus compañeros con los que compartía camarote y todos al ver que estaban a punto de llegar a tierra firme cantaron de alegría, y en ese mismo instante les avisaban que habían llegado a Estados Unidos de América.

Todos estaban ansiosos por conocer esa tierra tan platicada por muchos extranjeros que llegaban a Alemania, pero tan indiferente para otros tantos que ni siquiera mostraban interés alguno por conocer. Robert Richard se topaba cara a cara con su destino. El barco arribó a Nueva York y cada uno de los pasajeros fue tomando su rumbo. Robert Richard bajaba del barco tratándose de detener de un barandal, cuando a lo lejos vio una pareja que levantaba la mano saludándolo y dándole la bienvenida. Reconoció la gran sonrisa de Anna y la voz ronca de Pitt, su gran amigo de la infancia, que le gritaba *"Welcome, my friend!"*. Robert Richard corrió rápidamente a encontrarlos y les dio un fuerte abrazo lleno de alegría y añoranza. Esa era su primera noche en América y la nostalgia al pisar continente americano era inevitable. Pasó unos días en compañía de ellos para después ir a Valencia, Pensilvania. Robert Richard se empezaba a adaptar poco a poco a la vida y a la comida tan diferente que había en Estados Unidos. Su vida en ese lugar le recordaba en algunas cosas a su país y eso hacía que no extrañara tanto a su familia, pero parecía que las cosas iban a cambiar muy pronto. Le habían comunicado que tendría que dejar Valencia por un tiempo para visitar una mina algo retirada de donde él se encontraba. Se marcharía a un pequeño pueblo en donde se encuentran las minas más importantes del país al que visitaría.

La tarde que llegó a Eagle Pass, Texas, quedaría en los registros para siempre. Pero sería a un pequeño pueblo de México muy cerca de la frontera a donde él se dirigiría. Mostró sus papeles y cruzó a pie el puente que separaba a los dos países. Asombrado por la pobreza que veía por todas partes, sintió pena por la tierra que pisaba. Y con la poca fluidez de su español, que aprendió él solo, pudo llegar al pequeño pueblo de México donde se encontraba la mina. A lo lejos vio a un grupo de personas y dándose a entender entre frases cortas y señas preguntó en qué parte de México estaba, porque se encontraba perdido. Las personas con mucha amabilidad le respondieron: "Usted se encuentra en San Juan de Sabinas, Coahuila, México". El viajero había llegado a su destino después de un largo camino.

Los siguientes días fueron para conocer cada una de las minas que le fueron mostrando. Se emocionó tanto con lo que veía en cada mina, que expresaba constantemente que era un tesoro lo que había encontrado, tesoro tan normal para los que vivían en esa región y que no alcanzaban a darse cuenta porque era lo que sus ojos veían todos los días. Lo que suele pasar con lo que tenemos y no valoramos, pero llegan otras personas y pueden ver con otros ojos lo que nosotros no podemos ver. Eso fue exactamente lo que sucedió con Robert Richard. Se encontraba maravillado y trataría de sacarle el máximo provecho al tiempo que le habían dado para permanecer ahí. Recorrió cada uno de los pueblos cercanos, caminó sin descanso por muchas horas y se percató de la gente tan campechana que vivía por ahí. Como suele ser en los pueblos, todos lo recibieron con mucha amabilidad y también lo despidieron con gran cordialidad el día que se tuvo que marchar. En aquellos tiempos en Coahuila y en estados cercanos de la República Mexicana, sobre todo en las ciudades pegadas a la frontera, se encontraban muchos migrantes europeos que habían formado colonias y habían sido muy bien aceptados. Los días en México pasaron rápido y el viaje terminó.

Llegando Robert Richard a Pensilvania, les platicó a sus compañeros con lujo de detalles la experiencia que había vivido en las minas de México. También comentó entre sus colegas lo mucho que le gustaría poder volver de nuevo para allá. Y al saber sus superiores de la disposición de Robert Richard para volver a México, le tomaron la palabra. No había pasado mucho tiempo cuando le dieron la buena noticia de que volvería a las minas que había visitado en Coahuila, pero esta vez lo acompañarían dos personas más, Tim y Charly. Al enterarse sus compañeros del viaje que harían con Richard, pronto guardaron en una maleta lo indispensable. El viaje lo hicieron en tren con la intención de conocer todo lo que fuera posible de Estados Unidos. El recorrido fue largo, pero valió la pena, los paisajes que parecían postales les recordaban a todos sus tierras, de las cuales se encontraban tan lejos, pero que al cerrar sus ojos podían volver a ellas en su imaginación. Al llegar todos a las minas de Sabinas, pudieron darse cuenta de la gran verdad que Robert Richard platicó a su regreso a Pensilvania. ¡México era un tesoro escondido! Y cuando pasó el tiempo y todos pudieron conocer más del país que por muchos años les brindó trabajo, pudieron decir: México es una patria enriquecida y bendecida, solo falta que su gente se ame más y ame más a su país. Nada más exacto que esas palabras. Nos ha faltado amar más a esta patria, pero nos faltó amarnos primero a nosotros mismos para poder así ver brillar a México en todo su esplendor. Entonces de qué sirvieron la independencia y la libertad de México, si hemos quedado atrapados en la esclavitud de la pobreza y la falta de amor para con nosotros mismos, siendo a veces desleales a nuestro país.

Y a lo lejos, del otro lado del océano, Elenka esperaba con mucha ansiedad cada mañana tener noticias de Robert Richard. Las semanas pasaban y no había vuelto a recibir noticias de su amado esposo. Habían pasado ya un par de semanas desde la última carta y la preocupación de Elenka por no saber nada de Richard la hicieron caer en cama enferma. Las personas que vivían con ella en casa y que la ayudaban con los quehaceres del hogar se tuvieron que encargar en su totalidad de las responsabilidades de Elenka y también de la pequeña Cecilia, porque veían que la señora no mejoraba, el cansancio en su rostro y la palidez de su piel dejaban ver el estado de su salud. Las personas de servicio la alimentaban con caldos preparados con recetas de los libros de cocina que Elenka guardaba en su despensa y tés medicinales para que poco a poco fuera recuperando las fuerzas, pero hasta ese momento todo había sido en balde, nada la levantaba de la cama y sus fuerzas cada vez eran menos, hasta que una mañana la visitó el doctor de la familia. Ella había pedido que lo llevaran a casa para que pudiera darle una respuesta de todos sus malestares. Todos pensaban que había caído en una terrible depresión por la ausencia de Robert Richard. Pero Elenka sabía que no era eso lo que le sucedía; ella pensaba que se había alimentado muy mal desde que Robert Richard se había marchado y creía que solo era cansancio, y que guardando reposo recuperaría las fuerzas que le faltaban, pero al llegar el doctor y revisar a Elenka, se pudo dar cuenta de inmediato que ella estaba de encargo con varios meses ya. La alegría por la noticia que recibió no le regresó la salud de inmediato, pero con los cuidados y la alimentación que tenía en casa se recuperó en pocas semanas y cuando comenzaba de nuevo a retomar sus obligaciones llegó la tan esperada carta de Estados Unidos. Robert Richard se comunicaba de nuevo para avisar que regresaría a casa pasando el invierno. Era el mes de octubre y todavía faltaban meses para que eso sucediera, pero cuando llegara a casa se encontraría con la mejor sorpresa de su vida y con el regalo más bello que Elenka le pudo dar.

Elenka preparaba todo para la llegada del bebé. Tejía pequeñas mantas, ropita y zapatitos para proteger a su bebé de los fríos del invierno. Era casi seguro que el nacimiento del niño se daría en los días en que se pronosticaba una tremenda nevada; los cielos oscuros y el sol escondido por los largos días de invierno anunciaban las tormentas de nieve que llegarían, al igual que en su anterior parto, pero este invierno lo esperaban con mucha más nieve. Todos en casa se empezaban a preparar cortando leña para las chimeneas y para la estufa, cubrían las ventanas más grandes con colchas de lana para que no pasara el frío y en la recámara de Elenka cubrían las ventanas con plásticos y mantas de borrego hechas especialmente para el dormitorio del bebé y de Elenka, y cubrieron con alfombras y pieles el piso de madera para que no fueran a pasar frío. Hacía muchos años que no veían caer una tormenta de nieve como esa, decía la madre de Elenka. Y en la madrugada, cuando todos dormían y el cielo estaba negro, cayendo de él ligeras plumas de nieve, Elenka despertó y se dio cuenta de que el momento había llegado, y con un susurro despertó a su criada de confianza, que dormía en la misma habitación que ella. Corriendo todos por la casa se preparaban para el nacimiento; mandaron traer a una partera que tenía varios días viviendo cerca de ahí, esperando a que en cualquier momento el parto se pudiera dar, pero con toda la nieve que había el carruaje y los caballos no podían andar, y cuando menos lo esperaban Elenka estaba dando a luz sin más ni más. Su juventud facilitó el parto y en un abrir y cerrar de ojos el bebé lloraba entre sus brazos; había nacido un varón Pilz y de seguro se llamaría como su padre y su abuelo, Robert Richard Pilz. Esa fría madrugada del nacimiento, cuando todo volvía de nuevo a estar en calma, todos se quedaron dormidos de cansancio hasta que el llanto del bebé los despertó y les recordó a todos que tenía que alimentarse. Elenka sacó al bebé de la canasta donde este dormía, descubrió su hombro y acercó a su hijo a su pecho, y al contemplarlo se percató del gran parecido que tenía con su padre Robert Richard. Este hijo suyo le regresaba de nuevo la alegría que su esposo se había llevado al marcharse. Sus sueños comenzaban a hacerse realidad; ahora tenía entre sus brazos la manifestación del amor entre ella y Robert Richard de nuevo. Elenka se consideraba afortunada, su vida era plena y feliz, era imposible pedirle más a la vida, pero en su interior había algo que le impedía sentirse en paz por completo, el parto había sido maravilloso, su hijo estaba en perfecta salud y Robert Richard llegaría a casa en unos meses. ¿Qué era entonces lo que presentía?

La alegría por el momento no permitió a Elenka escuchar esos pequeños avisos que nos da nuestro cuerpo, que muchas veces no son suficientes y no estamos alertas a ver si es que es algo malo lo que nos está sucediendo.

"Si no fuera por ese cansancio que me consume y que siento a veces que es interminable podría disfrutar con más alegría los momentos que la vida me ha regalado". Elenka siempre supo que la felicidad era solo cuestión de un momento, su madre se lo dijo infinidad de veces. "Nada es eterno, Elenka, pero el amor, ese es a veces menos que nada; el amor no es para todos, hija, es solo para los que son valientes, porque en esta vida hay que ser valiente hasta para amar y del desamor mejor ni te hablo, porque si para amar se necesita valentía, para enfrentar el desamor yo creo que no existe la palabra para poder descifrar lo que se siente cuando experimentamos el desamor".

Elenka guardó la última carta de Richard en la misma caja donde conservaba las cartas anteriores. Esa última carta se aseguró de cerrarla bien con un listón rojo y dentro de un baúl negro antiguo quedaban guardadas las líneas escritas por ambos, en donde se recordaban uno al otro el gran amor que se tenían.

Richard comenzaba a preparar su regreso. Las noches antes de subir al barco no podía conciliar el sueño de la alegría que le daba pensar en volver a casa, había sido una gran aventura cruzar el océano Atlántico y recorrer ciudades inimaginables y hermosas; él hubiese querido que Elenka lo acompañara y sus ojos vieran lo hermoso de otros países tan lejanos al de ellos. Y la mañana de partir había llegado, en unas horas el barco estaría zarpando a Hamburgo. Robert Richard nostálgico se despedía de las personas que muy amablemente lo habían recibido en América, pero inmensamente feliz al mismo tiempo por su reencuentro con Elenka. Los días pasaban afortunadamente muy rápido, era la emoción por volver. Richard no lo sabía, las noches en el barco eran lentas pero cada vez se acercaba más a Elenka, su corazón enamorado igual que el de ella palpitaba rápido cuando se venían a su mente recuerdos de su vida al lado de ella y no se imaginaba con la gran sorpresa y felicidad que se encontraría al llegar a su tierra. Cada tarde les daban a los pasajeros un reporte de las aguas del mar y de los vientos y les informaban también cuánto tiempo faltaba para llegar a tierra. Todo el viaje de regreso había sido excelente y, si seguían así las cosas, pronto Robert Richard estaría en casa.

Elenka contaba desesperada los días que faltaban para la llegada de Robert Richard. El bebé ya había crecido mucho, sus ojos grandes se habían puesto celestes como el color del cielo y sus cabellos rizados eran dorados como el oro. El hijo de Robert Richard superaba en belleza a su hermana Cecilia; el niño era idéntico a su madre y era la misma cara que la madre de Elenka.

Todo el tiempo que Robert Richard permaneció en alta mar sus pensamientos no solo eran estar en casa. Había dejado parte de su corazón en América, así lo podía sentir su corazón, la calidez de las personas en México tocó realmente su vida, pero también la sencillez en la forma de vivir de las personas. Richard desde su niñez contempló paisajes hermosos gracias al lugar en donde vivió y sus padres le brindaron más de lo que cualquier niño pudiera tener; le resultaba imposible pensar cómo algunos con tan poco podían llegar a ser así de felices.

Y una noche se quedó profundamente dormido sumergido en sus pensamientos y en su tristeza por haber dejado tan maravillosa tierra, pero al día siguiente al despertar se dio cuenta de que muy pronto estarían llegando a tierra. La noticia la anunciaba el jefe de pasillos del barco y, al oír la noticia, Robert Richard salió caminando apresurado por el pasillo al encuentro de sus colegas de viaje, que como cada mañana se encontraban reunidos para desayunar todos juntos en el comedor donde conversaban acerca de las noticias que acontecían en ese momento, y las pláticas se volvían interminables hasta que las personas de servicio del barco muy amablemente y con una sonrisa les pedían a los comensales permiso para limpiar la mesa. Y en el momento en que se retiraban todos, era tiempo de leer el periódico para que a la hora de tomar el té por la tarde tuvieran de qué charlar.

También los viajantes compañeros de Robert Richard acostumbraban tener una junta por las noches para dialogar asuntos que solamente ellos debían tratar.

Y en una de esas noches en las que dialogaban a puerta cerrada, los compañeros de Robert Richard y él comenzaron a escuchar los pasos acelerados de los tripulantes y el bullicio de las personas festejando ver tierra a lo lejos. Las olas como nunca en todo el viaje golpeaban fuertemente al barco como si supieran que el silencio y la soledad se apoderarían de él esa misma noche. Los días y noches dentro de las profundidades silenciosas y misteriosas del mar habían terminado; el barco extrañaría la música de la orquesta y los murmullos y gritos de cada uno de los pasajeros se dejarían de escuchar. Elenka, a lo lejos, parada en el muelle, resaltaba de entre la multitud gracias a una bufanda roja tejida por ella misma. Richard reconoció de inmediato la bufanda de Elenka y levantó el brazo derecho saludándola. La espera de Elenka había terminado; sus ojos estaban llenos de lágrimas de alegría y Richard notó que ella llevaba algo entre sus brazos. Cuando ella se acercó al muelle para ir a encontrar a su esposo, cubrió con una manta azul al bebé para que Richard a lo lejos pudiera ver lo que sostenía en sus brazos, era su primer hijo varón. Cuando el barco arribó y se encontraban ya en puerto, los pasajeros emocionados bajaban y saludaban a sus familiares. Robert Richard podía ver a lo lejos el bebé que Elenka arrullaba en sus brazos. Él corrió emocionado y sorprendido al mismo tiempo al ver por primera vez a su hijo; las lágrimas de alegría caían de sus mejillas al tomarlo entre sus brazos y al ver los ojos iguales a los de él. Elenka y Richard se unieron en un gran abrazo lleno de nostalgia y también lleno de amor, unieron sus manos y tomaron el camino de regreso a casa. Durante el trayecto de regreso, Elenka le platicó a Richard con lujo de detalles sobre cómo había sido el nacimiento del pequeño Robert Richard, y toda la odisea en cuanto a la espera y al nacimiento del bebé.

Todos en casa esperaban la llegada de Robert Richard con mucha alegría. Su hija Cecilia, con ayuda de su nana, le había preparado un pay de manzana, receta inventada por ella misma para celebrar el regreso de su padre. Su nana muy temprano había comprado las manzanas y fue idea de Cecilia hacer un pay con su fruta favorita; tendría que ser una receta muy sencilla y fácil de recordar para que Cecilia pudiera hacerla sin gran ayuda de su nana o de su madre. Esa noche se preparaba un gran festín con familiares y amigos, en la cocina había un gran movimiento como hacía ya mucho no se veía. Elenka era la cocinera principal y ella los iba guiando a todos para que la cena quedara perfecta. Todos los familiares y amigos comenzaban a llegar y la campana que estaba a un lado de la puerta principal no dejaba de sonar anunciando la llegada de cada uno de los invitados. Esa noche todos bombardearon a Richard con preguntas, todos querían saber su experiencia desde que pisó el barco para ir a América hasta que llegó a su destino. Robert Richard platicaba todo exactamente como lo había vivido: los recuerdos en su memoria lo hacían regresar a esas tierras de las cuales se había enamorado, el olor del chocolate que se preparaba en la cocina donde a diario desayunaba lo transportaba a su restaurante favorito en Valencia, y con la nostalgia a flor de piel, platicó a todos sus vivencias y experiencias en América. Elenka con mucha atención escuchaba a su esposo imaginando cada lugar que Richard les describía detalladamente, hasta que Robert Richard mencionó que había estado en México. "¿Y cuál fue el motivo que te llevó a México?", preguntó la madre de Robert Richard, "¿acaso no era Estados Unidos el lugar que visitarías?". "Por supuesto que sí, madre", respondió Richard llevándose a la boca un pedazo de cordero en salsa de frambuesas que Elenka había preparado para la cena. "Pero con esa misma cara de asombro con la que ustedes me ven ahora, yo también vi a mi superior cuando me comentó que iría de visita a ese país. No imaginaba que pudiera existir todo lo que ahí vi; es un país inmensamente rico, no solo por lo que posee, realmente. He quedado enamorado y fascinado, las minas que pude visitar ahí son perfectas y extraordinarias". Nadie que se encontraba esa noche festejando el regreso de Robert Richard podía creer lo que les platicaba detalladamente.

La noche completa no fue suficiente para que Richard pudiera platicarles todo lo que conoció, y Elenka, al ver con cuánto entusiasmo y emoción Richard hablaba y expresaba, no solo con su voz sino también con sus manos, la alegría por haber conocido otros países y personas tan cálidas pensó que quizá querría regresar al continente americano, y a lo mejor no solo por unas cuantas semanas, sino que a lo mejor podrían ser meses los que se quedaría allá.

Era ya media noche y poco a poco todos se fueron marchando. Elenka terminó de limpiar el desorden que había en la cocina y Robert Richard la esperaba sentado en la cabecera de la mesa del comedor. Esa noche Elenka sorprendió a Robert Richard con la cena que sirvió a él y a los invitados, aunque no era sorpresa alguna para él probar tan exquisitos platillos que ella le preparaba, pero esa noche derritió a todos con la salsa de frambuesa que puso como toque final al cordero. Todos quedaron tan satisfechos que ni el postre que Cecilia y su nana prepararon, alcanzaron a probar. Pero, eso sí, se lo llevaron para disfrutarlo después. Y cómo no probar el postre de Cecilia, si ella iba a ser la próxima gran cocinera de la familia Pilz. Las horas pasaban y pasaban y Richard y Elenka no dejaban de platicar. Robert Richard no cabía de gusto y de alegría al ver a Elenka alimentar al pequeño Robert Richard, pero el cansancio los venció y fueron a dormir.

Las noches para ellos volvieron a ser las mismas de siempre. El calor del cuerpo de Elenka era la adicción más fuerte que Robert Richard pudiera tener, así lo creía él sin duda, añoraba con toda su alma esas noches a lado de ella. La nostalgia de no estar con ella había terminado. La suavidad de la piel de Elenka al acariciarla lo hizo caer en un sueño profundo lleno de paz. Por fin estaba de regreso en casa. El llanto de su hijo los despertó por la mañana. Robert Richard lo tomó en sus brazos y se fue a la ventana de la sala para contemplar el amanecer y para que Elenka pudiera seguir descansando. Él caminó por los pasillos de su casa hablando con su hijo y también se tomaba el tiempo para conocerlo; era un momento a solas entre él y su hijo. Elenka despertó más tarde al no sentir en su espalda la respiración lenta de Richard; al levantarse y salir de la habitación vio que él caminaba hablando con su hijo y los dejó que tuvieran ese momento para ellos dos.

Cecilia estaba en su habitación durmiendo. Elenka se dirigió a su dormitorio para tomar una ducha y prepararse para sus deberes de ese día. Robert Richard poco a poco se adaptaba a ser papá de dos niños y su hijo también se acostumbraba al calor de sus brazos y a su presencia. La vida volvió a tomar su curso y los niños crecían rápidamente. Robert Richard empezaba a dar sus primeros pasos y Cecilia cada día era mejor cocinando e inventando platillos, ya no solo ayudaba en la cocina sino que le daba ideas a su madre de la comida que se podría preparar cada día; era tanta su organización en la cocina que se veía que desplazaría a Elenka en muy poco tiempo si seguía así. Sus comienzos en la cocina fueron gracias a que cada mañana Cecilia acompañaba a su nana al mercado y ella ayudaba escogiendo las frutas y las verduras, para después ir organizando qué se comería en casa. Elegía los condimentos a usar para cada platillo y ella y su madre probaban las combinaciones y mezclas que a Cecilia se le ocurrían. Pero una mañana, Elenka despertó con un ligero malestar estomacal. Quizás había sido el invento de Cecilia, o la harina de las galletas mal horneada, pensaba Elenka, o a lo mejor la cena que habían preparado no había sido nada ligera para ella y por la mañana al despertar sintió que no tenía apetito, así que pidió que le prepararan un té. Ese día Elenka no se acercó a la cocina, los olores que había en ella le causaban náuseas y decidió ir a descansar un poco. Al despertar más tarde, Elenka le pidió a Richard que le llevaran al doctor, porque notó que el malestar había aumentado, y con la experiencia del embarazo pasado quería estar segura de no estar de nuevo encinta. Robert Richard rápidamente preparó todo para marcharse en busca del doctor, un viejo amigo de su familia y también ya doctor de cabecera de ellos, pues había atendido los partos anteriores de Elenka y siempre estaba muy al pendiente de ella por cierto malestar estomacal que la asechaba desde hacía ya unos años y que realmente el doctor Gaitán todavía no descubría qué era; pensaba que Elenka en ciertos meses del año, como en los meses de invierno, caía en depresión y por eso sentía esa terrible debilidad y dolor de estómago que la hacía permanecer en cama días enteros olvidándose de todo a su alrededor.

"Es una depresión ligera lo que le sucede a Elenka al llegar el invierno, la falta de sol causa en algunas personas tristeza, es solo eso, con un poco de buena disposición por parte de ella pronto se le pasará", decía el doctor cada vez que iba a ver a Elenka cuando tenía una de sus recaídas.

Esta vez era algo muy diferente lo que llevó a Robert Richard a visitar al doctor Gaitán. "Doctor, Elenka se encuentra mal de salud, al parecer algo le ha caído mal y es por eso que le duele el estómago", le dijo Robert Richard. "¿Ella se encuentra en casa o espera afuera?". "Ella está en casa", le respondió Robert Richard.

Y al encontrarse el doctor en casa con Elenka, pudo darse cuenta de lo que le sucedía con solo ver el brillo de sus ojos y hacerle unas preguntas solo para confirmar sus dudas. "Bueno, pues no es nada malo lo que le sucede a Elenka, ella se encuentra nuevamente embarazada aproximadamente de cuatro meses, es por eso por lo que son tantos sus malestares, porque no ha cuidado su salud como debería, al no saber de su embarazo. Tendrá que limitarse a no moverse mucho y a comer solo alimentos líquidos; el embarazo se pasará rápido porque ya está algo avanzado", dijo el doctor Gaitán. La cara de asombro de Robert Richard hizo que el doctor Gaitán soltara una carcajada, y dándole una palmada en la espalda le dijo: "Robert Richard, eso es lo que pasa cuando una mujer tiene náuseas y malestar estomacal. Un malestar estomacal común no les regala a las damas el maravilloso olfato que las hace sentir náuseas, ni tampoco les regala el hermoso brillo en sus ojos, que si observas bien, verás que ellas mismas nos anuncian la vida que llevan dentro de su vientre".

Muy felices Elenka y Robert Richard celebraban la alegría de volver a convertirse en padres. Los viajes de trabajo comenzaron a efectuarse con más regularidad. Las ausencias de Robert Richard eran cada vez más. Y Elenka lidiaba con los achaques normales del embarazo que cada día la hacían sentir peor, nada raro en ella, porque Elenka nunca pudo disfrutar de sus embarazos, siempre la pasó muy mal, y la única razón por la cual no se dejaba derrumbar era por la ilusión de convertirse nuevamente en madre. Es esa fuerza que la naturaleza da a cada mujer cuando su espíritu y su cuerpo se preparan para dar vida, porque no solo es el cuerpo el que se prepara para dar vida; es la esencia y el espíritu de cada mujer el que va a renacer.

La correspondencia llegaba a casa todas las mañanas y Elenka la guardaba como siempre en el escritorio de su esposo; podía ver que llegaban noticias de sus amigos de Norteamérica, las cuales le causaban a Robert Richard una gran alegría porque mantenía comunicación muy cercana con sus colegas en Valencia, Pensilvania, y en Palaú, Coahuila. El cariño que le llegaron a tener a Robert Richard era evidente; el tiempo que estuvo allá, creó lazos muy fuertes y verdaderos de amistad con ellos. Porque fueron también los tiempos y la época en que las personas eran más sinceras, las amistades eran verdaderas y el ser humano se apreciaba de verdad, y en donde las rivalidades y la envidia no estaban bien vistas y no era de buena educación ver a alguien de tal forma. Ese tipo de sentimientos se evitaban a toda costa.

El tiempo del parto se acercó casi sin que se dieran cuenta. "No es posible que el tiempo se pase volando", le decía Elenka a su madre.

"Con tantos achaques, no he podido disfrutar de mi embarazo; quizá para el próximo bebé pueda gozar de mejor salud". "No es posible que con tantos malestares pienses en tener más hijos, Elenka", decía su madre muy angustiada porque podía ver lo mal que su hija la pasaba. Robert Richard comenzó a notar que Elenka cada vez se veía más deteriorada, podía ver el cansancio y la palidez en su rostro, lo cual le causaba mucha preocupación, esta vez casi todo el embarazo sucedió así. Elenka permaneció en cama el resto del embarazo para poder llegar al final. Sus hijos podían darse cuenta de lo que pasaba en casa con su madre; no solo era el embarazo, ellos podían darse cuenta de que algo andaba mal con ella. Robert Richard, al acercarse las fechas para el nacimiento del bebé, trabajó todo el tiempo en casa para poder estar al pendiente de Elenka y de sus hijos. Pero un día de trabajo normal, redactando él en su oficina unas cartas, escuchó mucho ajetreo por los pasillos, se levantó de inmediato para ver lo que sucedía y al entrar a su habitación vio a Elenka totalmente desvanecida en los pequeños brazos de su hija Cecilia, por lo que de inmediato fue por el doctor Gaitán para que la atendiera. La madre de Elenka se preparaba por si el parto se adelantaba; faltaban aún dos meses para el nacimiento, pero al ver en tan malas condiciones a Elenka, no creían que el bebé pudiera salvarse. El doctor y Robert Richard llegaron apresurados y, al revisar a Elenka, se tomó la decisión de inducir el parto con la posibilidad de que el bebé naciera muerto, o incluso de que quizá ya lo estuviera. Todos salieron de la habitación, quedando solamente el doctor Gaitán, Robert Richard y la madre de Elenka. El doctor pudo sacar al bebé del vientre de Elenka con vida, a pesar de lo prematuro que era, pero sus signos vitales no eran muy estables. La vida de Elenka pendía de un hilo, el esfuerzo que hizo en el parto consumió todas sus energías y sus fuerzas, se le estaba yendo la vida. El doctor llevó a la pequeña bebé a su cunero y pidió que la habitación permaneciera lo más cálida posible. Elenka y la niña necesitaban estar juntas; Robert Richard aterrado veía cómo se le escapaba la vida a Elenka. Sus lágrimas de dolor caían en las sábanas de la cama donde descansaba Elenka. El dolor se apoderaba de Robert Richard mientras que Elenka en total tranquilidad le entregaba su vida al dejar el recuerdo de ella en su hija.

El doctor se dio cuenta de que los latidos de su corazón cada vez eran más lentos y su piel cada vez se volvía más pálida. Pidió que trajeran a la bebé con su madre para que ambas permanecieran juntas por un momento. Robert Richard se levantó de prisa de la silla y fue por su hija para llevarla con Elenka. Pusieron a la bebé en su pecho para que pudiera escuchar el corazón de su madre y para que Elenka pudiera sentir la piel de su hija junto a la de ella; su emoción por sentirla de nuevo la hizo abrir un poco los ojos y, al darle un beso en la frente, su último suspiro lo dejó en ella, sus brazos se desvanecieron y Elenka moría el día que le dio vida a su última hija.

Elenka dejaba con su partida un inmenso dolor en el corazón de Robert Richard. La vida le arrebataba a su gran amor y su compañera de vida; los momentos más felices de su vida se iban con ella, una parte de su ser se iba con Elenka. Ambos sabían que ni la muerte los separaría, lo supieron el día que sus miradas se cruzaron por primera vez esa tarde en aquel parque. Los ojos azules de Elenka le gritaban que al fin se habían encontrado y Robert Richard entendió el mensaje que le dieron sus ojos. La muerte de Elenka causó gran conmoción en la familia y con los amigos, porque nadie imaginó nunca que su embarazo le arrebataría de tal forma la vida.

La bebé crecía rápidamente y los meses volaron como vuelan las hojas de los árboles al caer, pero nadie llamaba a la pequeña por su nombre, solo se referían a ella como "la bebé", y Cecilia, al ver que su padre no aceptaba hablar ni ver a nadie, tuvo que ir en su busca para pedirle de favor que buscaran un nombre para su pequeña hermana. Así fue como Robert Richard, con la cara llena de vergüenza por tal error cometido de su parte, le dijo a Cecilia que ese mismo día la bebé tendría un nombre, y juntos se sentaron a los pies de la cama de Robert Richard y decidieron llamar a la pequeña, Helma.

Helma crecía y era atendida por Cecilia, que tuvo que aprender con ella a ser mamá a pesar de tener tan solo ocho años. Mientras que Robert Richard Jr. estaba entretenido en su maravillosa niñez, no se daba cuenta de que su hermana Cecilia perdía su infancia al ir tomando el lugar de su madre poco a poco. Robert Richard, encerrado en su dolor, no veía el pasar del tiempo, para él las noches y los días se habían vuelto lo mismo, las cortinas de su habitación permanecían cerradas siempre, la tristeza lo tenía derrumbado en la cama dormido en sueños profundos, sueños en los que Elenka aparecía bailando y sonriendo junto a él. A veces sus sueños eran tan reales que al despertar podía sentir la huella del aroma de su piel, la presencia de Elenka estaba en todas partes, no terminaba de irse por completo. Cada mañana al despertar su primer pensamiento era el recuerdo de ella y cada noche al apagar la luz y al tocar su cabeza con la almohada se venían a su mente los recuerdos de las noches que, estando dormida Elenka, él acariciaba su rostro con mucha ternura y contemplaba su belleza.

Una mañana soleada y hermosa, un aroma muy fuerte a canela despertó el sueño profundo de Robert Richard. Parecía que Elenka estaba preparando el café de cada mañana en la cocina. Robert Richard se sentó en la cama, se puso sus pantuflas y de inmediato se fue a la cocina sorprendido por los aromas que le recordaban las mañanas que Elenka amanecía con él, esos exquisitos olores que salían de la cocina regresaban de nuevo reviviendo un poco la esencia de Elenka. Era su hija Cecilia preparando el café de su padre y el desayuno para todos en casa; había desobedecido las órdenes de su padre de no entrar en la cocina. Robert Richard no se daba cuenta de que afectaría directamente a Cecilia al haber tomado la decisión de no dejarla entrar en la cocina y ayudar a su nana como lo hacía cuando estaba su madre. Pensaba que al ver a Cecilia en la cocina el recuerdo de Elenka sería imposible de olvidar, pero cómo poder olvidar si sus corazones a pesar de la muerte seguirían unidos para la eternidad.

Desde esa mañana la cocina volvió a cobrar vida gracias a la desesperación que le causaba a Cecilia ver a su padre dejarse morir por la ausencia de su madre. Robert Richard, al estar hundido en su tristeza, no tenía las fuerzas para atender a sus hijos y Cecilia junto con su nana tuvieron que tomar las riendas de su hogar al ver que se desmoronaba poco a poco. Así fue como la niñez de Cecilia se escapó de entre sus pequeñas manos; la vida o el destino quizá la convertían en una mujercita, la ausencia de su madre le había dejado un vacío difícil de llenar, el dolor era insoportable porque no entendía lo que sucedía, solo veía el sufrimiento de su padre, y la pena que llevaba ella en el corazón la guardó para sí misma. Cecilia tenía en su alma la fortaleza de una mujer y, gracias a su espíritu de valentía, levantó a su familia de la pena y el desconsuelo.

Robert Richard retomaba su vida de nuevo y su trabajo le ayudaba a superar la pena. Cada día por las mañanas, al despertar y abrir los ojos, se daba cuenta de que seguía vivo, la tristeza no había acabado aún con su vida, cada mañana comenzaba un nuevo día de lucha. Solo el tiempo fue sanando su pena, y aprendió a vivir con ese dolor en su corazón. Helma iba creciendo y pareciéndose cada vez a su madre, sus ojos azules eran el espejo en el que su padre veía el reflejo de Elenka, el caminar de su hija Helma por la casa arrastrando los talones tal como lo hacía su madre era como si la misma Elenka estuviera caminando por la casa. Elenka cobraba vida en Helma, su belleza, sus ojos, su caminar evitaban que muriera del todo, y Robert Richard solo podía contemplar con gran nostalgia el gran parecido de Helma a su madre, aferrándose a los recuerdos y al no querer dejar ir a Elenka de su mente y de su corazón.

Y al fin llegaban los días en que el corazón de Robert Richard se volvía a sentir vivo, el tiempo hacía su trabajo y sus heridas comenzaban a sanar. Llegaron de nuevo los momentos en que volvió a disfrutar la compañía de sus hijos y de su familia, comenzó a recuperar el tiempo perdido y se dio cuenta de que era momento de tomar decisiones importantes para él y para sus hijos.

Unos años atrás, unos amigos de su padre lo habían buscado para ofrecerle un trabajo que estaban seguros de que iba a ser de su interés. Ellos sabían que a Robert Richard le apasionaba desde que era un niño todo lo que tuviera que ver con minerales y por eso pensaron en ofrecerle un empleo que era imposible que él fuera a rechazar. Ese ofrecimiento fue el motivo por el cual él había viajado tiempo atrás a América. En Valencia, Pensilvania, lo habían buscado de nuevo las mismas personas para mostrarle unas minas donde buscarían plata y oro y querían que Robert Richard diera su opinión, todos estaban seguros de que él aceptaría quedarse un tiempo en Valencia para ayudarlos, pero a Elenka no le agradaba la idea de separarse de él, ni tampoco creía que fuera buena idea irse al otro lado del mundo a vivir y dejar a su familia en Alemania.

Ahora ya no estaba Elenka, que era ella el motivo que lo detenía, ahora ya se encontraba él solo con sus hijos y la decisión la tendría que tomar solo él. Pasaban las semanas y Robert Richard seguía pensando en la posibilidad de marcharse a América. Una noche, antes de irse a dormir, fue a su escritorio, tomó una pluma y, sin pensar mucho lo que escribía, redactó unas cuantas líneas diciendo estar disponible para marcharse lo antes posible a América si aún eran necesarios sus servicios. La carta fue respondida de inmediato con mucha alegría solicitándole solo que firmase unos cuantos papeles para poder marcharse. La única petición que hacía Robert Richard en su carta era poder llevar a sus hijos con él, petición que fue aceptada; los pasaportes estarían listos en unas semanas para que todos pudieran viajar lo antes posible. Y mientras tanto Robert Richard y Cecilia preparaban todo para marcharse. Guardaron en maletas lo más indispensable. "¿Crees que podamos llevar nuestros juguetes, padre?", dijo Cecilia algo triste cuando vio que su padre solo guardaba ropa y unas cuantas cosas más. "No, Cecilia, regresaremos por ellos tan pronto podamos volver, ahora solo lo indispensable se irá con nosotros", le respondió Robert Richard a su amada hija mientras terminaban de empacar.

La familia los despidió con una cena discreta en casa de Robert Richard. Cena que guardó él en su corazón y que, cada vez que recordaba esa noche, con añoranza les decía a sus hijos que Elenka permanecería siempre viva en sus corazones y que jamás olvidaran la patria que los vio nacer.

Los criados comenzaron a cubrir los muebles de la casa para protegerlos del polvo, las cortinas de las ventanas que Elenka había hecho con la ayuda de su madre se cerraron y lo único que quedó intacto fue el vestidor donde Elenka guardaba sus prendas. Robert Richard no permitió que se moviera nada de ahí y el vestidor quedó exactamente como Elenka lo había dejado, su cepillo aún conservaba sus cabellos y sus toallas permanecían en el mismo lugar. Cada pertenencia de ella se quedó en el mismo lugar. Al faltar pocos días para que Robert Richard y los niños se marcharan, despidieron de la casa a la mujer que había sido la nana de Elenka y de Cecilia, al igual que a las demás personas que servían en la casa, quedándose solamente Robert Richard y sus hijos. Esos momentos a solas, sin ya nadie en casa, fueron para que los niños guardaran en su memoria para siempre los últimos momentos en el hogar donde habían nacido y en donde dejaban los recuerdos vividos a lado de su madre. Al día siguiente se despertaron todos muy temprano y los padres de Elenka y de Robert Richard esperaban en la sala para llevarlos al muelle donde tomarían el barco hacia América.

El momento había llegado. Los abrazos, el llanto, el sentimiento de pérdida por parte de los padres de Elenka y de Robert Richard acongojaban cada corazón, pero al mismo tiempo él sentía la ilusión de afrontar un nuevo comienzo que lo ayudaría a terminar de sanar su alma. Robert Richard y los niños subieron al barco llamado El Titán y a los pocos minutos la embarcación se fue alejando lentamente del muelle. Robert Richard y sus hijos con lágrimas en los ojos levantaban los brazos agitándolos muy fuerte despidiéndose de sus abuelos, quienes no se marcharon hasta que el barco se fue perdiendo dentro de las profundidades de las aguas del océano Atlántico. En ese momento nadie sabía lo que pasaría, quizá no se volverían a ver o quizá se encontrarían con un mundo al que no conocían, pero al que llegarían a amar tanto que por voluntad propia elegirían vivir ahí, dejando sus recuerdos y a su familia. Era el destino quien lo decidiría, pero eso sí, ella también se iba con su familia.

Esos días y noches que pasó Robert Richard con sus hijos en la embarcación fueron para acercarse de nuevo a ellos. Trataba de reencontrarse a sí mismo, las heridas de su alma lentamente iban sanando, pero las cicatrices se quedarían con él para siempre recordándole la ausencia eterna de Elenka. Durante el viaje tuvieron la oportunidad de conocer a muchas personas, haciéndose así más placentero el tiempo que pasaban en altamar. Los días para los niños no fueron tan largos como para los adultos, pues tenían actividades en el barco que los mantenían ocupados. Una dama de origen argentino, al iniciar el viaje se ofreció con algunos padres a dar lecciones a sus hijos de español, y por supuesto la mayoría aceptó. La propuesta de la señorita Ana María Centeno fue muy bien vista y aceptada y esa misma tarde unos cuantos niños llenaban la mesa redonda que se encontraba entre los pasillos del barco para tomar sus primeras lecciones de español.

La puesta del sol se dibujaba justo frente a ellos cada tarde como un mural que se guardaría en la memoria de cada niño por siempre y les recordaría también las lecciones de español en el barco con la señorita Ana María. Al pasar de los días, esta se percató de la ausencia de la madre de Cecilia y del pequeño Robert Richard y con mucho tacto preguntó a Cecilia por qué su madre no los acompañaba en el viaje. Cecilia, con la singular inocencia de todo niño, le explicó la fatalidad por la que su familia atravesó. Con mucho decoro la señorita Ana María cambió la conversación, sintiéndose un poco apenada por su indiscreción. "Por hoy, han terminado sus lecciones, niños", les dijo. Se podía escuchar la terrible tormenta que se veía venir a los lejos. "De prisa, de prisa", exclamó Ana María, "todos suban al comedor, la merienda debe de estar por servirse". Los niños de inmediato tomaron sus cosas y la siguieron. Esa tarde el comedor del barco se encontraba repleto a causa de la fuerte tormenta que se vendría. Les habían pedido a los pasajeros permanecer resguardados en sus camarotes o en el comedor, pero Robert Richard había preferido permanecer en el comedor para tomar el té y matar un poco el hambre que tenía con un delicioso pastelillo de chocolate y vino tinto que preparaban en el barco y que era una de las especialidades en cuanto a postres que se servían en el barco. Casualmente, en la mesa en donde se encontraban Robert Richard y sus hijos quedaba una silla vacía que la señorita Ana María ocupó esa tarde fría y húmeda. La tormenta se dejó venir golpeando fuertemente el barco, motivo por el cual casi ninguno de los pasajeros fue a dormir. Robert Richard platicó toda la noche con Ana María y Cecilia, Robert Richard Jr. y Helma se quedaron dormidos en el regazo de su padre y en las sillas de la mesa del comedor. La fuerte tormenta los había asustado y no quisieron que su padre los llevara al camarote a descansar. Esa noche en el barco los pasajeros cenaron, platicaron y esperaron con calma que la tormenta de esa noche cesara, y al paso de las horas el sol se fue poniendo regresándoles la calma a los pasajeros y a la embarcación. El sol salía poco a poco con todo su esplendor, como si, en la tenebrosidad de la noche anterior, el mar hubiera permanecido en calma disfrutando de las noches de bullicio y carcajadas de los pasajeros y de la música de la orquesta que mataba el silencio y la soledad de las profundidades del mar. Esa noche de la tormenta, Ana María escuchaba con mucha atención lo que Robert Richard le platicó, a diferencia de ella, que casi no pronunció palabra alguna. Le parecía un hombre tan atractivo que con el solo hecho de estar sentada a un lado de él, sentía cómo los nervios la traicionaban. Y cómo no, si Robert Richard era un hombre muy atractivo y cualquier mujer caería enamorada y rendida a sus pies, no solo al verlo, sino al entablar una conversación con él.

Una de esas tardes en que los caballeros del barco se reunían en el salón de juegos para platicar o jugar cartas y dominó, Robert Richard estaba sentado viendo las olas agitándose de un lado a otro por la fuerza del mar y se acercó a él un señor algo mayor preguntándole hacia dónde viajaría, a lo cual Robert Richard respondió: "Mi familia y yo nos mudaremos a Pensilvania, he tenido una oferta de trabajo que me resultó muy interesante y decidí probar suerte en América". Y con un fuerte apretón de mano el hombre mayor se presentó con él. "Me parece excelente, caballero, exclamó el hombre de cabellos blancos y elegante pinta, que llevaba un abrigo negro. "Antes que nada, déjeme presentarme. Mi nombre es Marcelo Alonso de la Vega y vivo en Madrid desde hace ya un largo tiempo, pero pertenezco a tierras americanas, a las cuales ahora nos dirigimos; he nacido en la hermosa ciudad de Morelia, Michoacán, y soy hijo de padres mexicanos". Robert Richard se puso de pie y con mucho respeto le pidió a don Marcelo que tomara asiento para que lo acompañara. La conversación entre los dos se tornó tan amena como si tuvieran ya muchos años de larga amistad. Marcelo y Robert Richard platicaron de los viajes que habían hecho durante sus vidas por diferentes partes del mundo, de la vida en Europa y de la familia. Pero Robert Richard dirigió la plática acerca del tiempo que había estado en México, las minas que tuvo oportunidad de conocer y lo maravillado que quedó con el trato de las personas con las que había convivido y con las que aún mantenía comunicación. "En mi experiencia, don Marcelo, México me ha parecido maravilloso, es increíble e incalculable su riqueza, su ubicación es perfecta y su gente, la calidez de su gente es particular. Estoy maravillado con su país, don Marcelo", argumentó Robert Richard.

Marcelo estaba sorprendido por el excelente español que hablaba Robert Richard. Se imaginó que por su estadía en las minas de Coahuila, había aprendido su tan perfecto y fluido español. "Veo que tiene perfecto dominio del idioma español, Robert Richard", apuntó don Marcelo. "Es muy amable de su parte creer que mi español es fluido, no lo sé, quizás sí lo es. Pero más que nada se lo debo a los libros que he leído y a lo poco que practiqué cuando estuve en México por un tiempo". Porque durante su viaje de regreso a casa, para no aburrirse mucho y sobrellevar el tiempo, Robert Richard compró en una pequeña tienda de recuerdos del barco un diccionario de bolsillo español/alemán con pastas de piel color café el cual se aprendió de memoria durante el viaje. Robert Richard aprendió cómo expresarse mejor en español y con el paso de los años, y con muchos libros leídos y estudiados, en unos cuantos meses dominó el idioma español a la perfección, agregando a su lista de idiomas uno más.

La distancia para llegar al continente americano era cada vez más corta. Para desgracia de la señorita Ana María, el tiempo se le acababa. Si no se acercaba pronto a Robert Richard con un pretexto, no podría continuar su amistad con él al llegar a tierra. Y esa misma noche decidió hacer algo para acercarse a él: a la hora de la cena buscó en el comedor una mesa que estuviera lo más cerca posible de donde Robert Richard se encontraba cenando con su familia. Necesitaba llegar a él, con mucha discreción, pensó Ana María, con la primer excusa que pasara por su mente. ¡Ya está! Se le había ocurrido algo, vio que el camarero servía la cena en la mesa donde se encontraba Richard, y en ese mismo instante Ana María arrojó al suelo su servilleta con mucha discreción, justo en la dirección donde se encontraba Robert Richard cenando. Pensaba la pobre señorita Ana María que quizá él, al levantarla del suelo, preguntaría de quién sería la servilleta y en ese momento ella podría cruzar palabra con él. Pero las cosas no sucedieron como ella lo planeó. Al ver Robert Richard la servilleta blanca por el suelo hizo todo lo contrario a lo que había pensado Ana María: se la entregó al camarero para que este la llevara a la cocina y pidiera al servicio una nueva para que pudiera entregarla a la mesa donde hacía falta.

Esa noche la orquesta tocó como nunca. Las parejas bailaban al son de las maravillosas melodías, los vestidos de las damas bailaban junto con ellas y todos los que participaron en el baile esa noche irradiaban alegría en sus rostros al igual que los músicos al tocar tan efusivamente. El amor bailó también aquella noche.

Ana María, sonrojada, tuvo que ponerse de pie y pedir al primer camarero que vio una servilleta nueva. Por supuesto, Robert Richard estuvo ajeno a todo este incidente de la servilleta, sobre todo porque permaneció toda la noche atento al baile en el salón, viendo a las parejas bailar y cómo estas se veían tan enamoradas, con cuánta dulzura y delicadeza entrelazaban sus brazos al bailar el uno con el otro y recordaba los días en que Elenka y él pasaron tantas noches igual, sus brazos fuertemente entrelazados al bailar las melodías favoritas de Elenka y las de él. Chopin con sus mejores armonías. Beethoven y sus sinfonías, sus recuerdos lo hicieron soñar despierto y en su imaginación bailaba también abrazado de Elenka. La noche fue avanzando y los pasajeros se fueron retirando a sus camarotes. Robert Richard se despidió y tomó su abrigo para retirarse, y en el pasillo principal del barco se topó con la señorita Ana María. Se encontraron como si se hubieran puesto de acuerdo para verse a esa hora de la madrugada en el pasillo que conectaba a varias áreas del barco. Mejor suerte no pudo tener la señorita Ana María. Robert Richard, al ver que ella se encontraba sola, le preguntó: "Buenas noches, señorita, el baile ha terminado pero aún no me apetece ir a dormir. ¿Quisiera usted acompañarme a fumar un puro o a caminar un poco? Quizá podríamos ir a la sala de estar, donde los desvelados nos entretenemos cuando no podemos dormir". A las personas que utilizaban esa sala se les ofrecía una copa de vino o algún aperitivo ligero; podían leer con tranquilidad un libro o se les invitaba a observar los cielos y las estrellas con un telescopio que era una de las distracciones que más disfrutaban los viajeros en el barco. Claro estaba que la señorita Ana María aceptaría de inmediato la propuesta.

Robert Richard le cedió el paso para que caminara antes que él. Juntos bebieron unas cuantas copas de vino, charlaban de la gran Argentina que Ana María le describía detalle a detalle. Ella corregía algunas palabras en español mal pronunciadas por él quien, como todo un caballero que era, aceptaba las correcciones que le hacía su ahora maestra de español. La noche pasó suave y presurosa como los vientos que acariciaban el rostro y el cabello de Ana María esa madrugada. Y a lo lejos, escondido entre las nubes, el sol se veía salir, la mañana de un nuevo día los atrapó entre los pasillos que recorrieron entre pláticas y sonrisas, ambos se recargaron sobre la popa del inmenso barco, y contemplaban el amanecer de aquel día. Y a lo lejos, don Marcelo de la Vega, sentado tomando un café y leyendo un poco, observaba a la pareja recordando los días de su juventud en que se hacía acompañar por bellas damas también. Don Marcelo se levantó de aquella pequeña mesa donde se encontraba y caminó de prisa al encuentro de ellos para saludarlos y comunicarle a Robert Richard que su hija Helma lo estaba buscando. Con una disculpa se despidió de Ana María y de don Marcelo para ir en busca de sus hijos, que habían permanecido durmiendo solos en su alcoba la noche que se había ofrecido la cena baile para las parejas que abordaran el barco. A Dios gracias no podía pasarles nada, ya que en el barco los días y las noches eran de constante movimiento y, si por algún motivo algún niño se separaba de sus padres, alguien de la tripulación lo ponía a salvo.

Al primer lugar a donde fue Robert Richard en busca de su hija fue al comedor, al área especial que tenían los menores para tomar sus alimentos si así lo preferían. Robert Richard vio a lo lejos el cabello rubio de su hija Helma y caminó con pasos largos para cubrirle los ojos y así quitar un poco la tensión que pudiera haber en ella por no haber amanecido en el camarote esa mañana.

Robert Richard no mencionó nada acerca de su ausencia la noche anterior y sus hijos tampoco comentaron nada, su plática se enfocó en lo cercano que estaba el día en que llegaran a tierra y en lo mucho que extrañarían los días en el barco, sus clases con la señorita Ana María, el colegio, su casa y a los abuelos. Podía sentirse la emoción de todos al estar muy cerca ya del continente americano.

Y al otro lado del comedor Ana María y don Marcelo platicaban de las cualidades imposibles de no ver en Robert Richard y de la penosa partida de su esposa Elenka. Inolvidables momentos e inolvidables pláticas las de don Marcelo y Ana María Centeno en el barco.

Faltando un poco para las nueve de la mañana, y al estar la mayoría de los pasajeros tomando el desayuno, les anunciaron que en dos días, si el tiempo lo permitía, estarían llegando al puerto de Nueva York. Todos al escuchar la gran noticia celebraron con un gran aplauso y, en señal de agradecimiento a toda la tripulación, levantaron y agitaron sus servilletas. Al ponerse de pie Robert Richard después de recibir tan grata noticia fue a encontrar a la señorita Ana María y a don Marcelo a su mesa, y con un gran abrazo que les dio a ambos celebraban también la tan ansiosa llegada a Estados Unidos de América. Don Marcelo invitó a Richard a que se sentara con ellos un momento y los acompañara con un exquisito jugo de naranja que les habían servido para el desayuno. Robert Richard aceptó la invitación pero antes les pidió que lo esperaran un momento para regresar de nuevo a la mesa donde desayunaba con sus hijos, a quienes les sugirió que, al terminar de desayunar, fueran en busca de un libro a la biblioteca del barco, y le comentó a Cecilia que allí había libros muy interesantes que podría leer un poco para sus hermanos, y al terminar con la lectura, podrían armar los rompecabezas que se encontraban en el mismo lugar. Moviendo suavemente la cabeza, Cecilia le decía que sí a su padre. Después de ponerse de acuerdo Robert Richard con Cecilia en las actividades del día, regresó a la mesa por el jugo de naranja que don Marcelo y Ana María le habían invitado a tomar. La plática de esa mañana se alargó con una sobremesa de casi dos horas. Hablaron sobre la próxima llegada a América, sin dejar de lado la nostalgia que sentirían todos al bajar de aquel hermoso barco y dejar entre sus paredes largas charlas con amistades nuevas que tuvieron oportunidad de conocer, reuniones en el comedor al terminar los alimentos, los bailes que ofreció el barco tocando la maravillosa orquesta que los acompañó durante todo el viaje, pero más aún, se extrañarían ellos mismos. Ana María se quedaba con el recuerdo de Robert Richard en su corazón, memorias dejaba él en ella de un amor que no fue correspondido y don Marcelo guardaría por siempre en su interior el cariño que cada día fue creciendo al ver en Robert Richard el hijo que tanto añoró y la vida nunca le dio. Mientras que Robert Richard iba sanando lentamente su corazón. "Antes de que dejemos este barco, Robert Richard, quiero que escuches estas palabras que tengo para ti", le dijo don Marcelo.

"El tiempo va sanándonos lentamente y de repente, un día despertamos y nos damos cuenta de que ya no hay más dolor. Eso significa que nos hemos permitido y hemos permitido que sea el tiempo el que haga su labor. No olvides esto nunca, hijo. Solo el tiempo, solamente el tiempo".

"Cuando una mañana hayas despertado y sientas que no tienes fuerzas para darle la cara a ese nuevo día, piensa solo en lo que significa el tiempo para ti. ¿Crees que en la vida tenemos mucho tiempo para hacer las cosas? Y cuando te respondas esa pregunta, te aseguro que verás la vida de otra manera. Porque el tiempo no tiene valor para muchos porque pareciera que pasa lentamente, pero el tiempo es engañoso, no debemos fiarnos de él, porque si lo hacemos, un día que nos lleguemos a ver en el espejo, veremos la vejez dibujada en nuestro rostro", concluyó.

Las maletas de los viajantes estaban listas, acomodadas en fila por los pasillos de los camarotes, y los botones pasaban por cada una de ellas. Robert Richard y sus hijos se preparaban para dejar el barco esa mañana. Al término del desayuno estarían llegando al puerto de Nueva York, y la emoción les impidió probar alimento. Su nueva vida estaba cerca, sus costumbres, su idioma y parte de sus corazones se irían en el próximo barco que fuera de regreso a Hamburgo. Lentamente se acercaban a puerto y los recuerdos se venían a la memoria de Robert Richard: la primera vez que pisó suelo americano, quién iba a decir que al volver de nuevo Elenka no estaría más a su lado. Robert Richard les mostraba a sus hijos lo bello que era Nueva York, ellos abrazaban fuertemente a su padre, veían su nueva vida pero también eran muy conscientes de que ahora solo tenían a su padre. Al llegar a tierra, todos tomaron su equipaje y buscaron la forma de irse a un hotel; la mañana era muy fría, las personas caminaban por las calles de Nueva York rápidamente y los automóviles pasaban unos seguidos de otros. Los hijos de Robert Richard veían lo hermoso de los edificios, niños caminando de la mano de sus padres, perros callejeros comiendo lo que veían tirado por las banquetas, y al dar la vuelta por un callejón su padre les mostró el hermoso hotel donde se hospedarían, había mayordomos afuera recibiendo a cada huésped que llegaba a alojarse en el mismo hotel donde ellos vivirían por unas semanas mientras organizaban su vida en Nueva York. Ellos se acercaron a la entrada principal y, al igual que con los demás huéspedes que llegaban, un mayordomo se acercó a ayudarles con el equipaje para darles paso a la gran entrada del hotel. Robert Richard y sus hijos subieron unos escalones hechos de mármol negro que los llevaba directo al lobby, donde se registrarían; su habitación fue la 123, se encontraba en el sexto piso y la vista era fascinante; podían ver desde ahí todo Nueva York. La habitación tenía dos camas grandes y un sofá pequeño en el cual Helma dormiría, ya que ella era la más pequeña y la única que podría caber en él, aunque su padre sabía que, al llegar la noche, ella iría en busca de cualquiera de sus hermanos para no dormir sola en ese sofá. La habitación tenía también una pequeña sala con un escritorio que le serviría a Robert Richard para trabajar. El cansancio de ese día hizo que cayeran rendidos de sueño por la noche sin haber probado alimento alguno. Richard olvidó cerrar las cortinas y la luz de un nuevo día se colaba en sus párpados. Sus hijos dormían plácidamente y él los contemplaba sentado a los pies de su cama; la añoranza que sentían sus hijos al marcharse de casa la sentía él también, pero ya era una realidad y ya no estaban más en Alemania.

"Solo quien ha dejado su patria para marcharse a un lugar a donde no se pertenece podrá entender mis palabras. No hay consuelo que se pueda llegar a sentir al dejar las tierras que te han visto nacer; somos exactamente a donde pertenecemos, porque dejamos de ser cuando nos marchamos, somos grandes en nuestra patria y no somos nada sin ella". Era la voz de Robert Richard plasmada en un papel que encontró esa mañana en el escritorio labrado de madera de su habitación, su corazón invadido de tristeza lo hacía desahogar en una hoja su penoso sentir, tratando de encontrar un poco de paz para su alma.

Al ver Robert Richard que la mañana pasaba y los niños no despertaban, fue al baño y cerró cuidadosamente la puerta para que el ruido de la regadera no los despertara. Cecilia, sin embargo, se despertó, pero como había dormido tan profundamente se olvidó que habían llegado a tierra. Volteó a toda la habitación desconociendo el lugar, pero en unos segundos se dio cuenta de en dónde se encontraba, movió suavemente la sábana blanca de su cama y se dio cuenta de que Helma dormía a un lado de ella y Robert Richard Jr. se había quedado en el sofá donde su padre había dejado dormida a Helma. Cecilia salió despacio de la cama, se asomó por la ventana y observó a las personas pasar rápidamente, contemplaba el viento que hacía mover las ramas de los árboles y rápidamente pudo imaginar lo maravillosa que podría ser su vida ahí. Helma sentada en la cama le preguntaba qué era lo que veía con tanta atención y Cecilia le dijo: "Ven y observa a las personas y los paisajes, me parece que aquí es muy parecido a Alemania. ¿Tú qué piensas, Helma? ¿Acaso ves mucha diferencia? ¿Verdad que no la ves? Yo tampoco la veo. Tenemos que lograr que papá sea feliz aquí y que mi hermano también lo sea, nosotras seremos el apoyo de los dos desde hoy y ya verás que seremos muy felices viviendo aquí". Robert Richard, detrás de la puerta del baño, escuchaba cómo Cecilia le daba aliento a su hermana pequeña y al mismo tiempo a él también, al escuchar las palabras tan amorosas con las que le hablaba a Helma.

Robert Richard salió del baño para que Cecilia y Helma pudieran tomar una ducha. Pero como vio que su hijo aún no despertaba, le susurró lentamente al oído: "Hijo es tu primer día en América, despierta, nos espera tu nuevo hogar allá afuera". Robert Richard Jr. abrió sus ojos y le preguntó: "¡Papá!, ¿la casa tiene un jardín grande donde yo pueda jugar?". Y su padre le respondió: "El jardín es tan grande, Robert Richard, que tus hermanas y tú se van a perder cuando jueguen en él".

Esa misma mañana Robert Richard prometió que jamás volvería a ver su vida pasar de largo. Las palabras de don Marcelo taladraban su mente. Ahora solo sabía que aprovecharía al máximo el regalo de estar vivo a lado de sus hijos y el recuerdo de Elenka estaría presente eternamente, festejarían la vida acompañados siempre de ella.

Pronto el hambre se hizo notar en los cuatro. Ya eran las ocho de la mañana y aún no bajaban al restaurante a desayunar. Helma se sentía un poco mal del estómago y no quiso probar nada, y Cecilia pensó que aún seguía nerviosa por el largo viaje que habían hecho y por todo lo que tendrían que hacer ese día, pero al contrario de ella, todos morían de hambre, y la conversación de esa mañana en la mesa fue solamente qué tipo de casa buscarían para poder alojarse lo más pronto posible. A los pocos minutos llegó el señor Edwin Lee, conocido de Robert Richard, quien los acompañó a conocer un poco Nueva York y también les mostró varias propiedades que podrían ser del agrado para la familia Pilz, para que muy pronto pudieran estar instalados en su nuevo hogar y disfrutando de la hermosa ciudad. Primero se dirigieron a conocer un poco la zona para después caminar un poco por las calles de Nueva York para disfrutar de la vista espléndida y de los árboles que se encontraban por la banqueta donde caminaban. A unas cuadras se encontraba la primera casa que podría ser su futuro hogar, en ella había un portón blanco de forja a la entrada de la puerta principal. La hermosa residencia era de color beige con toques cafés en las molduras del segundo piso. Tenía un patio lateral que te llevaba a la parte trasera de la casa, donde se encontraba un jardín repleto de todo tipo de flores y una mesa blanca al centro. La casa no era muy grande, motivo por el cual Robert Richard y sus hijos no quisieron conocerla por dentro. El señor Edwin Lee los esperaba a unos pocos pasos de donde se encontraban los Pilz. Su próxima residencia para visitar, a lo lejos se veía que era impactante, la entrada en auto tenía un callejón muy largo de piedra y en un lado del callejón tenía cortinas altas de buganvilias y jazmines; la belleza de su floración los dejó cautivados a todos. Lo demás que verían en la propiedad, difícilmente lo podrían olvidar. El requisito principal de la familia Pilz para poder comprar una propiedad era un gran jardín, y esta casa superaba en su totalidad sus expectativas. Los dueños de la casa fueron quienes la mostraron rincón por rincón y le explicaban a Robert Richard el motivo por el cual tenían que deshacerse de su propiedad. Él los escuchaba atento caminando lentamente, con sus manos entrelazadas hacia atrás. El señor Edwin caminaba con los niños por los hermosos jardines de la casa y alcanzaron a ver que había un pequeño lago escondido entre plantas colgantes y el pasto, había también unos columpios de cuerda sobre el lago, y estaba un tronco recostado que parecía dormir encima de este. La casa era inmensa, fascinante para cualquiera que tuviera la posibilidad de comprarla. El recorrido terminó y muy amablemente todos se despidieron.

Llegaba el turno de la tercera y última casa que verían ese día. La distancia que recorrieron fue un poco larga, pero sirvió para que fueran conociendo la ciudad donde vivirían. Al cabo de un rato se acercaban a una colonia donde se encontraban muchas casas parecidas, algunas de un solo piso y otras de dos pisos, pero la mayoría eran del mismo estilo. Al entrar ahí, no se veía mucha diferencia a las casas que había en Alemania. Todo era muy parecido. Habían pasado unos cuantos minutos y se estacionaron frente a una residencia con un techo muy alto estilo holandés. La casa se encontraba sola desde hacía ya muchos meses. Al entrar en ella vieron que se encontraba un poco descuidada y sucia, pero el estilo de la casa y la colonia les había gustado mucho; además había algo que les iba a encantar, en un lugar muy escondido de la casa había un ático que los dueños habían convertido en una sala de juegos ideal ahora para Cecilia, Robert Richard y Helma. Al jardín le faltaba un poco de amor solamente, pero el requisito principal estaba cubierto. Al marcharse de la casa quisieron ir a comer algo. El señor Edwin los llevó a un lugar pequeño para que pudieran comprar algo de comer. Sabía que el pequeño restaurante a donde los llevaría podía ser del agrado de ellos; en el lugar la especialidad eran las pastas y la pizza, comida no tan común para ellos, pero con el hambre que tenían no les importaba lo que les dieran de comer; los niños estaban tan cansados que dieron fin por ese día a su búsqueda. Al llegar al hotel, los niños se fueron a tomar una siesta. Robert Richard y el señor Edwin bajaron al restaurante del hotel para platicar un poco de la vida en Nueva York y de muchas otras cosas más. Pidieron al mesero un aperitivo y un poco de vino. Robert Richard observaba detenidamente la copa que tenía entre sus manos pensando quizá, o a lo mejor solo disfrutando del sabor ácido y la frescura del vino tinto; sus pensamientos se fueron por unos segundos a los brazos de su amada Elenka, las palabras que mencionaba el señor Edwin no eran de su interés y solo disfrutaba del momento, de poder estar bebiendo uno de sus vinos favoritos. El señor Edwin se dio cuenta de que ya era hora de marcharse y se despidió de Robert Richard, programando la cita del siguiente día.

Robert Richard permaneció a solas por un momento más, tenía que ordenar su vida y la de sus hijos y no sabía por dónde empezar.

Cuando se tiene un problema o alguna dificultad y no se sabe qué es lo que se tiene que hacer, es mejor que no se haga nada; permanece tranquilo, sin moverte mucho para que el tiempo te vaya mostrando con claridad qué es lo que debes hacer. Pero no permanezcas mucho tiempo sin moverte, porque acuérdate que te puedes debilitar.

Robert Richard terminaba de beber la última copa de vino tinto y no podía estar más tiempo a solas pensando, así que decidió marcharse con sus hijos a la habitación del hotel. Al abrir la puerta los encontró sentados en la alfombra armando un rompecabezas que él les había regalado una Navidad. Al verlos tan entretenido se quitó su saco, lo colgó en la silla del escritorio y se tumbó en el suelo para compartir ese momento con ellos. Platicaban acerca de los lugares que habían visitado por la mañana. Cada uno dio su opinión y Robert Richard les pidió que expresaran sus sentimientos por cada una de las casas visitadas, aunque era muy pronto para tomar una decisión, todavía faltaban algunas propiedades por ver y quizá se podrían llevar una gran sorpresa. La hora de ir a la cama llegó; Robert Richard fue en busca de un camarero y pidió que llevaran un poco de leche y pan dulce a su habitación para que esa noche no se fueran a la cama a dormir otra vez con el estómago vacío. Luego apagó las luces y esa noche nadie durmió en el sofá. Él tardó un poco en conciliar el sueño, sus miedos lo asechaban esa noche y sentía la necesidad de volver a ser niño para poder sentirse protegido, las dos de la madrugada marcaba su reloj de bolsillo.

El señor Edwin Lee tocó a la puerta de la habitación muy temprano. Robert Richard y los niños lo esperaban para ir al restaurante del hotel a tomar el desayuno. Todos se sentaron muy cerca del buffet que se había preparado para los huéspedes del hotel, y tuvieron que desayunar algo apresurados porque los esperaban en la puerta para el nuevo recorrido. Esa mañana tenían planeado visitar una casa que se encontraba a las orillas de la gran ciudad de Nueva York. Les tomó cerca de media hora llegar; se encontraron con una hermosa finca en venta que a lo lejos parecía un hotel de lo grande que era. En la puerta los esperaba un hombre vestido de negro y con un gran sombrero en la cabeza; era el encargado de cuidar la finca mientras la propiedad se vendía. El hombre los invitó a pasar señalándoles la gran sala que daba la bienvenida a cada invitado que llegaba de visita. La finca estaba completamente sola sin ningún mueble que la adornara, solo había tapetes que cubrían los pisos de madera recién pulidos y candiles inmensos colgados en las alturas de los techos. Recorrerla no les tomó mucho tiempo. Pero llegar a la siguiente propiedad sí fue un recorrido más largo. Esta casa que visitarían tenía muchas probabilidades de ser la casa elegida, decía el señor Edwin Lee. La ubicación era privilegiada, estaba una escuela muy cerca y el supermercado estaba solo a dos cuadras. Además había ahí la mejor academia de piano y, en una pequeña casa que se encontraba cerca, vivía una señora mayor llamada Carmen, que daba a las niñas clases de cocina, de costura y de tejido, y un día a la semana se reunía con sus alumnas para intercambiar libros y compartir lo que habían aprendido.

Se fueron acercando al vecindario y a la casa que prometía mucho para la familia Pilz. Se estacionaron justo al frente para que Robert Richard y sus hijos la pudieran ver bien. La casa estaba en una esquina, tenía dos ventanas verticales muy grandes en cada uno de los lados de la puerta principal y estaba rodeada de un barandal alto de forja de color negro. Estaba pintada de un color melón muy suave en las paredes del exterior. La casa era exquisitamente hermosa. El señor Edwin traía las llaves en el bolsillo del pantalón y los invitó a pasar de inmediato. Al abrir la puerta y entrar a la casa había unas escaleras al centro y la sala y el comedor en los costados, la cocina completamente de madera estaba al fondo y las habitaciones se encontraban en el segundo piso; debajo de las escaleras había un pequeño lugar para guardar cosas y el jardín rodeaba toda la casa. En el patio de atrás, había una fuente redonda de piedra y una casa de madera pequeña de juegos o para las muñecas. Todos quedaron fascinados con la casa y no hubo mucho que pensar al tomar juntos la decisión de comprarla. Esa misma noche, estuvieron de acuerdo en que el hogar perfecto para ellos era esa casa de color melón. Los siguientes días fueron para cerrar el trato y hacer la compra de la propiedad, buscar muebles para decorarla y abandonar el hotel que los acogió por unas cuantas semanas.

Richard traía las llaves y ese mismo día de la compra les dio la sorpresa a sus hijos; ese viernes sería la primera noche que dormirían en su nuevo hogar. La felicidad parecía que regresaba de nuevo a la familia. Un momento así no lo habían vuelto a vivir desde hacía ya muchos, muchos meses. La casa los recibió de inmediato con mucho amor, las flores en el jardín comenzaron a brotar, el pasto verde crecía rápidamente y cada mañana la luz del sol entraba por los ventanales de la puerta principal. Al incorporarse Richard a su nuevo empleo se dio cuenta de que necesitaría ayuda en casa y a una persona encargada de las lecciones escolares para Cecilia y Helma. A los pocos días de empezar la búsqueda, contrató a una institutriz para los niños: la señorita Lisa, una mujer alta de cabello castaño y ojos verdes, con la misma dulzura de un chocolate al paladar. Al conocer a los niños aceptó de inmediato el trabajo que Robert Richard le ofrecía y a los pocos días se encontraba viviendo en la casa de la familia Pilz. Los niños quedaron encantados con ella y le tomaron cariño. En muy poco tiempo, estaría encargada de que todo marchara en orden en casa y del apoyo escolar para las niñas. Cecilia y Helma se quedaban en casa con la señorita Lisa estudiando sus lecciones por la mañana y por las tardes tres veces a la semana asistían a sus clases de piano, y los dos días restantes de la semana iban a clases de bordado.

La vida para Robert Richard Jr. era más divertida. Esperó tanto tiempo para poder regresar a la escuela que el día que lo hizo, no perdió la oportunidad para hacer nuevos amigos. La señorita Lisa por las tardes le daba clases de apoyo y reforzaban lo que cada día aprendía en la escuela. Cada noche en la cena Robert Richard les platicaba a sus hermanas y a la señorita Lisa sus aventuras en la escuela y las travesuras que sus compañeros y él les hacían a sus maestros. Cecilia y Helma lo escuchaban muy atentas y reían a carcajadas con la plática de su hermano.

Rara vez Robert Richard faltaba a la cena, pero conforme fueron pasando los meses sus continuos viajes lo mantenían muy ocupado y las cenas en familia fueron desapareciendo. A veces fueron solo días los que Robert Richard permanecía fuera y con el tiempo sus ausencias se convirtieron en semanas. Los estados más cercanos a Nueva York fueron su segundo hogar, ahí fue donde impartió sus primeras pláticas sobre minas y compartía todos sus conocimientos en grandes salas de hoteles a donde era invitado. Sus colegas ingenieros mineros sabían que era un hombre muy preparado e inteligente, motivo por el cual le solicitaban cada vez más su presencia en lugares más lejanos. Su fama crecía como la espuma y en poco tiempo se convirtió en un ingeniero muy popular y reconocido; su fama llegaba a oídos de su familia y en la fábrica de cartón celebraban sus triunfos. Su padre se sentía orgulloso de él y recordaba con nostalgia los muchos días que pasaron juntos en la fábrica platicando, jugando y compartiendo tantas otras cosas. Ya se habían cumplido cinco años desde su partida a América y los padres de Robert Richard esperaban ver algún día su regreso, cada carta recibida desde un país tan lejano era recuperar la esperanza de volverlos a ver, pensaban todos en la fábrica de cartón.

El abuelo Robert Richard pasaba muy seguido a la bellísima finca de Richard y Elenka; en ella había un jardín repleto de árboles de nuez. En tiempos de cosecha y recolección se hacía una gran reunión con toda la familia y los trabajadores de la fábrica, en donde celebraban con diferentes tipos de vinos y quesos artesanales la temporada tan esperada de piscar la nuez. Al llegar a la memoria de Robert Richard esos meses de la temporada de la pisca, los recuerdos entristecían su corazón. Pero tanto él como su familia a lo lejos celebraban para no olvidar nunca las tradiciones de la gran familia Pilz.

Los niños ya habían crecido mucho y Robert Richard de vez en cuando acompañaba en sus viajes a su padre, quien en uno de esos viajes le comentó que tendrían que ir a la frontera a revisar unos papeles y aprovecharía para ir a México a saludar a unos amigos. Robert Richard también pensó en volver a la mina que en el pasado tuvo oportunidad de conocer y que ahora quería mostrársela a su hijo también. A Robert Richard Jr. le entusiasmó mucho la idea de acompañar a su padre y poder conocer México, y le pidió también que lo ayudara con sus lecciones de español. Esa misma tarde no solo fueron las lecciones para Robert Richard sino para los tres hermanos Pilz.

Robert Richard y su hijo se preparaban para el viaje, que sería en pocas semanas. Cecilia y Helma se quedarían en casa con la señorita Lisa esperando el regreso de su padre y de su hermano, y a Cecilia se le ocurrió la magnífica idea de invitar una temporada a casa a la señorita Ana María, para retomar sus lecciones de español y no estar tan solas durante la ausencia de su padre y de su hermano. A Robert Richard le entusiasmó mucho la idea y le mandó una carta de invitación a Ana María a Buenos Aires, solicitando tan grata compañía. La carta fue recibida por la misma señorita Ana María y en menos de un parpadeo se encontraba sentada a la mesa de la familia Pilz disfrutando de una gran velada, charlando de todo lo que había acontecido en los últimos años. Pronto la rivalidad entre las dos damas se hizo notar. Ana María observó lo bella que era Lisa y el amor que los niños sentían por ella; pudo ver también la ternura en los ojos de Robert Richard al verla. Su estadía no iba a ser nada fácil; el amor que sintió por Robert Richard años atrás no se había marchado por completo; en el fondo de su corazón guardaba la ilusión de algún día poder estar entre sus brazos amándolo. Esa noche la cena fue de maravilla. Cecilia, en compañía de Lisa y las personas que trabajaban en la cocina, participaba en la preparación de la cena. Ana María se quedó sorprendida del talento que tenía Cecilia para cocinar. Robert Richard le platicó cómo fue que Cecilia había aprendido a cocinar.

Le platicó que a su madre Elenka desde que Cecilia era muy pequeña le gustaba que la acompañara en la cocina mientras ella preparaba la comida, la sentaba en una esquina en un mueble de madera y le acercaba sus juguetes para que se entretuviera, pero con el paso del tiempo, Elenka se dio cuenta de que su hija no jugaba con sus juguetes el tiempo que la acompañaba, sino que observaba con mucha atención todo lo que ella hacía, hasta que un día ella sola fue a la cocina y preparó algo muy sencillo. "Y así fue como supimos que no la sacaríamos tan fácil de ahí", comentó Robert Richard, "y desde ese día hasta hoy. Horas son las que pasa horneando algo en la cocina".

Después de una larga noche, Lisa se retiró a dormir y los niños hicieron lo mismo. Ana María les recordó que al día siguiente muy temprano retomarían sus lecciones de español que ya habían dejado en el olvido. Cecilia y Helma no mostraron mucho interés en las lecciones, ellas preferían platicar y salir a pasear con la señorita Ana María durante su estancia en Nueva York, comer helado y hacer muchas cosas divertidas con ella; todo lo contrario con Robert Richard Jr., quien quería ser igual a su padre y lo primero que tenía que hacer era aprender un tercer idioma para empezar a seguir sus pasos y llegar un día a ser como él.

Llegó la mañana en la cual Richard y su hijo se marcharían a la frontera. Las niñas, Lisa y Ana María los acompañarían a la estación del tren para despedirlos. Varios colegas de Robert Richard estaban ya en la estación del tren listos para hacer el viaje al pequeño pueblo ubicado en la frontera entre Texas y México. Largas horas permanecieron en el tren y Robert Richard tuvo mucho tiempo para platicar con su hijo acerca de su trabajo en las minas y de todo lo que aprendería esa temporada que iban a estar juntos. Ese primer viaje que hicieron hizo que los lazos padre e hijo fueran eternamente muy fuertes. Robert Richard ayudó a su hijo con sus lecciones de español, idioma que se veía que se le facilitaría; leían un poco la cultura del país que visitarían y ambos se empapaban de la historia de México. Le platicaba los recuerdos que guardaba en su memoria y lo hermoso que era ese país. "Padre, en verdad me tiene maravillado la riqueza de ese país". "Así es, hijo, yo aún recuerdo que mi padre me decía cuando era un niño, que el continente americano aún estaba muy atrasado. Podría decirse que sí en cuanto a recursos económicos se refiere; lo que en realidad le falta a México es dinero, hijo, porque todo lo demás ahí está, hasta su ubicación geográfica es privilegiada. Todo tienen ahí, petróleo, carbón, plata, oro, vegetación perfecta y mucha cultura".

"Creo que te serviría mucho, hijo, conocer el lugar donde vive don Marcelo. Él es la persona idónea para que te relate mejor la historia de su país". Robert Richard tomó un bolígrafo y una hoja y comenzó a escribir unas líneas para su amigo Marcelo Alonso de la Vega:"Mi querido y gran amigo Marcelo Alonso de la Vega: Me encuentro viajando en estos momentos hacia Texas. El lugar que visitaré es un pueblo pequeño situado en la frontera con México; pasaré unos días ahí en compañía mi hijo Robert. Si el tiempo lo permite, hoy mismo estaremos cruzando la frontera para ir a la mina que visité por primera vez hace algunos años. A mi hijo le llama mucho la atención conocer su país y su cultura y le he dicho que enviaré esta carta para ver si es grata para usted nuestra presencia en Morelia, Michoacán.

Saludos afectuosos, Robert Richard Pilz".

En Eagle Pass, Texas, esperaban a todo el grupo que llegaba de Nueva York para instalarlos en una casa de huéspedes que solamente ellos iban a ocupar. Lo pequeño del pueblo asombró mucho a Robert Richard Jr. En su mente pensaba en todos los lugares que iría con su padre a visitar ahora que habían llegado a Eagle Pass, y se encontró solamente con unas cuantas calles. La primer noche que pasaron en el pequeño pueblo de Texas hubo mucho viento. Las paredes de madera de la vieja casa de huéspedes tronaban, al parecer se acercaba una fuerte tempestad y Robert Richard Jr., muerto de miedo, corrió a la habitación de su padre para dormir a su lado. Jamás el pobre niño había visto una tormenta de arena y en el pueblo todo era arena y tierra, era algo así como un pueblo fantasma en donde habitaba muy poca gente y peor aún estaba el pueblo de México que al siguiente día irían a visitar.

Muy temprano al amanecer, la tormenta dejó de golpear las paredes y los árboles. Fue entonces cuando Robert Richard pudo conciliar el sueño un poco. Al despertar se dio cuenta de que su padre se había marchado y que se encontraba solo en casa. Echó un vistazo por las ventanas para ver en qué condiciones se encontraba todo después de la tormenta de la noche anterior y notó que por las calles no caminaba nadie y que todo estaba completamente vacío y en silencio. Lo único que pudo hacer esa mañana fue leer los libros que traía en su maleta y repasar un poco sus lecciones de español, sentado en un sofá que se encontraba en un lado de una ventana que daba a la calle principal del pueblo. Entonces vio a un niño que pasaba caminando cerca de donde él se hospedaba y, al ver que el niño jugaba solo con sus canicas, le tocó el vidrio de la ventana fuertemente para que lo escuchara y lo saludó, invitándolo para que jugara con él. Robert Richard apresurado fue a ponerse sus zapatos y un suéter para poder ir con su nuevo amigo a jugar. Al acercarse a él, se topó con la gran barrera del idioma. Su nuevo amigo se presentó saludándolo con un ligero apretón de manos diciéndole: "¡Hola!, me llamo Carlos, ¿tú cómo te llamas?". Robert Richard moviendo la cabeza le decía que no entendía. Carlos le dijo: "No te preocupes, acá todos hablamos inglés y español", y las conversaciones entre los dos empezaron a ser en inglés, pero Carlos de repente le hablaba en español entre juegos porque se le olvidaba que Robert Richard no le podía entender. Los dos niños se hicieron tan amigos que pasaban largas horas juntos. Un día Carlos llevó a Robert Richard a un río que se encontraba muy cerca de donde él vivía, que era él mismo río que separaba a los dos países, Estados Unidos de América y México. En ese pequeño río pescaban, nadaban y hacían picnics los domingos después de que Carlos fuera con sus padres a la misa de las doce. Pero una mañana que hacía mucho calor, Carlos y Robert fueron al río a refrescarse un poco y se encontraron con una familia que conocía muy bien a Car-

los y los invitaron a tomar una limonada y un snack. Robert Richard
tenía varios días de haber llegado a Eagle Pass y se dio cuenta de que
podía entender la conversación que su amigo Carlos estaba teniendo
con las personas, y cuando salieron del río para marcharse a casa se
lo comentó. Carlos, sorprendido, le respondió: "Es increíble, Robert
Richard, lo que me dices, si solo tienes unos cuantos días acá". Pero
Robert Richard había heredado la inteligencia de su padre y Carlos
al hablarle en español, porque ese era su primer idioma, hizo que
Robert Richard se familiarizara cada vez más con el idioma apren-
diéndolo sorprendentemente casi de inmediato, con la ayuda de su
padre y de los libros que había traído de casa. Su padre, sorprendido
también, lo felicitaba y lo animaba. Esa noche en que Robert Richard le comentaba a su padre lo que había sucedido en el río con
Carlos y la familia con la que había estado platicando, su padre lo
interrumpió para comentarle que al día siguiente cruzarían la frontera para ir a la mina de la cual le había platicado tanto. ¡Al fin Robert
Richard conocería México! "Padre, ¿crees que sería buena idea que
Carlos pueda venir con nosotros? ¿Sí me das permiso de que él venga
con nosotros? Te prometo que nos portaremos bien". "Ve entonces
a casa de Carlos y pídeles a sus padres que vengan para decirles que
lo dejen acompañarnos unos días a México". De inmediato Robert
Richard Jr. fue en busca de Carlos para preguntarle si quería ir con
ellos unos días a México. "Me parece muy buena idea, Robert, pero
tendremos que ir a casa para pedirles permiso a mis padres; el camino no es corto, pero tampoco es largo; si tenemos suerte, mis padres
me dirán que sí puedo ir. Tendremos que llevar ropa para el calor y
zapatos suaves, Robert, porque caminaremos mucho por allá". "Primero pediremos permiso y después veremos qué ropa llevaremos", le
respondió Robert a su amigo.

Esa tarde Carlos vio que su padre llegaba de Palaú de su trabajo,
corrió a su encuentro, lo saludó con un beso y un abrazo y le platicó
de la invitación de Robert y de su padre a Palaú, Coahuila. Su padre
le respondió que a la mañana del día siguiente pasaría a ver al papá
de Robert Richard para platicar con él. Carlos fue en busca de Robert
para platicarle que al siguiente día sabrían si su padre le daría permiso

de acompañarlos a México. Esa noche Robert Richard Jr. preparó
las cosas que llevaría a México, sus libros, las canicas que Carlos le
había regalado y ropa apropiada para el calor. Porque, eso sí, el calor
que hacía por esos rumbos decía Carlos, ¡es del diablo! A la mañana
siguiente a primera hora ya estaba tocando la puerta el padre de Carlos para presentarse y conocer a don Richard, le llamaba él. Robert
Richard lo invitó a pasar y le ofreció un café. El señor, de nombre
Cesario, era un jornalero de la mina a la cual hace unos años Richard
fue a trabajar. El señor Cesario se iba al pueblo de Palaú los lunes por
la mañana, y regresaba con su familia a Eagle Pass los viernes por la
tarde. Así cada semana de su vida. Richard, como le decían sus amigos de México, y el señor Cesario, platicaron un largo rato para co-
nocerse un poco y así poder dejar a su hijo Carlos pasar unos días con
ellos. Le dio el permiso y en la tarde se marcharon todas las personas
que viajarían a Palaú. Eran más personas mexicanas que americanas
con las cuales compartieron el viaje esa tarde, y llegaron por ahí de las
ocho de la noche a Palaú. Robert Richard Jr. pisaba tierras mexicanas
y, al igual que su padre, amó lo que veía. Era tan distinto a lo que él
estaba acostumbrado, pero le sorprendía la calidez de las personas,
porque en Nueva York solían ser muy frías y muy indiferentes unos
con los otros, a diferencia de lo que empezaba a ver en quienes pasaban a lado de ellos caminando y saludándolos amablemente como si
fueran viejos conocidos del pueblo. Todo era demasiado lento y silen-
cioso para Robert Richard Jr. Y en su padre se podía ver la felicidad
a flor de piel por volver a aquellos lugares que lo habían enamorado
por su sencillez y tranquilidad. A los pocos minutos de haber llegado,
la familia Martínez fue a recibirlos a la plaza principal del pueblo
para llevarlos a casa con ellos y darles una calurosa bienvenida. Esta
familia había preparado una cena típica mexicana para las visitas que
recibían, cena que, por cierto, no olvidaron jamás, ya que Robert
Richard pidió que le sirvieran dos veces el mole de olla, motivo por
el cual se la pasó en vela por la indigestión que le causaron los condimentos. Gracias a eso, en su vida volvió a probar el mole mexicano.
Richard al día siguiente despertó a la misma hora de siempre y bajó
con la familia Martínez para desayunar con ellos. La señora Celia y
el señor Octavio Martínez eran un matrimonio algo adulto. El señor

Octavio había sido minero en su juventud y se había hecho amigo de Richard la vez que había ido de visita a conocer las minas de por ahí. Cabe mencionar que todos en ese pequeño pueblo de México realizaban la misma actividad ya que no había otro trabajo que no fuera la minería o la ganadería, así que Richard se encontraba en el lugar perfecto e ideal para él. Esa mañana el señor Octavio lo acompañó a la mina donde le habían solicitado asesoramiento y ayuda, era la misma compañía minera que había visitado en su primer viaje a Palaú. La mina se encontraba a cierta distancia y necesitaría alguien que lo guiara. Por el camino tuvieron mucho tiempo para platicar todo lo que había acontecido desde que Richard estuvo ahí la última vez, la triste noticia de la muerte de Elenka y su nueva vida en Nueva York. Richard encontró el pueblo exactamente igual que en los años pasados y se sorprendió también por encontrar a los Martínez también igual; parecía que los años no pasaban por esos pequeños pueblos. "Todo se encuentra en el mismo lugar, el señor que vende dulces en la esquina, el poste a punto de caerse, la carreta de aquel hombre que pasa vendiendo leche. No pude ser, hacen todo igual", se dijo. Ni siquiera pasaban por otra calle para no ser repetitivos con lo que hacían cada día. Pero Robert Richard no expresaba lo que estaba pensando para no incomodar al señor Octavio con sus palabras, que quizá podían ser ofensivas para él, ya que había vivido ahí toda su vida. Al marcharse Richard con el señor Octavio, Robert Richard Jr. y Carlos se quedaron en casa con la señora Cecilia. Al terminar de desayunar se vistieron y fueron a conocer el pueblo; la señora Cecilia les preparó algo de comida y sirvió en un tarro de barro limonada fresca con fresas, porque a la hora del mediodía el calor iba a estar insoportable y a los niños les iba a dar sed.

Fue muy largo el camino al sitio donde Carlos quería llevar a Robert Richard. Era una casa vieja de piedra que tenía muchos años abandonada; los rieles del tren pasaban por un costado de ella y decían los mineros que pasaban por ahí de regreso de su jornada de trabajo que cuando el turno era de noche y salían en la madrugada y pasaban por ahí, se oía en la casa la música de un piano a lo lejos, y cuando ellos se acercaban un poco para escuchar mejor, la música dejaba de sonar. Cada quien tenía sus propias historias: unos escuchaban música, otros veían a una mujer caminando dentro de la casa con una vela en las manos, y de tantas historias de terror que se escuchaban, la vieja casa se hizo muy famosa.

Al llegar allí, Carlos le platicó a Robert Richard la historia del lugar en donde se encontraban, pero a él no le causó ningún tipo de emoción. Escucharon a lo lejos que el tren se acercaba y salieron corriendo de inmediato para verlo pasar. Carlos se apresuró y fue por la mochila donde guardaba sus canicas y una hulera, y al pasar el tren le lanzó lo que parecía una piedra pequeña. Pobre de Robert Richard Jr. aquel día, pues gran conmoción que le causó Carlos al verlo hacer eso. El pobre le gritó con gran fuerza: "¡No, ¡Carlos, que vas a matar a alguien!". El pobre Robert pensaba que las piedras que Carlos le había dicho que estaba lanzando eran peñascos grandes. Al voltear Carlos a ver a Richard por tremendo grito que le dio, le respondió: "No te apures, Robert, te he dicho que es una piedra pero en verdad son las pasas uvas que nos dio la señora Celia por si nos daba hambre". Al escuchar eso, Robert fue por la mochila para ver si lo que Carlos le decía era cierto y se encontró con la mochila completamente vacía. Carlos se había comido todo y las pasas uvas, como no era un fruto que comiera muy seguido, las usó para jugar con su hulera y de paso enseñar a Robert Richard cómo hacerlo. Ese día jugaron y caminaron mucho. Carlos le dijo que más adelante había otro pueblo también muy pequeño pero que ahí había cascadas y ríos muy grandes, pero que para ir allá tendrían que conseguir una bicicleta prestada. Como Robert Richard ya estaba muy cansado le dijo a Carlos que ya tenían que irse. "No entiendo cómo es que conoces este lugar tan bien", le dijo Robert a su amigo. "Muy fácil, Robert", respondió Carlos. "Como mi padre trabaja acá, mi familia pasa mucho tiempo por estos rumbos; además, cerca de aquí, en un rancho, viven mis abuelos".

El sol se iba guardando y la luz del día desapareciendo y Carlos y Robert Richard caminaban en dirección a la casa de los Martínez, pero al pasar por la plaza del pueblo Robert Richard observaba cómo todos los hombres que pasaban a un lado de ellos tenían los ojos pintados de negro y le preguntó a Carlos: "¿Por qué son tantos los hombres que llevan los ojos pintados de negro? ¿Y por qué las mujeres no?". Carlos le respondió: "Todos esos hombres que has visto vienen saliendo de su trabajo, ellos son mineros y la pintura que ves en sus ojos no es pintura, es carbón por tantas horas que pasan excavando en los túneles subterráneos que ellos mismos hacen y que tu papá, por lo que tengo entendido, viene a la misma mina a trabajar. Todos esos hombres han terminado su jornada de trabajo el día de hoy y ya van a sus casas a descansar".

Robert Richard todo el camino de regreso estuvo muy pensativo y pronunció muy pocas palabras. Imaginaba todo lo difícil que sería para esos hombres permanecer tantas horas encerrados en túneles, y pensaba: "¿Cómo podrán respirar encerrados ahí esos hombres? ¿A qué sabrá su comida cuando se alimentan?". Y así, su cabeza se llenó con tantas preguntas que al llegar a la casa de los Martínez su padre tendría que responderle.

Muertos de hambre los niños tocaron a la puerta de la casa de la señora Celia y el señor Octavio y se encontraron con la mesa ya servida y los tres adultos esperándolos para poder probar alimento. Un poco molesto Richard con su hijo y con Carlos por la hora de llegada a un hogar que no era el suyo, pronunció pocas palabras en la cena, pero al terminar les preguntó con una voz fuerte y seria en dónde habían estado todo el día. Los niños le comentaron los caminos por los que habían andado pero no mencionaron la casa vieja del riel, porque si no Robert Richard se daría cuenta de lo mucho que se habían alejado y al día siguiente no les daría permiso para salir. Esa noche Robert no le mencionó nada a su padre de lo que estuvo pensando todo el camino de regreso a la casa de la señora Celia. Dejaría pasar unos días y quizá en el regreso a Eagle Pass platicaría con él. Esa noche quedó exhausto y se durmió inmediatamente después que su cabeza tocó la almohada. Carlos lo despertó muy temprano y planearon lo que harían ese día. El fuerte olor a tortillas que la señora Cecilia hacía para el desayuno penetró todo el segundo piso de la casa. Richard se encontraba sentado en la mesa del comedor tomando su café que jamás dejaba de tomar, era solo la primera taza de la mañana que disfrutaba acompañado del señor Octavio, y a lo lejos escucharon el crujir de la madera vieja de los escalones:

eran Carlos y Robert Richard corriendo apresurados para sentarse a la mesa con los adultos, que les esperaban. La señora Cecilia se acercó con un sartén negro de acero donde les había preparado huevos rancheros, desayuno típico de un mexicano, y con un canasto de mimbre lleno de tortillas de maíz y de harina, el jarro de barro negro lleno de frijoles se encontraba al centro de la mesa. "Este es uno de los mejores desayunos que he probado en mi vida", exclamó Richard. Ese día por primera vez probó los frijoles de olla recién hechos y las tortillas, y Robert Richard Jr. afirmaba con la cabeza la verdad en las palabras de su padre. Mientras platicaban sobre la comida mexicana se escuchó que tocaron a la puerta y el señor Octavio se levantó de la mesa para ir a abrir. Dos hombres de sombrero negro y muy bien vestidos preguntaban por el señor Robert Richard Pilz. El señor Octavio les pidió que pasaran y tomaran asiento para ir en busca de él, y luego le dijo a Richard de la visita que esperaba por él en la sala. Richard se sorprendió porque no esperaba que alguien fuera a buscarle. Se retiró de la mesa y fue a la sala. Después de saludarlo, los hombres le pidieron que saliera de la casa para hablar de un tema importante que solamente le incumbía a él.

Carlos y Robert se retiraron también y agradecieron tan delicioso desayuno. Los niños tomaron lo que se llevarían para su excursión de ese día y le agradecieron la limonada fresca y el postre de cajeta que la señora Celia había preparado para ellos, guardado en una canasta para que se lo llevaran y comieran si les daba hambre por la tarde, con la condición de no llegar casi al anochecer ese día. Al ver Robert Richard que su padre sostenía una plática seria e interesante con su visita no quiso interrumpirlo y se marchó con Carlos a vivir su nueva aventura. Salieron por la puerta de la cocina para evitar que su padre los viera salir por la puerta principal. Cuando se encontraban a una cuadra lejos de la casa, Carlos le dijo a Robert que conseguirían una bicicleta prestada con un primo que vivía por ahí cerca para poder ir al pueblo que le había platicado el día anterior, donde había cascadas y ríos. El primo de Carlos les prestó la bicicleta a cambio del postre de cajeta que la señora Celia les había preparado. Los niños aceptaron la propuesta y ahora solo llevaban con ellos el jarro de barro con la limonada fresca, que cuidaron como a sus vidas.

Carlos manejó la bicicleta un rato mientras que Robert Richard iba en los diablitos, y a la mitad del camino cambiaron los papeles y así hasta que llegaron al pueblo donde estaban las cascadas y el río. El jarro de barro llegó intacto con la limonada deliciosamente fresca. Al ver que habían llegado a la cascada, se bajaron de la bicicleta y Carlos la amarró de un árbol con un mecate que cargaba en su mochila por si las dudas, decía Carlos. Se quitaron los zapatos y la playera y corrieron para lanzarse al agua. Estuvieron solamente un rato porque Carlos no se quería ir del pueblo sin que Robert conociera el río, la distancia de la cascada al río no fue nada corta, el sol los acompañaba a sus espaldas y después de pedalear ambos la bicicleta, llegaron al famoso río que tanto le había platicado Carlos a su amigo Robert. Cuando vieron que el río estaba casi solo buscaron un lugar para poder descansar un poco y dejar sus cosas. Era un río muy profundo y el agua maravillosamente transparente y limpia. Al entrar en él, sintieron que el agua estaba muy helada y Carlos propuso nadar para calmar un poco el frío. Esa tarde jugaron, sonrieron y vivieron una hermosa experiencia que recordarían siempre. El cansancio y el hambre los hicieron cumplir su promesa de regresar temprano a casa de la señora Celia, y llegaron directo a bañarse y a cenar. Robert Richard no se encontraba aún, solo estaba en su dormitorio una carta que había recibido y le fueron a entregar los hombres que habían estado por la mañana en casa de los Martínez. La carta era de don Marcelo Alonso de la Vega. La noche era calurosa y los niños ya dormían. Robert Richard llegó un poco tarde a la casa y leía de nuevo la carta que estaba encima de una mesa, complacido por la respuesta a su carta enviada a don Marcelo. Él le platicaba de la buena salud de que gozaba y lo felicitaba por su gran desempeño en Nueva York y por todo lo que venía haciendo. Al final de la carta le invitaba a él y a su hijo a Morelia, Michoacán. No estaban muy cerca de él, pero en tren llegarían en unos cuantos días. Al cerrar el sobre, Richard meditaba las palabras que le había escrito don Marcelo se sentía muy complacido por los elogios, extrañaba las largas pláticas en el barco con don Marcelo y Ana María.

"Buenos días", le dijo Richard por la mañana a la señora Celia, que se encontraba en la cocina terminando de preparar el desayuno. "Buenos días, Richard", respondió ella amablemente, "los niños llegaron ayer a una hora razonable, pero aún siguen durmiendo. El desayuno ya está listo, hoy no lo voy a acompañar a desayunar porque tengo mucho que lavar, pero los niños no tardan en despertar", le dijo la señora Celia. "No se preocupe", respondió Richard, "leeré un poco el periódico y esperaré a que los niños bajen, hoy no tengo prisa, puedo quedarme a esperar a mi hijo y a Carlos y sirve que platico con ellos para que me cuenten todas sus aventuras".

Las risas de los niños se empezaban a escuchar, eso quería decir que ya habían despertado.

En Nueva York las cosas no iban tan bien como Richard hubiera deseado. Ana María cada día esperaba su regreso. Cuando salía por las tardes a caminar se imaginaba acompañada de Robert Richard caminando del brazo de él y platicando recuerdos del viaje en barco y disfrutando cada uno con la compañía del otro.

Las niñas mejoraban notablemente en sus lecciones de español. Hacían su mayor esfuerzo, como lo habían acordado con su padre antes de marcharse a México, y Lisa con la rutina de cada día no tenía tiempo de charlar mucho con Ana María como hubiera querido; veía en ella cierto desagrado a su persona y notaba cierta altivez en sus palabras. Los celos de Ana María hacia Lisa eran evidentes para todos en la casa, pero Lisa era la única ajena a todo esto, el cariño que las niñas sentían por ella le causaba enojo y envidia a Ana María y cada día que pasaba, en la casa se sentía más tensión. Lisa trataba de tener todo en orden pero Ana María encontraba siempre algo por qué regañarla, y Cecilia prefería estar casi todo el día en la cocina con Helma y Lisa; las niñas evitaban a toda costa estar cerca de Ana María; ella era tan diferente ahora, decía Cecilia, durante el día solo convivían con ella cuando era la hora de sus lecciones de español.

El tiempo pasaba y Robert Richard no regresaba; aún no tenían noticias de él. Al ver Lisa que no regresaba, comenzó a preparar sus vacaciones, aprovechando la estancia de la señorita Ana María en casa. Tan pronto y regresara el señor Richard, pensó Lisa, aprovecho para marcharme unos días. El cumpleaños de Helma estaba cerca y

Lisa con mucha anticipación había preparado una sorpresa para ella la madrugada antes de la fecha. Lisa se levantó por la noche y en compañía de Cecilia prepararon un pastel de chocolate con fresas, el favorito de Helma. En una caja de regalo guardaron el obsequio que habían comprado para ella; al amanecer fueron a su habitación para felicitarla y darle un gran abrazo de parte de su padre. El pastel estaba en la mesa del comedor. Ana María había olvidado el cumpleaños de Helma y aún seguía dormida; esa mañana desayunaron Cecilia y Helma en pijamas con autorización de Lisa por ser un día especial; desayunaron unos wafles con mermelada de frambuesa que Cecilia había preparado, jugo de naranja y al terminar probaron el pastel que Lisa y Cecilia le habían hecho con mucho cariño a Helma. A lo lejos Ana María escuchaba risas y mucho alboroto en la cocina. Sin antes tomar un baño se asomó por las escaleras para ver si podía observar qué era lo que sucedía, hasta que se dio cuenta de que las niñas no estaban tomando sus lecciones y muy molesta fue en busca de Lisa y le preguntó el motivo por el cual estaban de fiesta, y la señorita Lisa le respondió con su tan peculiar dulce voz: "Hoy nos encontramos de fiesta porque es el cumpleaños de Helma y su padre nos autorizó que hoy fuera un día libre para las niñas y para mí; hoy saldremos al parque de paseo con las amigas de Helma de la academia de piano, comeremos nieve y al llegar la noche vendrán sus amiguitas a quedarse con nosotras a dormir". Al escuchar Ana María que ese día era el cumpleaños de Helma y darse cuenta de que lo había olvidado, subió de inmediato a su habitación a ducharse.

Cómo había sido tan torpe al olvidar un día tan importante, en qué estaba pensando, se preguntaba. Trató de arreglarse lo más rápido que pudo y sin decir nada salió a buscar un regalo para Helma. En la esquina de la casa de Robert Richard había una plaza y enfrente de la plaza se encontraban diferentes negocios. Cuando Ana María salía por las tardes a caminar se detenía a ver por el cristal de una joyería lo que ahí vendían. Al recordar que había visto un dije con un corazón que le había gustado mucho se le ocurrió comprarlo para Helma; al cabo de unos minutos regresó a la casa y con la cara enrojecida de vergüenza fue al comedor, felicitó a Helma y se disculpó por su torpeza. Helma se levantó de la silla donde se encontraba sentada, tomó el regalo y aceptó sus disculpas dándole un tierno abrazo a Ana María. Al llegar la tarde las niñas jugaron y Lisa les permitió dormir un poco más tarde de lo habitual. Habían pasado las semanas y aún no recibían noticias de Robert y de Robert Richard. La angustia por no saber nada de ellos enfermó a Ana María, que más que enfermedad era tristeza por ver la indiferencia de Robert Richard hacia ella. Tres días habían pasado y Ana María no quería probar alimento alguno. Una mañana Lisa tocó a la puerta de su habitación para llevarle algo de comer y una buena noticia, el señor Robert Richard había mandado correspondencia, saludando a Cecilia y a Ana María y felicitando a su hija Helma por su cumpleaños. En la carta les notificaba que en unos cuantos días más estaría llegando a casa. La carta de Robert Richard hizo que Ana María volviera de nuevo a la vida, olvidándose así de los días que había pasado en cama sin querer probar bocado.

Los días en Palaú se terminaban, pero estaba la invitación de don Marcelo a Morelia. Robert Richard aún no le decía a su hijo que irían a Morelia porque tenía pensado darle una sorpresa. Fue a comprar esa mañana los boletos del tren para partir a Morelia esa misma noche, y su hijo pensaba que el viaje que harían era de regreso a Nueva York. Pero al estar empacando sus cosas, a Robert Richard Jr. comenzó a darle un poco de nostalgia dejar Palaú, pero sobre todo a su amigo Carlos. Su padre abrió la puerta de la habitación y pudo darse cuenta de su tristeza. Se sentó en la cama para platicar con él, y pudo ver en sus ojos que no quería marcharse, pero lo animó platicándole que viajarían en tren unos días para ir de visita a casa de don Marcelo, y que esto sería una gran experiencia. Robert Richard Jr. no sabía que su padre le tenía esa sorpresa; al escuchar eso, sus ojos de nuevo volvieron a brillar y su padre le dijo que primero tendrían que ir a dejar a Carlos de regreso con sus padres, y a su llegada partirían a Morelia.

El viaje en tren fue de lo más divertido para Robert Richard. Pudo tener con su padre la plática pendiente acerca de los mineros que había visto y que le causaron tanta conmoción. Hablaron de las condiciones de vida en México tan distintas a las que él conocía; justo le había pasado lo mismo que a su padre años atrás, cuando conoció

México por primera vez. Robert Richard le respondió a su hijo las preguntas que tenía para él y así el viaje se hizo más corto. Las ventanillas del tren dejaban ver los paisajes con hermosas montañas y el cielo azul celeste con un sol hermoso y brillante. Los colores en los paisajes que el viaje en el tren le iba mostrando a Robert Richard Jr. mitigaban lo sombrío y solitario de los pequeños pueblos en los que estuvo.

México le empezaba a mostrar su mejor cara. Él se encontraba fascinado por no ser este país solo eso, polvo y pobreza, que con gran desilusión fue lo que sus ojos vieron al pisar por primera vez "¡tan hermoso país!", como se refería él.

Las noches en el tren eran silenciosas y muy tranquilas y los amaneceres eran fabulosos. Robert Richard y su hijo salían a un balcón que había en el tren en donde los pasajeros podían observar tan hermoso escenario natural, contemplaban el sol lentamente saliendo de entre las montañas grises y empedradas. México comenzaba a enamorar el corazón de Robert Richard Jr. Él no se había sentido tan feliz desde hacía ya mucho tiempo.

Es tanta la paz que se experimenta en este lugar, decía Robert Richard, que hay algo indescriptible que se siente en el alma al llegar a este país. Robert Richard Jr. parecía que también lo empezaba a sentir. Morelia se encontraba ya muy cerca, y Robert Richard y su hijo, emocionados por llegar, tenían su equipaje listo para no perder tiempo a la hora de bajar del tren.

Richard Pilz al llegar a la estación del tren vio a don Marcelo sentado en una silla sosteniendo con su mano un bastón café; traía puesto un sombrero hecho de paja con un listón grueso de color negro. Al estar de espaldas no pudo ver la llegada del tren, pero Robert Richard se acercó lentamente hacia él y tocó suavemente su hombro y le dijo: "Dichosos los ojos que lo vuelven a ver, mi querido amigo Marcelo", y al voltear este, se levantó lentamente y apoyándose en su bastón se acercó hacia Robert Richard para darle un fuerte abrazo.

Robert Richard Jr. observaba con alegría el gusto por reencontrarse de nuevo con don Marcelo y se unió a ellos también en un abrazo. Al marcharse de la estación fueron de inmediato a la hacienda de don Marcelo, la cual estaba sola por ser domingo. Las personas encargadas del servicio se habían ido y regresarían el lunes por la mañana, así que ellos mismos prepararon la cena de esa noche, charlaron de todo lo que no habían podido platicar en cartas y Robert Richard Jr. se quedó dormido en un sofá que se encontraba en un lado de la sala donde ellos platicaban. El sueño lo había vencido, las horas se pasaron entre pláticas, risas y recuerdos, las velas puestas al centro de la mesa se habían consumido y el cansancio los hizo ir a la cama a descansar. En la hacienda las mañanas no eran como en cualquier lugar; muy temprano había que ir al gallinero por los huevos para el desayuno, la olla de barro donde se cocían los frijoles tenía que estar sin falta en la estufa de leña a las cuatro de la mañana para que pudieran estar listos a la hora que don Marcelo desayunaba; a esa hora comenzaba también el olor del café a dejar su exquisito aroma, la campana sonaba anunciando la llegada del periódico y don Marcelo como siempre por las mañanas recorría los caminos de la hacienda tocando con sus manos las hojas de los árboles y recibiendo un nuevo día con gran alegría como solo él lo sabía hacer.

Robert Richard se había demorado esa mañana por la desvelada del día anterior y Robert Richard Jr. seguía durmiendo plácidamente en un lado de la cama de su padre. La recámara de huéspedes tenía una puerta independiente que al abrirla podías observar los campos verdes y los incontables árboles que había en la hacienda, llamada El Canto de María. Al ver Robert Richard tan hermosa postal frente a sus ojos no pudo evitar salir a caminar un poco sin despertar a su hijo. Las personas del servicio habían llegado muy temprano y podía ver el movimiento apresurado de los trabajadores; algunos recolectaban uvas y otros llevaban carretas con diferentes frutos. Don Marcelo se encontraba sentado a lo lejos en una mesa de forja blanca con cristal, donde todas las mañanas leía el periódico y tomaba su desayuno. Robert Richard vio a don Marcelo que ya se encontraba desayunando y regresó a su habitación para ducharse y despertar a su hijo. La mañana estaba un poco fresca y nublada y Robert Richard optó por vestir un saco de lana negro que tanto le gustaba. Al estar listo para ir a desayunar y leer el periódico con don Marcelo, suavemente despertó a Robert Richard diciéndole: "Hijo, hijo, despierta, tienes que ver lo maravillosa que es la hacienda de don Marcelo". Robert Richard Jr. se levantó de la cama y su padre lo llevó a la puerta de la habitación que al abrirla te llevaba a los campos de la hacienda El Canto de María. Entonces abrió los ojos en señal de asombro. "Es maravilloso, padre, me quedaré a vivir aquí por siempre". Al igual que su padre, quedó fascinado con lo que veía, caminó un poco y le pidió que lo esperara para ducharse él también y poder salir los dos juntos para conocer la hacienda. Al ir caminando, contemplaban a las personas ir y venir, todos los saludaban amablemente y con una sonrisa como cuando se saluda a un gran amigo. Pensaba Robert Richard Jr.: "Es la misma estampa que en Palaú". Eran entonces las personas con una gran calidez en ellas, eran las costumbres del país; no lo sabía bien Robert Richard Jr., pero lo que sí sabía era que jamás quería irse de estas tierras en donde el calor humano y la bondad en su gente eran su forma diaria de vivir. Sumergido en sus pensamientos y perdido en la belleza del campo, no se dio cuenta de que su padre se había adelantado para ir a encontrar a don Marcelo. Los trabajadores que pasaban le ofrecían uvas y nueces, pero poco les entendía cuando les escuchaba hablar. Al llegar a la mesa donde se encontraban su padre y don Marcelo, saludó amablemente y se sentó con ellos para probar lo que estaba servido en la mesa; indudablemente las tortillas se habían vuelto de sus alimentos favoritos y fue lo único que quiso probar. Al terminar de desayunar don Marcelo pidió que le trajeran unos caballos para llevar a sus invitados a conocer la hacienda. Robert Richard Jr. subió al mismo caballo que le habían llevado a su padre y don Marcelo montó su caballo más querido, llamado El Pollo por su color casi amarillo como un pollo. Las caballerizas estaban algo retiradas de donde se encontraban ellos, tuvieron que caminar un poco al encuentro de los caballos y durante la caminata don Marcelo le preguntaba a Robert Richard Jr. qué tal había sido su estancia en México; quería saber si Robert Richard Jr. estaría dispuesto a quedarse unos meses con él en la hacienda, ya lo había platicado con su padre y él había estado de acuerdo si era del agrado de Robert Richard Jr. permanecer ese verano en la hacienda. Robert Richard Jr. expresó su agrado por los lugares que había conocido diciéndole también su asombro por la sencillez de los lugares en donde estuvo, y quiso hacerle una pregunta a don Marcelo.

"Dígame, don Marcelo, ¿cómo es posible que al voltear a mi lado derecho haya tanta carestía y al voltear a mi lado izquierdo haya tanta sobreabundancia?". Cuánta sabiduría tienen sus palabras, pensaba don Marcelo, pero antes de poder expresar algo se quedó pensando un poco en lo que le respondería. Robert Richard lo dejó que hablara y le explicara, quién mejor que él para responder a esa pregunta. La inocencia de Robert Richard Jr. lo hizo cuestionar a don Marcelo una gran verdad. Robert Richard Jr. desde que pisó por primera vez tierras mexicanas mantuvo los ojos bien abiertos a lo que veía; por primera vez en su vida conoció y vivió en carne propia la carestía que se sufre en muchos países. Don Marcelo solo le pudo responder: "Esa misma pregunta me la he planteado miles de veces, hijo, pero la respuesta es simple y nada compleja: muchas veces es el hombre quien ha ocasionado eso al tomar lo que no le pertenece y también muchas veces al no compartir lo que posee".

"No olvides nunca esto, hijo: en todo ser humano hay grandeza, todos poseemos las mismas capacidades, mas no las mismas oportunidades, esa es la diferencia", continuó don Marcelo.

"Habrá muchas preguntas que te harás durante la vida, pero la vida misma te va a ir dando las respuestas.

¿Por qué mejor no piensas estos días que estarás aquí con tu padre, ¿si te gustaría pasar unos meses aquí conmigo? Tu español mejoraría mucho y así, a lo mejor tú mismo, al vivir acá, te llevas la respuesta de todo lo que tu ser te va preguntando".Robert Richard Jr., ni tardo ni perezoso, le respondió que aceptaba pasar unos meses con él en la hacienda y volteó a ver a su padre suplicándole con la mirada que le diera permiso para quedarse. Su padre lo tomó del hombro y le dijo: "Te quedarás aquí, pero tendrás que seguir con tus estudios y pondrás todo tu esfuerzo para entender todo lo que tus maestros te digan, y tratarás de hablar lo más que puedas en español con don Marcelo y con todos aquí en la hacienda". Robert levantó su mano en señal de una promesa que cumpliría. Don Marcelo les dijo a los dos: "No se diga más y sigamos con el paseo de donde será ahora tu nuevo hogar".

La maravillosa hacienda los invitaba a contemplar lo infinito de las montañas, en donde no había un principio ni un final, la tranquilidad y quietud hacían descansar la mente de cualquiera y la presencia de Dios podía sentirse profundamente, sobre todo en las noches, cuando se ponía la luna para alumbrar la oscuridad que cubría la hacienda.

La tarde llegó pronto y tuvieron que suspender el paseo para regresar. El caballerango fue al encuentro de ellos para ayudarlos a bajar de los caballos. La merienda estaba lista, el té de canela servido en tazas de barro y los churros cubiertos con azúcar y cajeta estaban en la mesa donde don Marcelo acostumbraba a contemplar la hora en que el sol se guardaba. "Qué maravillosa experiencia puedo vivir cada tarde y que deleite para mis ojos poder ver tanta grandeza", pensaba don Marcelo.

Ese día Robert Richard se sintió algo resfriado. "Tal vez fue el paseo de en la mañana", dijo don Marcelo. "La llovizna no moja, pero resfría, de seguro eso fue lo que te pasó. Traigan por favor al niño un té de equinácea para que mañana al despertar amanezca como un roble". Al referirse a un roble quería decir que amanecería fuerte como un árbol frondoso.

Los días pasaron rápidamente, pero había que regresar a Nueva York. El tiempo en la hacienda le había dado a Robert Richard el descanso que tanto necesitaba y se marchaba renovado a casa, con esa sensación de haber experimentado algo que no podía explicar con palabras. La nostalgia por separarse de su hijo unos meses lo hizo derramar unas cuantas lágrimas, pero él sabía que era un bien el que le hacía a su hijo al dejarlo con don Marcelo para ayudarlo en su crecimiento personal. Lo hacía también porque, como a él, estas tierras tan lejanas que se encontraban pisando le habían robado el corazón.

Una tarde nublada el tren partió con Robert Richard a bordo, dejando a su hijo que viviera unas de las experiencias más hermosas de su vida. El viaje en solitario lo hizo pensar detenidamente en una oferta de trabajo que había recibido en la mina de Palaú los días que estuvo ahí. Estaba latente en su corazón la posibilidad de aceptar la oferta y mudarse a México. "¿Qué pensarán las niñas cuando les diga que tendremos que mudarnos de nuevo? La forma de vida en México es muy diferente a lo que ellas están acostumbradas. ¿Querrá Lisa venir con nosotros acaso? ¿Cómo voy a pedirles que dejen su vida en Nueva York si tienen tan poco de haberse adaptado a vivir allí". Todo el camino de regreso se hizo infinidad de preguntas que nunca se pudo contestar. El viaje gracias a tantas cosas que tenía que pensar no fue tan largo para él. Llegando tendría que preparar su regreso a Nueva York lo antes posible porque con la visita a la ciudad de Morelia ya había demorado mucho en llegar y sabía que Ana María le esperaba. El tren se acercaba a la frontera, su parada final fue en la estación de Acuña, Coahuila. Ese día que llegó a la ciudad de Acuña durmió ahí. A la mañana siguiente se iría a Palaú volviendo otra vez a la carretera y recorriendo una distancia no muy larga para preparar sus cosas y marcharse a casa lo antes posible. Los Martínez fueron a recibir a Robert Richard a una pequeña y muy vieja estación del tren que se encontraba a las afueras de Palaú. Al ver la señora Celia que solo Richard se encontraba en la estación. le gritó a lejos: "Pero, Richard, ¿dónde ha dejado usted al niño?". Y sonriendo Robert Richard le respondió: "Mi hijo permanecerá todo el verano con Marcelo de la Vega, mi amigo le ha hecho la invitación de quedarse con él para que aprenda español y para que conozca un poco más este país que a mi hijo le ha encantado". La señora Celia levantando los hombros le respondió: "Todo sea para que la criatura entienda todo lo que le digo, porque el pobrecito solo se me queda viendo con los ojos pelones cuando le estoy hable y hable". Robert Richard sonriendo le dijo a la señora Celia: "Sí la entiende, Celia, solo que usted de repente nos habla muy rápido y le perdemos el hilo a la conversación, pero solo será cuestión de tiempo, ya verá". El señor Octavio escuchándolos interrumpió la plática y caminando de un lado a otro comentó: "El niño es muy inteligente, Richard, qué bueno que accedió usted para que se quedara con su amigo".

"Vayámonos pronto de aquí", comentó el señor Octavio, "porque nos va a pescar la noche". "¿Pescar la noche?", preguntó Richard, "¿que pescar no se hace en el mar, Octavio?". "No, no, señor, acá también decimos que pescamos la noche, Richard, aprenda usted también a pescar la noche". "Muy bien, Octavio, aprenderé a hacerlo". Riéndose los dos por el mal uso de las palabras caminaban por delante, dejando atrás a la señora Celia. Las muy malas lecciones en español que el señor Octavio le daba a Robert Richard las tuvo que incorporar al español educado y casi perfecto que él había aprendido para cuando viviera en la región carbonífera de México, estuviera en la misma sintonía que todos.

El regreso a Nueva York estaba casi listo. Esa última noche con los Martínez la cena fueron unos exquisitos chilaquiles rojos con queso que preparó la señora Celia y una salsa picosísima de molcajete con chiles de árbol, tomate y cebolla como les gustaba a ellos, pero que Richard solo tocaba con la punta del tenedor para no sufrir después un accidente, decía él. Al término de la cena Richard se despidió y agradeció todas las atenciones para con él. El señor Octavio se levantó de la mesa para darle un regalo de despedida, eran unos puros italianos que vendía un señor de un pueblo cercano de por ahí y que había comprado tiempo atrás con unos ahorritos que había hecho pensando en regalarle algún día a Richard esos puros que tanto le gustaban. Este, al ver el gesto tan amable del señor Octavio, se acercó a él para darle un abrazo, de esos abrazos con fuerza y una palmadita en la espalda tan comunes de México que por supuesto el señor Octavio le había enseñado a dar y que cada vez que se encontraba en Nueva York y saludaba a alguien, podía ver la frialdad de las personas al saludar. Y recordaba las palabras del señor Octavio diciéndole: "Así no se saluda aquí en México, Richard, no sea chiviado, venga y deme un fuerte abrazo y exprese lo mucho que nos quiere que aquí igualmente le queremos mucho". Así le daba a entender que no fuera tímido, y no es que lo fuera, era solo que las costumbres de donde él venía no incluían ser tan expresivo ni efusivo en un saludo.

Las seis de la mañana marcaba el reloj y Robert Richard cruzaba la frontera de Piedras Negras, Coahuila, a Eagle Pass. Sus compañeros que habían llegado con él a México semanas atrás, habían regresado ya a sus hogares, así que el viaje de Texas a Nueva York también esta vez lo hizo solo.

En casa tenían varias semanas esperándolo. Ana María moría de ganas por verlo y los días que pasaban, para ella, eran años. Unas semanas atrás, él les hizo llegar una carta donde les comentaba que Robert Richard Jr. se quedaría en la hacienda con don Marcelo y les avisaba que muy pronto estaría en casa con ellas. Cecilia y Helma lloraron al saber que su hermano no regresaría con su padre. Robert Richard le había pedido a Lisa en su carta que consolara a las niñas cuando les diera la noticia. Una mañana común y corriente Lisa entraba por la puerta principal con un ramo inmenso de rosas rojas y vio que Robert Richard estaba de espaldas saludando a Ana María mientras las niñas gritaban y jugaban con su padre por la emoción de volverlo a ver. Entonces silenciosamente cerró la puerta por donde había entrado, para dejar a la familia disfrutar del regreso del señor Robert Richard. Al pasar unos minutos y no ver él a Lisa por ningún lado, le preguntó a Cecilia: "¿En dónde está Lisa? ¿Por qué no ha venido a saludarme? ¿Acaso no me ha extrañado?". Y Ana María tomándolo del brazo lo llevó al comedor para darle un poco del pastel que había preparado esa mañana, dando poca importancia a sus palabras. Las niñas corrieron en busca de Lisa, pero no la encontraron. Le preguntaron al jardinero por ella, pero este les dijo que la había visto pasar con un ramo de rosas rojas por la acera de enfrente. Lisa se había salido de la casa y con ella llevaba las flores que acababa de comprar y que no pudo poner en el florero que se encontraba en la consoleta que había en la puerta principal. Las niñas fueron con su padre al comedor y le dijeron lo que el jardinero les había dicho. En eso, de repente se escuchó el cerrar de la puerta principal de la casa. Era Lisa, y las niñas fueron a su encuentro diciéndole: "Lisa, Lisa, ven, corre, papá ha llegado y ha preguntado por ti". Lisa se agachó para que sus ojos se encontraran con los de Helma, le dio un beso en la frente y le dijo: "Le he visto ya hace un momento que entraba con las flores para el florero que tu padre siempre pide que esté adornado, al entrar vi a lo lejos a tu padre abrazar a la señorita Ana María". Entonces escuchó los pasos fuertes de Robert Richard y guardó silencio; al levantar la mirada vio que se acercaba a ella con una gran sonrisa y los brazos abiertos para saludarla. "¡Lisa!, qué gusto volver a verte, te he extrañado mucho, gracias por estar aquí y cuidar de mi familia". Pero al escuchar Ana María que ellos platicaban, se levantó de la mesa y le dijo a Richard: "Ven y platícanos, ¿por qué motivo Robert Richard se ha quedado en México?". Entonces él les pidió a las niñas que se retiraran, quedándose solo en el comedor con Lisa y Ana María.

"Ana María, el motivo por el cual decidí aceptar que Robert Richard se quedara es porque vi en él algo que jamás había visto, vi a un niño queriendo aprender a ser un hombre, un buen hombre, a mi hijo le fascinó el país y la hacienda de don Marcelo es hermosa, es un lugar perfecto para él. Tienes que conocer la hacienda, Ana María, te vas a enamorar de ese lugar, es un excelente lugar para que él pueda aprender español a la perfección así como tú lo hablas". Pero Ana María argumentó: "Yo podría haberle enseñado muy bien aquí en casa". "De eso no me cabe ninguna duda, Ana María, pero el niño quería quedarse y yo no se lo iba a impedir, además él va a estar muy bien cuidado y atendido". Al ver Lisa la actitud de Ana María se retiró con la excusa de continuar con un bordado que tenía varios meses haciendo y aún no podía terminar. Por fin Ana María se había quedado a solas con Robert Richard y en la primera oportunidad que tuvo le preguntó: "¿Qué tipo de sentimientos tienes por Lisa?". Con un gesto de asombro Robert Richard se levantó de la silla donde se encontraba sentado y le respondió: "Mis sentimientos por ella solo son de agradecimiento por todo lo que ha hecho por mi familia, si no fuera por ella nosotros no pudiéramos estar aquí, porque la ayuda que me ha brindado ella ni siquiera un familiar cercano me la brindó". "Ella recibe un sueldo y lo único que hace es cumplir con su trabajo", dijo Ana María. "Es correcto", afirmó Robert Richard, "pero el amor que les da a mis hijos yo no lo pago, ella lo hace porque en verdad los ama". Al no saber qué más decir, Ana María guardó silencio unos minutos. Lisa llegó unos momentos después y les pidió que fueran al comedor porque el reloj avisaba que era la hora del té. A los pocos minutos todos se encontraban en el comedor tomando el té que Lisa les había preparado para merendar. Helma le pidió a su padre que platicara todo lo que había sucedido en el viaje. "Vamos, padre, platica cómo es México y cómo es la hacienda de don Marcelo". Su padre les platicó desde el primer día que llegaron a Texas hasta el último día que durmió en México. Cecilia imaginaba todo y le decía a su padre: "Papá, no puedo esperar para conocer México, sigue platicando". Al haber un momento de pausa, Lisa tomó la palabra para darles una noticia a todos, les dijo que se marcharía unos días para descansar un poco y aprovechar para ver a su familia, pero las niñas tomaron la noticia con mucha tristeza. Helma volteó a ver a su padre diciendo: "¿Y ahora quién nos ayudará con nuestras lecciones, padre? ¿Por qué se va Lisa ahora que no está Robert?". Ana María al escuchar la noticia se levantó de la mesa de inmediato para ir a consolar a Helma, era su oportunidad para ganarse el cariño de las niñas. Y con una voz tierna y dulce como la de Lisa, le aseguró que todo estaría bien. Ahora ella se encargaría de las lecciones diarias y las lecciones de español. No muy convencida, Helma permaneció en silencio. Cecilia guardó sus comentarios y solo le dijo a Lisa que la extrañarían y que no demorara mucho en regresar.

Al paso de unos días Richard llevó a Lisa a la estación del tren recordándole en todo momento que les haría mucha falta. Lisa subió al tren esa mañana sin poder evitar que sus lágrimas mancharan el saco de Richard al abrazarlo para despedirse de él. Ana María en casa esperaba que Robert Richard regresara. Las niñas habían terminado sus lecciones como siempre y Helma estaba en la academia de piano. La ausencia de Lisa en casa hizo que Cecilia volviera a entrar de lleno en la cocina. Tenía en su libreta de recetas una comida con la cual quería sorprender a su padre. Antes de que Lisa se fuera de vacaciones le pidió que fueran juntas para comprar condimentos que hacían falta en la cocina y muchas otras cosas más. Cecilia llevaba una canasta en la cual iba guardando todo lo que compraba, hacía mucho tiempo que no acompañaba a Lisa al mercado y ese día lo disfrutaron al máximo.

Al regresar Robert Richard, después de la despedida con Lisa, se podía ver en sus ojos cierta tristeza que Ana María observó desde que lo vio abrir la puerta de la entrada de su casa. Un olor exquisito a miel y canela llegaba de la cocina y lo hizo recordar su hogar en Alemania. Al instante supo que Cecilia estaba en la cocina, y lo primero que hizo fue ir con ella para ver qué era lo que preparaba. Ella le dijo a su padre que tendría que ir al comedor a esperar a que estuviera listo lo que se estaba horneando. Su padre muy obediente se marchó, fue en busca de su periódico y se sentó en la cabecera del comedor como siempre lo hacía.

Ana María sentada en la sala se quedó esperando por él, pero a Robert Richard lo único que le interesaba en ese momento era esperar a que estuviera listo lo que su hija Cecilia preparaba. Al pasar un rato llegó Cecilia con una charola de plata en las manos en la que llevaba una de las comidas que serían de las favoritas de Richard su padre, costillas en salsa de miel y tamarindo. Ese día solo estuvieron en la mesa Cecilia y su padre. Ana María se había disculpado y no quiso probar lo que Cecilia había hecho para comer. La sobremesa de ese día se limitó a lo habitual y Helma se incorporó a la comida casi cuando Cecilia y Richard habían terminado, sorprendiéndose también Helma de lo exquisito de la comida. Sin lugar a duda Cecilia retomaba el don que había heredado de su madre y de sus antepasados. Robert Richard comentó durante la comida que Helma debería saber ya muchas cosas que cocinar y le pidió a Cecilia que la invitara a cocinar con ella más seguido, pero Helma interrumpió la plática para que su padre no siguiera hablando del mismo tema con su hermana. Al término de la charla en la sobremesa que hicieron, Robert Richard se levantó, dejó su servilleta en señal de que ya había terminado y por primera vez sintió cómo su corazón sentía la necesidad de estar cerca de Lisa. Las niñas esperaron que su padre se marchara para poder retirarse ellas también. Ana María se encontraba sentada en el jardín leyendo un libro que había tomado de la biblioteca y Robert Richard al verla le preguntó: "No sé si es solo mi imaginación, Ana María, pero he podido ver tu indiferencia hacia Lisa, ¿es eso correcto o estoy equivocado?". Ana María no tuvo absolutamente nada que responder. Ella solo quería llamar la poca atención que veía en Richard hacia ella. Esa tarde platicaron casi hasta el anochecer; el té lo tomaron solo ellos dos porque las niñas estaban muy entretenidas jugando. La hora de dormir llegó y las niñas tuvieron que preparar solas su cama porque ya no estaba Lisa para que lo hiciera. Esa noche Ana María le pidió a Robert Richard que leyera un poco para ella, lo que él aceptó como un gesto de buena educación solamente. Tomó el libro en las manos hojeándolo un poco para saber de qué se trataría la historia que le había dado Ana María y comenzó a leer. Ella no dejaba de contemplar sus ojos azul verdoso, observaba lo grande de sus manos al sostener el libro y amaba terriblemente su voz. Nunca se enteró de lo que se había tratado el libro por estar observando a Robert Richard. Tenía que guardar cierta distancia para que no se fuera a dar cuenta de cómo temblaba ella al estar tan cerca de él. En su imaginación se veía con él amándolo pero el amor le hizo olvidar que tendría que haber amado igual a sus hijos, y los celos que comenzó a sentir por Lisa dejaron ver en ella a una Ana María que no conocían. Después de leer casi medio libro, Robert Richard se tuvo que disculpar con ella: "Hasta aquí dejo la historia, mañana seguiré leyendo hasta llegar al final". Las luces de la entrada principal se apagaron y cada uno se marchó a su habitación.

Por la mañana Ana María ordenaba a las personas de servicio que el desayuno estuviera listo para cuando Robert Richard se sentara a la mesa. Cecilia ya se encontraba preparando jugo de naranja y también mezclaba diferentes frutas para probar si sus combinaciones eran de agrado para los demás. "Creo que hoy sí les gustará el jugo que acabo de preparar, ¿no crees, Ana María?". Pero Ana María solo pasaba a su lado diciéndole: "Ay, niña, deberías estar con tu hermana en la biblioteca preparándote para tus lecciones del día de hoy en vez de estar aquí perdiendo el tiempo". Cecilia muy seria solo escuchaba lo que Ana María decía sin voltearla a ver. Todo estaba listo en la mesa, el café como le gustaba a Robert Richard, el pan dulce, solo faltaba él, pensaba Ana María. Las niñas esperaban que Robert Richard bajara para acompañarlas a la mesa para desayunar, pero él seguía demorándose. Al ver que el tiempo pasaba y que su padre no llegaba, fue entonces Ana María a buscarle, pero una persona de servicio le informó que el señor se había marchado muy temprano tomando únicamente su café.

Ana María muy molesta pidió que se sirvieran el desayuno únicamente para ellas. "Tendremos que desayunar solas", dijo entonces. "Su padre se ha marchado y no me ha informado que desayunaríamos sin él. Qué falta de respeto hacia mi persona, no le ha importado que sea su invitada".

Habían pasado los días desde que Lisa se había ido y una tarde en que Ana María se encontraba por el jardín caminando, el jardinero se acercó a ella y le entregó la correspondencia, en la que venían noticias de Lisa. Ana María tomó la carta, abrió el sobre y leyó la carta escrita por Lisa en donde avisaba que en unos días estaría de regreso, mandando también muchos saludos afectuosos a todos. Y, aunque la carta fue recibida y leída por ella, evitó comunicarles a todos en casa de la llegada de Lisa.

Después de un largo día de trabajo Robert Richard llegaba a casa. Todos se encontraban durmiendo excepto Ana María, que esperaba sentada en la sala su regreso. Al ver él las luces encendidas de la sala pensó que se habían olvidado de apagarlas. Dejó las llaves en el mismo lugar de siempre y fue a la sala, encontrando a Ana María sentada en un sofá. Su vestido rojo de lino no era como los que vestía siempre, su escote algo pronunciado invitaba a él a acercarse a ella. La forma en que se encontraba sentada con la pierna cruzada, dejando ver las medias de rejilla que ella llevaba puestas, hizo a Robert Richard querer perder la cabeza por ella. La noche los invitaba y los abrazaba. Ana María, al ver el deseo en los ojos de él, se levantó para llevarle una copa de vino, pero Robert Richard seguía perdido en su belleza aunque no perdido de amor por ella. Pasaron los minutos sin que él pudiera decir palabra alguna y, apretando las manos fuertemente, dejó sola a Ana María y salió apresurado por la puerta principal. Mayor rechazo jamás recibió Ana María, que esa noche lloró como nunca en su vida. Sus ojos al día siguiente amanecieron hinchados de tanto llorar, él la había lastimado en lo más profundo de su corazón y ella no se lo perdonaría nunca.

La mañana del día siguiente Ana María no quiso ver a nadie y las niñas no tomaron sus lecciones porque ella se encontraba indispuesta. En el desayuno su padre les dijo que ese día sería libre para ellas. "Hoy podrán hacer lo que quieran, niñas. Si prefieren, podemos salir de casa y pasear un poco, respirar aires diferentes, hace bien". "No, padre", dijo Helma, "tengo que estudiar mis lecciones de piano, además no creo que sea correcto dejar a la señorita Ana María sola en casa". "No estará sola, Helma", dijo Cecilia, "anda, vamos con mi padre a caminar un poco, salir a pasear nos hará bien; desde que se fue Lisa no hemos salido a ningún lado a pasear". Esa tarde caminaron los tres juntos como hacía mucho tiempo no lo hacían. Robert Richard perdido en sus pensamientos no escuchaba lo que sus hijas le decían. "Padre, Padre, ¿por qué no respondes nada de lo que Helma te ha preguntado?". "¿Qué es lo que has mencionado, Helma?", le preguntó Robert Richard a su hija. "Te he dicho que si no has recibido noticias de Lisa". "No, hija, aún no ha escrito ni una sola carta". "¿Será que ya no regresará?", le preguntó Cecilia a su padre. "No lo sé, Cecilia, no lo sé". Precisamente su silencio se debía a la nostalgia que su corazón sentía al no tener cerca la presencia de ella, de Lisa.

Como cada mañana, Robert Richard se encontró con la correspondencia encima de su escritorio, y al ver que no había noticias de Lisa le pidió a Cecilia que trajera la dirección de ella para escribirle unas líneas. Cecilia fue a su habitación para buscar la tarjeta donde había escrito la dirección de Lisa y se la llevó a su padre. Este le pidió que se marchara y lo dejara solo para poder pensar cómo le diría a Lisa que regresara lo antes posible a casa. Ansioso por terminar la carta y llevarla a la oficina de correos, escribió muy brevemente: "Lisa, es urgente que regreses a casa. Regresa, por favor".

Los paisajes de Morelia se habían vuelto los favoritos de Robert. Los días eran lentos y diferentes a lo que él estaba acostumbrado, sus días en la hacienda eran muy ocupados, pero don Marcelo ya le había dicho a Robert que a la siguiente semana asistiría a un colegio para varones para que pudiera aprender español más rápido y se relacionara con niños de su edad. A Robert Richard Jr. no le pareció mal la idea de incorporarse al colegio lo antes posible. El colegio Altamira para varones en Morelia era uno de los colegios más reconocidos de México y acudían a él niños de toda la República Mexicana. Podía recibir trescientos niños en el internado aparte de los estudiantes locales. Sus edificios repletos de salones de clase lo hacían diferenciarse de cualquiera y sus jardines interminables eran motivo de visita para muchos por tradición y cultura para los turistas que no podían ni debían dejar de visitar el colegio Altamira para varones. Los sacerdotes y monjas que lo atendían llevaban años y años con esa labor y cada fin

de curso nuevos varones egresados del colegio Altamira se incorpo-
raban a la sociedad de Morelia y a diferentes partes de México como
hombres adultos honorables e intachables.

Robert unos días atrás había recibido una carta de su padre diciéndole que sus hermanas le extrañaban mucho y que muy pronto
recibiría noticias de sus compañeros de la escuela en Nueva York.
En las últimas líneas de su carta, escritas con algo de melancolía, le
expresaba a su hijo su más íntimo sentir.

*"Hijo, la casa no es lo mismo sin ti. Espero de todo corazón que tus
días allá sean de gran aprendizaje y que aproveches al máximo todo lo
que vas a aprender. Espero que don Marcelo ya te haya inscrito en el colegio Altamira y espero también que muy pronto te adaptes a las costumbres de ese país que sé que lo harás, porque el día que me marché vi en
tus ojos la felicidad que yo experimenté años atrás al conocer por primera
vez México. Cuando menos te lo esperes estaré de nuevo contigo y con
don Marcelo. Recibe de tu padre todo el amor y respeto que por ti siente.*

*P.D.: Lisa y tus hermanas te desean lo mejor y te mandan un abrazo
fraternal.*
Con cariño y amor, tu padre que tanto te ama.

Robert Richard Pilz".

La desesperación de Robert Richard en la carta que escribió para
Lisa suscitó que ella adelantara su regreso pensando que algo malo
había pasado con las niñas, o que a lo mejor sería una respuesta que
esperaba de él a su carta escrita. De inmediato se preparó para regresar y a los pocos días de haber recibido la carta se encontraba de
regreso a Nueva York. Las niñas habían sentido mucho su ausencia;
Cecilia no quiso continuar más con sus lecciones de piano y a Helma
le sucedía lo contrario, pasaba horas sentada en el banco del piano re-
pasando una y otra vez las notas nuevas que aprendía en la academia,
como no queriéndose dar cuenta de la falta que le hacía Lisa. Robert
Richard solo sabía que ella era indispensable para él y para sus hijas.

Una tarde que todos se encontraban tomando el té, se escuchó la
puerta principal cerrar y los zapatos de tacón de Lisa andar. Las ni-

ñas, al escuchar que era Lisa regresando de nuevo a la casa, sin pedir permiso para levantarse de la mesa corrieron para ir a su encuentro. Lisa, al ver que estaban bien, solo les dio un abrazo diciéndoles lo mucho que las había extrañado. Igualmente Robert Richard se levantó de la mesa dejando ver la felicidad en su rostro por la llegada de Lisa a casa. Ana María no pudo evitar demostrar el poco entusiasmo que sintió al verla llegar, saludándola y diciéndole: "Qué bueno que has regresado, Lisa, parece que las niñas y Robert Richard te han extrañado demasiado, importándoles muy poco la ayuda que yo pueda brindarles aquí". Robert Richard, apenado por las palabras de Ana María, solo pudo decir: "Ana María se ha encontrado indispuesta estos últimos días, no tomes con seriedad sus palabras". Esa noche fue una fiesta para la familia Pilz, cenaron empanadas de atún con queso preparadas con una masa especial que era receta de la familia de Lisa. Con la ayuda de Helma, Cecilia se encargó de hacer el postre: pudín de chocolate con fresas, receta escrita en la libreta de cocina que su madre Elenka, junto con su abuela, habían escrito años atrás en los tiempos en que Elenka era aún una niña.

Esa noche Ana María solamente probó el postre, limitándose a hablar solo lo necesario. Las niñas le pidieron a Lisa que platicara de su viaje, de sus padres y de todo lo que había hecho durante su ausencia. Ana María, dejando ver su aburrimiento por la plática, se levantó de la mesa argumentando que el cansancio la había vencido y tenía que ir a descansar. Robert Richard se puso de pie y la ayudó a retirar su silla de la mesa deseándole buenas noches. Al encontrarse solos los dos en la mesa pudieron hablar con más libertad. Lisa le preguntó entonces a Robert Richard el motivo por el cual no había respondido la carta que le envió ella avisando que había llegado a su destino con bien, pero evitando decir todo lo escrito en esa carta. Él, viéndola a los ojos muy sorprendido, contestó: "Jamás llegó ninguna carta tuya, Lisa, yo como siempre cuando estoy en casa me encargo de recibir la correspondencia, especialmente ahora que mi hijo no está con nosotros y esperamos tener noticias de él. No sé qué pudo haber pasado con tu carta, pensé que tú eras la que no querías informarnos noticias tuyas". Lisa creyó en él al ver en sus ojos la sinceridad de sus palabras. Su honestidad le hizo saber que su carta no había sido recibida, y los sentimientos de amor que confesaba tener hacia él quedarían perdidos en alguna oficina postal de Nueva York porque por ningún motivo volvería a hablar de ello.

Lisa, al haber llegado a la casa de sus padres, se dio cuenta de que lo que sentía por el señor Robert Richard no era solo cariño o aprecio, era amor verdadero que sentía desde lo más profundo de su ser, que fue creciendo sin que ella se diera cuenta y, al no soportar más estar sin él, escribió en una hoja de papel lo que su alma enamorada le decía y le envió su corazón en aquella carta. Al ver que pasaban las semanas y no recibía respuesta, pensó que lo mejor sería no regresar más a Nueva York, pero una mañana su madre tocó a la puerta de su recámara diciéndole que había noticias de la familia Pilz. "Hija, ha llegado esto para ti", dijo su madre. Lisa abrió la puerta y tomó la carta de él dejando caer el sobre por el suelo. Las palabras que Robert Richard escribía pidiéndole que regresara significaron para ella la respuesta que estaba esperando. Su corazón se llenó de alegría y festejaba abrazando a su madre y diciéndole: "Madre, hoy es el día más feliz de mi vida, partiré de regreso a Nueva York lo antes posible, él quiere verme y tengo que ir con él, aunque solo menciona en su carta que regrese lo antes posible, ¿no será que pasó algo con las niñas? No lo sé, tendré que marcharme pronto para averiguarlo". "¿Pero quién es él, hija?", le preguntó su madre. "Es el amor, madre, él es el amor, el verdadero amor".

Las clases de español cada vez iban mejor. Ana María se sorprendía de la rapidez de las niñas para aprender el idioma, pero un día se le ocurrió que solamente se hablara en español en casa el tiempo que ella estuviera allí, argumentando que las niñas tenían que practicar y qué mejor manera que practicarlo hablando con ella y con su padre. Así que las conversaciones entre ellos, Lisa no las podía entender. Robert Richard traducía al tiempo que Ana María hablaba para que Lisa pudiera entender las conversaciones. El problema fue cuando Robert Richard les anunció que tendría que salir de la ciudad por un par de días, quedándose de nuevo las mujeres solas en casa. Ana María prohibió a las niñas traducirle a Lisa lo que entre ellas hablaban y así puso una barrera entre ella y Lisa. Sabiendo Ana María que guardaba el secreto de Lisa escrito en la carta donde le hacía la confesión de su amor a Robert Richard, confesión que Robert Richard nunca conocería.

Siempre habrá algún sentimiento de amor hacia ti del que no sabrás, pero nunca dejes que ese alguien al que amas no sepa del amor que guardas en tu corazón, porque no sabes si el sentimiento es mutuo. Solo aquellos que de verdad se aman saben que se pertenecen porque son las almas las que se encuentran y hablan.

Don Marcelo se había encargado de todos los asuntos referentes a la escuela de Robert Richard Jr. Sus primeros días en el colegio habían sido todo un caos y aún no podía hacer amistad con ningún niño, lo que le causaba mucha tristeza y desánimo.al ver don Marcelo que nada animaba a Robert, una tarde le preguntó: "Me pregunto, Robert, si acaso la visita de tu padre podrá regresarte la sonrisa". Al escuchar esa maravillosa noticia Robert Richard Jr. le respondió a don Marcelo: "Claro, don Marcelo, el poder ver a mi padre siempre me va a hacer sonreír". La noticia de que su padre los visitaría muy pronto en México le regresó el ánimo a Robert. Y sus días en la hacienda volvieron a ser los mismos que cuando llegó. Don Marcelo pensaba, en sus adentros, que lo que necesitaba el niño era un abrazo de su padre que le regresara la seguridad que en ciertos momentos de la vida todo hijo tanto necesita.

Al regresar Robert Richard de su corto viaje de trabajo, se encontró en casa con un telegrama envido desde Morelia por don Marcelo, donde le decía:

"Querido Richard:

Le envío respetuosos y cordiales saludos, invitándole de nuevo a la hacienda, pero esta vez su visita no es para saludar a mi persona, es para que venga a darle ánimos nuevos a su hijo. ¡Le esperamos pronto!".

Al terminar de leer las cortas líneas del telegrama, bajó Robert Richard de entre sus manos el papel, pensando que tendría que hacer pronto ese viaje inesperado. Entonces fue a buscar a Ana María para pedirle que lo acompañara a México a un viaje relámpago de última hora, pero no la veía por ningún lado. La casa estaba en silencio y la preocupación por su hijo lo llevó a encerrarse un momento en su biblioteca.

Al escuchar en casa cerrarse la puerta de la biblioteca, se dieron cuenta de que Robert Richard estaba de regreso. Las niñas se encontraban con Lisa en sus lecciones y Ana María se encontraba bordando un mantel. Robert Richard trató de no hacer mucho ruido en casa para no interrumpir a las niñas y a Lisa. Encontró a Ana María y se sentó a su lado en el sillón donde solía sentarse siempre para bordar. Le leyó el telegrama y le dijo: "Te pido, por favor, que me acompañes a ver a mi hijo. Solo serán unos días, porque al parecer mi hijo extraña estar en casa". Ana María siguió con su bordado sin voltearlo a ver y le respondió: "Iré contigo a ver al niño a pesar de la gran ofensa que me has hecho y por la cual no te has disculpado". Él solo se limitó a responderle a Ana María: "Partiremos pasado mañana por la madrugada, prepara tus cosas y en la noche a la hora de la cena anunciamos que viajaremos a México". Robert Richard se retiró de la sala donde se encontraban y Ana María guardó su bordado para ir a su habitación a preparar su equipaje.

Mientras, en el piso de abajo, Lisa y las niñas preparaban la cena. El mantel beige que se pondría en la mesa era el favorito de Cecilia y la vajilla de porcelana traída desde Alemania también era de sus favoritas, al igual que el juego de té de porcelana antigua bañada en oro que su madre Elenka siempre mantuvo bajo resguardo en un mueble del comedor para cuidarla de cualquier accidente que pudiera sufrir, porque decía que ese juego de té era invaluable.

Robert Richard y Ana María bajaron al comedor a la hora de cenar. Los esperaban las niñas y Lisa. Al escuchar la alegría de él y Ana María al venir por el pasillo que daba al comedor supieron que sería una velada agradable esa noche. Ana María estaba de buen carácter y no les echaría a perder la cena, pero Lisa en su interior sufría al verlos tan felices: ¿quizá están enamorados y muy pronto anunciarían su matrimonio?, se preguntaba Lisa, pero la alegría que dejaban ver en ambos no era más que por haber arreglado sus diferencias sucedidas aquella noche en que Richard rechazó a Ana María. Das por hecho algo que tú crees que ves, pero no sabes si realmente es. Al sentarse a la mesa, platicaron todos en inglés. El español lo dejarían para el siguiente día. Entre pláticas Lisa le comentaba a Robert Richard del telegrama que había llegado de México, preguntaba por la salud de don Marcelo. Ana María interrumpió la plática que sostenían los dos y adelantándose a que Robert Richard les dijera que viajarían en dos días a visitar a Robert, les comunicó a las niñas y a Lisa que se marcharían juntos a México. Lisa, sorprendida por no saber nada de ese viaje, solo sonrió quedándose callada. Las niñas le pidieron a su padre acompañarlos, pero él les dijo que aún no era momento para ellas ir a visitar a su hermano. Ana María argumentó que era un viaje largo y pesado y su padre tenía pocos días para permanecer allá, prometiéndoles planear un próximo viaje en el que pudieran ellas visitar a su hermano y conocer México.

El tiempo de Ana María en Nueva York se había prolongado mucho y su regreso a Argentina ya no podía demorar más, así que ya no regresaría a Nueva York, de México partiría a su patria de regreso. Se despidió de las niñas y le dijo a Lisa solo un serio e insípido hasta luego. Él prometió no demorar mucho y mandar noticias de su llegada a México. Los siguientes días para Lisa fueron un infierno de tristeza, pues su gran amor había partido sin siquiera imaginar lo que su corazón sentía. Ana María se llevaba entre sus cosas el gran amor de Lisa confesado en una carta, quedando para siempre vivo en su corazón.

Los caminos hacia México fueron muy largos, pero más largos se hacían cuando llegaban a la frontera para tomar un tren diferente para que los llevara hasta Morelia. Ana María esperaba con ansia llegar a la hacienda El Canto de María para poder ver y platicar con su amigo don Marcelo. Los días del viaje se le hicieron eternos y aburridos porque Robert Richard evitaba tener conversaciones muy largas con ella para que no fuera a pensar que eran otras sus intenciones. Hablaban de la belleza de los paisajes, y del tiempo que convivió con las niñas y Lisa en Nueva York, evitando a toda costa hablar de los sentimientos de ambos. Cuando faltaban solamente horas para su llegada, Robert Richard llevó a Ana María al balcón que había en el tren donde los pasajeros podían salir a apreciar la vista de las montañas y demás, y a donde él y su hijo les gustaba salir por las tardes a contemplar el panorama tan pintoresco que México les regalaba. Por la tarde comenzaron a ver desde lo lejos los cerros que encierran la ciudad de Morelia. La velocidad del tren aumentaba al entrar a la ciudad, el estruendo de la locomotora hacía sonar el claxon anunciando su llegada y esto despertó a Ana María, que dormía profundamente recargando su cabeza en la ventanilla que tenía a un lado de su asiento. Al despertar exclamó: "¡Hemos llegado! ¡Qué alegría!".

Él bajó primero del tren para ir por el equipaje, mientras que ella, bajando por los escalones del tren, extendía su mano hacia él para que la ayudase a bajar. Ella tomó el brazo a su amado Robert Richard y juntos caminaron por los pasillos de la estación en busca de don Marcelo, al buscarlo en la sala de espera y no verlo por ahí. Robert Richard le pidió que se sentara un momento en una banca. Entonces el caballerango de la hacienda, Martín, se quitó el sombrero agitándolo para que Robert Richard pudiera verlo. "¡Martín! Qué gusto verle de nuevo", le decía Robert Richard, respondiendo el caballerango: "Es un gusto para nosotros recibirle de nuevo, señor Pilz. El niño Robert lo está esperando junto con don Marcelo en la hacienda, solo que como hace mucho calor, don Marcelo no quiso subir pa la carreta, dizque que, que para no acalorarse más y pos me vine yo solo por usted". "Hiciste bien, Martín", le dijo Robert Richard, "tomemos el equipaje y vayamos para la hacienda".

Robert Richard esperaba a su padre por los caminos de entrada a la hacienda y al oír los caballos andar y las ruedas de la carreta crujir al pasar por encima de las piedras, corrió a su encuentro gritando: "¡Papá, papá, ¡has llegado!". Martín detuvo la carreta para que Robert pudiera subir y saludar a su padre. "Qué grande estás, hijo, tenía muchas ganas de verte", le dijo Robert Richard a su hijo. "Yo también, padre, los he extrañado mucho, pero amo vivir con don Marcelo, aunque a veces me sienta un poco triste por no estar en casa con ustedes". "¿No vas a saludar a la señorita Ana María?". "Hola, señorita Ana María, qué bueno que viene acompañando a mi padre a visitarme, los caminos para llegar aquí son largos y se necesita compañía para no aburrirse". "Qué gusto volver a verte, Robert", le dijo Ana María, "en verdad que has crecido mucho". "Sí, señorita, don Marcelo dice que creceré muy grande como un roble. Porque él dice que todos somos grandes como los robles".

Don Marcelo unos metros atrás veía que se acercaban. Al detenerse la carreta frente a él, Robert Richard bajó saludándolo: "Mira quién me ha acompañado, Marcelo". Robert Richard le daba la mano a Ana María para que ella bajara de la carreta, apoyando en la tierra su paraguas para poder tener equilibrio cuando sus pies tocaran la tierra. Don Marcelo al verla se acercó para saludarle y darle un gran abrazo. "Pero, Ana María, ¿por qué no me han dicho que venías? Así hubiera preparado una comida de bienvenida con mis amigos más cercanos". "No se preocupe, don Marcelo", respondió ella, "queríamos darle la sorpresa de que vendría acompañando a Robert Richard". "¡Vaya sorpresa, hija! En verdad que han causado en mi corazón una gran alegría. Pasen a esta su casa y que estos días en la hacienda les brinden lo que en la vida andan buscando, solo pongan atención a los sonidos y a las voces que en su interior irán escuchando". Ana María y Robert Richard no entendían nada de lo que don Marcelo les decía, pero era seguro que había verdad en sus palabras, porque al ver aquella hacienda era imposible no creer lo que el dueño del lugar les decía.

El caballerango Martín bajó las maletas y fue a la entrada de la casa para dejarlas ahí. Don Marcelo invitó a Ana María a dar un paseo, yéndose solos Robert Richard y su hijo por las orillas de la hacienda. Robert le mostró a su padre hasta el rincón más escondido del lugar y pudieron platicar un largo tiempo sin que nadie los interrumpiera. Robert Richard le preguntó a su hijo por el colegio al que acudía, por las costumbres de México y por sus nuevos amigos, aunque por supuesto hasta ese momento no tenía ni uno solo por la forma de vida que estaba llevando y a la cual no estaba acostumbrado. Robert le comentó a su padre que extrañaba su casa y a sus hermanas y pasar tiempo con él. El idioma era lo único en lo que estaba teniendo problemas, se le dificultaba entender a sus maestros en el colegio y sus compañeros no le hacían mucho caso. Pero por todo lo demás, estaba muy feliz viviendo en la hacienda con don Marcelo. Su padre lo dejó que hablara y se desahogara para después darle las respuestas a sus preguntas. Trató de animarlo diciéndole que le faltaba tiempo para poder entender a sus maestros, el poco tiempo que tenía en la hacienda no era suficiente para poder entender todo lo que las personas hablan y Robert solo lo veía y pensaba en las palabras que su padre le decía. "Es verdad lo que mi padre me ha dicho, es solo cuestión de tiempo", pensaba Robert. El sol se iba guardando y las estrellas se comenzaban a ver. Los dos se levantaron de unas piedras grandes sobre las cuales estuvieron sentados y fueron a encontrarse con don Marcelo y Ana María. Esa noche don Marcelo pidió que le encendieran una fogata muy cerca de la entrada principal a la hacienda para que durante la noche pudieran ver la lluvia de estrellas que muy seguido se podía contemplar. Don Marcelo platicaba cuentos de terror que a él mismo sus abuelos le platicaban. Esa noche tuvieron una cena inolvidable bajo los cielos de Morelia repletos de estrellas, y como música de fondo los grillos que cantaban amenizando la cena de bienvenida que don Marcelo les ofrecía. Richard y su hijo, después de haber pasado una noche maravillosa en la hacienda se retiraron a dormir. Don Marcelo le dijo a Ana María que si aún no estaba cansada podrían quedarse un rato más a beber unas copas de vino tinto. Ella aceptó encantada de la vida y ansiosa por platicarle a don Marcelo cómo fueron sus días en Nueva York. Don Marcelo le preguntó: "Dime, Ana María, ¿cómo están las cosas por allá? ¿Cómo les va a las niñas? ¿Nueva York fue de su agrado? Cuán grandes han de estar esas niñas, ¿verdad?". Y Ana María con respuestas indiferentes respondía a cada una de sus preguntas. "¿Acaso Richard te ha hecho algún desprecio, Ana María? ¿Por qué no veo en tus ojos la misma alegría que veía en el barco cuando te encontrabas con él?"- Ana María solamente le pudo decir a don Marcelo: "Yo le he amado siempre, pero su corazón y sus pensamientos definitivamente nunca serán para mí". "Cómo dices eso, Ana María", respondía intrigado don Marcelo, "si él me ha dicho que te tiene un gran cariño". "Cariño sí, don Marcelo, pero amor no".

"Te daré un consejo, Ana María, si aceptas tómalo. A veces cuando nos enamoramos y no somos correspondidos es mejor dejar nacer un nuevo sentimiento, pero de amistad y dejar morir el amor que nunca será correspondido. En la vida todos tenemos nuestro cada cual, pero la soledad o el miedo a nunca ser amados nos nubla la vista y no nos deja ver con claridad quién nos puede amar verdaderamente. En cuestiones de amor, es muy fácil que nos equivoquemos con la elección que creemos que nuestro corazón nos dictaminó. Después es el tiempo el que nos muestra con factura en mano los platos rotos que hay que pagar; a veces ya es muy tarde, pero otras veces no. Sigue tu camino buscando tu mitad y sigue cultivando el cariño que sientes por Robert Richard, cariño que con el tiempo lograrás que se convierta en una maravillosa amistad". Ana María escuchaba con mucha atención el punto de vista de don Marcelo pensando que quizá el viejo hombre, con la sabiduría que había adquirido con los años y que cargaba sobre su espalda, estaba en lo correcto. La plática entre don Marcelo y Ana María se había extendido hasta la media noche y al ver que el movimiento en la hacienda se había detenido, igualmente ellos se fueron a descansar. Esa noche Ana María entendió que su amor hacia Robert Richard no sería correspondido. Escuchaba por primera vez la voz de su alma que le hablaba.

El sol muy temprano como siempre salía de entre las montañas como cada mañana. Don Marcelo los esperaba a todos regando sus plantas tan queridas y cuidadas por él en el huerto que daba al frente del balcón donde desayunaban siempre. Quería mostrarles a sus invitados los girasoles que tanto le gustaban. Martín se encontraba sentado en la carreta esperando para llevar al pequeño Robert al colegio. Ese día los acompañó Richard, mientras que Ana María recorría el huerto de don Marcelo. El hambre los hizo regresar a la hacienda para pedir que les llevaran el desayuno. "En un rato más que llegue Richard", le dijo don Marcelo a Ana María, "vamos a ir al centro de Morelia, te va a gustar, vas a ver". Pero cuando llegó Martín de regreso se dieron cuenta de que Richard no venía con él. Ana María se le acercó y le preguntó: "¿En dónde ha dejado usted al señor Pilz?". A lo que Martín solo respondió: "El señor dijo que caminaría un poco y que más tarde los vería aquí en la hacienda".

Esa mañana Robert Richard caminó por las calles de Morelia esperando encontrar respuestas dentro de él. Su corazón se sentía confundido y no sabía si los sentimientos que sentía por Lisa eran reales o solo era la soledad que sentía su corazón desde que Elenka había muerto. Las constantes insinuaciones de Ana María en ciertos momentos le hacían creer que no era solo amistad lo que por ella sentía, pero cuando estaba en casa y veía la dulzura de Lisa, se olvidaba del mundo entero y solo era ella quien estaba en sus pensamientos. Pero ella mostraba tal indiferencia hacia él que nunca sería Robert Richard capaz de mostrarle sus sentimientos.

Al ver Ana María y don Marcelo que Richard estaba demorando mucho en regresar a la hacienda, se fueron a buscarle para que juntos recorrieran las calles empedradas de Morelia. Al ir caminando y acercándose a la plaza principal, lo encontraron sentado en una banca viendo la iglesia y observando a las personas que pasaban caminando por ahí. Don Marcelo levantó un poco la voz diciéndole: "Richard, Richard, hemos estado buscándote, ¿dónde has estado?". Richard, a lo lejos, levantaba la mano saludando a don Marcelo. "Vengan a sentarse un rato conmigo, el aire de Morelia es fascinante, he estado aquí por un tiempo disfrutando de la tranquilidad que aquí se pude respirar". Ana María se sentó en medio de los dos. El calor era más fuerte de lo habitual y don Marcelo agitaba su sombrero echándose un poco de aire. "No me parece que esté agradable el fresco, Richard, yo siento mucho calor", le dijo, y de repente un niño con un carrito de paletas se les acercó ofreciéndoles lo que vendía. Don Marcelo fue el primero en levantarse de la banca para comprarle algo al niño. Richard prefirió la nieve y don Marcelo y Ana María probaron las paletas de limón.

Al ver que el paseo se había alargado un poco, don Marcelo le dijo a Richard que tendrían que regresar a casa. Robert ya estaría de regreso del colegio y de seguro esperándolos para comer. Al ir llegando a la hacienda Ana María les dijo a los dos: "Queridos amigos, les anuncio que he pensado regresar a mi país en unos días, mi viaje se ha alargado más de lo previsto y es hora de que regrese a casa con los míos". Richard ya sabía de esto, pero no don Marcelo. "Me hubiera gustado tenerte aquí en la hacienda más días, pero entiendo que tu regreso a casa va a ser largo. Mañana por la noche organizaré una cena de despedida, únicamente seremos nosotros y unos cuantos amigos muy cercanos que me gustaría que te conocieran. Fue muy grato para mí, Ana María, tenerte de vista en la hacienda, pero espero que a la próxima que me visites sean un par de semanas las que te quedes aquí conmigo", le dijo don Marcelo algo triste por la partida de ella.

Robert esperaba sentado en el huerto a que su padre y don Marcelo regresaran y para que la espera no fuera tan larga repasaba sus lecciones de español. La comida estaba lista para que todos pudieran sentarse a comer y los olores del asado de olla en chocolate y canela se apreciaban desde que se abría la puerta de la hacienda El Canto de María, atrayendo a los comensales en dirección a la cocina. Los trabajadores que pasaban por ahí y percibían el olor entraban por la puerta de la cocina y se asomaban para ver qué era lo que preparaban las cocineras que despedía un olor tan agradable y tan típico de México.

El caballerango Martín se acercaba a la hacienda. Todos bajaron entonces de la carreta en dirección al huerto porque vieron a Robert muy concentrado leyendo. Su padre le gritaba: "Robert, ya hemos regresado, ven a comer con nosotros". Y él, al escuchar la voz de su padre que lo llamaba, se percató de que la hora de la comida había llegado, cerró sus libros del colegio y se levantó de la silla para darle un abrazo a su padre y a don Marcelo. "Hijo, hemos llegado, el paseo por el centro de Morelia ha sido fabuloso, me gustaría poder quedarme más tiempo aquí en la hacienda para disfrutar de la belleza que me encuentro por todos lados en Morelia, pero mis obligaciones me llaman". Robert, escuchando lo que su padre le decía, le preguntó: "¿Tú crees que mis hermanas quisieran venir algún día a vivir a México, ¿papá? A mí no me gustaría vivir por siempre en Nueva York". Y Richard, sorprendido por lo que su hijo le decía, se hacía mil preguntas en su mente: el empleo en las minas de Palaú todavía estaba esperando por él y ya había demorado mucho en darles una respuesta, pero lo que Robert Richard le acababa de decir le facilitaba las cosas, porque él también quería vivir en México. "Quizá sería buena idea que a mi regreso platique con tus hermanas", le respondió su padre, "y pueda llevarlas conmigo a Palaú para que conozcan un poco México, a lo mejor, al igual que a ti y a mí, les gusta tanto y no les parezca mala idea mudarnos para acá".

"¡Qué alegría me da verlos tan contentos!", les dijo Ana María acercándose a ellos, "pero los interrumpo porque la comida está servida y don Marcelo y yo tenemos mucha hambre y estamos esperándolos solo a ustedes dos, caballeros". "Es verdad", respondió Richard, "don Marcelo moría de hambre, la caminata abrió el apetito de todos, vayamos al comedor". Don Marcelo los esperaba tomando una copa de vino. "Por los olores que hay por todas partes parece que el día de hoy comeremos delicioso. No es que no comamos todo los días exquisito, don Marcelo, pero parece que hoy sus cocineras se propusieron no dejarnos ir y dejarnos atrapados con tan deliciosa comida que nos dan cada día". "¿Usted cree eso, Richard?", sonriendo todos en la mesa, "¿no será que la cocinera se enamoró de usted y quiere conquistar su corazón para que no se vaya?". Y todos reían en la mesa de las cosas que don Marcelo decía. "Ahorita que estamos todos sentados comiendo quiero decirles", comentó don Marcelo, "que he enviado unas cuantas tarjetas a mis amigos más cercanos de aquí de Morelia invitándolos a cenar mañana por la noche. Quiero que Richard tenga nuevas amistades y qué mejor que mis mejores amigos se conviertan en sus mejores amigos también". Richard alzó su copa y les dijo a todos: "¿Qué les parece si brindamos por esta comida tan exquisita pero también brindemos por nuestra amistad, que con el tiempo se ha vuelto cada vez más fuerte? Quiero brindar sobre todo por don Marcelo, que con la experiencia que le ha dado la vida no ha dejado nunca de regalarme sus tan valiosos consejos que guardaré para siempre con mucho cariño en mi corazón". Y Ana María les dijo a todos: "Yo quiero también brindar por nuestra amistad y por usted, don Marcelo, porque ha sido como un padre para mí y porque, al igual que Richard, guardaré en mi corazón sus enseñanzas de vida y todos sus consejos. ¡Salud!". "Esperen", les dijo Robert, "yo también quiero brindar con ustedes, yo quiero brindar por mi padre y por la fortaleza que tuvo para salir adelante al morir mi madre, que si no hubiera sido por eso, no estuviéramos hoy aquí en estos momentos, y yo no viviría con don Marcelo aquí en la hacienda. *Bring dir's!*", riéndose todos al escuchar brindar a Robert en alemán, las copas de cristal cortado se entrechocaron en lo alto de la mesa y así celebraban con mucha alegría su amistad y la vida.

La última noche de Ana María en la hacienda se disculpó con todos por no acompañarlos a cenar. Quería evitar que vieran la melancolía que en esos momentos estaba sintiendo, la esperanza de algún día estar en los brazos de Richard la dejaría escapar en su última noche en la hacienda. Encima de su cama se encontraba su veliz y llorando guardaba su ropa, sacó el vestido rojo de lino que casi vuelve loco de deseo a Richard para usarlo al día siguiente en la cena de despedida en honor a ella; quería olvidar el mal recuerdo que ese vestido dejaba en su memoria y al estar preparando todo para su partida, se encontró con la carta que Lisa le había enviado a Richard en sus días de vacaciones. La leyó nuevamente y no pudo evitar imaginarlos juntos, no podría soportar algo así, y sin pensarlo dos veces rompió la carta y quemó los pocos pedazos que quedaban de ella, secó sus lágrimas con un pañuelo y se propuso olvidar la confesión de amor que un día leyó en aquella carta.

Esa noche Ana María no pudo conciliar el sueño. La soledad de su alma destrozada le robaba también su paz interior, sus lágrimas empapaban su almohada y el cansancio por tanto pensar y tanto llorar hicieron que se quedara dormida en un sueño tan profundo que al siguiente día no podía despertar. "Ana María, ¿te encuentras bien?", le preguntaba Richard tocando la puerta de su habitación. Al escuchar ella la voz de él llamándola se percató de la hora que era y de que no había despertado para acompañarlos a desayunar. De inmediato salió de la cama para ir a abrir la puerta. "¿Qué pasa contigo, Ana María? Tenemos muchas cosas que hacer y tú sigues dormida, prepárate para ir a la plaza del centro con don Marcelo, al parecer tenemos que ir por unas cajas de vino para la cena y otras cosas más. Te esperamos en el huerto, no demores mucho". Ana María, avergonzada por no haber estado en el desayuno y por no estar lista para todo lo que había que hacer ese día, de inmediato se dio una ducha y en unos cuantos minutos ya se encontraba con ellos en el huerto. "¡Buenos días a todos! Disculpen mi retraso y mi ausencia en el desayuno, pero he pasado tan mala noche que no me percaté de la hora y dormí más de la cuenta".

"Marchémonos", dijo don Marcelo, "Martín nos espera". Al ir por el camino que los llevaba a la ciudad, don Marcelo les platicaba quiénes eran los dueños de cada tierra por la que pasaban y les platicaba un poco de la historia del lugar. "¡Ah!, por cierto, Ana María, un buen amigo mío viaja a la ciudad de México mañana y le he pedido que sea tu compañero de viaje, espero que no te moleste, pero como sé que será largo el recorrido hasta tu hogar, tener alguien con quien platicar te servirá de mucho, además de que hará más corto el trayecto. ¿Vendrán tu padre y tus hermanos a encontrarte?". "Sí, don Marcelo", respondió Ana María, "he tenido noticias de ellos y sé que en estos momentos me esperan en la ciudad de México". La carreta se detuvo y Martín bajó de ella diciéndole a don Marcelo: "Señor, señor, la carreta no va a pasar por este camino, las lluvias lo han inundado todo y las piedras no nos dejarán pasar, tendremos que ir por otro lado, pero es el doble de tiempo, ¿seguimos o nos regresamos?". "Vayamos por el camino largo, Martín", dijo don Marcelo, "a lo mejor está en mejor condición". El tiempo pasaba y el centro de Morelia no se veía por ningún lado. "Será mejor que bajemos un poco a estirar las piernas", dijo Richard, "porque para cuando lleguemos no vamos a poder caminar". La carreta se detuvo y todos bajaron para descansar un poco. La humedad por las lluvias hacía que el calor fuera insoportable. Don Marcelo sacó un pañuelo para limpiar el sudor de su frente mientras que Richard se echaba aire con su sombrero. Ana María solamente caminaba de un lado a otro con su paraguas que la cubría del sol y al subir una pequeña loma vio a lo lejos Morelia, y les gritó a todos: "Vayámonos, ya vi el centro de Morelia", y al escuchar eso, subieron todos de nuevo a la carreta para llegar a la tienda donde recogerían la caja de vino. La plaza del centro se encontraba llena, se celebraba la misa de las doce y los vendedores ambulantes ofrecían a las personas los productos que vendían. Al ir caminando Ana María, le dijo a Richard: "No puedo creer que me vaya mañana, se pasó el tiempo volando y es que el tiempo a tu lado pasa volando, no puedo creer que fueron más de tres meses los que pasé contigo". "Conmigo no, Ana María", le respondía Richard, "con todos, con mis hijos, con don Marcelo y con todas las personas a las que conociste todo este tiempo y las que conocerás esta noche en la cena que ofrece don Marcelo para ti". "Es verdad, Richard, pero tú sabes que con quien disfruto pasar el tiempo es contigo". Richard detuvo sus pasos y al voltearla a ver a los ojos tomó su mano y le respondió: "El egoísmo nunca nos lleva por buen camino, te encerraste en tu amor por mí y se te olvidaron mis hijos, te olvidaste de ti misma, ¿y quién crees tú que ocasionó todo eso? El egoísmo que guardas en tu corazón y que fuiste alimentando todos estos años. Eso, Ana María, no me dejó ver en ti las muchas cualidades que posees". La carreta siguió avanzando hasta que llegaron a la vinoteca.

"¡Ayuda, ayuda!", les gritaba a lo lejos don Marcelo. "Veo que la plática está muy interesante, pero no puedo con las cajas de vino; ayúdenme, por favor". "Una disculpa, don Marcelo, fue mi culpa", exclamó Richard, "me detuve a hablar con Ana María unas palabras y no me di cuenta de que se nos adelantó, permítame cargar esas cajas por usted y vaya con Ana María y acompáñele". Los detalles pendientes para la cena quedaron resueltos y regresaron a la hacienda con el tiempo contado. En la cocina el movimiento era como en las cenas de Año Nuevo y Navidad, todos corrían de un lado a otro, la cocinera principal los dirigía a todos, unos limpiaban la vajilla de plata que se usaría esa noche y otros dejaban los pisos relucientes, don Marcelo entraba y salía de la cocina vigilando que todo fuera en orden. Richard y su hijo se encontraban dando un paseo por un camino de pasto lleno de diferentes flores, contemplaban la belleza del campo y disfrutaban ambos de la presencia de cada uno. Ana María se encontraba en su habitación, una persona de servicio la ayudaba a vestirse y ella arreglaba su cabello, su equipaje estaba listo, la noche sería corta y al amanecer partiría ella a la Ciudad de México.

Los invitados de don Marcelo comenzaron a llegar y todo se encontraba perfecto para que se celebrara una hermosa cena. Ana María se encontraba sentada en el salón de juegos de la hacienda a un lado de don Marcelo. Disfrutaban de un exquisito coñac. El primer invitado en llegar fue el señor Joaquín de la Garza Iturbide, dueño de una zapatería muy conocida en Morelia y gran amigo de don Marcelo, compañero además de las jugadas de dominó de los viernes por la tarde. Don Marcelo al recibirlo le presentó a Ana María. "Mucho gusto, señorita, es un placer saludarla", con una sonrisa de lado a lado le decía el señor Joaquín, llegando detrás de él Richard, retrasándose un poco por el tiempo que había pasado caminando con su hijo.

Los dos caballeros y la dama caminaron a la barra donde se encontraba un mesero sirviendo los tragos para cuando los invitados llegaran. Don Joaquín observaba la barra de madera de cedro labrada a mano. "¡Pero qué hermosa está esta barra! Marcelo, ¿quién ha hecho este trabajo tan asombroso?". Y don Marcelo pasando su mano como acariciando suavemente la barra le dijo a su amigo: "Esta barra fue hecha en Guadalajara por unos artesanos que trabajan la madera de una manera inigualable. Hace muchos años que tuve que hacer a un viaje a tierras tapatías y caminando por unas calles me llamó la atención una bodega grandísima que vi; al asomarme me di cuenta de que tenían infinidad de muebles de madera. En eso se acercó un joven para preguntarme si buscaba algo en especial, le pedí que me dejara ver todo lo que tenían y me fue mostrando cada pieza de madera que tenían en exhibición, pero me llamó mucho la atención que los artesanos que fabricaban los muebles se encontraban ahí mismo trabajando, cada cliente que entraba a la bodega a comprar o a ver algún mueble podía observar cómo los artesanos trabajaban y hacían los diseños en la madera, y a lo lejos, en un rincón, estaba esta barra esperando su turno para que le dieran color. Al verla supe que el lugar perfecto para ella sería aquí en la hacienda, no lo pensé dos veces y fui a pagar por ella. Al cabo de dos meses ya se encontraba aquí en mi hacienda. Esa es la historia de esta barra, que espero que con el paso de los años y con las próximas generaciones que lleguen a vivir aquí sea igual de apreciada como lo es hoy por mí". Al terminar don Marcelo de platicarles a todos la historia de la barra les dijo: "Propongo que hagamos un brindis por todo lo hermoso que tiene este país, ¡salud!".

"Veo que usted nos acompaña de tierras lejanas, señor". "Así es", respondió Richard, "vengo de tierras europeas, para ser exactos de Alemania; asuntos de trabajo me trajeron para acá, pero mi residencia actual es en Nueva York". "¡Magnífico!", exclamó don Joaquín. "Más adelante, cuando regrese de nuevo por acá, lo invitaremos a nuestras reuniones de los viernes de dominó para que nos platique a qué se dedica usted, mi estimado amigo. Y por lo que veo y escucho la señorita Ana María es de Argentina". "Así es", respondía Ana María, "fue muy poco el tiempo que estuve aquí en México, pero espero poder volver pronto a la hacienda para disfrutar de las tardes tan hermosas que se viven aquí". "Le diré, mi estimada señorita", le dijo don Joaquín, "mi amigo Marcelo le ha de apreciar mucho, ya que no es costumbre de él hacer ningún festejo en la hacienda que no sea cenas para celebrar Año Nuevo o festejos de cumpleaños; por eso, al enterarme de esta cena de despedida que ofrecía mi amigo no dudé ni un minuto en venir a conocerle". "Es muy amable de su parte, don Joaquín", respondió Ana María, "le agradezco que tomara el tiempo de venir a acompañarnos hoy". Y al estar de espaldas don Marcelo sintió que tocaron suavemente su hombro y, al voltear, se dio cuenta de que era Ernesto Berlanga, hijo de Antonio Berlanga García, vecino de la hacienda y productor de papa. Los Berlanga eran dueños del rancho ganadero más grande que había en Morelia y se encontraban pasando por su mejor momento como productores. "¡Hola, hijo! ¿Cómo estás? Qué gusto me da verte, ¿en dónde has dejado a tu padre?". "Buenas noches a todos", saludaba Ernesto sonriendo. "Ven, hijo, deja te presento a mis invitados, él es el ingeniero Robert Richard Pilz y ella es la señorita Ana María Centeno". "Mucho gusto, es un placer saludar y conocer a amigos tan especiales de don Marcelo". "Ella es la señorita que mañana parte a la ciudad de México y a la que le harás compañía durante el viaje". "Será un placer para mí, señorita Ana María, poder acompañar a tan hermosa dama". Ana María un poco apenada por los elogios de Ernesto solo pudo decir: "El placer es mío, señor Ernesto Berlanga".

La noche cada vez se volvió más amena. Los invitados de don Marcelo fueron llegando y Ana María lucía su espectacular vestido de lino rojo que la hacían resaltar aún más su belleza. Ernesto Berlanga la veía cómo caminaba de un lugar a otro y cómo brillaba al igual que el collar de zafiros que llevaba puesto en su delgado y delicado cuello como el de un cisne. La noche, sin lugar a duda, era de ella, y sí que la volvió de ella; todos los caballeros por dondequiera que pasaba volteaban a verla admirando su natural belleza. Richard también gozaba al verla caminar por todo el salón. Su perfume se encontraba por todas partes, ella era el centro de atención para todos esa noche.

Ernesto Berlanga no pudo acercarse a ella más de lo que hubiera querido. Todos los invitados platicaban con Ana María y solamente pudo contemplarla el resto de la noche. Richard, al ver que Ernesto había quedado cautivado con la belleza de Ana María, se le acercó diciéndole: "Es hermosa, ¿verdad? ¿Por qué no vas con ella y platican un poco? Así mañana no serán unos completos desconocidos". Pero Ernesto le respondió a Richard: "Quisiera acercarme a ella, pero los invitados no la han dejado ni un momento a solas". "Deja ver qué puedo hacer por ti". Richard caminó hacia donde se encontraba Ana María y saludaba al pasar a don Marcelo y a otros invitados; al acercarse a ella le susurró al oído diciéndole: "¿Podrás acompañarme afuera al balcón? Tengo algo de calor y necesito respirar aire puro". Ana María volteó a ver a Robert Richard algo desconcertada y le dijo: "¿Es necesario que sea yo la que te acompañe? ¿No puedes ir tú solo al balcón? No quiero ser descortés con los invitados y marcharme contigo al balcón solo porque tú necesitas aire puro. No. No voy contigo a ningún lado". Richard se retiró del lugar haciendo parecer que no sucedía nada. Al ver Ernesto que se dirigía a él solo, sin Ana María, se imaginó que a ella no le interesaba conocerle. "¿Qué pasó, señor Richard? ¿Por qué no viene Ana María con usted? ¿Acaso le dijo que yo no soy de su agrado y no quiere conversar conmigo?". "No es eso, señor Ernesto, lo que pasa es que Ana María no quiere ser descortés con los invitados. Yo le he dicho que me acompañara a tomar un poco de aire, pero a ella no le pareció buena idea, y yo no le he dicho que viniera con nosotros a charlar un poco". "Ah, qué bueno, señor Richard, que usted me dice eso, yo pensé que era yo el problema. Mañana muy temprano vendré por ella para marcharnos y tendré tiempo de sobra para platicar con ella". Y Richard le dijo con una voz amigable: "Yo quería facilitarle el camino para que mañana usted se sintiera más cómodo con ella, pero creo que es mejor que usted, a solas con ella, pueda conocerla y saber lo que necesita saber, si es que usted está interesado en ella". De pronto se escuchó que don Marcelo levantó la voz diciéndoles a todos: "Amigos míos, hoy he ofrecido esta cena en honor a la señorita Ana María Centeno, que se ha convertido para mí como una hija. Les pido a todos que levanten sus copas para brindar por ella, por la verdadera amistad y por los países que ahora ya se han vuelto hermanos, México, Argentina y Alemania. ¡Salud! Que sirvan la cena, por favor", don Marcelo replicó.

La cena de esa noche, como siempre, fue exquisita. Los camarones en vino blanco que la cocinera preparó fueron el mejor platillo para muchos. Todos disfrutaban de la plática, los diferentes sabores de la cena, todo, todo era perfecto esa noche. Ana María observaba cómo al otro lado de la mesa Richard sonreía y platicaba con los invitados; recordaba la tarde que lo vio por primera vez en el barco; su semblante ahora era completamente distinto, se había convertido en un hombre nuevo y ella sabía que Lisa era la responsable de ello. Era la última noche que sus ojos lo verían de esa manera; lucharía para que su corazón lograra olvidarlo. Don Marcelo a la cabecera de la mesa sonreía y brindaba, no dejaba de platicar y pedía más vino para sus invitados. Las velas al centro de la mesa alumbraban el salón y la belleza de Ana María, y Ernesto Berlanga solo esperaba que terminara la noche para, al día siguiente, poder estar cerca de ella. Para él, era "ella", todavía no era Ana María, y si la suerte lo acompañaba durante el viaje, se convertiría en su Ana María, de eso estaba seguro. Al paso de las horas el reloj anunciaba las doce de la noche; la cena los dejaba a todos con un exquisito sabor de boca, pero desgraciadamente los invitados tenían que marcharse. Ana María despedía a los invitados y don Marcelo caminaba apoyándose en su bastón a la entrada del salón. Richard lo llevaba del brazo cuidando que no fuera a tropezar. Ana María cerraba la puerta principal cuando de repente escuchó una voz masculina decir: "Espere, no cierre la puerta, por favor, me encontraba buscando mi saco y mi sombrero, es por eso por lo que no salí a la par de los invitados. ¿Recuerda usted quién soy?". "Por supuesto que sí, señor Berlanga. Ernesto Berlanga es su nombre". "Permítame tomar su mano como señal de agradecimiento por tan amena velada la de esta noche", dijo Ernesto, recordándole también: "Mañana por la mañana paso por usted para que esté lista a primera hora si Dios y el tiempo lo permiten". Ana María solo le respondió: "No se preocupe que estaré lista muy temprano en espera de usted, hasta mañana".

Al cerrar la puerta Ana María se recargó en ella, pensando por qué no se había dado cuenta de lo atractivo que era Ernesto Berlanga. El color de su piel morena y sus ojos verdes la cautivaron. "Cómo es posible que no me haya dado cuenta, en dónde estuvo este hombre toda la noche", se preguntaba Ana María. "Mañana será otro día y estaré mucho tiempo cerca de él". La emoción por ver de nuevo a Ernesto al siguiente día le impidieron conciliar el sueño. Al ver que no iba a poder dormir, se levantó de la cama y se sentó en una silla que se encontraba cerca de la ventana. Sus pensamientos eran confusos. Hasta hace unos momentos amaba a Richard y ahora Ernesto era quien le robaba el sueño. Cuando se es joven, es normal sentirnos abrumados por los sentimientos de amor que a veces creemos sentir; por eso es cierto y siempre será cierto que el amor es engañoso.

Las personas que trabajaban en la hacienda comenzaron con sus actividades de siempre a las cuatro de la mañana. Ana María se dio cuenta de que la noche había pasado y llegaba el momento de marcharse. Se levantó de la silla donde se había pasado la noche pensando. Se quitó su camisón de dormir y fue al baño para preparar sus últimas cosas en su veliz. Su vestido rojo tirado en el piso se había manchado un poco de vino; lo levantó y lo limpió con una toalla, lo dobló y lo guardó en la parte superior del veliz; su collar de zafiros estaba en el tocador esperando ser guardado y sus zapatillas de tacón las guardaba en una bolsa de franela especial para que no se maltrataran. Todas sus pertenencias estaban listas y don Marcelo, Richard y Robert la esperaban en la sala principal para tomar el último desayuno con ella en la hacienda. Al estar conversando de lo bien que la habían pasado en la cena, Martín llegó al comedor y les anunció que el señor Ernesto Berlanga se encontraba afuera esperando a la señorita Ana María. "Llegó la hora", le dijo don Marcelo, "espero que el viaje sea placentero para ustedes y cuando te encuentres con tu padre y tus hermanos, Ana María, házmelo saber". "Así lo haré tan pronto llegue a la ciudad de México. Adiós, Richard; adiós, Robert. Gracias a los tres por su compañía y por su amor, los llevo en mi corazón y espero que no pase mucho tiempo antes de volver a verlos". Ernesto ayudó a Ana María a subir a la carreta que los llevaría a la estación del tren, despidiéndose también de los Pilz y de don Marcelo.

Al regresar a sala, don Marcelo no podía evitar sentir melancolía por la partida de Ana María. "Tomemos un té, Richard". Sentándose en su mecedora favorita, le decía a Richard: "La hemos pasado tan bien que los días que recibo visita siempre se pasan volando, mis invitados llegan y se van y solo me dejan una gran tristeza en mi corazón y de nuevo me vuelvo a encontrar solo". Triste y muy afectado se veía don Marcelo por la partida de Ana María. "Al verle así, ni quisiera decirle que yo también regreso a Nueva York en dos días, don Marcelo", le dijo Richard. "Pero, ¿cómo?, ¿tan pronto? ¿Acaso quieren matar a este viejo de tristeza?". "Claro que no, don Marcelo; Robert se quedará con usted y así podrá sentirse acompañado, pero yo tengo que regresar, las niñas y Lisa están solas y esperan que mi regreso no sea tan prolongado". "Ni hablar, Richard; si es así, entonces prepare su regreso lo antes posible. Ah, por cierto, Richard hace ya varios días que quería platicar contigo acerca de esta joven que trabaja en tu casa y a la cual tus hijos se sienten muy allegados, ¿quién es ella? Platícame un poco de ella para poder conocerla; así, cuando Robert me la mencione, ya no sea una extraña para mí".

"Verá, don Marcelo, Lisa llegó a nuestras vidas cuando más la necesitábamos. Yo atravesaba una fuerte depresión por la pérdida de mi esposa Elenka; a los niños, al verme tan mal por la ausencia de su madre, les resultó más difícil superar esa pérdida. El cambio de residencia fue la mejor decisión que pude haber tomado, poner tierra de por medio y dejar atrás todos los recuerdos nos ayudó a todos a comenzar a sanar esas heridas abiertas. El viaje de Alemania a Nueva York nos volvió a unir como familia. Al pasar tanto tiempo juntos, sin darnos cuenta nos ayudamos a sanar nuestras almas entre nosotros mismos. Al encontrarnos en ese proceso y en la búsqueda de la que sería nuestra nueva casa, me di cuenta de que lo primero que tenía que encontrar era una nana para que cuidara a mis hijos, y tendría que ser lo más rápido posible porque el tiempo se me acababa, yo tenía que incorporarme a mi nuevo trabajo y es ahí en donde Lisa apareció en nuestras vidas ofreciendo sus servicios como institutriz para mis hijos. Ella se había enterado, por unos conocidos míos, de que yo estaba en busca de una nana, pero resultó ser Lisa institutriz necesitada de trabajo; decidí darle el empleo, vi que era una mujer joven y dispuesta a cuidar a mis tres hijos y me di cuenta de que era la persona perfecta que podía dejar en mi casa a cargo de mi familia.

Con el tiempo se fue ganando mi confianza y se empezó a encargar de ciertas cosas en la casa aparte del cuidado de los niños y de las lecciones diarias de Cecilia y Helma, y al día de hoy ella ve a los niños, ve por mí y aparte se encarga de que en casa no haga falta nada". "Pues eso suena muy bien, Richard. Parece ser que la señorita Lisa le ha robado el corazón a alguien, ¿o me equivoco?". Muy apenado, Richard le respondió a don Marcelo: "No lo sé; a veces pienso que no es amor lo que siento por ella sino la inmensa soledad que siento al no tener a Elenka a mi lado, pero otras veces, cuando no veo a Lisa por varios días, siento la necesidad de llegar a casa y conversar con ella". "¿Y ella qué es lo que siente por ti, Richard? ¿Acaso nunca se lo has preguntado? ¿Ves en ella alguna señal que te diga si eres del agrado de ella?". "Claro que no le he preguntado, ni lo haría nunca, ¿qué pasaría si ella se sintiera ofendida y se marchara?, ¿qué haría yo?, ¿y mis hijos? Jamás volvería a encontrar a alguien como ella, prefiero que todo siga igual pero que Lisa esté con nosotros siempre que ella así lo decida". "¿No crees que es mejor saber qué es lo que siente ella? ¿Prefieres dejar las cosas así, pudiendo a lo mejor ser todo diferente? ¿Prefieres ya darte por vencido sin ni siquiera haber jugado la que quizá podría ser tu mejor jugada? Acuérdate siempre de que el amor es como el ajedrez, hay que usar primero la cabeza, tienes que observar los movimientos que harás y hasta que decidas la pieza que moverás puedes dejarte llevar por la emoción. Ve en tu mente lo diferente que sería tu vida a lado de ella y ponte a pensar lo que tienes ahora y dime si aun así prefieres que las cosas entre ella y tú continúen como hasta hoy. ¿No crees que vale la pena echar la moneda al aire y ver qué te tiene la suerte? No me des la respuesta ahora, ve a casa, regresa con tus hijas y con Lisa y piensa muy bien en esta plática que acabamos de tener. Tu futuro está en tus manos; el ahora pronto será ayer y ya no tendrás nada de él, pero el mañana es tuyo y solamente tuyo, tú lo decides y tú lo vives, así que piensa muy bien, hijo, el mañana que quieres para tu vida y para el de tus hijos. Ahora ve con Robert Richard a decirle que regresas a casa, trata de pasar el mayor tiempo posible con él, cenen los dos solos, muéstrale tu cariño y tu apoyo, abrázalo, bésalo y bendícele y verás cómo se convierte en un gran hombre". Las lágrimas de Richard corrían por sus mejillas al escuchar a su amigo hablarle con el mismo amor con que un padre le habla a un hijo. Richard se hincó enfrente de don Marcelo y le dijo: "La vida me ha llenado de bendiciones siempre, pero su amistad y su cariño son una muestra del amor de Dios para mí". "Es verdad, hijo, el amor del que ahora hablas es el amor que todo lo soporta y lo perdona, es compasión y es convicción, es un sentimiento mas no un mandamiento, es el amor que llega como ladrón por la noche y nos toca el alma, el amor del cual nuestro creador nos ha hablado en todo momento".

Sin lugar a duda esa plática se quedaría para siempre en el corazón de Richard y don Marcelo guardaría también en su ser las palabras que aquella noche ambos se regalaron.

Los días habían pasado y aún Lisa no recibía noticias del regreso de Robert Richard. Esperaba recibir la peor noticia de su vida al ver a Ana María y a él regresar juntos; estaba segura de que Robert Richard convertiría a Ana María en su esposa. También era cierto que, si eso sucedía, sus días estaban contados con la familia Pilz; sus nervios no la dejaban dormir por las noches, sus ojos hinchados de tanto llorar la delataban por las mañanas. Cecilia solo podía ver la tristeza en sus ojos, pero nunca le pudo preguntar qué era lo que le sucedía. El día que tanto temía Lisa, ya lo estaba viviendo. Robert Richard se presentó en su casa sin más ni más; quiso darles la sorpresa de su llegada, y una mañana entró por la puerta trasera de la casa sin que se diera cuenta absolutamente nadie, fue a su oficina, encendió un puro y esperó a que Lisa entrara a dejar la correspondencia. Las niñas se encontraban en la academia, ella estaba en el segundo piso arreglando las camas de las niñas y guardando ropa limpia en el ropero y mientras colgaba una bufanda de Cecilia le llegó un ligero aroma a vainilla y pensó: "¿Será que me llega un aroma a los puros de él? ¿O me estaré volviendo loca de tanto extrañarlo que hasta el olor de sus puros puedo sentir por toda la casa?". Pero el olor era cada vez más fuerte y lo único que pasó por su cabeza fue: "¡Es él, es él! ¡Ha llegado a casa! ¡Qué alegría!". Bajó las escaleras lo más rápido que pudo y vio la puerta de su despacho abierta y la luz encendida. Al irse acercando ella al despacho de Robert Richard se detuvo detrás de la puerta para ver si Ana María se encontraba con él, pero al darse cuenta de que solamente él se encontraba ahí, se arregló un poco el vestido y limpió en él sus manos que sudaban de los nervios que sentía al volverle a ver. Robert Richard sabía que solamente Lisa se encontraba en casa. De repente él escuchó la voz de ella decirle: "¡Has regresado! Qué gusto me da tenerte de nuevo en casa". Pero Robert Richard al ver tan apática y fría bienvenida se levantó del escritorio y solamente le pudo decir: "Sí, Lisa, he llegado al fin, ha sido un largo viaje y estoy cansado; quiero recostarme un poco, cuando lleguen las niñas diles que vayan a mi habitación a saludarme, por favor". La decepción que sintió Robert Richard ese día lo hizo regresar a su ya olvidado estado depresivo del cual huía cada vez que sentía que quería apoderarse de nuevo de él y de su vida. En su interior podía escuchar esa voz diciéndole que Lisa no sentía absolutamente nada por él y que así sería para siempre. Ese día no volvió a salir de su habitación, las cortinas se cerraron y parecía que había regresado de nuevo a ese lugar oscuro de donde no podía evitar salir. Se negó a recordar las palabras de don Marcelo, dejando para siempre en el olvido el intentar estar al lado de Lisa. Ni siquiera tuvo esta vez valor para callar esa voz que lo atormentaba. El decidir seguir escuchándola le robaría un futuro que pudo ser maravilloso a lado de Lisa. Inmerso en su depresión y en sus dudas no pudo ver en los ojos de ella que moría de amor por él, solo puso toda su atención en unas cuantas palabras huecas dichas por el dolor que Lisa sintió todo el tiempo que Richard y Ana María permanecieron juntos, olvidándose él por completo de voltear a ver la mirada de Lisa llena de amor que tenía para regalarle a él. Cuántas veces nos habrá sucedido eso, que sumergidos en nuestro propio dolor nos olvidamos de todo sin siquiera imaginar que hay un corazón por ahí esperando por nosotros, dejándolo todo para entregarnos su amor. Es tan solo ese instante diminuto en el que una decisión cambia nuestro destino para siempre. Una decisión equivocada nos hace caer, pero al mismo tiempo sabemos muy bien que tenemos que levantarnos, pero una decisión no tomada y no vivida, cargaremos con ella el resto de nuestras vidas, pensando en lo que quizá pudo ser y no fue, y voltearemos a ver el pasado solamente con tristeza y con ese amor frustrado guardado en nuestros recuerdos y en nuestro corazón para siempre.

Los días siguientes fueron un tormento para él, queriendo evitar a toda costa que sus hijas pudieran ver que había decidido regresar a ese agujero negro del que le había costado tanto salir y al cual se empeñaba en regresar, porque solamente él tenía la llave para salir y entrar a ese lugar tenebroso donde habitan los miedos y la duda y en donde la tristeza es la reina, y de donde sin la fuerza de Dios y el coraje de uno mismo es imposible escapar.

Y al seguir inmerso en sus pensamientos Robert Richard recordó la oferta de trabajo que le habían hecho en México. Eran las tres de la madrugada y fue así como recibió un poco de lluvia para el bosque seco y solitario donde se encontraba. Robert Richard se levantó de su cama, se puso su bata, fue a su oficina a escribir una carta y también pensaba que la decisión que acababa de tomar se la tendría que comunicar lo antes posible a las niñas. Lisa al escuchar ruido por los pasillos se dio cuenta de que la puerta del despacho de Robert Richard se encontraba entreabierta, él estaba ahí y al igual que ella sin poder dormir. Ella tocó para saber si él necesitaba algo. Lisa se sorprendió un poco de ver a Robert Richard en su despacho y no encerrado en su habitación descansando. Él les había pedido que cuando necesitaran algo fueran a buscarle a su habitación.

Lisa pudo ver en él que ya no era el mismo, pero pensó que podía ser que como Ana María no había regresado con él, no se encontraba con ánimos de platicar con ella, sin saber la pobre que era ella el motivo y la razón de su gran tristeza.

Esa noche, después de mucho tiempo, Robert Richard decidió acompañarlas durante el desayuno a la mañana siguiente. Tenía muchos días sin tomar alimentos en el comedor con sus hijas y con Lisa. Ella ya tenía todo preparado en una charola para llevar el desayuno a su habitación, pero Robert Richard al ver que Lisa tocaba a la puerta como cada día, sin abrir le dijo: "Esta mañana no desayunare aquí, en un momento bajo para acompañar a mis hijas". Al escuchar que bajaría con ellas, Lisa bajó apresurada con Cecilia y Helma para darles la noticia de que su padre las acompañaría esa mañana a desayunar. Las niñas emocionadas pero serias esperaban a que su padre bajara;

La fábrica de cartón

al escuchar Lisa que Robert Richard bajaba las escaleras su corazón comenzó a latir fuertemente; tenía tanto tiempo de no estar tan cerca de él que los nervios la hicieron que se le revolviera un poco el estómago. Robert Richard abrió la puerta del comedor y se sentó en su lugar como siempre. Lisa se levantó de la mesa y pidió que sirvieran el desayuno, quedándose unos momentos en la cocina y respirando profundamente para poder controlar sus nervios. Las niñas no expresaron mucha alegría al ver a su padre; estaban preocupadas por él porque en su interior sabían que algo no andaba bien, pero ellas no podían preguntar absolutamente nada. Después de unos minutos Lisa regresó con ellos a la mesa y se dio cuenta de que Robert Richard no levantaba la mirada para verla, solo sonreía un poco con sus hijas y solamente en una ocasión volteó a ver a Lisa fijamente a los ojos con una mirada vacía y llena de tristeza. Al terminar de desayunar las niñas le dijeron a Lisa que trajera un poco del postre de durazno que habían preparado las tres esa mañana. Al quedarse Robert Richard solo con sus hijas, aprovechó la oportunidad para hablar con ellas acerca de la posibilidad de vivir en México. Algo temeroso por lo que fueran a decir ellas, les dijo: "Qué bueno que le pidieron a Lisa que les trajera el postre, porque quiero comentarles algo que no sé si será de su agrado. En este tiempo que he viajado a México, he podido ver ahí un gran lugar en donde podríamos vivir. Desde hace ya un tiempo me han propuesto trabajar en una mina muy importante de ese país, pero quise tomarme un respiro antes de tomar cualquier decisión. Hace muchos años, cuando estuve en México por primera vez, me sorprendió mucho cómo era la vida de las personas de ese lugar; la forma en que las personas me recibieron, el lugar, todo me ha parecido maravilloso y he estado pensando que fácilmente podríamos adaptarnos a vivir ahí. Pero en ese entonces ustedes eran muy pequeños y su madre por ningún motivo hubiera viajado hasta acá si me hubieran ofrecido venir a trabajar acá, pero ahora en estos momentos es diferente. Mas sé muy bien que este país nos ha brindado todo y no nos fue difícil adaptarnos a vivir en él; hemos sido siempre bien recibidos, pero hay algo en México que yo no lo puedo explicar, la sencillez de la vida, el trato en las personas para con uno, como si fuéramos grandes conocidos, yo no lo había visto ninguna vez. Eso es tan especial que no se los puedo explicar pero me gustaría que ustedes pudieran experimentarlo. Es eso también tan especial de lo que les hablo, que su hermano también pudo percibirlo, sintiendo el profundo deseo de quedarse con don Marcelo en Morelia para así poder conocer la cultura del país".

El comedor estaba en completo silencio, escuchándose solamente la voz de Lisa decir al llegar a la mesa: "¿Me perdí de una charla interesante?". Robert Richard y las niñas solo se veían entre sí. Lisa al ver sus miradas les preguntó: "¿Acaso ha sucedido algo malo?". "No, Lisa", contestó Helma, "dile a mi padre que te explique". Robert Richard se levantó de la mesa dejando su servilleta a la orilla del plato y diciendo: "Esto que estamos hablado es un asunto familiar, Lisa, más adelante platicaré contigo a solas. Y ustedes, niñas, les pido que por favor piensen en lo que hemos estado hablando y me den una respuesta a más tardar en siete días". Lisa solamente los volteaba a ver a todos, sin entender absolutamente nada. Helma lloraba y Cecilia, todavía asombrada, pedía permiso para retirarse de la mesa.

Lisa consolaba a Helma limpiando las lágrimas de su rostro. Únicamente podía darse cuenta de que lo que sucedía no era nada bueno. La llevó a su dormitorio, pero Cecilia había salido al jardín para poder pensar con claridad lo que su padre les acababa de comunicar. Ese día al anochecer comenzó a sentirse la casa muy fría. Cecilia fue a su habitación a descansar, pero Helma la esperaba sentada en su cama y le dijo: "Ven, acércate, estoy despierta, ven". Cecilia, al escucharla, fue a recostarse con ella para platicar qué repuesta le darían a su padre. "¿Qué sucederá con Lisa si nos marchamos con papá a México?", le preguntaba angustiada Helma a su hermana. "No lo sé, pero me imagino que se marchará con nosotros, quién si no es ella para ayudarnos en nuestras lecciones, además ella no solo es nuestra institutriz, es nuestra amiga y ha formado ya parte de nuestra familia; además, viajaremos con papá a un lugar muy lejano del cual sabemos muy poco, no creo que papá vaya a permitir que alguien más se ocupe de nosotros. No te preocupes por Lisa, porque lo más seguro es que vaya con nosotras". Pero en lo que Cecilia terminaba de platicar con ella, Helma se había quedado profundamente dormida. Esa noche a Cecilia le costó mucho conciliar el sueño, hasta que el cansancio hizo que sus ojos se cerraran y su cabecita dejó de tanto pensar. Las cosas en la hacienda marchaban de maravilla. Don Marcelo le había pedido a uno de sus mejores amigos que llevara a uno de sus nietos, llamado Juan Antonio, a la hacienda con Robert, algunos días a la semana, para que ambos se pudieran conocer más. Ellos estaban en el mismo colegio y pasar días juntos en la hacienda lograría que estuvieran más cerca y pudieran ser grandes amigos. Y no se equivocó don Marcelo: Robert y Juan Antonio Nuncio se convertían en grandes amigos, compartían todo, salían a montar a caballo, ayudaban en el tiempo de la pisca y además Juan Antonio ayudaba a Robert con las frases en español que todavía no podía entender muy bien. Igualmente, logró que sus compañeros del colegio aceptaran a Robert y la vida le ponía enfrente al niño que se convertiría en hombre, llegando a ser uno de sus mejores amigos de su vida. Los días y las semanas pasaban y don Marcelo se daba cuenta de que Robert estaba ya muy integrado a la nueva vida que él quiso elegir, que parecía que le sonreía y le iba de maravilla.

Robert se iba convirtiendo en un jovencito muy apuesto, pero era inevitable que don Marcelo viera el gran talento e inteligencia que había heredado de su padre. Cada vez ayudaba con más cosas a don Marcelo en la hacienda, había formado un grupo de lectura y escritura con los peones de la hacienda y en sus ratos libres les enseñaba a leer y a escribir. Con el tiempo había aprendido a ganarse el cariño y la admiración de todos.

El ciclo escolar había terminado y don Marcelo le propuso a Robert Richard ir de visita a Nueva York con su padre. "¿Qué te parece si aprovechamos tus vacaciones, Robert, y vamos a ver a tu padre y a tus hermanas? ¿Te gustaría viajar conmigo? ¿Cómo ves? ¿Te animas y vamos de sorpresa con tu padre? Piénsalo y me das una respuesta mañana en la mañana a la hora del desayuno".

Esa noche Robert Richard no tuvo nada que pensar. Estaba seguro de no querer ir a visitar a su familia; al fin había logrado encontrar la felicidad que hacía muchos años había dejado de sentir y su corazón le decía fuerte y claramente que no era el momento todavía de ir. A la mañana, al despertar, hizo lo que cada día antes de presentarse en el comedor a desayunar con don Marcelo. Lo esperaba ya su desayuno servido, y don Marcelo esperaba también una respuesta. "¡Buenos días, don Marcelo! Es un maravilloso día hoy, ¿qué le parece a usted?". "Yo también pienso lo mismo, Robert, pero deja que te diga que los días aquí siempre son maravillosos". "Desde que decidí venir a vivir aquí, don Marcelo, nunca vi ni un solo día que el sol brillara tanto como sucede aquí, ni tampoco mis ojos habían visto las noches y las estrellas que al acostarme y voltear hacia mi ventana y ver el cielo, poco comprendo la hermosura de la creación". "Así es, hijo, eso es lo que sucede aquí en El Canto de María. Pero bueno, supongo que estuviste pensando en nuestro viaje a Nueva York". "Así es, don Marcelo, no tuve mucho que pensar y decidí que ahora no es el momento de viajar. Quisiera hacer tantas cosas en mis vacaciones que los días no me van a alcanzar, además las clases de lectura y de escritura van muy bien, cada vez son más los interesados en que les enseñe a leer y a escribir. Yo creo que, si interrumpimos eso, ellos podrían perder el interés y dejarían de estudiar. Tampoco quisiera dejar a Juan Antonio en este momento, la pérdida de su abuelo le ha afectado mucho, yo quisiera estar cerca de él para darle ánimo". "Bueno, por lo que veo, en este momento no dejaremos la hacienda", dijo don Marcelo, "me parece un gesto muy noble de tu parte querer quedarte para seguir con tus enseñanzas a tus estudiantes, aunque déjame decirte que me sorprende mucho que hayas decidido quedarte, eso deja ver en ti lo valioso que es para ti la amistad de Juan Antonio anteponiendo el bienestar de él antes que el tuyo. Más adelante, si las circunstancias lo permiten, podemos planear ir a visitar a tu familia. Por ahora concuerdo contigo en tu decisión de quedarte en la hacienda".

La semana en que Robert Richard esperaba una respuesta de sus hijas, él tuvo que dejar su casa por unos días. Su agenda estaba algo ocupada a consecuencia de los días que decidió quedarse en casa trabajando. Una persona se había puesto en comunicación con él desde México, preguntando si ya tenía alguna respuesta a la propuesta de trabajo, así que lo antes posible tenía que estar preparándose para mudarse.

Una mañana, Lisa se encontraba en la cocina preparando la comida. Cecilia y Helma le pidieron que fuera con ellas a la habitación. "Ven, Lisa", dijo Helma, "tenemos que platicar contigo". Lisa dejó a la cocinera al pendiente de lo que ella estaba preparando y acompañó a las niñas como ellas se lo habían pedido. Al llegar a la recámara de Helma, ella cerró la puerta y le pidió a Lisa que se sentara en su cama. Lisa se sentó para escuchar atenta lo que las niñas tenían que decir. Cecilia tomó la palabra y le dijo: "Lisa, ¿papá te ha dicho que es muy probable que vayamos a vivir a México?". "No, no sé nada de eso", le respondía ella a Cecilia, totalmente desconcertada por la noticia que le acababa de dar. "Bueno, es muy probable que suceda eso, pero no sabemos por qué papá no te ha dicho nada, a lo mejor él espera nuestra respuesta porque nos ha pedido que consideremos su propuesta. Me imagino que, hasta ese entonces, te lo comunicará también a ti". Lisa se levantó de la cama, presintiendo que se marcharían sin ella. "Tengo que marcharme, niñas, en la cocina faltan muchas cosas por hacer". Lisa apresurada salía de la habitación de las niñas diciéndoles: "La cocinera se ha quedado al pendiente de mi comida y no puedo abusar de la ayuda que me ha dado, más tarde seguiremos platicando. Por ahora vayan a la biblioteca y sigan cada una con el libro que tienen de tarea para leer. Y en cuanto la comida esté lista voy a buscarlas".

Richard se encontraba en un pueblo no muy lejos de Nueva York. Muchos de sus días los pasaba ahí, continuaba dando sus pláticas y visitando cada uno de los lugares en donde le pedían que estuviera presente. El salir de casa y no ver a Lisa, en cierto modo lo ayudaba a que su cabeza estuviera pensando en otras cosas, pero al llegar la noche y encontrarse solo en la habitación, volvía de nuevo a caer en su terrible depresión. Cada amanecer de un nuevo día su lucha era la misma, no podía y no tenía fuerzas para levantarse, pero era mejor estar fuera de casa y luchar esas batallas porque, si se encontraba en casa, la presencia de Lisa lo hacía todo más difícil.

Faltaban tan solo tres días para que Richard regresara a Nueva York y se preguntaba si las niñas estarían de acuerdo en mudarse con él a México. No estaba seguro de que eso fuera así. Esos días solo trató de concentrarse en su trabajo y en pensar cómo le iba a hacer si las niñas aceptaban vivir en México, quién lo ayudaría con ellas, sus lecciones, las clases de piano de Helma; en fin, trataba de mantener su cabeza ocupada buscándole una solución a cada problema que se venía a su mente. El corto viaje que había hecho le había servido de mucho, sus pensamientos cada vez estaban más en orden y a sus sentimientos simplemente decidió no escucharlos. Ya tenía todo planeado para cuando regresara. Esos días de soledad los pasó escribiendo; encerrado en la habitación se propuso tratar de resolver cada uno de los problemas que se le venían a la cabeza. Las niñas no hablaban muy bien que digamos español a pesar de que Ana María había estado con ellas en todo momento apoyándolas, el idioma iba a ser el principal obstáculo para ellas. Sus lecciones ya no serían diarias; tendría que buscar a una maestra o a una institutriz en el pueblo a donde viajaban, el lugar era muy pequeño y no había tantas comodidades a las que ellas estaban acostumbradas. Aun así, había mucho trabajo por delante, ya no se podía permitir seguir encerrado en su tristeza, sus hijas lo necesitaban y ahora se enfrentarían de nuevo a otro gran cambio en sus vidas, en el que él tendría que estar para ellas en todo momento.

La tarde que Richard regresó de su corto viaje, Lisa y las niñas se encontraban en un pequeño concierto que la academia de piano ofrecía en beneficio de la casa de orfandad ubicada muy cerca de la residencia de la familia Pilz. Richard no recordó que ese día Lisa y las niñas se encontrarían en la academia. A Helma le tocaría abrir el concierto por el cual se preparó un largo tiempo, sin imaginar que esa tarde todos se quedarían sorprendidos de su talento. La pieza que tocó esa noche había sido inspiración de ella, había tardado unos meses en prepararla y su maestra la ayudó con los arreglos finales. Esperaba que en cualquier momento su padre llegara al salón a escucharla tocar, pero no sucedió así. Su hermana Cecilia y Lisa la escuchaban tocar sentadas al centro de salón. El concierto llegó a su fin y las tres señoritas regresaban a casa. Helma recibió las felicitaciones de los invitados al concierto y la satisfacción de ver que su creación y todo el esfuerzo que puso en ello habían sido recompensados con todos los halagos que recibió esa noche.

Cuando llegaron a la casa, Cecilia vio que su padre se encontraba en el jardín esperando que llegaran de cualquier lugar a donde se habían marchado. Al ver Cecilia a su padre le dijo: "Papá, venimos de la academia porque hoy fue el concierto de piano que se ofreció para el orfanato, ¿lo recuerdas? ¿Recuerdas que Helma te pidió que no fueras a faltar?". "Es verdad", le respondió Richard, "cómo pude olvidarlo, pobre hija mía, debió de haberme estado esperando". Richard fue de inmediato a encontrar a Helma, que venía caminando más atrás de la mano de Lisa. "¡Hija mía! Discúlpame, cómo pude cometer tan terrible falta contigo olvidando este concierto tan importante para ti". Y Lisa interrumpió a Richard para decirle que no solo había sido la mejor de esa noche, sino que la interpretación que había hecho había sido de su autoría. "¿Es verdad eso, Helma? Muchas felicidades, sabía que tenías un don excepcional. Te lo dije, Lisa, te lo dije. Cuando ella toca el piano parece que lo hace con tanta facilidad que hace pensar que cualquiera lo pudiera hacer como ella. ¿Qué les parece si las invito esta noche a cenar y festejamos lo feliz que Helma se ha de sentir en estos momentos y la felicidad que a mí también me ha regalado con esta noticia?".

La noche se volvió de nuevo maravillosa para Lisa. Richard volvía a ser el mismo hombre de siempre y ella solo observaba sentada en frente de él la felicidad que se podía ver en su rostro, la cual tenía mucho tiempo de no ver. Los comensales del restaurante reían y hablaban sin parar, las niñas escuchaban a su padre platicar las anécdotas sucedidas en sus viajes y parecía que todo era igual de estupendo como cuando aún no llegaba Ana María de visita y le robaba a Richard su tranquilidad; esos eran los pensamientos de Lisa. ¿Cómo es que alguien tan arrogante e insípida podía haber llegado a tocar el corazón de Richard?, se preguntaba Lisa. Siendo él un hombre tan sencillo, tan noble, cómo no había sido ella la afortunada de estar en sus pensamientos y en su corazón. La cabeza de Lisa esa noche era un caos total. Ni siquiera pudo disfrutar de lo exquisito de la cena por dejar que sus pensamientos la gobernaran esa maravillosa noche. El frío se dejó sentir en el restaurante y la velada tuvo que terminar.

Al ir llegando a casa, Richard les pidió a las niñas que fueran con él a la sala para que le informaran lo que habían pensado acerca de ir a vivir a México. Richard podía ver en los ojos de sus hijas que estaban asustadas. "Antes de preguntarles qué ha sido lo que han pensado, quisiera primero decirle a Helma unas palabras", dijo Richard sentándose en un sillón en frente de Helma.

"Esta noche, hija, ha sido de las más hermosas para mí. Helma, aun sin haber estado presente físicamente contigo, sabes que mi corazón siempre lo estará. Las buenas noticias de tu desempeño hoy me han hecho sentirme muy orgulloso de ti y eso amerita que puedas pedirme un regalo de tu agrado como premio por todo lo que has logrado". Helma se levantó del sofá para ir a darle un abrazo a su padre. "¡Gracias, padre!". Abrazándolo muy fuerte le dijo: "No es necesario ningún regalo, padre, ustedes son mi mayor regalo". "Muchas gracias, hija, por tus palabras. Como ustedes ya saben el motivo por el cual estamos aquí, considero que ya es tiempo de que me digan qué es lo que piensan de la posibilidad de marcharnos a México a vivir. Cecilia, ¿qué has pensado tú de todo esto?".

"Verás, padre, yo he pensado que me gustaría ir a conocer primero, para así poder ver lo que sería nuestra nueva vida. Tú dices que viviremos cerca de Texas y creo que a lo mejor podría gustarnos estar allá, porque al ser dos países casi unidos me imagino que serán casi iguales, ¿es verdad lo que pienso, padre?". Pero Richard al escuchar que Cecilia pensaba que México podría ser algo parecido a Estados Unidos le respondió: "El que Texas esté muy cerca del lugar donde podría ser nuestro hogar no quiere decir que en México sean igual las cosas. Hay un mundo de diferencia en cómo se vive en un lugar y en otro, pero creo que es muy buena idea ir a pasar unos días allá y estando ahí ustedes mismas podrán decirme su sentir".

"Y tú, Helma, ¿qué es lo que has pensado, hija mía?". "Yo creo, padre, que podremos acoplarnos muy bien a las costumbres de ese país, y con tu ayuda aprenderemos muy pronto a hablar español, lo único que quisiera saber es si Lisa querrá ir con nosotros a un lugar tan lejano sin saber hablar el idioma". Richard se levantó de inmediato y caminó hacia una ventana dándoles la espalda a sus hijas. Fue en dirección a una barra de madera donde se encontraban sus vinos favoritos y se sirvió un poco de coñac, dejando sentir en su paladar su exquisito sabor y pensando utilizar las palabras adecuadas para no lastimar a sus hijas al decirles que solamente irían ellos sin Lisa. "Verás, Helma, son muy pocas las probabilidades de que Lisa vaya a vivir con nosotros allá. Lisa no puede marcharse a un lugar tan lejano y dejar a sus padres acá, su madre es muy mayor; si Lisa parte con nosotros le causará un gran dolor a su madre y tú no quieres que eso suceda, ¿verdad que no lo quieres? Entonces, lo mejor es que ella no vaya a México a vivir con nosotros". Helma se levantó del sofá donde se encontraba sentada y corriendo se marchó a su habitación. Cecilia lloró al escuchar eso y también se marchó de inmediato con su hermana.

Richard, lleno de desesperación cómo había lastimado a sus hijas, fue en busca de Lisa. "Lisa, Lisa, abre la puerta, por favor", tocaba Richard fuertemente la puerta de su habitación. ¿Qué pasa? ¿Por qué motivo son esos gritos, Richard?". "Cúbrete y sal al jardín, te espero en el columpio de las niñas", le dijo Richard a Lisa con lágrimas en los ojos. Ella se vistió y lo alcanzó en el jardín, así como él se lo había pedido. "¿Qué es lo que sucede, Richard? ¿Por qué te encuentras así? Me has asustado". Richard entre sollozos le dijo: "No sé si las niñas te han dicho que es muy probable que nos mudemos a México. Les he pedido que lo pensaran y esta noche llegando a casa después de la cena, les pedí que se quedaran conmigo en la sala y me dijeran lo que habían pensado acerca de marcharnos. Ellas en ningún momento se han opuesto a irnos de aquí; la única razón que les preocupa a ellas eres tú, ellas quieren que tú vayas con nosotros pero yo les he dicho que es imposible, que tus padres son mayores y que tú no puedes marcharte a un lugar tan lejano dejándolos solos aquí. He tenido que mentirles y quiero pedirte de favor que les digas lo mismo que yo les he dicho a ellas; diles que te quedarás aquí pero que cuando ellas quieran invitarte a pasar un tiempo en México, tú puedes ir a visitarnos". Lisa, sorprendida por lo que escuchaba decir a Richard, solo pudo decirle que así lo haría. El corazón de Lisa nuevamente Richard lo destrozaba esa noche. Ella guardaba la esperanza de poder ir con ellos, aun cuando cargaba con el dolor de enterarse de tremenda noticia dicha por las niñas y que él no había tenido el decoro de haberle informado.

Ella guardaría para siempre en su corazón el amor que le tenía a él, aprendiendo a vivir así. Su amor era tan grande que vivió siempre para ellos. En su corazón no había cabida para nadie más, eran ellos y solamente ellos antes que ella misma. Así fue el amor de Lisa por Richard, un verdadero amor que lo aceptó todo, lo soportó todo y lo perdonó todo. Así tenía que suceder, ella perdonó a Richard por no llevarla con él y por separarla de los niños. Richard se castigaba a sí mismo y, al mismo tiempo, sus hijos y Lisa pagarían su error.

La familia Pilz estaba lista para partir a Palaú. Lisa ayudó a las niñas y a Richard a preparar el equipaje. Quizá permanecerían allá unas semanas y eran muchas las cosas que necesitaban. Lisa se quedaría en casa esperándolos y tratando de organizar su nueva vida lejos de la familia Pilz.

"Ha llegado la hora de irnos", le decía Richard algo serio a Lisa. "Te pido por favor que esperes en casa a que nosotros regresemos. Llegando a México inmediatamente te hago saber que hemos llegado con bien a nuestro destino". Lisa escuchaba las órdenes que recibía de Richard. Ella abrazaba a las niñas despidiéndose de ellas, dándoles ánimos para que su partida no fuera tan triste. "Adiós, Lisa", dijo Helma, "te vamos a extrañar mucho". "Adiós, niñas, recuerden lavar sus dientes por la noche, no olviden tampoco leer un poco antes de dormir, ¿prometen que se portarán bien?". "Sí, Lisa", contestó Helma, "te prometemos que nos portaremos bien". "Yo sé muy bien que así será, porque ustedes son las mejores niñas del mundo, no olviden decirle a Robert que lo quiero y que siempre estará en mis pensamientos". Así se despedía Lisa de las niñas para siempre.

El viaje a México se convirtió en el mejor paseo para las niñas. La tristeza fue pasando y la alegría por conocer aquella pequeña ciudad donde vivirían las mantenía despiertas viendo pasar todos los lugares que el tren dejaba atrás. Finalmente, el tren llegaba a Eagle Pass. Un conocido de Richard lo esperaba en el mismo lugar de siempre para cruzar con ellos la frontera y llevarlo hasta Palaú.

Llegaron al caer la noche. El lugar era un desierto a esas horas de la noche. El conocido de Richard los llevó hasta la puerta de la casa de la señora Celia y el señor Octavio Martínez. Ella esperaba a Richard y a las niñas con unas tortillas de maíz recién hechas, así como le gustaban a él, y frijoles hechos en olla acompañados con chorizo y huevo, típico desayuno de por ahí. Al escuchar llegar a Richard y a las niñas, el señor Octavio se levantó de su sofá donde se encontraba leyendo un viejo libro y fue a abrir la puerta para darles la bienvenida. "Richard, ¿cómo está usted? Qué gusto volverlo a tener con nosotros, pase usted. Pero qué lindas niñas, ¿cómo se llaman?". Richard le respondió: "Ella es mi hija mayor, Cecilia, y esta pequeñita es mi hija menor, Helma". "Bueno, pues sean ustedes bienvenidas a Palaú; pasen, por favor". "Mis hijas todavía no entienden muy bien español, don Octavio; han aprendido lo básico, pero aún les falta mucho, si usted ve que están muy serias ese es el motivo". "No se preocupe, Richard, ya verá que aprenderán pronto".

"La casa huele como siempre tan delicioso a tortillas de maíz, don Octavio", dijo Richard. "Mi mujer está en la cocina preparando la cena y de seguro ya están las tortillas recién hechas, vamos para que pueda usted saludarla". "Buenas noches, señora Celia, ¿cómo se encuentra usted?", saludaba Richard sonriendo a la señora Celia, que se encontraba apresurada preparando de cenar. "¡Hola, Richard! Qué gusto me da verle de nuevo, qué bueno que han llegado con bien, recibimos la noticia de que pronto estaría aquí con nosotros y nos dio mucho gusto que nos alegrara un poco los días. Ya ve usted todos los problemas que hay con los mineros, que si les pagan, que si no les pagan, y todas esas cosas que ellos pasan. Ahora se están juntando en la plaza del pueblo exigiendo no sé qué cosas los pobres; yo nada más los veo desde mi ventana y pienso, pos solo ellos saben todo el arguende que traen". Richard trataba de mantener toda su atención en la plática para no perder el hilo porque, como siempre, la señora Celia hablaba rapidísimo y con algunas palabras que Richard todavía no podía entender.

"Pero mire usted qué niñas tan lindas lo han acompañado. Pobrecitas, han de estar muy cansadas. Pregúnteles, Richard, si quieren cenar o prefieren dormir ya". "Pregúnteles usted, señora Celia", respondió él, "ellas tienen que ir aprendiendo a hablar español". Y la señora Celia con una palabra les dijo: "Comer", haciéndoles la seña y llevándose la mano a la boca con una tortilla, y luego recostándose en el sofá de la sala simulaba que se encontraba dormida; así, de esa forma, les quería dar a entender si ya querían ir a dormir. Todos comenzaron a reírse por la fabulosa actuación de la señora Celia para darse a entender, regalándole todos ahí un aplauso. Las niñas, riendo también, con señas le dijeron a la señora Celia que solo querían un poco de leche e ir a la cama a descansar.

La noche en Palaú era calurosa y en pausa, como solían ser las noches en ese maravilloso pueblo. La señora Celia después de una larga plática se retiró para al amanecer poder empezar su día muy temprano. Richard y el señor Octavio platicaban de los problemas que se encontraban enfrentando con los mineros. "Ha llegado usted en muy buen momento, Richard", le decía el señor Octavio, "estas últimas semanas las cosas se han puesto difíciles, la semana pasada pararon de trabajar los mineros y estuvieron afuera de la mina esperando que alguien fuera a hablar con ellos. Al parecer no han llegado a ningún acuerdo, pero imagino que lo solucionarán rápido y también imagino que por esa razón usted se encuentra aquí". "Algo supe de esta situación, Octavio, me han pedido que les dé mi repuesta en cuanto al trabajo y por esa razón he venido a hablar con ellos, pero también he venido a buscar dónde puedo vivir con mis hijos". Richard, algo nervioso y preocupado, le platicaba sus planes al señor Octavio.

"Hace un par de meses supe de una propiedad que se encontraba en venta, es una villa de un señor muy rico de ese pueblo. La propiedad es grande y muy bonita; yo me imagino que sería perfecta para ustedes, pero no se encuentra en este pueblo, se encuentra muy cerca de aquí, es un pueblo vecino que se llama Melchor Muzquiz. En toda esta región no hay muchas viviendas, don Richard, lo que sí hay y de sobra por acá es carbón. Y regresando a la propiedad que le mencionaba, si quisiera ir a verla, yo podría pedirle a un amigo que tengo en Múzquiz que vaya a pedir informes de la propiedad, o si prefiere nos vamos mañana y busco quien nos pueda dar informes; así podría ir usted con sus hijas a verla. Aquí en Palaú no creo que vaya a encontrar algo de su agrado, pero Melchor Muzquiz es un poco más grande y estoy seguro de que le va a encantar vivir allá", emocionado Octavio le platicaba a Richard del lugar que muy probablemente sería el hogar de la familia Pilz. La noche avanzaba y Octavio informaba a Richard cada detalle de lo que había sucedido en el pueblo para que más o menos se fuera enterando de cómo era la vida en Palaú. Lo más importante era conseguir casa y llevar a las niñas a que recorrieran un poco el lugar, le decía Richard al señor Octavio.

"Mañana será otro día, don Richard, vayamos a descansar para que mañana esté usted enterito, así como Dios manda". El señor Octavio se levantó de la silla para ir a descansar. "Yo me quedaré a terminarme este café. Descanse, Octavio, yo apago las luces y reviso que la puerta tenga puesta la cerradura". "No se preocupe por eso, don Richard, aquí no necesitamos poner la cerradura a las puertas, si quiere usted puede dejar la puerta abierta y solo cerrar la tela con el pasador, el calor está algo fuerte y si cierra mañana va a amanecer como un horno". "Bueno, si usted dice que no hay necesidad de cerrar, así dejaré la puerta, confío en la bondad de los habitantes de Palaú, sé que no querrán entrar a robar por la noche". "No, don Richard, eso no sucede aquí, vivimos en total tranquilidad y además todos nos conocemos en el pueblo, imagínese que cualquiera tratara de hacer eso, tendría que ser de otro lugar porque aquí no tenemos esas costumbres; es más, yo creo que si eso llegara a suceder en algún hogar de Palaú, en vez de asustarnos por el ladrón que quisiera entrar, lo invitaríamos a pasar a tomar un café, así de esa magnitud es la inocencia y la bondad de los habitantes de este lugar". Richard solamente lo observaba preguntándose: ¿será eso cierto? Y con unas cuantas palabras le dijo al señor Octavio: "¡Lo verán mis ojos, Octavio!". Y el señor Octavio le respondió: "Le aseguro que lo verán sus ojos". Y mientras Richard se terminaba su café, ponía en orden sus pensamientos. Eran tantas las cosas que tenía que hacer que la preocupación no lo dejaría dormir esa noche; además cargaba con el sentimiento de culpa por haber dejado a Lisa, tratando de ignorar sus sentimientos por ella y luchando a la vez con su tristeza que lo acompañaba cada día de su vida.

Cecilia y Helma despertaron muy temprano al siguiente día. Extrañaron la presencia de Lisa al despertar; ahora ellas tendrían que preparar su ropa que vestirían cada día mientras su padre encontraba a alguien que se ocupara de ello. La señora Celia se encontraba desde muy temprano en la cocina y el olor a tortillas de harina despertó a Richard, que solamente había podido dormir unas cuantas horas. Cecilia y Helma se encontraban sentadas en la sala esperando que su padre bajara a desayunar. "¡Buenos días a todos! Es una hermosa y calurosa mañana", les dijo Richard. Las niñas se levantaron del sofá para ir a saludar a su padre. "Veo que solamente me están esperando a mí. Vayamos a desayunar". La señora Celia tenía todo listo y Richard les dijo a sus hijas: "Tienen que probar estas tortillas, yo sé que les van a gustar. A su hermano le encantan, igual que a mí. Cuando vivamos acá, de seguro todos los días las comeremos". Y la señora Celia le dijo a Richard: "Solamente que estas tortillas si las comen todo los días los van a hacer engordar. Van a tener que hacerle como nosotros, un día sí comemos y otro día no; hay que cuidarnos, Richard, porque si no de viejos quién nos va a cuidar". "Tiene razón, señora Celia, si uno no se cuida, quién entonces lo hará". Cecilia y Helma quedaron fascinadas esa mañana con las tortillas de harina de la señora Celia.

"Si terminamos rápido de desayunar podemos alcanzar un viaje a Múzquiz con personas que todos los días van para allá a trabajar; así podemos ir a ver la casa que le mencionaba anoche", comentaba el señor Octavio. "Al llegar a Melchor Muzquiz vamos con la persona que nos puede informar si todavía está en venta la villa". "Muy bien, Octavio, vayamos ahora para que podamos aprovechar el día, son muchos los pendientes que tengo que hacer y será mejor que empiece a hacerlos ya". Las niñas, Richard y el señor Octavio se fueron a la plaza del pueblo para esperar el transporte que los llevaría hasta Melchor Muzquiz. El viaje fue corto. Cecilia y Helma iban viendo todo el camino recorrido, pero se daban cuenta también de que cada persona que se encontraba caminando por ahí las saludaba amablemente. "Papá, ¿por qué las personas nos saludan, si ni siquiera nos conocen?". Así es aquí en este lugar, ya verán que todas las personas son muy amables y querrán platicar con ustedes. "El lugar está muy solo y casi no hay ruido, ¿así es siempre?", le preguntaba Helma a su padre. "Sí, Helma, son muy pocas las personas que viven por acá y el lugar es más que tranquilo. A lo lejos se comenzaba a ver la entrada a Melchor Muzquiz, Coahuila. "Ya vamos a llegar, don Richard, vea cómo se ven las montañas y lo verde de los campos; en este lugar hay ríos y una hermosa cascada que en el verano la gente visita y se va a refrescar después de un largo día caluroso. El transporte nos bajará en la plaza del pueblo y nosotros caminaremos unas tres cuadras para ir a buscar a quien nos dará informes de la propiedad. ¿Le parece bien, don Richard?", pregunto Octavio. "Me parece más que bien", respondió Richard.

El transporte paró y bajó a los pasajeros en una caseta que se encontraba en la plaza del pueblo. En frente se encontraba la iglesia Santa Rosa de Lima y en una esquina de la plaza se encontraban el hotel del pueblo, la botica y más comercios. Habían llegado exactamente al centro y aprovecharon para caminar un poco y conocer. El señor Octavio le pidió a Richard que se sentara en una de las bancas de la plaza para él ir en busca de quien los podría llevar a conocer la propiedad. Richard algo acalorado fue en busca de algo de beber para él y sus hijas y se sentó en una banca como se lo sugirió el señor Octavio, pero el tiempo pasaba y este no llegaba. "Ya tardó mucho el señor, padre ¿será que se ha perdido?". "No lo creo, hija, aquí es un lugar muy pequeño, imposible de perderse; cuando vivamos aquí ustedes podrán caminar solas por este lugar sin que yo me preocupe si se encuentran bien. ¡Miren! Allá viene el señor Octavio acompañado de un hombre". Robert Richard se levantó de la banca para ir a encontrarse con ellos. "Buenas tardes, creímos por un momento que nos dejarían aquí, ya me empezaba a preocupar". "Cómo cree, don Richard", le contestó el señor Octavio, "lo que pasa es que no encontraba a la persona que estaba buscando, pero fui mejor a preguntar a unas personas que trabajan en una mercería de por aquí, si sabían de casualidad dónde estaría el dueño de la villa que estaba en venta, y me dijeron que si esperaba un momento podían ellos ir a buscarlo para que nos mostrara la propiedad. Esa fue la causa de mi tardanza, pero déjenme los presento, él es el señor ingeniero minero Robert Richard Pilz y sus hijas Cecilia y Helma Pilz. El señor Richard es el interesado en conocer su propiedad". "Mucho gusto, señor Pilz, mi nombre es Adolfo Romo; sean ustedes bienvenidos a Melchor Muzquiz".

"La propiedad se encuentra muy cerca de la plaza del pueblo, que es en donde nos encontramos ahora. Como verá, la ubicación es privilegiada. El centro, la iglesia y unos cuantos comercios quedan a unos pocos pasos de la villa que está a la venta. Las personas aquí son muy cordiales y siempre tendrán un trato amigable con usted. En los últimos años han venido a vivir varios extranjeros a este pueblo por la cercanía que tenemos con Estados Unidos. Aquí acostumbramos viajar seguido a Eagle Pass. Vamos a comprar víveres, telas y más cosas de excelente calidad que podemos conseguir a precios muy bajos. Los habitantes de este pueblo vivimos en total tranquilidad al igual que los pueblos vecinos de por aquí. Esta es una región carbonífera y ganadera, me imagino que vendrá a trabajar a alguna mina". "Así es, señor Adolfo, la próxima semana me estaré incorporando a mi nuevo empleo". "Pues le deseo mucha suerte, señor Pilz", le respondió el señor Adolfo Romo.

"Allá en la esquina puede usted ver la villa", les decía el señor Adolfo apuntando con su mano a la propiedad que ya se podía ver muy bien. Al irse acercando más a la villa, Richard vio que era una propiedad hermosa y muy grande, se encontraba en una esquina y se veía que habría que hacerle algunas modificaciones, pero solamente con lo que pudo ver a primera vista quedó enamorado de la propiedad de don Adolfo Romo.

Este le pidió a un hombre que trabajaba para él que los acompañara para que abriera la puerta principal de la villa y que todos pudieran entrar.

"Adelante, pasen ustedes y sean bienvenidos. Esta villa perteneció a mis abuelos, después perteneció a mis padres, pero al casarse mi hermana mayor mis padres decidieron ir a vivir con ella a Oaxaca. Por ese motivo la villa ha estado sola algunos años, mis padres solamente vienen dos o tres veces al año, y por esa razón la villa ha decaído mucho, mis padres han decidido que lo mejor sería venderla. La villa necesita algunas reparaciones, pero en sí se encuentra en excelentes condiciones". Al abrir la puerta el señor Adolfo para entrar a la villa, se pudo ver un fabuloso recibidor totalmente cubierto de madera de cedro. Los pisos también eran de madera, el crujir de la misma se escuchaba con cada pisada y el aroma de la madera tan indescriptible se podía sentir por toda la casa. "Qué aroma tan agradable el de la madera, señor Adolfo", dijo Robert Richard. "Sí, mi querido amigo, esta casa, ese aroma a madera, es lo que la distingue, es ese aroma como a lluvia, a tierra mojada o a canela, que hace que el estar aquí sea una experiencia inigualable". Los techos eran altos y en uno de los techos más altos había un candil enorme que parecía ser todo de cristal. La sala se encontraba del lado derecho y el comedor del lado izquierdo, y había nueve dormitorios ubicados en el segundo piso de la villa. La cocina se encontraba en una esquina al fondo de la propiedad en el primer piso. Había también una casa pequeña para los empleados de servicio. El patio se encontraba al centro de la casa y era impresionante, pero algo que llamó realmente la atención de todos fue una enorme fuente de cantera y piedra por donde corrían enormes cantidades de agua; había algo mágico en ella. "Esta fuente es hermosa", dijo el señor Adolfo, "mi padre la mandó hacer cuando yo era niño. Cada tarde, en las temporadas de calor, mis hermanos y yo nos refrescábamos ahí; mi hermano decía que podía ver luciérnagas dentro de la fuente, pero a decir verdad yo nunca vi nada. Pero siempre la hemos cuidado mucho, porque sentimos que es muy especial". Robert Richard no podía pedir más: la villa era el lugar perfecto para él y su familia. Pensaba en lo feliz que estaría su hijo al ver la hermosa villa. El recorrido fue algo largo porque don Adolfo les iba explicando para qué había sido utilizada cada habitación, y entre más veían la propiedad más enamorados quedaban de ella.

"¿Qué le ha parecido la villa, señor Richard?", preguntó don Adolfo. "¿Ha sido de su agrado? Espero que haya sido lo que usted estaba buscando. Con unos pocos arreglos, la villa quedaría como nueva; claro está que con la alegría de sus hijos viviendo aquí, la villa volverá a ser lo que siempre fue. Mis padres y yo estaremos muy contentos de que ustedes sean los próximos dueños de esta propiedad que por muchos años ha pertenecido a nuestra familia".

Richard escuchaba muy atento lo que don Adolfo Romo le comentaba. "La villa me ha parecido extraordinaria, señor Adolfo; ha sido en verdad más de lo que yo imaginaba. Permítame usted pensar muy bien los movimientos que haré y también me gustaría platicarlo con mis hijos antes de poderle dar a usted una respuesta definitiva".

"Excelente, señor Pilz", le contestó don Adolfo Romo, "mi familia y yo estamos para servirle, si usted gusta volver a Muzquiz para ver la villa de nuevo, con mucho gusto volvemos para que la puedan ver".

"Muchas gracias, señor Adolfo, de igual forma, estaremos en comunicación", dijo Richard. "¿Regresarán ahora a Palaú? ¿O se quedarán un rato en Muzquiz?", pregunto el señor Adolfo, "porque si se marchan ahora ¿qué les parece si uno de mis trabajadores los lleva de regreso a Palaú? Para que ustedes no tengan que esperar a que el transporte tenga viaje de regreso". Don Octavio volteó a ver a Richard esperando que él diera la respuesta, a lo que Robert Richard respondió diciéndole a don Adolfo: "Le agradecemos mucho y aceptamos que nos haga el favor de regresarnos a Palaú". "Bueno, pues entonces déjenme voy por Juan, mi trabajador, para que de inmediato los lleve a Palaú". El señor Adolfo los dejó a todos en la villa por si querían volver a recorrerla.

Cecilia y Helma estaban sorprendidas de lo hermosa que era la villa. Su casa en Nueva York no era ni la mitad de lo que era esta villa. Su padre podía ver en ellas la alegría que les había causado conocer esta propiedad. Cuando llegaron a México no tenían ninguna expectativa, vieron que todo estaba en total calma y pensaron que morirían de aburrimiento. Al poco tiempo llegó don Adolfo Romo con Juan, su empleado de más confianza, para llevarlos a Palaú. Don Adolfo cerró la puerta principal de la villa y se despidió de ellos. Las calles de Muzquiz eran solitarias y silenciosas; muy poca gente transitaba por las banquetas. Robert Richard aprovechó el camino para platicar con Juan acerca de las costumbres y de la forma de vida de Muzquiz. Cecilia y Helma observaban todo en silencio, sin mencionar ni una sola palabra, no veían niños por ningún lado de las calles que pasaban, parecía que a los habitantes de ahí se los había tragado la tierra. No había nada, las calles eran de tierra, el centro era solamente una sola calle pequeña con unos cuantos comercios. Helma solo volteaba a ver a Cecilia asombrada de lo solitario que era el pueblo y se preguntaba en dónde tomaría sus clases de piano. "¿Habrá quien quiera practicar conmigo mis lecciones de piano?", se preguntaba en silencio Helma. Cecilia simplemente estaba fascinada de ver cómo las pocas personas con las que se encontraron, al verlos pasar, los saludaban tan afectuosamente, algo que en Nueva York ni por error hubiera sucedido, ni tampoco en su país natal. El mudarse a ese lugar no parecía algo tan terrible, la experiencia que estaban teniendo estaba siendo de su agrado y, aunque Helma estaba algo angustiada, también compartía con su hermana el sentimiento de agrado hacia la nueva vivencia que se encontraban experimentando.

Los pensamientos de Robert Richard durante el trayecto de Muzquiz a Palaú solamente él los conocía. Pocas fueron las palabras que mencionó. Sus hijas solo lo observaban tratando de adivinar lo que pasaba por su cabeza; era tanto lo que tenía que hacer que permanecer en silencio lo ayudaba también a sentirse en paz con él mismo para así poder tomar las mejores decisiones para él y para sus hijos. En ese momento por el que pasaba, era cuando más necesitaba sentir la presencia de Elenka.

"¡Oh! Elenka, cuánta falta me haces, qué lejos estoy de sentirme en total calma, fue tu presencia mi paz absoluta y al irte te has llevado parte de vida que siempre te perteneció a ti. Pido a gritos tu ayuda, pero solamente el viento puede escucharme sin responderme absolutamente nada. Estos son los momentos en los que únicamente quisiera estar a tu lado sin decirte ni una sola palabra, sin interrumpir la paz que experimentábamos cuando estábamos juntos y que hacía que volviera a recuperar las fuerzas cuando me sentía abatido por las batallas perdidas que la vida me había hecho luchar".

La noticia de la llegada de Robert Richard Pilz a México con sus hijas pronto se supo en la hacienda El Canto de María. Don Marcelo recibió la noticia y se la informó a Robert: su padre había llegado a México con sus hermanas para vivir ahí para siempre. "¡Hijo!, tu padre se encuentra en estos momentos en Palaú, según parece buscará comprar una propiedad en donde ustedes puedan vivir ahora que él ha decidido quedarse en México a trabajar. No sería mala idea que pudiéramos ir a visitarlos; yo sé que es muy importante para ti estar aquí en la hacienda apoyando a los muchachos en sus lecciones de lectura y escritura, pero deberíamos aprovechar que no se encuentran muy lejos de nosotros. ¿Qué te parece si nos escapamos unos días? Al amanecer tomaríamos el primer tren para poder llegar con tu padre cuanto antes; estoy seguro de que le daremos una gran sorpresa". Sin saber don Marcelo que Robert Richard atravesaba por un mal momento en Palaú y que poder verlos a su hijo y a él lo haría recuperar el ánimo y las fuerzas que tanto necesitaba en esos momentos.

Esos días en Palaú estuvieron muy lejos de convertirse en una maravillosa experiencia para Richard. La soledad y la nostalgia se apoderaron de él mientras que Cecilia y Helma aprendían a disfrutar de la vida austera que Palaú les mostraba. Aprendían nuevas cosas con la ayuda de la señora Celia y esperaban que su padre pronto les diera la noticia de que la villa en Muzquiz se convertiría en su hogar. Richard había resuelto cada uno de los acuerdos que le pedían en su nuevo empleo y estaba listo para comenzar a trabajar. La decisión estaba tomada. La villa, que era ahora propiedad del ingeniero Robert Richard Pilz, estaba ubicada en la calle Santa Rosa , número treinta. en la ciudad de Melchor Muzquiz, Coahuila. Él había quedado enamorado de la villa y sabía que sus hijos estarían felices de vivir allí.

"Esta tarde hablaré con mis hijas", pensó Robert Richard. "Les diré que la villa es nuestra. Se pondrán felices cuando sepan que pronto la villa será su casa". Cecilia y Helma habían salido esa tarde a dar una vuelta por la plaza del pueblo. El día era muy caluroso y le pidieron permiso a su padre para salir a comprar algo fresco de tomar y caminar un poco. El aburrimiento se empezaba a hacer presente en las niñas y la nostalgia por ver de nuevo a su hermano acongojaba sus corazones. Cuando ya llevaban fuera de la casa de la señora Celia un tiempo considerable, decidieron regresar, esperando encontrar a su padre sentado a las afueras de la casa respirando y recibiendo algo de aire fresco, pero al irse acercando se dieron cuenta de que su padre las veía sonriéndoles y en sus ojos expresaba el sentimiento de felicidad que en esos momentos sentía. "¡Papá, papá! Hemos caminado por la plaza del pueblo y hemos encontrado una tienda donde venden todo tipo de cosas que las personas ya no usan y las llevan a ese lugar para venderlas; he visto un piano de color negro, el señor de la tienda dice que hace solo tres días que se lo han llevado para que lo venda. Él es de San Antonio, Texas, y dice que trae muchas cosas a México para revenderlas; a lo mejor podrías comprarme ese piano que me gustó, si decides tú que nos quedaremos en la villa a vivir para siempre; ándale, padre, no seas malo, cómprame el piano". Helma con mucha emoción le platicaba a su padre la aventura de ese día con la esperanza de que su padre se tocara un poco el corazón y le regalara el piano que tanto le había gustado, dejando pasar por alto la pequeña etiqueta con el precio colocada a un costado de este para que el susto al ver el elevado precio fuera digerible.

"Qué bueno que mencionas la villa. Hoy por la mañana he estado con el señor Adolfo Romo en su casa, he regresado de nuevo a visitar la villa, pero esta vez quise ir yo solo; le pedí al señor Adolfo que me dejara un momento a solas en su propiedad para examinar detenidamente cada uno de los espacios y así poderme dar cuenta de si es que siento esa paz que se debe de sentir cuando estamos en un lugar que es nuevo para nosotros y que deseamos comprar, pero de igual manera, está en juego mucho dinero. Así que era mejor estar completamente seguro de la decisión que iba a tomar. A eso lo llamo yo comprar usando la cabeza sin dejarte llevar por el sentimiento de satisfacción y de felicidad que te está causando algo que te ha gustado mucho. Espero que todos los consejos que les doy los apliquen algún día en su vida; les ahorrarán muchos problemas y se evitarán tener conflictos innecesarios". "Sí, padre, los recibimos con mucho amor de tu parte", le respondían sus hijas atentas a lo que él les decía. "¿Entonces, eso quiere decir que es un hecho que viviremos en Múzquiz? ¿O todavía sigues pensando en la respuesta que le darás al señor Adolfo Romo?", le preguntaba Helma a su padre. "No, Helma, está decidido, la villa será nuestro hogar y la próxima semana empezarán con las mejoras que le harán para que podamos mudarnos cuanto antes".

Helma y Cecilia brincaban de la emoción que les dio su padre al saber que vivirían en la hermosa villa de Melchor Muzquiz.

"Hace unos días les he hecho saber a don Marcelo y a su hermano Robert que está todo listo para quedarnos a vivir en México, les dije también que todos nos encontramos de maravilla, ansiosos de estrenar nuestra nueva casa. Con la ilusión también de volvernos a ver de nuevo. Espero tener pronto una respuesta por parte de ellos; nada me daría más gusto ahora que saber que Robert se encuentra feliz al saber que vivirá en Múzquiz. Las reparaciones de la villa comenzaron inmediatamente después que se hizo la compra".

Mientras tanto, en Morelia, don Marcelo y Robert Richard se encontraban subiendo al tren para viajar a la ciudad de Acuña, Coahuila. Esa madrugada habían llegado a la estación de ferrocarril para tomar la primera salida. Don Marcelo dormía y Robert Richard veía con atención los paisajes tan hermosos que lo habían enamorado. La tranquilidad del viaje lo hizo caer en un sueño profundo. Sus ojos se cerraban lentamente dejando su mente volar; en sus sueños veía a su madre Elenka caminar por una casa con un patio enorme y una fuente al centro, por la que corrían grandes cantidades de agua. La fuente era muy grande, casi del tamaño de una alberca, y era de color café claro como si estuviera hecha de piedra o de cantera. Sus hermanas Cecilia y Helma corrían por todo el patio de la casa y se les veía felices. Robert, en su sueño, observaba lo enorme y grande del lugar, pero lo más hermoso de su sueño fue que pudo ver a su madre feliz caminando descalza dentro de la fuente; sus manos tocaban el agua y veía cómo sus hijos eran felices en aquel lugar. El volver a ver la sonrisa de su madre y como ella los veía a él y a sus hermanas, lo hizo revivir en su corazón el gran amor que su madre les había tenido. Aun muerta, ella le hacía saber a Robert Richard que permanecía con ellos amándolos y cuidándolos.

Un fuerte golpe en el vagón del tren lo hizo despertar. Al abrir los ojos se dio cuenta de que quizá su sueño le quería indicar algo:

la mirada de su madre Elenka, su sonrisa, verla caminar dentro de la fuente con el camisón que ella usaba para dormir; todo, absolutamente todo lo que había observado había sido tan real que jamás iba a poder olvidar que su madre trataba de decirle algo en ese sueño; era claro que ella era feliz en cualquier lugar donde se encontraba, pero pudo ver en sus ojos decirle que ellos también serían felices aun sin ella estar presente físicamente.

Don Marcelo también despertó al escuchar el fuerte golpe en el vagón. "¿Qué fue eso, hijo?", dijo algo sorprendido. "Parece que fue un riel", respondió Robert, "escuché decir al señor que se encuentra sentado detrás de nosotros, no se preocupe, no es nada malo, siga descansando que todavía falta mucho camino por recorrer". Robert hablando un español casi perfecto le respondía a don Marcelo. "Oye, Robert, no me había dado cuenta de lo bien que has aprendido a hablar español, tanto se me ha hecho costumbre escucharte que no me percaté de ese detalle. Te felicito, tu padre se sentirá muy orgulloso de ti cuando te escuche hablar; además tengo que decirle que has sido de mucha ayuda para mí en estos meses, mis muchachos en la hacienda están muy agradecidos contigo por lo que haces por ellos y yo ya no me siento tan solo; has sido de mucha ayuda y le pido mucho a Dios que sean muchos los meses que estés a mi lado. Tu padre ha sido un hijo para mí y mira, quién lo iba a decir, tú te has convertido ahora en el nieto que no tuve. La vida ha sido generosa conmigo, después de haberme quedado tan solo cuando murió mi María, les he conocido a ustedes y ahora se han convertido en mi familia, mi maravillosa familia que tanto soñé tener. ¿Sabes?, María, mi mujer, llenaba toda mi vida, a pesar de no haber tenido hijos nunca nos sentimos solos, ella era una mujer muy alegre y le gustaba cantar mucho, regaba sus plantas cantando, cocinaba y la podía escuchar a lo lejos cómo disfrutaba cocinar y cantar sus melodías favoritas. Nunca se cansaba esa mujer, sus cantos alegraban nuestro hogar y cuando ella murió y se apagó su voz, la alegría de mi casa se apagó también, por eso quise regresar a México y volver a mis raíces. Madrid me regaló los mejores años de mi vida a lado de María, pero mi país esperaba mi regreso y yo lo sabía; es por eso que regresé y decidí renovar la hacienda de mis abuelos para poder vivir en ella, y aunado a eso, decidí honrar a mi esposa poniéndole su nombre. Es por eso, hijo, que la hacienda se llama El Canto de María; nada más exacto para referirme a ella, así que cada vez que alguien se refiere a la hacienda El Canto de María también la recordamos a ella".

Y a lo lejos, en la región carbonífera, Richard Pilz comenzaba su primer día como director de la minera. No había sido nada fácil encontrarse con tantos problemas. A simple vista pensó que el problema principal era el salario de los mineros tan bajo y retenido a veces por semanas, pero al estar ya completamente dentro de la mina pudo darse cuenta de otros muchos problemas igual de graves que el de los mineros inconformes. Esa tarde llamaron a la puerta de su oficina. "Señor Pilz, dice un hombre allá afuera que necesita hablar con usted, que es urgente y necesita verlo ya". "Dile que espere un momento", respondió Richard, solo termino de llenar estas fichas y salgo para ver qué es lo que necesita. Al salir Richard de su oficina se encontró con un joven sentado en una silla en uno de los pasillos de la minera. El joven tenía en sus manos un sombrero con el cual jugaba entreteniéndose un poco mientras el señor Richard lo atendía. "¡Buenas tardes!", saludó Richard al joven amablemente. "¡Buenas tardes!", le respondió el muchacho. "¿Es usted el señor Richard Pilz?". "A sus órdenes", le contestó Richard. "Vengo a buscarle desde Acuña para decirle que hay dos personas en el kiosco de la estación del tren, me han pedido que le hiciera llegar esta nota". Richard algo sorprendido extendió su mano para tomar la nota que el muchacho le entregó, y al abrir el sobre se encontró con estas líneas:

"¡Hola!, mi muy querido Richard. Tu hijo y yo nos hemos tomado la libertad de venir a tierras coahuilenses y darte la sorpresa de nuestra llegada, pidiéndote de favor que pases por nosotros a la estación del tren de la ciudad de Acuña. Le he pedido de favor a este joven que te hiciera llegar la nota que ahora tienes en tus manos y te encuentras leyendo.

Atte. Marcelo Alonso de la Vega y Robert Richard Pilz".

Richard regresó a su oficina por su sombrero y fue de inmediato al encuentro de su muy querido amigo y de su hijo. El sol estaba un poco fuerte, pero la alegría de Richard por ver a don Marcelo y a Robert, en vez de causarle calor lo enseñó a disfrutar de la maravillosa energía que nos regala el sol.

"Pero Marcelo, qué gusto me da verlo, qué hermosa sorpresa, nunca imaginé que pudieran venir así de esta forma. ¡Hijo mío! Qué alegría me da verte por aquí. Han llegado en el mejor momento; que alegría me han dado, nunca hubiera imaginado tenerlos aquí. Pensaba decirles que vinieran, pero quería estar instalado por completo en la villa. Van a ver qué hermosa es. A usted, Marcelo, le va a encantar, es como si fuera una pequeña hacienda; estoy seguro, hijo mío, de que a ti también. Me han dejado sin palabras cuando recibí la nota. En verdad les digo, me han dado tremenda sorpresa y me siento muy feliz en estos momentos". Don Marcelo no dejaba de abrazar a Richard y Robert sostenía en sus manos las maletas esperando que don Marcelo le diera oportunidad de abrazar a su padre. "Ven, hijo, acércate, dame un abrazo. Cuánto has crecido, ¡mírate! Qué alto estás, has embarnecido, la comida de la hacienda te ha sentado muy bien". "Sí, padre, he crecido. Han sido ya varios meses sin vernos, los he extrañado mucho, pero soy muy feliz en la hacienda". "Bueno, bueno, vayámonos ya, porque estoy seguro de que tendrán mucha hambre. Tus hermanas se van a morir del susto al verte, Robert". "Oye, padre, ¿Lisa vendrá a vivir con nosotros a México?". "Esa es una conversación muy extensa, hijo; cuando lleguemos tendremos que hablar de eso".

"El camino es un poco largo", les dijo Richard, "nada del otro mundo, pero con la plática verán que se pasará rápido el tiempo". Robert se quedó dormido al tomar el camino hacia Palaú, mientras que don Marcelo y Richard no dejaron de platicar.

Richard con algo de tristeza en sus palabras le decía a don Marcelo: "Ha llegado usted justo cuando más necesitaba de sus consejos. Usted se ha convertido en mi mejor amigo, ha sido un padre para mí y sus palabras son el aliento que tanto necesito ahora que he decidido quedarme en México. Usted no sabe cuán triste me he sentido. El trabajo que me han ofrecido es excelente, pero me encuentro muy mal, hay días que no soporto la ausencia de Elenka y no encuentro motivos para vivir más, mis hijos son mi único aliento pero a veces es tanto mi dolor que no encuentro motivo alguno para seguir con mi vida. Estos días en que se concretó la compra de la villa en Muzquiz me he sentido tan solo que pasó por mi mente ir con ustedes a Morelia; las niñas extrañan mucho a su hermano y yo necesitaba escuchar su opinión acerca de los proyectos que tengo en mente hacer; es por eso que estoy feliz de que conozca nuestra futura casa. Anhelo con toda mi alma llevarlo a la mina para que vea usted con sus propios ojos el motivo por el cual en estos momentos estoy viviendo aquí".

Don Marcelo al escuchar las palabras de Richard realmente se preocupó por él. Nunca lo había visto de esa manera, pero de cierto modo entendía por lo que él estaba pasando. "Mira, Richard, es normal que en ciertos días de tu vida te sientas así, pero solamente date permiso de que sean solo eso, ciertos días. Cuando murió mi esposa María pasé por lo mismo, pero en ese entonces yo sí me quedé completamente solo en Madrid; solamente las amistades que logré hacer con los años que viví allá me acompañaron en esos días tan terribles para mí".

"Cuando la vida nos presenta ese tipo de circunstancias no nos queda más que agarrar el toro por los cuernos, como se dice coloquialmente aquí en México y enfrentar el dolor", continuó don Marcelo. "Debemos permitirnos sufrir solo un tiempo y con mucho coraje volver a tomar las riendas de nuestra vida y seguir adelante. En tu caso yo sé que es más difícil porque están tus hijos de por medio, pero con más razón debes tener fortaleza. El camino que hay que recorrer en estos casos es duro y es largo, pero si lo recorres con paciencia y con la certeza de que, al llegar a tu destino, te encontrarás con un lugar hermoso al que jamás te imaginaste poder llegar, es ahí en donde verás que habrá valido la pena todo el sufrimiento vivido porque te reencontrarás con un mejor hombre y habrás ganado la sabiduría que la vida te regaló durante esos días tan oscuros. Acuérdate de que las personas somos como un camino, camino que vamos haciendo al andar, a veces son hermosos los lugares que vamos recorriendo, otras no tanto, pero en nuestro andar debemos continuar con nuestra búsqueda de lo que realmente somos y aprendiendo a ser felices con lo que tenemos, pero al mismo tiempo compartiendo lo que poseemos. Acuérdate también de que todos los caminos son diferentes, no hay ni uno solo igual; somos únicos, por eso todos somos extraordinariamente perfectos, obra creada por Dios, copia fiel de lo que él es".

Richard al escuchar lo que don Marcelo le decía, recordaba los días tan terribles que había vivido al morir Elenka. El pasado siempre regresaba de nuevo cuando menos lo esperaba y le resultaba casi imposible salir al mundo y renacer porque sentía que él había muerto junto con ella. Él vivía muerto en vida. Eran tan sabias las palabras de don Marcelo que Richard sin darse cuenta se encontraba ya llegando a su destino habiendo recorrido ya ese camino duro, largo y tan oscuro del que don Marcelo le hablaba, pero su dolor y su tristeza no lo dejaban ver el hombre en que se había convertido. Ese día supo que era un ser único, nadie era como él, y solo él podía salir del agujero en donde, muchas veces por decisión propia, elegía estar. Ahora era el tiempo de disfrutar sus logros, la vida le regalaba una nueva oportunidad de forjar un futuro maravilloso que nunca se imaginó alcanzar. Su dolor no lo dejaba ver lo que la vida le ponía enfrente, pero don Marcelo estaba ahí para ayudarlo a quitarse la venda de los ojos a la cual estaba aferrado quedándose atrapado en el pasado sin darse cuenta del presente que tenía delante de él y del futuro tan prometedor que se veía venir.

Las horas de camino habían pasado sin que don Marcelo y Richard se dieran cuenta y a lo lejos se comenzó a ver la tienda de abarrotes del pueblo. La tarde casi noche estaba en completa paz como solían ser los días en Palaú. Don Marcelo observaba en silencio los caminos por los que pasaban; los mineros caminaban por las calles cansados y acalorados después de un largo día de trabajo. El clima caluroso y húmedo de Palaú era muy diferente a lo que Marcelo estaba acostumbrado. Morelia tenía tardes cálidas y frescas con poco calor.

"En verdad que el pueblo sí es muy solitario y callado", le decía don Marcelo a Richard. "Cuando Robert me platicaba los días que había pasado aquí no imaginé nunca que en realidad fuera así; es maravilloso vivir en esta quietud, pero me sorprende ver solo pobreza por aquí".

"Cuando conozca Muzquiz le va a gustar más", le decía Richard a don Marcelo. "He tenido la fortuna de ser ahora el nuevo dueño de la villa y de que esa propiedad se encontrara en Muzquiz. Mañana por la mañana lo llevaré para que la conozca y me dé su punto de vista, aunque yo sé que se quedará mudo al ver la villa. Los arreglos que le estoy haciendo la van a dejar aún más hermosa de lo que ya es. El patio es enorme y se encuentra al centro, las habitaciones están alrededor de toda la villa; dentro de poco terminaremos de arreglarla y nos estaremos mudando ahí en unas cuantas semanas. Espero que usted y mi hijo todavía se encuentren con nosotros para así poder hacer una pequeña inauguración. Lo que le platico ahora es poco con lo que realmente es la villa".

"Mire, don Marcelo, esa casa que se ve en la esquina, la blanca que está ahí, es la casa de los Martínez; verá qué amables son, ahí es donde hemos llegado siempre que venimos a Palaú, ellos nos dan hospedaje y nosotros nos sentimos muy a gusto con ellos".

"Hijo, hijo. ¡Despierta! Hemos llegado a casa del señor Octavio y la señora Celia". Richard moviendo suavemente a su hijo, trataba de despertarlo.

"Dejen voy a tocar la puerta y busco a las niñas para que salgan a recibirlos. ¡Buenas noches, Octavio! le tengo una agradable noticia, mi hijo ha venido a visitarnos junto con don Marcelo de la Vega, se encuentran en estos momentos afuera esperando que yo salga". "Pero cómo es eso, dígales de inmediato que pasen", le dijo el señor Octavio a Richard. "Solamente permítame ir con mis hijas para darles la noticia". "Pase usted, Richard, las niñas están con Celia en el patio de atrás".

"Cecilia, Helma", gritaba Richard en el patio llamando a sus hijas. "Vengan pronto, les tengo una sorpresa, acérquense". "¿Qué pasa, padre? ¿Por qué esos gritos? Nos asustas". "Vengan pronto, Cecilia, vamos a la puerta, alguien viene desde muy lejos a saludarlas, vengan". Las niñas apresuradas fueron a la puerta de la entrada de la casa y vieron a un hombre y a un joven parados detrás de la reja de la entrada de la pequeña casa de los Martínez. Robert había crecido tanto que casi tenía la misma altura de don Marcelo. "¡Ay, no! Son Robert y don Marcelo", le dijo Cecilia a su hermana Helma. "Corre, corre, Helma, abre la puerta, de prisa". Y al tener las niñas a su hermano cerca lo abrazaron fuertemente. "Robert, qué alegría, qué sorpresa nos ha dado papá", le decía Cecilia. Helma no pronunció una sola palabra, solamente abrazaba a su hermano llorando de alegría. Don Marcelo al observar tan conmovedor reencuentro caminó hacia donde estaba Richard dejando que los hermanos disfrutaran de ese momento. La señora Celia y el señor Octavio se abrazaron y sonreían. Richard, conmovido por ver la felicidad de sus hijos, abrazaba a don Marcelo y al abrazarlo le dijo, al oído para que nadie pudiera escucharlo: "Qué hubiera sido de nosotros si yo no hubiera tomado ese barco aquel día que decidí viajar al otro lado del mundo para salvar mi vida y la de mis hijos. Usted es el regalo que la vida me tenía y el cual yo tenía que salir a buscar". Don Marcelo le respondió: "Solo te puedo decir que disfrutes de este momento; ha sido ya mucho tu sufrimiento y hay que darle también al corazón dosis de felicidad, cuando todavía no le podemos dar una sobredosis de la misma, pero que estoy seguro de que tú aprenderás a hacerlo, porque para eso estoy yo aquí. Para mí, ustedes son un regalo que la vida me tenía y que la vida me da ahora en mi vejez que es cuando más lo necesitaba. ¿Ves cómo todo ha valido la pena? ¿Ves cómo tu sufrimiento no fue en vano? Ahora has ganado un padre y yo he ganado la familia que siempre soñé y que nunca imaginé tener".

"Pero bueno, ya basta de tantas emociones y celebremos la sorpresa tan agradable de tener a don Marcelo y a Robert Richard en Palaú", les decían los Martínez a sus huéspedes. Richard muy apenado interrumpió la conversación diciendo: "Señor Octavio, con las prisas de ir de repente a Ciudad Acuña por don Marcelo y por mi hijo olvidé preguntarles si podrían ellos quedarse con nosotros aquí en su casa, no sería mucho tiempo porque la villa estará lista en unos días". "Será un gusto para nosotros", dijo la señora Celia, "que don Marcelo y Robert sean nuestros huéspedes, pasen por favor para mostrarles en dónde dormirán". La noche transcurrió entre risas y de repente pequeños episodios de nostalgia en donde Robert Richard, al observar a todos en la mesa cenando, recordaba a sus padres, su infancia, el primer día en que llegó a la universidad. Quién iba a decir que años después se encontraría tan lejos, así como él soñaba, gracias al valor que tuvo aquella tarde de enfrentar a su padre con la noticia de querer buscar su propio destino. Cuántos años han pasado ya, tantas cosas vividas y cuántos pesares que lo habían hecho hundirse innecesariamente sin poder vivir el presente plenamente. Era ahora el momento de comenzar de nuevo a vivir; faltaba todavía mucho por venir y tendría que recibir ese futuro con los brazos abiertos, aquietando el alma para poder escuchar, en ese silencio, solamente el sonido del viento, y acallar ese cosquilleo en su mente que no lo deja vivir y disfrutar del presente.

Don Marcelo fue el primero en marcharse a dormir esa noche. Richard bebía su coñac favorito con el señor Octavio. Robert Richard les mostraba a sus hermanas el excelente español que había aprendido en Morelia platicándole a la señora Celia cómo era su vida en la hacienda de don Marcelo.

Muy temprano el día siguiente don Marcelo y Richard fueron a Muzquiz. Don Marcelo se encontró con un pueblo tan diferente al que había imaginado, pero veía en Richard el entusiasmo por comenzar una nueva vida ahí y sus primeras impresiones hacia el pueblo se las guardó para él.

"Mire, Marcelo", le decía Richard a su amigo, "esta es la villa, se la presento". Don Marcelo al ver tan hermosa construcción dejó en el olvido los caminos solitarios que habían recorrido para llegar al pueblo y sus impresiones del mismo. "¡Es hermosa, Richard! No imaginé que este lugar fuera así de perfecto. ¡Te felicito! ¡Vamos! Muéstrame todo lo que estás haciendo en el lugar".

"Verás, esta es la entrada principal de la villa; toda esta madera que ve aquí en el recibidor ya se encontraba aquí, solamente la hemos pulido y pintado para que pueda durar muchos años más, así como la ve. Del lado izquierdo está el comedor y de este otro lado estará la sala, toda la villa son solamente habitaciones solas que las tendré que ir adaptando según lo que vaya necesitando, pero lo mejor de todo lo verá en un momento".

De pronto se toparon con una inmensa puerta francesa de madera de cedro que al abrirla podías ver el patio que se encontraba al centro de la villa, adornado con una espectacular fuente de cantera corriendo en ella, grandes cantidades de agua que al sentarte cerca de ahí podías contemplar la quietud del agua cayendo, podías sentir al mismo tiempo la paz que ella transmitía y digo ella porque era el alma de Elenka caminando dentro de la fuente, tocando con sus manos el agua que se le escapaba de entre los dedos, vistiendo su camisón de seda blanca con el que amaba dormir. Era ella quien los había llevado a vivir ahí y estaría por siempre con ellos sentada a la orilla de la fuente viendo a sus hijos y a Richard vivir y sin dejarlos jamás marcharse de ahí.

Las habitaciones de la villa se encontraban alrededor del patio, en el segundo piso. La cocina sería ubicada cerca del comedor y de un corral pequeño donde estarían las gallinas. Cecilia sería la encargada de adaptar todo lo necesario para que en la cocina no faltara nada y pudiera ella cocinar hasta lo inimaginable. Don Marcelo estaba sorprendido de todo el avance en las mejoras a la villa. Todos trabajaban a marcha forzada porque era necesario terminar pronto para que Richard pudiera mudarse en pocos días. "¿Qué le ha parecido la villa, Marcelo? ¡Vamos, hombre! No se quede callado, dígame si en verdad le ha gustado la villa". "¡Claro, Richard! Claro que me ha gustado, me ha encantado, pero estoy en silencio porque pienso en la suerte que tuviste de encontrar este lugar; créeme que no muy seguido me topé con alguna propiedad de esta índole, eres muy afortunado".

"Lo sé, Marcelo", le respondió Richard, "la vida ya me tenía este lugar destinado. Desde que entre por primera vez aquí, sentí que pertenecía a este lugar. Es algo que no le podría explicar, pero cuando vine solo de nuevo, necesitaba cerciorarme de que la villa era perfecta para nosotros, y al sentarme para contemplar la fuente me dieron ganas de quitarme los zapatos y caminar descalzo dentro de ella; al estar caminando y ver desde ahí la maravilloso que se veía la villa y la paz que le daba a mi corazón este lugar, no dudé ni un instante que los siguientes años de mi vida serían fascinantes despertando cada mañana aquí. Y ya ve, no me equivoqué. Ahora solo falta traer a los niños para que vean los avances de su casa. ¿Qué le parece si hoy por la tarde, al terminar mis deberes en la mina, regresamos para que los niños puedan ver cómo está quedando la villa?". "¡Me parece excelente, Richard! Ahora creo que es mejor que regresemos a Palaú para que no te demores en llegar a tu trabajo".

Durante el camino don Marcelo le preguntó a Richard: "¿Acaso has pensado en lo que harás con tu casa en Nueva York? ¿Lisa vendrá con ustedes para acá?". "Con tantas cosas que han pasado olvidé decirle que Lisa no vendrá", respondió Robert, "he decidido no hablar con ella de mis sentimientos, pero también creo que lo mejor para ambos es que ella siga su camino y yo el mío. Una de las grandes preocupaciones que ahora tengo es precisamente que no sé todavía quién cuidará de las niñas y no sé tampoco cómo continuarán con sus lecciones. Además, Helma necesita continuar estudiando piano y dudo mucho que en Muzquiz pueda encontrar a una persona con quien pueda continuar practicando lo que ha aprendido en Nueva York. Hoy por la tarde le preguntaré a la señora Celia si sabe de alguien que toque el piano y quiera de vez en cuando practicar con mi hija Helma. También es necesario encontrar a alguien que se encargue de la limpieza de la villa y de alguna cocinera que quiera trabajar en la villa".

"Ah, porque deje que le diga que la cocina es una de las sorpresas más grandes que tendrá la villa. He convertido ese espacio en un gran salón en donde las personas que trabajen ahí puedan cocinar libremente, y que Cecilia cada día cocine lo que le venga en gana; mi hija desde que era una niña ha sido apasionada por la cocina, es un don heredado de su madre. Quisiera pensar que es un don, o la pasión que se siente por algo que amamos hacer, algo que muy pocos logran descubrir y a veces cuando lo hacen ya es demasiado tarde porque los años ya han pasado y se han percatado de haber visto pasar la vida, su única y tan valiosa vida, viviendo equivocadamente, pero lo más triste es que al darse cuenta de que solo había una oportunidad y no hicieron nada con su tiempo tan maravilloso, tiempo que pasó tan de prisa como el agua cuando toca nuestras manos y no la podemos atrapar, al no lograr hacer lo que realmente amaban hacer. Por no saber escuchar la voz de su alma pidiendo ser escuchada. Esa es una virtud de Cecilia que pienso yo que heredó de mí; ella sin importar el qué dirán hace lo que ama hacer sin importarle absolutamente más que su felicidad. Así fue como yo salí de mi país, buscando hacer lo realmente amaba hacer y que es lo que en estos momentos me encuentro haciendo, y que, de no ser por usted, mis ojos no se hubieran abierto para ver lo maravillosamente feliz que me siento. Sé que será un enorme reto lograr aquietar mi mente para lograr no volver más al pasado, pero sé también que será solo cuestión de trabajarlo día con día hasta que logré apartar de mí esos pensamientos que me atormentan y que en algún momento de mi vida los convertí en mi mejor compañía, queriendo que se quedaran por siempre a mi lado sintiendo que eran ya como un mejor amigo que nunca se aparta de nuestro lado".

"Y regresando al tema de Lisa, no fue nada fácil para mí decirles a las niñas que Lisa no nos acompañaría. Ella es parte importante de mi familia y siempre la tendremos en nuestros corazones. Yo espero que con el tiempo las heridas sanen y pueda volver a ver a Lisa solamente como la mujer tan valiosa que es ella. Pero en estos momentos mi familia y yo ya nos encontramos en otra etapa, y creo que las niñas lo han sabido manejar muy bien, saben que en la vida nada ni las personas permanecen a nuestro lado para siempre". "Bueno, Richard, ¿y no has pensado en dejar la casa de Nueva York tal y como está? ¿O lo que prefieres es venderla?". "No sé, quizá más adelante sea una buena opción, mientras las niñas se adaptan a su nueva vida, pero por ahora no lo sé", respondió Richard. El cambio de vida para las niñas iba a ser abismal y lo que don Marcelo proponía no era tan mala idea, pensaba Richard para sus adentros.

"Creo que eso que dice, Marcelo, es muy buena idea. No había pensado en dejar mi casa tal y como está; no sabía realmente lo que iba a hacer, yo creo que eso haré. Mañana mismo le comunico a Lisa las novedades y tan pronto pueda viajo a Nueva York para preparar lo que tengo que traer aquí a Muzquiz". "Si te parece buena idea yo puedo acompañarte", don Marcelo amablemente le expresó a Richard, "tus hijos pueden quedarse en casa con los Martínez, ellos cuidarán bien de tus hijos en lo que nosotros regresamos. ¿Qué te parece si partimos en estos próximos días? Así podemos aprovechar el tiempo al máximo y al regresar quizá la villa ya esté lista para que puedas habitarla, y de paso conozco a Lisa y te dejo saber mi opinión, que estoy seguro será la mejor de las opiniones por todo lo que ya hemos platicado de ella".

Las semanas habían pasado y Lisa seguía en espera de noticias. La casa se encontraba completamente sola, el personal que trabajaba en ella ya no se encontraba más, solo don Arturo, el jardinero, y Lisa. El tiempo pasaba lentamente para ella. Decidió hacer una lista con las cosas que planeaba hacer cuando se marchara para siempre de ahí, algo así como pequeñas metas de vida que la motivaran para tener fuerzas de poder continuar su vida sin él. Su madre le había pedido que pasara unos meses haciéndoles compañía a ella y a su padre, pero eso significaba que estaría sin hacer absolutamente nada y no eran momentos para no hacer nada, su mente tenía que permanecer ocupada y lejos de los recuerdos que lastimaban su alma. Este era el momento de buscar su camino, pero no solo era la búsqueda, lo realmente importante iba a ser el descubrir que era su búsqueda. Algo muy común que suele suceder en las mujeres cuando deciden dejar de amar. Retomar las riendas de tu vida no es fácil, y mucho menos cuando hemos visto pasar por nuestra mente un futuro a lado de un hombre olvidándonos de nosotras mismas dejando de lado nuestro crecimiento personal y dejando de lado también, la búsqueda y el conocimiento individual de nosotras mismas.

Las cosas en casa permanecían intactas. Lisa todavía no sabía, o más bien, Robert Richard no le decía, qué era lo que iba a hacer. Llevaba tiempo esperando tener noticias de ellos y pensaba: "¿Por qué será él tan cruel con mis sentimientos? ¿Acaso no se da cuenta de que le amo?". El amor duele cuando amamos con el alma misma, cada célula de nuestro ser se encuentra embriagada de ese arrebatador y adorable vino que no podemos dejar de beber porque nos volvemos adictos a su exquisitez. Quizá su destino estaba trazado y ellos al permanecer callados no le abrieron los brazos al amor que la vida les tenía de regalo, lastimándose a sí mismos con un dolor innecesario que a lo mejor no les tocaba vivir. La vida había cruzado sus caminos y no había sido casualidad haberse encontrado; tal vez Elenka desde el lugar donde se encontraba quería sanar el corazón de Robert Richard reviviendo el amor que ella le tenía a Richard a través de Lisa.

"¡Ven a ver a papá, Helma! Viene llegando de Muzquiz con don Marcelo". Cecilia veía por la ventana de la cocina cómo se iban acercando a la casa. Helma salió a encontrarlos y a llevarles un poco del pastel de manzana que Cecilia había preparado esa misma mañana.

"¿Cómo les ha ido en Muzquiz?", le preguntaba la pequeña Helma a don Marcelo y a su padre. "Muy bien, Helma. La villa está quedando hermosa", le respondió don Marcelo. "Qué bueno que han ido a verla, pero hubiera sido mejor si mi padre nos hubiera llevado a todos con ustedes". "Hoy por la tarde quiero que estén listos porque quiero darles una sorpresa", le decía Richard a su pequeña Helma. "Ahora tengo que irme, he demorado mucho y en la mina deben de estar esperándome, les deseo que pasen un hermoso día y este pastel que se ve tan rico me lo llevo para comerlo en el camino".

A la mañana siguiente Robert Richard y su hijo se despertaron muy temprano porque iban a ir a Eagle Pass a recoger unos papeles importantes, y de pasada iban a ir a casa de Carlos para darle la sorpresa de que Robert se encontraba en Palaú y también para contarle que no viviría más en Nueva York. Eran tantas las cosas que tenían que platicar que una sola tarde no bastaría para mantenerlo actualizado con las novedades que tenía para decirle, pero la sorpresa más grande sería que podría platicar con Carlos libremente sin la barrera del idioma que antes no les permitía entenderse completamente.

El día pasó rápido y la noche comenzó a caer. Robert y su padre tuvieron que quedarse a pasar la noche en Eagle Pass en el mismo lugar que la primera vez. La ventana por la que un día Robert Richard vio a Carlos se encontraba igual; las cortinas blancas volaban cuando el viento las tocaba y Robert Richard podía ver a Carlos barrer la banqueta de su casa. De pronto Robert Richard le gritó asomándose por la ventana: "¡Carlos! ¡Voltea, soy yo, Robert!". Carlos dejó caer la escoba por el suelo y volteó por todos lados queriendo reconocer aquella voz. "Es Robert, mamá, ¿lo escuchas? Me está llamando". "Ve con él, hijo", le respondía su madre a Carlos. "Corre, ve a encontrarlo". Robert Richard, al ver que su amigo se dirigía a él, salió corriendo de la casa para ir a darle un abrazo a su amigo. El encuentro entre ellos fue tan emotivo que no pudieron evitar dejar caer sus lágrimas que mostraban la felicidad que los dos sintieron al verse.

"¿Cómo es que no me dijiste en tus cartas que vendrías, Robert?", le preguntaba Carlos, emocionado de ver a su amigo. "Este viaje no estaba planeado, pero era necesario estar con mi padre en estos momentos; no sé si sabrás que él ha comprado una propiedad en Muzquiz y que ha decidido que vivamos acá. ¿Acaso te lo ha dicho tu padre?".

"Algo me dijo mi padre", le respondió Carlos a su amigo. "Aquí en este pueblo y en el que tu vivirás todo se sabe al instante. Dice mi madre que acá las personas pueden leer los pensamientos porque todos saben todo de todos", con un tono picaresco Carlos hacía reír a Robert con el comentario.

"Nosotros regresaremos a Palaú mañana por la mañana ¿Quieres acompañarnos?". "Bueno, se lo diré a mi madre para ver si ella me da permiso, porque cuando mi padre no se encuentra en casa, no podemos salir de Eagle Pass. Eso es lo que mi madre dice. Por ahora qué te parece si te llevo a un lugar que te va a gustar, solo que necesitas quitarte esos zapatos de catrín porque no vas a poder caminar; es un lugar donde hay muchos árboles repletos de nísperos, podemos comerlos y después jugar. Podemos ir en mi bicicleta, ah, porque mi padre me ha regalado una como premio porque he barrido muchas banquetas este mes y el mes pasado, él dice que el sol está muy fuerte y que así el trabajo siempre es más duro. Oye, pero cómo no me había dado cuenta si ya hablas como si jueras mexicano. ¿Te han enseñado en tu escuela a hablar así de rebién?". "¡Ay, Carlos!", le decía Robert a su tan querido amigo, "yo creo que tú y yo vamos a tener que jugar menos y estudiar más para que puedas hablar correctamente". "A lo mejor sí o a lo mejor no, al cabo yo también sé hablar inglés y ese sí lo hablo mejor", le respondió Carlos a Robert Richard sintiéndose orgulloso por hablar dos idiomas.

"Yo sé que por estos lugares es muy común que las personas hablen inglés y español por lo cercano de los dos países; además sé que tu madre fue criada en Eagle Pass y su segunda lengua es el idioma inglés, pero no por eso debes hablar tan mal el idioma español". Al darse cuenta Robert de que su amigo ya no se encontraba con él, le dijo con un grito, llevándose las manos a la boca: "¡Qué poco te importa lo que te estoy diciendo, Carlos! ¿Acaso crees que llegarás a algún lado así?". Y repentinamente escuchó que Carlos le dijo: "Acá arriba, voltea acá arriba, estoy en el árbol, ¿quieres un níspero? ¡Capotéalo! Ahí te va", cayéndole el níspero a Robert en la cabeza. "Fíjate bien lo que haces, Carlos, tus nísperos me han golpeado la cabeza". "Te dije que los capotearas, Robert". "Pero yo no sé qué significa eso, Carlos". "Eso significa que yo los iba a aventar y tu los ibas a capotear". "¡Ay, no!, no puede ser. ¿Me imagino que querías decirme que los atraparas?". "Pos sí, Robert, eso es lo que te estoy tratando de decir".

Esa mañana Robert regresó a su infancia que hacía ya un tiempo había dejado atrás. Carlos hacía que disfrutara la vida al máximo; no era que en la hacienda no lo hiciera, pero las obligaciones del colegio y las clases de español que él les daba a los trabajadores de la hacienda lo habían convertido en un jovencito muy responsable, olvidándose un poco de ser niño y de disfrutar de la vida, agregando también la convivencia con don Marcelo que habían hecho de él un hombrecito adulto, gracias a su ejemplar comportamiento.

"Creo que debemos marcharnos, Carlos, mi padre me estará buscando en estos momentos. ¿Le preguntarás a tu madre si es posible que nos acompañes?". "No creo poder ni querer ir", le contestó Carlos. "¿Pero por qué no quieres ir?, ¿no te da gusto que vayamos a vivir tan cerca?". "No es eso, Richard, lo que pasa que he comido muchos nísperos y me duele la panza, quiero mejor ir a mi casa para que mi mamá me dé algo para el dolor, pero como tú tienes que llegar pronto con tu padre, te propongo que juguemos unas carreritas a ver quién llega primero. ¡Va! Esta vez sí te voy a ganar". "¿Pues no me acabas de decir que te duele mucho el estómago, Carlos?". "Pues sí, Robert, pero es la panza lo que me duele, no las piernas". "Vayamos mejor caminando de prisa, Carlos, sin correr. Mañana te prometo que jugamos unas carreritas, no quiero que te vaya a pasar un accidente". Esa noche los niños jugaron y disfrutaron tiempo de calidad. Robert y Carlos se volverían con el tiempo amigos entrañables. Pero el regreso a Palaú tenía que ser a la mañana siguiente muy temprano, sin darle tiempo a Carlos de pedir permiso a su madre para poder conocer el lugar donde su amigo Robert viviría.

Una mañana cualquiera en la casa de los Martínez había un alboroto porque no encontraban a Robert Richard por ningún lado. El chofer que los llevaría a Muzquiz amenazaba con marcharse sin ellos si continuaban demorándose. "No podemos seguir esperándole", les dijo Richard a todos. "Es una pena que Robert Richard se haya marchado no sé a dónde sin ni siquiera tener la delicadeza de decirle a la señora Celia. ¡Marchémonos ya!". Ese día fue muy especial no solo porque verían por primera vez la villa completamente renovada sino porque Richard había cambiado los carruajes de caballos por un automóvil, que fue de hecho de los primeros en el pueblo por no decir que el primero, gracias a que el ingeniero minero Robert Richard Pilz semanas atrás había comprado uno para cuando se mudara de país. El automóvil le ahorraría tiempo al trasladarse de un lugar a otro, tomando en cuenta también que la vida en Nueva York no era nada atrasada como lo era el pequeño pueblo en donde ahora viviría. En aquellos tiempos en América se estaba haciendo muy popular adquirir un automóvil Ford modelo T, coloquialmente conocido como un Tin Lizzie o Flivver en Estados Unidos y que, gracias a su costo tan bajo, fue posible para muchas familias adquirirlo, y con este modelo en particular se popularizó la producción en cadena. Este fue el automóvil que Robert Richard manejó mucho tiempo por las pequeñas calles del pueblo mexicano que se convirtió en su hogar.

Al ir saliendo de la casa con dirección a Melchor Muzquiz vieron a lo lejos a dos jovencitos sentados en la banqueta de una pequeña tienda de abarrotes. "¡Miren! Ahí está Robert, parece que es él, ve por él, Helma, y dile que nos hemos retrasado por su culpa", le pedía Robert Richard muy molesto a su hija menor.

"Mira nada más la hora que es, Robert Richard, les he dicho que la puntualidad es una cualidad muy valiosa en las personas, te pido de favor que no se repita. Ve para que cambies de zapatos y no demores mucho en salir". Robert subió las escaleras de la casa de los Martínez lo más rápido que pudo, se cambió de ropa también y se quitó los tenis que se había puesto para poder jugar con un nuevo amiguito que había conocido esa mañana en Palaú. Porque le había quedado claro que, con los zapatos que él usaba, no se podía jugar con comodidad.

Al salir de la casa, Robert vio un hermoso automóvil estacionado en el portal de la casa de los Martínez, pero al mismo tiempo se dio cuenta de que sus hermanos lo saludaban sentados dentro de él. "¿Pero de quién es ese automóvil?", preguntó Robert a su padre, que se encontraba parado A un lado de su automóvil nuevo. "Es nuestro, hijo", respondió Robert Richard.

"¿Ves por qué me he molestado tanto por tu tardanza? Ayer por la mañana fuimos Marcelo y yo a Eagle Pass a recogerlo, era una sorpresa más que les tenía aparte de la que verán en un momento. Sube de prisa que ya estamos muy retrasados". El viaje en automóvil a Muzquiz fue de las mejores experiencias por la rapidez con la que llegaban de un pueblo a otro. Las personas, al ver tan hermoso automóvil transitando por las pequeñas calles empedradas de sus pueblos, se quedaban sorprendidas.

"¿Sabes, padre? Cuando vine contigo a conocer Palaú, Carlos y yo estuvimos en Muzquiz, solamente que cuando fui con él yo no sabía cómo se llamaba el lugar. Carlos me dijo que cuando lo conociera, no me iba a olvidar de que estuve ahí por lo hermoso que era. Me llevó a una cascada en donde pudimos nadar y me llevó también más adentro, a un río muy grande en el que corría agua cristalina tan transparente como el cristal de una copa. Me dijo también que más allá del pueblo no había nada más que las montañas y unos indios que vivían por ahí. Ahora que me entero de que viviré ahí, no hay mejor noticia que pudieras haberme dado".

"Hay otra cosa que te quiero platicar, padre", agregó. "Cuando veníamos en el tren don Marcelo y yo, al ir viendo el paisaje por mi ventana me quedé dormido sin darme cuenta. De repente en mi sueño entraba a una casa vieja muy grande; sus habitaciones estaban vacías, pero algo que llamó mucho mi atención fueron unas puertas altas de madera que estaban abiertas de par en par y al ir caminando y pasar por ellas veías un patio muy grande con una fuente en el centro. La fuente era muy bonita y muy grande, mis hermanas jugaban en el patio y se veían muy felices, pero a ti no pude verte aunque a mi madre sí, ella estaba dentro de la fuente y caminaba dentro del agua, traía puesto su camisón blanco que a ella le gustaba mucho usar, y yo solamente daba vueltas observando la felicidad que se veía en el rostro de mi madre y de mis hermanas. Mi madre jugaba con el agua de la fuente y se sentaba para ver cómo mis hermanas corrían por el lugar, y al yo detenerme frente a ella, mis ojos se encontraron con los suyos y pude ver en su mirada que me decía cuánto me amaba. En eso se oyó un golpe en el tren y me desperté, pero cuando abrí los ojos, fue como si realmente hubiera estado en ese lugar. La sensación de ver a mi madre fue como cuando la veía en vida en la casa con su camisón blanco; el sentimiento que me causó verla en el sueño, al estar despierto podía seguir sintiéndolo".

Robert Richard no podía creer lo que su hijo Robert le estaba platicando, lo que su hijo describía con cada detalle era la villa y la puerta de la que hablaba era la puerta que, al abrirla, te mostraba la maravillosa fuente al centro del patio, y fue también la misma puerta que cuando Richard la vio por primera vez, sin saber por qué motivo, Elenka se vino repentinamente a su memoria inundando el lugar de una paz indescriptible que hizo a Richard recordar ese sentimiento de amor verdadero e incondicional que aún con la muerte es imposible de olvidar. Ahora el recuerdo de ella no le causaría más dolor. Robert Richard sabía que ella estaría con ellos para siempre. Elenka había escogido la villa para volver a estar juntos, se lo había hecho saber a Richard, pero ahora su hijo se lo confirmaba.

"Bueno, hijo, pues con todo lo que me acabas de contar quiero decirte que tu madre te ha mostrado en tu sueño nada más que la realidad". "¿Por qué me dices eso, ¿padre?", le preguntaba Robert a su padre algo asombrado. "Ahorita que lleguemos a la villa quiero que tú seas el primero en entrar; cuando yo abra la puerta, tú te adelantas y te vas a topar con algo y cuando llegues ahí yo te acompañaré y te mostraré la villa".

Todos se encontraban ansiosos por llegar a la villa y ver las últimas remodelaciones que le estaban haciendo. Pronto llegaron a Muzquiz y se fueron directamente a su nueva casa. Helma y Cecilia querían ir a la plaza del pueblo a comprar una paleta helada y querían también caminar un poco por ahí, pero su padre les cambió el paseo para el día siguiente.

"¡Vamos, bajen del auto! Hemos llegado, solo que me he estacionado en la acera de atrás para que caminen un poco y puedan conocer las calles de colindancia con su casa. ¿Las llaves las trae usted, Marcelo?", preguntaba Richard. "Sí, aquí las tengo conmigo, deja abro la puerta. Pasen todos y sean bienvenidos a su casa". "Que Robert sea el primero en entrar, don Marcelo, por favor", dijo Robert Richard. "Adelántate, hijo, ve tú primero, camina derecho y después hablamos". "Pero qué hermosa ha quedado la villa", le decía Helma a su padre, "todo parece como si fuera nuevo". "Sí, es cierto, padre". Cecilia asombrada veía todo de pies a cabeza. "Caminen en dirección a donde les voy señalando y verán algo que les va a encantar a las dos, pero estoy seguro de que a Cecilia le va a fascinar". "¿Qué es padre, qué es? ¡No lo puedo creer!, ven, Helma, asómate aquí. ¡Pero qué hermosa es la cocina y qué grande ha quedado! ¡Gracias, padre! Pasaré el día entero aquí cocinando todo lo que voy a inventar. ¿Y tú, Helma, me ayudarás? Ya es hora de que vayas aprendiendo a cocinar". "¿Para qué quieres que aprenda?", le preguntaba Helma, "si cuando yo sea grande no me voy a casar para no tener que alimentar a nadie". "¿Solo por eso no te quieres casar, Helma? No lo puedo creer. Y el día que ya no estemos nadie, ni papá ni yo, ¿quién te va a alimentar? ¿O piensas tú que vivirás de aire?". "Para cuando ese día llegue, yo ya estaré muy grande y espero también no tener mucha hambre", tirándose una carcajada Helma hacía que la conversación entre ella y su hermana fuera divertida.

Y al otro lado de la villa Robert le gritaba a su padre: "¡Ven, padre, rápido!". Y al escuchar Richard a su hijo, supo que este había llegado ante la puerta que había visto en sus sueños. Pero como aún no la abría, parándose detrás de él le dijo: "Anda, abre la puerta para que veas lo que hay detrás".

Robert empujó la puerta para que esta se abriera y lo primero que vieron sus ojos fue la inmensa fuente de cantera que también pudo ver en su sueño. "¡Esto es increíble y maravilloso! Dios mío, no lo puedo creer". Robert completamente sorprendido le expresaba a su padre lo asombrado que se encontraba. "Cuando veníamos a la villa y me platicabas tu sueño así mismo me quedé yo, como tú ahora, completamente sorprendido porque tu sueño era con lo que te ibas a encontrar unos minutos más tarde. Y ¿sabes cómo interpreto yo esto?, como algo extraordinariamente inexplicable que nuestros seres queridos hacen para que los que nos quedamos nos demos cuenta de que ahí están siempre para nosotros. Si tú logras mantener esa sensibilidad para poder escuchar a tu madre, te darás cuenta de todas las cosas que llegará a hacer por ti, y con los años, conforme vayas creciendo, me lo irás platicando y siempre nos acordaremos de este momento. Al llegar yo también a este sitio por primera vez logré sentir la paz que tu madre siempre me transmitía, al sentarme para poder contemplar la fuente con tranquilidad fue como me lo describiste tú en tu sueño, me imaginaba a tu madre caminando alrededor de la fuente tocando con sus hermosas y delicadas manos el agua que corría en ella. Tu madre en mis pensamientos me dijo que este sería nuestro hogar y, por lo que me has contado, a ti también te lo ha dicho".

"Veo que se han puesto algo nostálgicos", dijo don Marcelo, que se encontraba sentado a la orilla de la fuente sostenido en su bastón observando todo. "No los culpo, la villa es un hermoso lugar que encierra una paz inexplicable. Sé que serán muy felices aquí; sé también que poco a poco, como todo en la vida, se irán adaptando a tan hermoso lugar. Créanme, no les será nada difícil. Este será el lugar en donde sí empezarán una nueva vida, porque el lugar se los grita, yo puedo escucharlo y sé que también ustedes pueden hacerlo".

"Qué verdad como siempre tienen tus palabras, Marcelo. Mi hijo y yo nos sentimos conmovidos por una plática que acabamos de tener y coincidimos contigo, podemos sentir cómo la villa nos ha recibido con los brazos abiertos. Puedo ver que las niñas, al igual que usted, se sienten felices y están ansiosas de venir a vivir aquí".

Y mientras estaban sentados en el patio charlando, se escuchó que tocaron fuertemente la puerta de la entrada. "Creo que vienen a buscarte, Richard, han visto que nos encontrábamos aquí y tal vez sea algún vecino que viene a presentarse. ¿Quieres que vaya a atender?". "Sí, Marcelo, por favor, si ve que es urgente llámeme". Don Marcelo se levantó y fue de prisa a la puerta para ver quién tocaba tan desesperadamente.

"Muy güenas tardes tenga asté, siñor. ¿Se encontrará el siñor Pilz?", preguntaba una joven con aspecto de mujer indígena. "Bueno, verá usted, el señor se encuentra revisando la villa viendo algunos detalles pendientes de su casa, porque dentro de poco vendrá a vivir aquí. ¿Gusta usted que yo le dé algún recado de su parte?". "No, siñor, yo quisera dicirle yo mesma lo qui li quero decir". "Bueno, pues entonces pase usted y espere un momento". "Yo li espero aqui ajuerita", respondió la joven indígena, "aquí mi espero sentada en la banqueta, no vaya a ser que si le perda algo y meche la culpa".

"Bueno, como usted guste, en un momento regreso y le digo qué es lo que me ha dicho el señor Pilz". Don Marcelo se dirigió a la sala de la villa. Las voces de todos se escuchaban fuerte por el sonido del eco.

"¿Qué les parece si de este lado colocamos los sillones?", les decía Richard a sus hijos. "Como ve, Marcelo, les digo a los niños que el sillón de la sala quedaría bien por aquí. ¿Usted qué opina?". "Me parece que se vería muy bien, pero creo que es mejor que el sillón se encuentre aquí de este otro lado, para que se pueda apreciar mejor; en donde este quede, pienso yo, se verá muy bien". "Es verdad, tendremos que esperar que la villa esté completamente lista y después de eso compraremos los muebles". "¡Ah! Se me pasaba decirte que la persona que tocó la puerta hace rato es una joven mujer que dice querer verte".

"¿A mí? ¿Quién es esa joven? Yo no conozco a nadie acá, ¿quién puede ser?". "Es una mujer de aspecto indígena, yo creo que viene en busca de algo de comer, será mejor que vayas tú a atenderla porque no quiso pasar y está esperándote sentada afuera en la banqueta".

"Deje voy a ver qué es lo que necesita, espero que no sea comida porque no tenemos nada que ofrecerle...".

"Buenas tardes", saludó Richard amablemente a la joven mujer. "Güenas tardes, siñor, ¿es usted don siñor Pilz?". "Es correcto", le respondió Richard. "¿Necesita usted algo de mí?". "Mire, es que yo toy buscando trabajo limpiando lo que sea pero el siñor Adolfo me mandó pa ca pa que yo li preguntara si asté necesita alguien que limpie su casa; ya había vinido varias veces por aquí pero no había naiden, solo dos hombres que andan aquí trabajando, pero mi dicían que asté no iba a venir nunca y como yo necesito mucho el trabajo, he esperado sentada allí enfrente, allí, en donde está ese árbol llevaba ya varios días, no mi quiria ir, además ni tengo a dónde, por eso me senté a esperar y hace rato vi que unas gentes entraron a la casota y pos pensé que sería asté y por eso toqué bien juertote pa que pudieran escucharme".

"¿Cómo te llamas, mujer?", le preguntó Richard a la joven que tenía enfrente y no dejaba de hablar queriéndole platicar a Richard en un minuto toda su vida.

"Yo mi llamo Martina, pa servirle a asté pero mi puede decir como a asté le plazca, al cabo no mi ofendo". "Pero qué nombre tan hermoso tienes. ¿Quién te ha llamado así, tu madre o tu padre?". "Yo no tengo ni madre ni padre, ellos murieron cuando yo era muy chiquilla y es por eso que yo vago solita por todos lados". "Pero qué pena me da lo que ahora me cuentas", le respondió Richard a Martina, "ahora me explico por qué has estado sola afuera esperándome. De seguro no tienes a dónde ir, ¿verdad? Y quieres que yo te permita quedarte en mi casa. Verás, Martina, te agradezco que hayas esperado sentada allí todos estos días a que yo llegara, pero creo que no debiste hacerlo; sin embargo, como veo que te urge trabajar, creo que llegaste al lugar indicado, mi casa todavía está en remodelación, pero será en pocos días cuando vengamos a vivir aquí. ¿Qué te parece si te presento a mi familia para que los vayas conociendo?". "Pos sí, siñor, si asté gusta que mi conozcan, pos vamos". "Ven, pasa, que no te dé pena, adelante, acompáñame y te voy mostrando el lugar para que lo vayas conociendo".

"Hijos, don Marcelo, acérquense, les quiero presentar a alguien. Ella es Martina y ha esperado por varios días hablar conmigo porque necesita que yo le dé trabajo aquí en la villa limpiando y atendiéndolos a ustedes. He decidido que Martina se quedará a trabajar en la villa con nosotros. Salúdenla, por favor". "¡Hola, Martina!", saludaron amablemente los niños a la mujer que se convertiría en su nana y en su fiel amiga entrañable.

Don Marcelo veía con mucha ternura la inocencia de la joven mujer, veía con asombro el hecho de haber tenido que esperar afuera todos esos días, pasando hambre y calores y solo Dios sabe cuántas cosas más. De seguro su corazón le había dicho que tenía que esperar y que la espera iba a valer la pena porque sería escuchada por el señor Richard Pilz, y su vida cambiaría para siempre. Martina sabía escuchar su alma, pero también decidió esperar, algo que todos deberíamos aprender en esta vida, porque son grandes las cosas que suceden si sabemos ser pacientes y esperar.

"Estoy pensando que mientras nosotros llegamos a vivir definitivamente a la villa, tú, Martina, puedes ahora mismo quedarte a vivir aquí", le dijo Richard a la muchacha. "Solamente tendríamos que traerte una cama, colchas y algo de comida, así ya no estarías más en la calle. ¿Qué te parece? Si aceptas, en este mismo momento Marcelo y yo vamos en busca de las cosas que vas a necesitar". "Pos sí, siñor, sí acepto, vaya y busque mis cosas que yo mi quedo aquí con sus hijitos, yo los cuido. Vaya, vaya". Don Marcelo y Richard no dejaban de sonreír por la gracia que les causaba la pureza del alma de Martina.

"Como ves, Richard, para qué vas a querer mujer en un futuro, si esta niña te va a traer cortito; no te lo digo yo, hijo mío, te lo dice la experiencia de los años". Richard y don Marcelo reían a carcajadas por la verdad en sus palabras.

"Pasa por acá, Martina". Robert le mostraba la cocina. "Aquí es en donde pasarás más tiempo tú". "¿Y aquí que es, niño?". "Aquí será la cocina, aquí mi hermana Cecilia y tú se la pasarán la mayor parte del tiempo; a mi hermana le gusta mucho cocinar y me imagino que a ti también". "Ay niño, pos si no sé cocinar muchas cosas, solo mis nopalitos en la lumbre y mis frijoles. Ah, tambén sé hacer la masa pa mis tortillitas que no me pueden faltar y la sal". "¿La sal también te la comes?". "Sí, niño, con las tortillas, le pongo sal y chile y me las como, así saben retegüenas. ¿Apoco no le gusta comerse así las tortillas a esté?". "¿Eso es todo lo que sabes cocinar?", le preguntaba Robert asustado a Martina. "Pos sí, niño, en mi casa solo había eso pa comer. ¿Pos que astedes no comen lo mesmo que yo?", le preguntaba Martina a Robert, como pensando si existieran más comidas que comer. "Pues claro que no comemos eso, nosotros comemos muchas cosas más. ¿Me estás diciendo la verdad, Martina? ¿O solo estás jugando conmigo?". "No, niño, como cree asté que yo estoy jugando si ni lo conozco asté, además yo ni ganas di jugar tengo, lo que tengo es sueño y hambre, no ganas di jugar".

"Oiga, ¿por qué sus hermanas hablan tan raro?, es que yo no entiendo lo qui dicen. ¿Me estaré volviendo loca yo, o son ellas las que hablan mal?". "Ellas solo están hablando un idioma diferente al tuyo". "¿Pero no saben ellas hablar como nosotros?". "Sí saben, solo que no hablan muy bien español, pero ya están aprendiendo, no te preocupes, muy pronto vas a poder hablar con ellas, así como lo haces conmigo". "Qué güeno, niño, porque sí queren algo, ¿cómo li voy a hacer, no lis voy a entender nada?".

"No te apures", le decía Richard a Martina. "Poco a poco y con paciencia, van a ir aprendiendo mis hermanas a hablarte en español. No te apures, yo les voy a decir que te expliquen bien todo lo que necesitan para que tú puedas entenderles". "Güeno, pos si asté dice, niño, pos que así sea".

"¡Vamos! Ven, acompáñame al patio, Martina, quiero que veas algo". "Pa qué quere que vaya, si de aquí lo veo todito". "Ven, quiero mostrarte la fuente que tenemos aquí en la villa, estoy seguro de que no has visto una igual".

"Qué bonito lugar, niño, y qué grandotota juente. Cuánta agua hay aquí, va a ver que la voy a cuidar mucho y siempre va a estar limpiecita, va a verlo asté". "Pero ni se te vaya a ocurrir meterte a la fuente", le dijo Robert a Martina. "Y por qué no me he de meter si tengo mucho calor, niño, si en este pueblo el sol calienta reteharto". "Porque no sabes nadar y te puedes ahogar", le respondió Robert a Martina. "Pos enséñeme pa que no me ogue". "Así no se dice, Martina, se dice *ahogue*". "Pos como si diga, niño, asté nomás dígame cómo no me ogo pa que yo pueda meterme a refrescarme". "Yo no te puedo enseñar a nadar porque aquí no es una alberca, además no quiero enseñarte", le dijo Robert a Martina. "Bueno, pos aprendo sola ogándome y así ya sé cómo nadar". "Que no, Martina, entiende. No puedes nadar ahí".

En eso se escuchó la voz de don Marcelo diciendo: "Pasen, dejen por ahí la cama y esas cosas, déjenlas por allá. Díganle al señor que está parado en la puerta que les pague y márchense, por favor". "Qué bueno que llegaron, don Marcelo", le dijo Robert, "esta mujer dice que se va a meter a la fuente cuando tenga mucho calor. ¿Verdad que no puede hacerlo, don Marcelo? Dígale usted porque no entiende, yo ya le dije que no sabe nadar y que se puede ahogar". "A ver, Martina, venga usted para acá. ¿Es verdad lo que Robert me está diciendo?". "Pos sí, siñor, yo quiero mojarme en la juente". "Mira, qué te parece si por ahora solo la ves y, si quieres, puedes solo sumergir los pies, pero solamente los pies. Más adelante, con el tiempo, ya veremos qué sucede. ¿Entendido, Martina?". "Sí, siñor, solo mis pies y después mi baño toda. Más delante, dijo asté".

"Sí, Martina, después", le respondió don Marcelo sonriendo a la mujer que, sin pensarlo, ahora les robaba el corazón con tanta ternura que de sus labios salía. Cada palabra de Martina expresaba todo el amor y la benevolencia que guardaba en su corazón.

"Ahora, por lo pronto, ven y ve lo que el señor Richard ha comprado para ti, te ha comprado esa cama que ves ahí y te ha comprado un poco de ropa y comida. Aquí hay todo lo necesario para que puedas quedarte mientras nosotros nos mudamos por completo aquí contigo". "¿Te parece bien?", le preguntó Richard ahora a su nueva empleada, que no tenía el más mínimo parecido a Lisa, pero que sería la institutriz para la vida, no solo de las niñas sino también de Richard, haciéndoles aprender cosas de la vida a través de sus ojos y de sus vivencias, que ellos nunca se hubieran imaginado aprender y que desde el primer día que llegó tocando fuertemente la puerta de la villa, ya les había enseñado su primera lección.

Hay que saber valorar todo lo que la vida nos regala, hasta lo más insignificante, como el aire que podemos respirar, sabiendo que este no es solo nuestro y que nos pertenece a todos, como el agua que, al tocarla, si no queremos, no podemos percatarnos de su suavidad. Ellos comenzarían a despertar sus sentidos gracias a Martina. Comenzarían a valorar lo que jamás valoraron escuchando cada historia que ella tuvo para contar. Ese día que todos conocieron a Martina, la vida cambió por completo para los Pilz. Pero Martina encontró lo que con tanta paciencia toda su vida esperó. Su búsqueda siempre había sido el amor y no era tanto el poder recibirlo sino el poder brindarlo.

La tarde empezó a caer en Muzquiz y la hora de la cena pronto llegaría. Todos sabían muy bien que no podían retrasarse mucho porque si no, ocasionarían que la señora Celia se enfadara. "Nosotros tenemos que marcharnos, Martina", dijo Richard viendo su reloj. "Te quedas en tu casa. Las llaves están en este mueble café de la cocina. Procura cerrar bien la puerta cuando anochezca, espera nuestro regreso que será dentro de pocos días. Mañana vendrán de nuevo a seguir con las remodelaciones, cuando estén aquí los hombres procura no estar en casa y cuando ellos ya se hayan ido regresa y cierra bien todo. Hazlo así como te lo he dicho cada día".

"Sí, siñor, y muchas gracias por darme trabajo y por dejarme vivir en su casa. Ben mi dijo el siñor Adolfo que asté era retegüeno. Yo voy a cuidar muy ben su casa y aquí los ispero, asté no se apure que yo aquí me quedo".

"Qué bueno que ya han llegado, Richard", dijo la señora Celia, "lo han venido a buscar unos señores, pero como no hablaban español no entendí nada, pero me imagino que han de ser sus amigos.

Octavio les dijo que usted andaba en Muzquiz y que regresaría por la noche".

"Ah, sí, señora Celia, olvidé decirle que me dejarían unos papeles aquí en la casa con usted. ¿Le dieron algo para mí?" "Sí, son unos sobres amarillos que están en la mesita a un lado de la puerta de la entrada". "Muchas gracias, señora Celia, deje y voy por ellos antes de que se me olvide".

Toda esa noche, lo único de lo que platicaron fue de Martina. La señora Celia no paraba de reír con todas las ocurrencias que platicaron esa noche los Pilz y don Marcelo. "No puedo creer que esa muchacha llegara a su casa buscando trabajo, Richard, si apenas usted me acaba de decir que le consiguiera a alguien que lo ayudara con los niños y el quehacer de cada día". "Sí, señora Celia", le respondió Richard, "hoy sucedió algo muy especial que nunca olvidaré, es algo así como cuando el universo escucha nuestras peticiones". "En verdad que sí, Richard, algo así sucedió, yo lo llamaría milagro". "Es hora de ir a la cama, niños, despídanse y suban a dormir". "Creo que por este día no sería mala idea que dejara a los niños quedarse un poco más con nosotros", le dijo la señora Celia a Richard. "Está bien, claro que pueden quedarse, solo que la plática solo la van a escuchar porque ya han hablado mucho y ellos saben que la palabra en la cena la tiene su padre".

"¿Por qué ha permanecido esta noche tan callado Octavio?", preguntó Richard. "No sé, Richard, con todo lo que han platicado de la villa me da tristeza que muy pronto se vayan a marchar. Celia y yo estamos tan solos que ustedes han sido una gran compañía para nosotros. Cuando se vayan, nos volveremos a sentir muy solos, yo creo que por eso esta noche no tengo tantas ganas de platicar". Y don Marcelo de inmediato dejó ver su opinión.

"En la vida siempre hay un comienzo y un final, Octavio, pero nos quedamos con todo lo vivido y todo lo aprendido. Hay que aprender a movernos cuando la vida así nos lo pide y hay que aprender a soltar y dejarnos guiar por donde la vida nos quiera llevar. La tristeza hay que dejarla atrás donde no la veamos más; elija solamente vivir, pero elija vivir plena y conscientemente de lo que sucede a su alrededor, la vida es maravillosa, pero es más maravilloso darnos cuenta de que lo es. Estoy seguro de que Richard aprendió mucho de ustedes dos. Y la felicidad que deja en todos nosotros por todo lo vivido, no se la podríamos jamás pagar".

"En este caso la amistad entre ustedes no llega a su fin, pero sí llega a su fin el convivir como una familia. Ustedes siempre serán una pieza muy importante en este el rompecabezas de la vida de Richard, y estoy seguro de que la vida así quiso que estuvieran acomodadas las piezas del rompecabezas", Don Marcelo les expresaba a los Martínez su gratitud por toda la ayuda brindada hacia él y hacia la familia Pilz.

Mientras los Pilz y los Martínez platicaban sentados alrededor de la vieja mesa de madera de la casa, don Marcelo se retiraba para ir a descansar.

Y Martina caminaba por los pasillos oscuros de la villa con una vela encendida en las manos. La felicidad por haber encontrado un hogar en donde vivir y un trabajo seguro la hicieron no poder dormir aquella noche; las dos de la madrugada y Martina veía y tocaba su cama, se sentaba en ella admirada de su suavidad, nunca antes había dormido en una cama; a lo mucho había dormido en un petate cuando era niña, pero al salir de tierras indígenas la calle y las estaciones del tren se habían convertido en su hogar.

El hambre la hizo ir a la cocina en busca de algo para comer y al estar prendiendo la leña para calentar unas tortillas, vio a una mujer rubia caminar dentro de la fuente de cantera de la villa. Martina se acercó lentamente a una ventana para poder ver con más claridad, pero solo alcanzó a ver una silueta de una mujer joven rubia muy hermosa. "¡Dios mío!, será que con tanto sueño qui tengo ya ni veo bien". Martina se tallaba sus ojos pensando que era el cansancio que sentía el que la había hecho ver a esa hermosa mujer con cabellos rubios caminando dentro de la fuente.

No le dio importancia a lo que había sucedido la noche anterior. Ese día que acababa de comenzar, era el primer día de ella en la villa, era un día para celebrar, así lo creía Martina. Al llegar los hombres que estaban a cargo de las remodelaciones, vieron que Martina barría el patio donde se encontraba la fuente de cantera, pero ella, al verlos llegar, tomó sus cosas y se marchó, tal como se lo dijo el señor Pilz. Lo primero que fue a buscar para la villa fueron unas gallinas y algo de leña para la estufa. Esperó sentada en la plaza del pueblo a que aquellos hombres se marcharan para poder entrar ella de nuevo a la villa. Al darse cuenta, cuando pasó cerca de la villa, de que los hombres se estaban marchando, se quedó parada en un poste que estaba al frente de la casa de Richard, y cuando vio que los hombres salían de la casa se acercó rápidamente para decirles que ella entraría a la casa por órdenes del señor Pilz.

"¿Qué quieres aquí, muchacha? Anda y ve a otro lugar, aquí no te puedes quedar". "Cómo no", les dijo Martina, "aquí traigo las llaves y yo puedo entrar y salir cuando yo quera, el siñor dueño de esta casa me ha dicho que aquí viviré y trabajaré. Y váyanse ya, porque tengo que entrar pa limpiar todo el mugrero que han hecho. ¡Pos estos, pos qué se creen!".

"Pásale, pues, ah, y tú cierras la casa", le dijo uno de los hombres a Martina. "Ah, se me olvidaba decirte algo, muchacha, dile a don Ricardo que la próxima semana estará todo listo, por si quiere ir trayendo muebles o lo que él quiera, y dile también que nosotros podemos ayudarle con lo que necesite cargar". "¿Pos quen es ese siñor? ¿A dónde quere asté que vaya y le diga eso que asté quiere?". "Ay, mujer, ¿pues no nos acabas de decir que aquí vivirás? Don Ricardo es el señor Pilz". "Ah, pos por ahí hubera asté empezado, yo solo sé que él es el señor Richard Pilz". "Por eso, mujer, Richard en español es Ricardo y te recuerdo que tú y yo estamos en México, por eso aquí se llama Ricardo". "Dirá asté 'siñor Ricardo', con mucho respeto pa él".

"Bueno, ya, ya, quítate de aquí y déjanos pasar. Mañana muy temprano regresamos y espero que todo esté bien limpio para poder seguir con lo nuestro". "Sí, siñor, así lo haré, anque asté no me manda", le respondió Martina al hombre que muy despectivamente la había tratado ese día.

"Ora que estos hombres ya se jueron voy por mis gallinas. Espero que don Pancho me las haya cuidado muy ben, pobrecitas mis gallinas, ya van a tener dónde vivir".

Don Panchito Treviño era el dueño de la tienda del pueblo que a su vez era también la zapatería, el banco, todo era ahí en el mismo lugar, pero a un lado de su tienda tenía varias jaulas con muchas gallinas que, por supuesto, también vendía. Martina de vez en cuando lo ayudaba a sacar los huevos de entre la paja para que don Pancho los pudiera vender en su tienda.

"¿Cómo está, don Pancho?", le preguntó Martina al hombre anciano. "Muy bien, muchacha, espero que ya hayas venido por tus gallinas". "Sí, don Pancho, ya me las llevo ahorititita, nomás déjeme las meto en esta jaula y nos vamos". "Pásale y ve por ellas". Martina como pudo guardó sus gallinas y se las llevó a la villa. "Aquí van a estar ben contentas, aquí van a comer retebién porque el patrón les va a comprar mucha comida como me compró a mí". Ese día Martina trató de armar un gallinero como pudo. Se acordó de que a un lado de la cocina había una puerta con un pequeño patiecito y pensó: "Aquí es el lugar perfecto pa astedes, mis niñas, a ver si don Ricardo no se enoja porque astedes vienen a vivir aquí con nosotros". Esa tarde Martina platicó tanto con sus gallinas que la oscuridad de la noche les cayó a las gallinas y ella en el patio de la villa.

"Creo que es mijor que me vaya pa dormir porque mañana hay mucho trabajo que hacer aquí, ispero que don Ricardo venga pa darle el recado de los siñores que andan aquí trabajando". Esa noche Martina no se sintió tan sola, sus gallinas la habían hecho sentir acompañada y al mismo tiempo la villa comenzaba a recobrar la vida que había perdido muchos años atrás.

Los días habían pasado y don Marcelo y Richard ya habían llegado a Nueva York. Todo estaba completamente limpio y guardado en cajas. Al abrir la puerta de la casa el olor a comida hizo sentir a Richard que había llegado a casa. "Adelante, Marcelo, pase usted, está en su casa".

"Qué linda casa tienes, Richard, en verdad que todo el vecindario es perfecto. Típica casa norteamericana", dijo don Marcelo. Pero al ir llegando y al estar Richard abriendo la puerta de la entrada, el jardinero se dio cuenta de que el señor Pilz había llegado y corrió hacia la puerta trasera de la cocina para avisarle a la señorita Lisa que el señor estaba en casa. Ella se quitó de inmediato el delantal, arregló un poco su cabello y fue a encontrarlo al recibidor principal; su corazón palpitaba fuertemente al escuchar su voz, pero se dio cuenta también de que Richard no llegaba solo. La puerta del recibidor principal se abrió y Richard y don Marcelo pudieron ver a Lisa que venía caminando en dirección a ellos. Richard no pudo evitar sentir que sus manos temblaban de la emoción por volver a ver a Lisa y don Marcelo recordaba sus años de juventud como queriendo volver a ser joven para poder pretender a tan hermosa mujer que tenía frente a él.

"Buenas tardes, señores", los recibió Lisa con una sonrisa hermosa. "Han pasado muchos días ya sin saber nada de ustedes", le dijo Lisa a Richard con un tono de reclamo amable. "Sí, es verdad, Lisa, me disculpo, solo he enviado una sola carta avisándote que vendría a casa para dejar concluidos algunos detalles, pero admito que fue descortés de mi parte no haber estado más en comunicación contigo.

Pero antes de seguir con esta plática quiero presentarte a Marcelo Alonso de la Vega, mi gran amigo que se ha convertido en un padre para mí". "Mucho gusto, señorita Lisa, es un placer conocerle en persona; es usted más bella de lo que me han platicado. Le he traído desde México muchos saludos por parte de los niños. Me han dicho que le diga que le extrañan y que esperan volver a verla muy pronto. Cecilia y Helma le han mandado una pequeña caja que guardo en mi veliz, tan pronto pueda se la entrego. Robert Richard me ha pedido que le entregue esta flor disecada que he guardado en este libro".

"Muchas gracias, don Marcelo, por este gesto de los niños tan amable". "No me lo agradezca a mí, señorita Lisa, el gesto ha sido de los niños; además, creo yo, muy bien merecido se lo tiene usted. Este detalle es la muestra del cariño que los niños sienten por usted".

"Es verdad, Lisa", confirmaba Richard las palabras de don Marcelo. "Los niños te han extrañado mucho pero también están aprendiendo a valorar muchas cosas de las que, cuando pase el tiempo y los vuelvas a ver, te darás cuenta. Porque espero que a la primera oportunidad que tengas, puedas viajar a México para visitarnos".

Lisa no respondió nada a la invitación que Richard le había hecho. Solo lo veía fijamente a los ojos diciéndole a gritos o más bien reclamándole porque le había dejado y no la había llevado con él. "Me imagino que han de tener mucha hambre. ¿Qué les parece si pasan y me esperan en la mesa del comedor?". Lisa apresurada se dirigió a la cocina para llevarles algo de comer lo más pronto posible.

"Bueno, pues el día de hoy he preparado algo sencillo porque no esperaba comer acompañada, pero les prometo que el día de mañana los voy a sorprender, les prepararé un platillo que es invento de Cecilia y que muy seguido lo preparo, sobre todo cuando estoy en casa de mis padres".

"Agradecemos mucho tus atenciones, Lisa, pero agradecemos más aún lo que nos des de comer; nosotros estaremos felices de saber que han sido tus manos las que lo han preparado", Richard como siempre elogiando a Lisa con mucho respeto.

"Vayamos entonces a la mesa, Marcelo, y así le voy mostrando la primera planta de la casa. Cuando llegamos aquí a vivir, tuvimos que hacer un recorrido por varias casas hasta llegar a esta que nos cautivó a todos y decidimos en un instante que era aquí donde queríamos vivir. Los viajes y el exceso de trabajo para mí no me permitieron disfrutarla mucho, pero mis hijos fueron siempre muy felices aquí".

"Pásele al comedor y siéntese, en un momento vendrá Lisa con nosotros". "Deje que te diga, Richard, que la casa es muy bella, pero la casa en donde vivirán ahora no se compara ni en lo más mínimo a esta. Claro está que vivir en Nueva York es fascinante, infinidad de lugares a donde ir, la belleza de la ciudad es un deleite para los ojos de quien la ve, pero creo también que tu antiguo trabajo no te permitía disfrutar de todo lo que Nueva York te regalaba. Así mismo, estoy seguro de que tus hijos te lo agradecerán más adelante porque ahora pasarán más tiempo contigo, y créeme que muy pronto notarás un cambio en ellos, los verás más felices y eso te hará sentir muy satisfecho con lo que haces con tu vida y con las decisiones tomadas".

"Aquí les traigo una sopa de brócoli y pan recién hecho en el horno; el pollo se está terminando de hacer. Ya pueden comenzar a comer, el agua es de limón con menta". Lisa respetuosamente tomó el plato de don Marcelo para servirle la sopa mientras que Richard tomaba del agua fresca de limón con menta que estaba servida en una jarra de cristal cortado. "¡La sopa es exquisita, Lisa!", le dijo don Marcelo llevándose una cucharada de sopa a la boca. "Esperen a que prueben el pollo en salsa de champiñones que se está terminando de cocinar, es delicioso; a los niños les encantaba comer seguido ese platillo". Richard apenas podía hablar, la comida de Lisa lo hacía siempre recordar a Elenka. Cecilia todo este tiempo había enseñado a Lisa a preparar las recetas que su madre había dejado escritas en su recetario.

El pollo en salsa de champiñones con una combinación de chiles serranos había quedado apetitoso a los ojos de todos. "Bueno, pero si parece que venimos a una fiesta, Lisa", comentaba don Marcelo expresando el buen sabor de la comida.

"Muchas gracias, don Marcelo, por sus elogios, pero espero que aún no haya quedado satisfecho porque falta que pruebe el postre. He preparado esta mañana unas crepas bañadas con cajeta que Richard ha traído de México y he puesto encima de las crepas una fresa con un poco de chocolate traídos desde Suiza, porque no solo son de allá los mejores relojes del mundo, don Marcelo, también tienen el mejor chocolate del mundo". "Es correcto, mi querida señorita Lisa. Pero le recuerdo que hemos sido nosotros, mi amada patria, quienes dimos el cacao al mundo, solo que todavía no somos número uno en producción porque no hemos tenido la técnica de la confección, pero le aseguro que lo llegaremos a ser. Espero, sin embargo, que no lleguemos a ser número uno en el consumo, si no imagínese cómo estaríamos en cuestiones de salud". Todos sonrieron efusivamente por el comentario de don Marcelo. "México es exquisitamente delicioso, y no lo digo solo por su comida, tenemos tanta riqueza en innumerables cosas que es por eso por lo que somos envidiados por muchos; si no fuera así, los españoles no se hubieran instalado en mi país y no solamente en mi país, en nuestro continente americano, señorita".

"Le voy a exponer un claro ejemplo comparando la vida en mi país y aquí. Richard vino a Estados Unidos creyendo haber encontrado la oportunidad de su vida haciendo lo que ama hacer. ¿Es correcto, Richard, o estoy equivocado? Pero ¿qué fue lo que sucedió? Su vida entera se volcó totalmente en su trabajo porque aquí la vida es así y así será siempre. Y no hay nada de malo para quien quiere vivir así, lo digo en verdad con mucho respeto para todos los norteamericanos, pero ¿sabe usted, Lisa, qué es lo que realmente sucede en México? Que trabajamos también muy duro, pero con la diferencia de que, en mi país, sí sabemos vivir, cosa que aquí se les olvidó hacer. La vida no solo es trabajar arduamente, es también saber vivir, pero nos olvidamos de eso, Lisa, los afanes de la vida diaria nos hacen que lo olvidemos aun viendo con nuestros propios ojos la belleza de la vida; volvemos cotidiano el vivir, el respirar, el caminar y no nos percatamos de eso porque lo tenemos, es nuestro, nuestro más preciado tesoro por el que no tuvimos que trabajar para obtenerlo porque ahí estaba para nosotros, nuestra salud, nuestra vida siempre dispuesta a servirnos de la mejor manera aunque nosotros no le sirvamos a ella igual, y es ahí en donde comenzamos a perderle el sentido a la vida, convirtiendo todo en una rutina; hasta nuestros propios sentidos se convirtieron en una rutina, respiramos y no nos percatamos de los aromas, comemos y no disfrutamos de un exquisito platillo porque siempre tenemos prisa, vemos el mundo sin darnos cuenta de que ha sido una obra de arte creada especialmente para el deleite de nuestra vista y hemos convertido nuestra única vida en una rutina. Sabiendo de antemano que todo, todo, absolutamente todo ha sido prestado, y si tuvimos la sabiduría de saber vivir y la fortuna de llegar a la vejez con salud, intactos sin ningún rasguño, debemos darnos por bien servidos porque la vida fue buena con nosotros y nos trató con nobleza, algo que no todos tienen la fortuna de experimentar. ¡Hay que saber vivir y vivir bien, mi querida Lisa!".

"Creo que me ha dejado usted sin palabras, don Marcelo, no he podido ni probar mi postre con todo lo que usted ha mencionado". Lisa verdaderamente sorprendida escuchó atentamente lo cierto en las palabras de don Marcelo.

"Todo lo que ha dicho usted, Marcelo, como siempre es verdad. Es un grato honor que comparta con nosotros la sabiduría que la vida le ha regalado, en especial conmigo que tanto he aprendido de sus sabias palabras". Richard conmovido como siempre había quedado atónito con la conversación que se suscitó ese día tan normal que, de seguro, cambiaría en algo las vidas de Richard y de Lisa. Con tan solo un poco que tocaran el corazón de cada uno las palabras de don Marcelo, el destino de ambos podría ser muy diferente. Pero eso solo les correspondía únicamente a ellos; don Marcelo solo aportaba la experiencia y el conocimiento y lo demás tendría que ser trabajo de ellos si es que decidieran y quisieran vivir la vida uno a lado del otro.

"Esta conversación ha estado de maravilla, pero yo me tengo que retirar por un momento", dijo Richard terminando de probar la fresa cubierta de chocolate de su postre de crepas.

"¡Ah, por cierto! Las crepas han estado de maravilla y la cajeta que he traído de Muzquiz ha sido de lo mejor que ha probado mi paladar. Podría comer la vida entera este exquisito postre. ¡Gracias, Lisa! Por tus detalles para con nosotros".

"Mientras tú vas a tus pendientes, Richard, yo voy a tomar una pequeña siesta, porque creo que la comida me ha caído de peso y me ha dado mucho sueño, pero a tu regreso te voy a pedir que me lleves a caminar al parque que vi antes de que llegáramos a casa. Creo que necesito respirar un poco de aire fresco, a veces siento que mi corazón me lo pide y también pienso que la hacienda me extraña tanto como yo a ella. Sin embargo, no es una queja, es solo desahogo por cierta nostalgia que siento de vez en cuando. Se me olvida vivir, hijo, cuando entristezco o cuando pongo mucha atención a algún dolor de mi cuerpo me olvido de vivir y tengo que estar recordándomelo porque no es fácil cuando se es viejo, pero el tiempo nos enseña a no escuchar esa vocecita taladrándonos la mente y el alma y a la cual debemos aprender a ignorar". Don Marcelo levantándose lentamente de la silla en donde se encontraba sentado hablaba tomando del brazo a Richard.

Las horas pasaron y don Marcelo despertó de su siesta. Richard se encontraba sentado a un lado de él leyendo. "¿Crees que puedes llevarme a caminar un poco, Richard?". "Sí, don Marcelo, claro que sí. Voy con Lisa para preguntarle si gusta acompañarnos". Al ir caminando por las calles don Marcelo, Lisa y Richard vieron que una tienda que este visitaba frecuentemente estaba ya muy cerca y decidieron llegar.

"Qué gusto nos da verte de nuevo, Richard, esperemos que ahora sí tengas tiempo de acompañarnos a un pequeño pueblo aquí cerca a dar una plática. ¿Cómo ves si lo piensas y esta semana nos dices si puedes acompañarnos?". "Muy bien, señores, me parece perfecto; los veré aquí mismo la próxima semana". "¿Quién es ese hombre, Richard?", le preguntó don Marcelo. "No recuerdo quién es, pero creo que ha ido a alguna de mis pláticas que di hace un tiempo, a lo mejor no sabe que ya dejé de hacer eso y que ahora ya vivo en México". "No debiste haberle dicho a ese hombre que se verían la próxima semana, hijo, si sabes bien que no estarás aquí; eso es mentir, hijo". "Es verdad, don Marcelo, lo dije sin pensar, se me hizo fácil". "No olvides nunca, Richard, pensar antes de que tu boca pueda hablar y mucho menos mientas, porque podrías quedar enredado en las ramas del árbol de la mentira".

Los días que pasó Richard en Nueva York fueron para meditar mucho y en cierta forma se quería despedir de la ciudad que le había brindado tanto; no podía evitar sentir cierta nostalgia, sus hijos le hacían falta, la casa se sentía muy sola y la presencia de Lisa no dejaba de atormentarlo. Don Marcelo, con su plática del saber vivir, había tocado un tema muy sensible que no solo a Richard le había removido sentimientos profundamente guardados. A Lisa le sucedía exactamente lo mismo: al quedarse sola, repasaba en su mente las palabras de don Marcelo, se daba cuenta de que no vivía plenamente la vida y todo lo que don Marcelo había dicho no era más que la verdad.

"¿Qué será lo que está sucediendo en casa?", le preguntaba Helma a Cecilia. "¿Crees que papá tarde mucho en regresar? A lo mejor traerá con él nuestras cosas y nosotras no regresaremos más allá. ¿Tú qué piensas, Cecilia?". "Yo no pienso nada, Helma, yo solo quiero que la villa esté lista para podernos ir ya. Muero de ganas de estar en la cocina preparando todo lo que está escrito en el recetario de mamá. Tú le deberías haber dicho a papá que el piano que viste lo querías tener en la villa ahora que nos mudemos. ¿O qué piensas hacer en Muzquiz si no tienes un piano? Te aburrirás, porque tú no sabes hacer otra cosa más que estar sentada enfrente de ese instrumento".

"No es verdad, Cecilia", le respondió Helma muy molesta, "también sé tejer y bordar y ocupo mi tiempo en muchas otras cosas más". "Lo que deberías hacer es pedirle a la señora Celia que te enseñe a cocinar lo que ella sabe preparar. Yo ya he aprendido a hacer muchas cosas en este tiempo y tú solo te la pasas con tus libros y viendo en qué molestas a Robert Richard".

"¡Niñas! Vengan a ver cómo preparo unas galletas de avena con nuez, vengan pronto para que vean cómo las hago". "Ve tú primero, Helma, tú necesitas saber más que yo, además yo ya sé cómo se hacen".

Rápidamente Helma bajó a la cocina con la señora Celia. "¿En dónde está Cecilia? ¿Acaso no quiere acompañarnos?", le preguntaba la señora Celia. "Ha dicho que baja en un momento". "Bueno, me parece muy bien; por lo pronto, toma esta vasija que está aquí y vas haciendo lo que yo te pida, Helma, por favor".

Repentinamente escucharon que Robert bajaba corriendo las escaleras. "¿Sucede algo, Robert?", le preguntaba la señora Celia preocupada. "No es nada, señora Celia, le pido una disculpa por bajar corriendo las escaleras, lo que pasa es que mi amigo Carlos me ha pedido que lo acompañe a un lugar y se me ha hecho un poco tarde". "¿Entonces no desayunarás hoy? ¿Pues que no se supone que Carlos vive en Eagle Pass?". "Ya no, señora Celia, ya vive aquí con su padre. Y no se preocupe, no desayunaré y lo más probable es que hoy llegue por la tarde".

"Muy bien, hijo, entonces que te vaya muy bien y tengan mucho cuidado. Dile por favor a Carlos que no se alejen mucho y si se van al lago por favor vienen y me avisan, recuerda que no está tu padre y los permisos están contados".

"No se preocupe, señora Celia, si vamos al lago vengo yo mismo a avisarle en dónde estamos".

Robert cerró con fuerza la puerta de la entrada y se fue en busca de su amigo Carlos. Pero Carlos ya lo estaba esperando sentado en la banqueta de la casa de la señora Celia. "¡Qué bárbaro, Robert! Llevo treinta minutos esperándote, ya por poco y me iba. ¿Trajiste lo que te pedí?". "No, no he podido entrar a la cocina porque la señora Celia se encontraba ahí". "Entonces sígueme, vamos a ir a una tienda y tú te quedarás afuera esperando que yo salga. ¡Vamos! ¡Apúrate!".

Al ir caminando con rumbo desconocido para Robert, se pudo percatar de que iban rumbo a una tienda de abarrotes. Cuando ya estaban cerca, Richard vio una rotonda con unas bancas de fierro en donde Carlos le pidió que lo esperara sentado hasta que él regresara. Al pasar unos minutos, Carlos se acercó muy sonriente y algo apresurado diciéndole: "¡Vámonos, rápido, Robert! Ahorita te explico". Robert sin nada que temer se tomó su tiempo para ver lo que unas mujeres se encontraban vendiendo y Carlos, al ver que Robert no se movía, fue y le dijo al oído: "Corre porque he robado algo de la tienda y si ya se dieron cuenta no tardarán en venir por nosotros". Robert, despavorido por lo que Carlos le acababa de decir, soltó una carrera que parecía que estaba compitiendo por una medalla, gritándole: "¡Carlos, espérame! ¿Que no ves que no puedo correr tan rápido como tú?". Pero a unas cuantas cuadras más adelante, Robert se detuvo para voltear a ver si su amigo se encontraba cerca, pero a Carlos todavía le faltaba un buen tramo de calle para alcanzarlo.

"¿Cómo es que te has robado algo de la tienda, Carlos? Eso que has hecho es un delito y podemos ir a la cárcel por ello, ¿cómo te has atrevido a algo así? ¿Que tus padres no te han enseñado que eso no se hace? No creas que por ser un niño no te pueden llevar a la cárcel". "¿La cárcel?, ¿qué es eso?, ¿quién te dijo que existe ese lugar para niños?". "No es un lugar para los niños, Carlos, es un lugar a donde van las personas que roban y ahí se les castiga por lo que han hecho".

"¡Ah! Pos ni te apures, Robert, aquí no existe ese lugar, yo creo que solo en tu país existe porque aquí no", le dijo Carlos muy quitado de la pena a Robert. "La cárcel, Carlos, existe en todo el mundo, solo que tú no sabes que existe. Y no creas que por ser niño no puedes ser castigado. Prométeme que no lo vas a volver a hacer nunca". "Está bien, Robert, te lo prometo, lo que pasa es que tenía mucha hambre y como tú no pudiste sacar nada de la cocina de doña Celia se me hizo fácil ir a la tienda por algo de comer".

"Si me has dicho, yo le hubiera pedido dinero al señor Octavio; mi padre le ha dejado suficiente para lo que se llegara a necesitar".

"Perdóname, Robert, por favor, yo no quiero que dejes de ser mi amigo; es más, te juro que no va a volver a suceder. Promete que me vas a perdonar y que seremos amigos hasta la eternidad". Robert al escuchar las palabras tan sinceras de su amigo solo pudo darle un abrazo y dejar en el olvido lo sucedido. Era increíble cada enseñanza de vida que su amigo le regalaba a Robert. Él jamás había sabido lo que era sentir hambre y por primera vez veía a alguien tan cercano a él sentir ganas de comer. Sin lugar a dudas, no todos en esta vida tenemos la oportunidad de ver con nuestros propios ojos el sufrimiento y la necesidad de otros, pero qué dichosos son los ojos que lo pueden ver y más aún comprender, porque así es la forma en que la vida nos regala esos momentos para nuestro crecimiento, enseñándonos a entender que somos afortunados. Porque esos obsequios no todos los reciben.

"Vámonos, pues, porque tengo mucha hambre y quiero que lleguemos al lago que hoy vas a conocer". Carlos con su corazón de niño y con la inocencia a flor de piel, solamente lo que quería era comer un poco y contemplar la laguna a la cual le gustaba tanto ir. La caminata fue un poco larga, pero al fin habían llegado, el lago era sorprendente y corrían grandes y apacibles cantidades de agua.

"¿Ves por qué quería venir, Robert? Comer sentado aquí, en esta piedra, y ver cómo corre el agua y la tranquilidad que se siente, eso era lo que quería que sintieras tú también, por eso te pedí que trajeras un poco de comida de la casa de doña Celia".

"¿Qué te parece si olvidamos lo que sucedió hoy, Carlos? Pero cuando tengas hambre, ¿verdad que me lo vas a decir? Si tú no me dices lo que te pasa, cómo voy a saber yo", le decía Robert a su amigo, muy triste y con el llanto a punto de desbordarse.

"En verdad que es hermoso poder comer aquí, ¿cómo es que no me habías traído antes, Carlos? Bueno, ya no importa". "¿Qué te parece si mejor ya no hablas más, Robert, y disfrutas de la vista?". "Sí, Carlos, es verdad. Los alimentos decía mi madre que había que tomarlos en silencio y ahora me doy cuenta de por qué, al estar sin hablar, podemos disfrutar más de la comida y es más probable que tengamos mejor digestión".

Ese día el sol calentaba y el agua era tan fresca que los incitaba a estar en ella. Robert se recostó sobre una piedra para poder escuchar cómo el agua pasaba sobre la roca donde se encontraba él, y Carlos caminaba sobre el agua del lago. Había arremangado sus pantaloncillos para no mojarlos. El plan no era sumergirse en las aguas, el plan era comer en el lago y poder disfrutar ambos de la quietud. Las horas pasaron y el sol se guardaba para nuevamente salir al día siguiente. "Es hora de irnos a casa, Carlos, si quieres mañana podemos regresar y ahora sí, nadaremos en el lago, traeremos pantaloncillos cortos para poder mojarlos. ¿Qué te parece?". "Está bien, Robert, volveremos mañana temprano antes de que salga el sol".

"¡Hijo! Pero mira qué hora es, estábamos preocupados. ¿Dónde has estado? De seguro Carlos y tú se han ido para el lago y lo han hecho sin permiso. Qué barbaridad, pero mira cómo traes esos pantalones de sucios, ve a tu cuarto y cámbiate, por favor, Robert; tus hermanas ya están durmiendo, mientras subes a ponerte ropa limpia te voy a preparar algo de cenar". "No, señora Celia, no tengo hambre, esta noche solo quiero estar en mi cama y pensar". "¿Está todo bien, Robert?". "Sí, señora Celia, todo está perfecto". Robert solo quería estar a solas y a lo mejor desahogarse un poco del sentimiento que guardó con lo sucedido esa mañana. Sabía que la vida en México era muy diferente en muchas cosas, sobre todo en Palaú, porque la mayoría de las personas vivían con lo mínimo y él no conocía esa forma de vida hasta que la vio con sus propios ojos, pero no era lo mismo verlo desde afuera a poder sentir cómo alguien a quien amas pasa por alguna necesidad, porque al escuchar a Carlos decir que tenía hambre pudo sentir él también lo que su amigo sentía. Era el sentir de un corazón fracturado que comenzaba a experimentar lo que era el amor al prójimo.

Esa empatía entre las personas es la que en el mundo debería prevalecer, y agregándole de igual manera amor, este mundo sería otra historia.

"Despierta, Robert. Vamos a ir a Muzquiz a visitar a Martina y a llevarle unas cosas. En treinta minutos estarán aquí por nosotros; te esperamos abajo. Las niñas siguen dormidas, he dejado un recado para ellas en la mesa de la cocina para que no se asusten porque están solas. Octavio nos alcanzará más tarde, nos vamos nosotros primero y él va detrás".

Robert rápido se levantó de la cama y se preparó para ir a Muzquiz. La noche había sido corta para él. Sus pensamientos no lo dejaban dormir y, a pesar de ser un nuevo día, seguía sintiendo la misma aflicción del día anterior.

Martina, como cada mañana, se encontraba barriendo la banqueta de la calle, descalza como le gustaba a ella. Ella decía que era bueno para la salud tocar la tierra con las plantas de los pies. Los trabajos de remodelación habían terminado y solamente se encontraba ella en la villa. El tiempo se le había hecho eterno y no tenía aún noticias del señor Richard. La banqueta que había mojado todavía no secaba por completo del agua con la que había sido limpiada cuando escuchó la campana sonar. Alguien estaba en la puerta tocando, anunciando su llegada.

"Qué raro, si aquí naiden vene. ¿Quen será?". Martina corrió para ir a abrir la puerta, dejándose escuchar sus huaraches al interior de la villa.

"¡Ya vienen! He escuchado correr a alguien", dijo Robert Richard, "de seguro es Martina".

La puerta se abrió y la sonrisa de Martina iluminó el recibidor de la villa. "¡Niño Robert, pensé que se habían olvidado de mí!".

La risa de los Martínez se escuchó por todo el recibidor de la villa junto con la de Robert Richard. "Cómo has pensado eso, Martina, si solamente han sido unos cuantos días los que no hemos venido por aquí. Ven, acércate", le dijo Robert a Martina, "ellos son la señora Celia y el señor Octavio Martínez, ellos son las personas que nos están dando hospedaje en Palaú. Hemos venido a traerte unas cosas y a ver cómo va todo por acá".

"Pasen, por favor", les decía Robert a los Martínez. "Pero qué hermosa casa ha comprado tu padre; parece una pequeña hacienda", le decía emocionada la señora Celia a Robert al ir caminando por la villa y observando las remodelaciones.

"Creo que los detalles que había en la villa han quedado listos. ¿Verdad, muchacha?".

"Pos yo creo que sí, las gentes que andaban aquí trabajando mi dijieron que regresarían pa'hablar con don Ricardo". "¿Y quién es don Ricardo, muchacha?", le pregunto el señor Octavio a Martina. "Ay, siñor, pos don Pilz. Así mesmo le dicen aquí en el pueblo".

"Qué bueno que me lo dices, Martina, porque nosotros lo llamamos Richard. Pero bueno, déjame pasar para ver cómo ha quedado todo".

"Niño, ¿cuándo cree usted que su padre regrese? Es que la verdad, no me gusta quedarme sola por la noche, ya he comprado unas gallinitas pa no sentirme tan sola pero la verdad es que sí me da un poco di miedo".

"Aguanta un poco, muchacha", le dijo la señora Celia. "Richard no tarda en regresar, pero si te parece bien podemos volver a venir en dos días para ver cómo estás y a lo mejor ya tenemos noticias del regreso del señor Richard.

Martina no era que quisiera irse de la villa, solo que cuando menos lo esperaba escuchaba o veía a la mujer rubia que caminaba dentro de la fuente.

La villa se encontraba en perfectas condiciones lista para habitarse. Esa misma semana llegarían los muebles nuevos que Richard había comprado para decorar la villa y era muy seguro que al regreso de Richard y de don Marcelo todo estuviera listo para que pudieran habitarla.

"¿A qué horas has llegado anoche, hijo? Que no he podido escucharte, me he dormido por la tarde tan plácidamente que solamente desperté para merendar algo, leer un poco y volver a dormir", le preguntaba don Marcelo a Richard el día siguiente. "He llegado un poco tarde, Marcelo, he tratado de dejar arreglados unos últimos pendientes y caminé un poco por la ciudad, algo así como despidiéndome de Nueva York; voy a extrañar mucho acá, he podido tener casi el mismo sentimiento de tristeza de cuando dejé mi país".

"Es normal, hijo. Cuando cambiamos nuestra vida es normal que la tristeza nos invada. Lo único que te puedo decir es que es necesario que llores para que tu corazón descanse y verás que la ilusión de tu nueva vida hará que todo sea más fácil. Ahora lo que tienes que hacer es hablar con Lisa, cuéntale los planes que tienes de dejar la casa tal y como está, y no sé, a lo mejor ella quiere quedarse aquí; no lo sé, tendrás que averiguar, pero sí te sugiero que lo hagas lo antes posible para que así podamos regresar a México. Tus hijos te esperan y la villa también, tienes mucho trabajo por hacer".

"Sí, don Marcelo, hoy por la noche los voy a invitar a cenar y aprovecharé para hablar con ella. Es más, deje voy con ella para comentarle los planes que tenemos para hoy".

"Lisa se encuentra en el jardín arreglando unas flores del rosal; ve a buscarla, yo me quedaré leyendo un poco".

"¡Buenos días, Lisa! Disculpa por no haber desayunado con ustedes, pero preferí quedarme un poco más en la cama descansando".

"¿Quieres que te prepare un café?", le preguntó Lisa a Richard.

"No, gracias, hoy no me apetece nada. He venido a hacerte una invitación. Hoy por la noche he pensado que sería buena idea salir un poco. ¿Qué te parece si los invito a cenar y vamos a caminar un poco por ahí? Marcelo ha dicho que acepta, solo falta ver si quisieras acompañarnos tú también".

"¡Claro que acepto! Tengo tanto tiempo que no salgo a ningún lado que me va a caer muy bien sentir otros aires. ¿A qué hora quieres que esté lista? ¿Qué te parece si a las siete de la noche salimos de casa? Perfecto, Richard, a las siete estaré lista".

Richard se fue a donde Marcelo se encontraba para platicarle los planes. "¿Qué te ha dicho Lisa, Richard?". "Ha dicho que sí acepta cenar con nosotros". "Muy bien", dijo don Marcelo. "¿Y a qué hora nos vamos?". "A las siete de la noche estamos saliendo de casa. Yo por lo pronto estaré en la oficina guardando mis papeles de importancia que llevaré a México".

Richard se encerró en su despacho y permaneció ahí un largo rato. Empezó empacando sus libros que había traído desde Alemania. Al verlos, recordaba sus días de niñez. Encontró muy bien guardados sus diarios y comenzó a hojearlos, al ir leyendo sonreía recordando el momento en que había escrito esas líneas, se preguntaba cómo hubiera sido su vida de no haber salido de Alemania. Después de haber empacado todos sus libros se sentó en su sillón de piel café en el cual pasó tantas horas sentado escribiendo y leyendo. Todo estaba listo para llevarlo a México, lo único que se quedaría en casa serían las pertenencias de los niños, llevaría lo más indispensable porque en México comprarían todo lo que necesitaran.

Lisa caminaba por las recámaras de los niños y la de Richard. Todo estaba perfectamente ordenado, pero no lo encontró a él por ningún lado.

"Don Marcelo, ¿ha visto usted a Richard? Le he buscado por todas partes, pero parece que se lo ha tragado la tierra".

"Vaya a su despacho, ahí se encuentra empacando sus cosas personales que nos llevaremos a México, me ha pedido dejarlo solo, pero me preocupa que tenga una recaída, en estos momentos que se siente de repente muy triste. Pero tengo que respetar sus espacios de soledad; cómo ves si mejor lo dejas a solas para que termine de sanar las heridas que aún quedan abiertas. Siempre los cambios nos dan miedo y nos entristecen porque dejamos experiencias y vivencias atrás que han sido muy gratificantes para nosotros. Y él ahorita atraviesa por esa etapa. Su nueva vida en México lo tiene muy entusiasmado, pero al mismo tiempo le duele dejar su vida aquí. Es por eso por lo que yo he venido a acompañarle, no he querido dejarlo solo".

"Es verdad, don Marcelo, me imagino lo difícil que es para él y para los niños todo este cambio.

Esperaré a que salga de su despacho. Por lo pronto quiero ir a la mercería que está aquí a la vuelta de la esquina. ¿Gusta usted acompañarme?".

"¡Claro, hija! Solamente deja voy a mi habitación por mi bastón y nos vamos".

Lisa esperó a don Marcelo en el jardín de la entrada de la casa. Y unos minutos más tarde don Marcelo llegó con su sombrero puesto y su inseparable bastón.

"Vamos, Lisa, estoy listo. Caminaremos por esta banqueta que está en perfectas condiciones, así no tendré pendiente de que se vaya a caer", le decía Lisa con mucho cariño a don Marcelo, llevándolo del brazo y platicando tiernamente con él.

Richard caminaba de un lado a otro por su oficina y, al estar parado en la ventana, vio cómo Lisa y don Marcelo atravesaban la pequeña calle, y vio cómo ella con todo el cuidado del mundo lo ayudaba a subir la banqueta.

"Creo que es mejor salir de aquí e ir con ellos a dondequiera que ellos vayan". Richard tomó su saco del perchero de madera que tenía en su oficina y fue a encontrarlos.

Lisa y don Marcelo caminaban a paso lento y Richard pudo alcanzarlos por la rapidez con que salió de su casa.

"¡Buenas tardes! Creo que se les olvidó algo en casa". "¡Hijo! Qué bueno que viniste, ¿quieres ir con nosotros?". "¿Qué es lo que hemos olvidado, Richard? ¿Acaso las llaves se han quedado en la mesita de la entrada?", le preguntaba Lisa a Richard. "No, Lisa, me han olvidado a mí".

Don Marcelo sonrió y le dijo a Richard: "Cómo crees, hijo mío, no hemos querido molestarte y es por eso que nos hemos marchado sin ti".

"Bueno, entonces, si es así, los disculpo a los dos. ¿Y hacia dónde nos dirigimos?".

"Vamos a la mercería, tengo que comprar estambre y unas agujas; desde que llegaron ustedes no he podido continuar con mi tejido y ahora que quería retomar lo que me encontraba tejiendo, me di cuenta de que ya no tenía más estambre".

"Aquí más adelante hay una pequeña pastelería. ¿Quieren ir a tomar un café?".

"Yo sí acepto el cafecito, Richard", respondía don Marcelo algo agitado por la caminata.

"Sirve que me siento un poco porque me he cansado. Yo también acepto el café con la condición de que no solo sea un café sino también un pastel de chocolate".

"¡Claro, Lisa! Estos días van a ser momentos para recordar. Platicaremos tanto que a la noche que cenemos nos quedaremos sin tema de conversación". "No digas eso, hijo", dijo don Marcelo, "siempre en la vida va a haber temas de conversación, pero tenemos que cuidar de lo que vamos a hablar y también debemos cuidar qué es lo que decidimos escuchar. Hay que ir por la vida mansos como una paloma, pero cautelosos como una serpiente que a todo momento siente que será atacada y devorada; así deberán ser tus caminos por la vida, cautelosos para que nunca seas engañado y devorado por tu propio hermano".

"¡Ahí está la pastelería!", señalaba el lugar Richard. "Déjenme pasar a mí primero para abrirles la puerta". El olor a chocolate y churros penetraba todo el lugar y abría el apetito de cualquiera solo con abrir un poco la puerta.

"Mmm, pero qué rico huele aquí, se siente como si la Navidad estuviera con nosotros", les decía Lisa a los caballeros que la acompañaban y se encontraban sentados enfrente de ella. Los manteles que cubrían las mesas hacían ver el lugar muy limpio y las tazas espectacularmente blancas dejaban ver el color del café perfectamente. Don Marcelo pidió que le sirvieran unos churros con cajeta y Richard solamente quiso su café americano que por nada del mundo cambiaba. Lisa probaba su delicioso pastel de chocolate servido en un finísimo plato de porcelana blanca adornado con dos fresas cubiertas de chocolate oscuro holandés y su café negro para terminar. "Me ha encantado el chocolate holandés de mis fresas", mencionó Lisa. "¿Y cómo has sabido tú que es chocolate holandés?", preguntó Richard. "Lo ha mencionado el mesero, él ha dicho que es chocolate Dutched de origen y elaboración holandesa. Mencionó también que es un chocolate oscuro y de sabor muy suave". "¡Qué bien! No escuché que lo mencionó, estaba distraído". "No estabas distraído, Richard", comentó don Marcelo, "quizá estés enamorado y solo observabas y no escuchabas". Richard, sosteniendo la taza de café en su mano para dar un sorbo, al escuchar el comentario de don Marcelo volteó a verlo con los ojos bien abiertos en señal de enojo.

La gente entraba y salía de la pastelería y la puerta azotaba mientras otros comensales entraban al sitio. Don Marcelo y Richard observaban cómo las personas veían por unas vitrinas los pasteles que iban a pedir y escogían el café que tomarían señalando en un pizarrón negro el de su preferencia. Cada cliente que entraba se quedaba asombrado con la gran variedad de postres y la especialidad de cafés que tenían ahí. Y Lisa solo disfrutaba el momento de tener enfrente a Richard. Cada pedazo de su pastel favorito que llevaba a su boca lo saboreaba tanto como si hubieran sido un beso de Richard en sus labios.

El amor entre ellos se podía ver en sus ojos. Don Marcelo era testigo de ello. Y solo pensaba: "¿Por qué razón Lisa y Richard desperdician todo lo hermoso que pueden llegar a vivir? En fin, cada cosa que he visto en este mundo que no puedo comprender, pero entre más veo menos entiendo; definitivamente todo es incomprensible en esta vida. Unos aman sin ser correspondidos, otros dan todo sin recibir ellos jamás nunca nada. Otros odian y hacen daño y nunca llegan a ser juzgados. Y al ir llegando al final de nuestros días todos morimos por igual, unos antes que otros, dejando en este mundo lo bueno y lo malo que hicimos en él, olvidándose así todo lo que llegamos a hacer. ¿Y entonces de qué sirvió hacer el bien o el mal, si de todas formas terminamos todos igual? Pero creo que he encontrado hoy una respuesta certera a todas mis preguntas. Nos quedamos al final de nuestros días con una conciencia tranquila y sin remordimientos sabiendo que hemos obrado haciendo el bien en esta vida, cometiendo errores a veces graves, pero aprendiendo a tomar las riendas de nuestra vida, rectificando el camino".

"El café ha estado muy sabroso", dijo Richard, "y espero que sus postres hayan sido de su agrado, pero tenemos que marcharnos. Hoy saldremos a pasear un poco y caminaremos por lugares hermosos y al acercarse la tarde iremos a casa para cambiarnos y llevarlos a cenar".

Ese día no pudo ser mejor. Richard llevó a don Marcelo y a Lisa por hermosos lugares en donde hablar no fue necesario, el silencio lo decía todo. Las risas de los niños por el parque y los pájaros que cantaban eran la conversación que los tres escuchaban con atención. Richard caminaba a lado de Lisa con las manos dentro de los bolsillos del pantalón y don Marcelo se apoyaba en su bastón café observando detenidamente a las personas que pasaban junto a él. A veces eran personas que caminaban solas y de prisa y otras veces eran parejas tomadas de las manos viéndose el uno al otro y sonriendo. Lisa solamente caminaba lento al paso de don Marcelo, a un lado de él, sosteniendo con su mano delicada y suave, su bolso que lo llevaba al hombro.

"Creo que debo ir a tomar mis pastillas, Richard", dijo don Marcelo. "¡Vayámonos!". Al llegar a la casa, Lisa se marchó a su habitación para ducharse y estrenar el vestido que su madre le había regalado en su último cumpleaños. Richard acompañó a don Marcelo a su habitación para que descansara un poco de la caminata de ese día.

Richard se recostó a un lado de don Marcelo y se quedó profundamente dormido. Don Marcelo, al ver la tranquilidad de su sueño, se arrodilló a un lado de su cama y oró por él. "Dios mío, este hombre que ves aquí ha sido un hijo para mí, cuídalo siempre llevándolo de tu mano, no lo desampares nunca a él ni a los suyos, y a mí permíteme gozar de buena salud para estar cerca de él el tiempo que tu voluntad así lo disponga".

Don Marcelo se levantó del suelo donde se encontraba arrodillado y se recostó en un lado de Richard, quedando él también completamente dormido. En su sueño Marcelo se encontraba con muchas personas y de repente del cielo comenzaron a bajar seres de la naturaleza; todos eran enormes en tamaño, seres que aquí en este mundo no se conocen, seres que no le hacían daño a nadie y que volaban de un lado a otro, y era hermoso todo lo que en el cielo podía verse, y en un abrir y cerrar de ojos todos los seres desaparecieron quedando solo en el cielo rayos de fuego, sin que estos hicieran absolutamente algún sonido ni daño alguno. Las personas que se encontraban ahí se inclinaban al igual que don Marcelo al ver el cielo encendido con rayos de fuego. Don Marcelo abrió los ojos y se dio cuenta de que había estado en un sueño maravilloso. Volteó a ver a Richard para ver si había despertado, pero Richard seguía profundamente dormido.

Don Marcelo se levantó lentamente de la cama para no despertar a Richard y fue a la sala a sentarse para meditar en el sueño que acaba de tener. "¿Pero qué fue eso tan hermoso que en mi sueño pude ver? ¿Acaso es Dios tratando de decirme algo?", se preguntaba don Marcelo.

"Don Marcelo, ¿acaso ya está usted listo?", preguntó Lisa. "Yo he demorado un poco, pero en unos minutitos estaré lista. ¿Richard se encuentra en su despacho?". "No, Lisa, se ha quedado dormido en mi habitación, se recostó un poco para acompañarme a tomar mis medicamentos y se ha quedado dormido; quizá el paseo lo agotó, no creo que tarde mucho en despertar. ¡Míralo, ahí viene ya!". "Creo que el paseo me ha cansado y me he quedado dormido sin darme cuenta". "Lo mismo le estoy diciendo a Lisa".

"Tendremos que darnos prisa", mencionó Richard, "porque el lugar a donde vamos siempre es muy concurrido y no quiero esperar mucho por una mesa. ¿Qué les parece si en cuarenta minutos nos vemos aquí en la sala para irnos?".

"¡Estupendo!", contestó Lisa, "muero de hambre y don Marcelo creo que también. En menos de treinta minutos estaré aquí". "No lo creo, Lisa", le respondía Richard. "Te apuesto que serás tú la que demorará más". "Te aseguro que eso no sucederá".

Richard subió a arreglarse y en un dos por tres estuvo listo, al igual que don Marcelo. Los dos bajaron juntos a la sala a esperar a Lisa. "Voy a encender un puro, Marcelo. ¿Quiere que le encienda uno? El whisky que tengo aquí me lo han regalado el año pasado, es muy añejo ya, lo ha traído desde Irlanda mi padre; suelo beberlo solo en ocasiones especiales y hoy es una de esas ocasiones en que debemos brindar por nuestra amistad, sobre todo por el amor entre seres que no somos familia de sangre, pero que nos amamos como si en verdad lo fuéramos". "Creo que sí aceptaré el puro, Richard, aunque hace más de veinte años que dejé de fumar. Y también acepto brindar contigo, sé que esta noche es especial porque sé que te despides no solo de tu vida aquí sino también de Lisa. Sé que cierras esta noche un capítulo en tu vida para darle paso a otros nuevos que la vida te va a regalar". "Aquí tiene, Marcelo, el whisky es de la mejor calidad, así como lo es nuestra amistad. Pruébelo". Don Marcelo sonrió abrazando a Richard y brindando con él.

"Pero qué rico aroma se percibe desde las escaleras hasta aquí, que me atrae lentamente hacia ustedes. Así fuera con los ojos cerrados, seguro que los encontraba", les decía Lisa a los dos hombres que se encontraban brindando en la sala vestidos elegantemente y bañados en perfume con un aroma muy masculino.

Richard al escuchar la voz de Lisa volteó para invitarla a brindar con ellos. Se quedó casi mudo al ver el vestido azul cielo que ella llevaba puesto haciendo juego con sus hermosos ojos brillantes.

"¡Pero qué barbaridad, Lisa, ¡que hermosa está usted esta noche!". Don Macelo expresaba su admiración por la bella Lisa. "Gracias, don Marcelo, me he esmerado mucho en mi arreglo esta noche porque sé que es una noche especial".

"Es imposible que una mujer como tú pase inadvertida. Tu belleza ilumina cualquier lugar donde te encuentres", elogiaba Richard dulcemente a Lisa haciéndole saber por última vez que sus ojos siempre se habían deleitado con su hermosura.

El restaurante esperaba por ellos. La música suave del piano hacía sentir la melancolía del pianista que dejaba que el sentimiento de tristeza tocara por él, causando en los presentes de esa noche justo lo que él quiso transmitir.

La plática fluyó tranquilamente entre Lisa, don Marcelo y Richard. El mesero retiraba los platos y Richard había dejado la despedida para la hora del postre.

"¿Qué es lo que van a querer para el postre? Yo sé lo que pedirá Lisa, pero usted, don Marcelo, ¿qué va a querer?". "Solamente voy a pedir un té, quiero dormir tranquilamente esta noche". "Entonces yo pediré un pay de manzana con canela. ¿Tú, Lisa? ¿Vas a querer pastel de chocolate?". "No creo, mejor tomaré algún vino que sea dulce". "Entonces le pediré al mesero que me recomiende alguno". Richard levantó la mano llamando al mesero.

"Buenas noches, señor, en qué puedo servirles". "La señorita quiere probar algún vino dulce. ¿Podría usted recomendarle alguno?". "Claro que sí, señor. Considero apropiado para la señorita un vino de la casa color oro rosado con un sabor a caramelo de fresa con una riqueza aromática que, al pasar por boca, podrá apreciar su inigualable sabor muy apropiado para acompañarlo con un postre, si es de su agrado".

"¿Cómo ves, Lisa? ¿Te apetece lo que el mesero te está ofreciendo?". "Sí, claro que sí. Pero solamente eso, no deseo ninguna otra cosa más".

El mesero regresó con el vino dulce de Lisa y, mientras tanto, Richard buscaba las palabras perfectas para decirle a Lisa que al día siguiente don Marcelo y él regresarían a México.

"Lisa, con tantas cosas que he traído en la cabeza no me había tomado el tiempo para platicarte las decisiones que he tomado con respecto a la mudanza. He decidido llevar a México solo unas cuantas cosas, solo lo más significativo para nosotros; todo lo demás se quedará tal y como está. Pero yo te quería preguntar si tú quisieras quedarte a vivir en aquí en Nueva York; mi casa se convertiría en tu casa, así no se quedaría tanto tiempo sola; el jardinero se quedaría también para que esté al pendiente de lo necesario y así evitar el deterioro de la casa. Yo sé que estás considerando la posibilidad de regresar a vivir con tus padres y no quiero que te sientas comprometida por lo que ahora te estoy pidiendo".

Lisa escuchaba cada palabra de Richard sin poder entender que él, en todo este tiempo, no había cambiado de opinión. Lisa pensó, en sus días de soledad en la casa, que quizá Richard regresaría con la noticia de llevarla a ella también a México.

Ella continuaba bebiendo en sorbos pequeños el vino rosado que tenía en su copa tratando de disimular el dolor que le estaba causando cada una de las palabras de Richard.

"¿Qué es lo que piensas, Lisa? ¿Por qué no has mencionado ni una sola palabra?", le preguntaba Richard a Lisa al ver en su rostro una mirada de indiferencia a lo que él se encontraba diciéndole.

"No creo poder aceptar lo que me propones. He decidido marcharme un tiempo con mi familia tan pronto regreses definitivamente a México. Creo que no sería vida para mí quedarme sola en Nueva York. Tengo que buscar un trabajo en donde yo esté feliz y así poder continuar con mi vida. Estos planes tuyos me han tomado totalmente de sorpresa y han cambiado el rumbo de mi vida. Siempre creí que permanecería a lado de ustedes y hoy la vida me ha enseñado que nada está escrito, toda nuestra vida en un segundo puede cambiar. Y don Marcelo nos dijo a ambos unas palabras que mi vida entera llevaré en la mente y no me cansaré nunca de repetírmelas. ¡Hay que saber vivir y vivir bien! Y eso es lo que haré de hoy en adelante".

Don Marcelo se encontraba algo incómodo por la charla, que no estaba nada interesado en escuchar pero que se había dado de esa forma e inesperadamente, y solo les pudo decir: "Creo que yo tengo que salir un poco afuera, ustedes tienen muchas cosas de que hablar y yo salgo sobrando aquí". Se puso de pie dirigiéndose al recibidor del restaurante, donde se sentó en un sillón, sacó un pequeño libro que guardaba en el saco y comenzó a leerlo.

Esa noche Lisa y Richard hablaron por un largo rato. La conversación únicamente la supieron ellos dos. El piano que tocaba la música de fondo se dejó de escuchar y el mesero se acercó a la mesa de Richard para decirle que el restaurant cerraría sus puertas en minutos.

"Creo que el tiempo pasó y no nos dimos cuenta de lo tarde que era", dijo Lisa. "Desde aquí puedo ver a don Marcelo, creo que sigue leyendo, vayamos con él que ya ha de estar muy cansado". Al acercarse Richard y Lisa, vieron que don Marcelo se había quedado dormido con su pequeño libro en las manos. "Don Marcelo, despierte, se nos ha hecho tarde", le decía Richard a su amigo. Don Marcelo despertó y al abrir los ojos le dijo a Richard: "Pero qué barbaridad, hijo, mira nada más en donde me he quedado dormido". "Ha sido nuestra culpa", respondió Lisa, "nos hemos demorado mucho y usted debió de estar muy cansado, pero en este mismo momento nos marchamos".

Al llegar a casa, Richard abrió la puerta, encendió la luz para poder ver al entrar y acompañó a don Marcelo a su habitación. "Descanse usted, don Marcelo, porque mañana será un largo día", se despidió Richard de él dándole un beso.

"Mañana será otro día, hijo, descansa tú también, y cuida tu mente de no contaminarla con malos pensamientos, recuerda que la noche se hizo para dormir". Richard cerró la puerta de la habitación de don Marcelo y caminando hacia su habitación se iba desbaratando el nudo de la corbata pensando en lo que acababa de platicar con Lisa. Entró en la habitación y se sentó en la cama. Podía ver desde ahí la luna que alumbraba su habitación. Sabía bien que pasaría mucho tiempo antes de volver a estar ahí. Estando sentado en su cama, tomó el consejo de don Marcelo y no pensó nada en absoluto, solo contemplaba la belleza de la luz de la luna hasta que sus ojos se cerraron para viajar a lo que le podríamos llamar nuestra otra vida. Nuestros sueños, en los que cada noche vivimos plenos y felices y en donde todo es posible.

Y el día de partir llegó. Todo estaba listo esa mañana. Lisa preparaba el último desayuno que Richard probaría hecho con sus manos. Don Marcelo esperaba a Richard para desayunar juntos y Lisa cortaba las flores del rosal del jardín para ponerlas en la mesa donde desayunarían.

"¡Buen día, Marcelo!". Richard se acercó a don Marcelo dándole una palmadita en el hombro, en señal de muy buen ánimo por parte de él. "¿Estamos listos ya?", le preguntó.

"Claro que sí, solo desayunamos y podemos marcharnos. ¿En dónde se encuentra Lisa?". "Está en el jardín, en un momento viene".

Richard tomaba del jugo de naranja que Lisa había dejado servido en su lugar y probaba las galletas de avena que ella había preparado muy temprano para acompañar el desayuno.

"Marcelo, ¿ha tomado usted sus medicinas ya?", le preguntó Richard. "Sí, hijo, hace un momento Lisa me ha servido en un vaso un poco de agua para que tomara mi medicamento".

"¡Muy buenos días a todos! Veo que solo falta que sirva el desayuno. En un momento estoy con ustedes, solo permítanme poner estas rosas en el centro de la mesa y voy a la cocina para comenzar a servirles".

"¡Oye, hijo! ¿Has tenido noticias de tus padres? Traigo esa preocupación en mi mente desde hace un tiempo". "Hace un mes recibí una carta de mi padre", le respondió Richard. "Me comenta que en la fábrica de cartón todo está muy bien, mi abuelo ha decidido retirarse definitivamente y mi hermano ha quedado a cargo de la fábrica. Al parecer así lo dispuso mi abuelo. Mi padre ayudará a mi hermano para que pueda lo antes posible quedar como único responsable. Mi madre ha estado un poco mal de salud. A veces me gustaría ir para allá, pero el trabajo me lo ha impedido. Los niños me preguntan cuándo volverán a ver a sus abuelos y no he sabido qué responder. Quise dejar que pasara un tiempo antes de regresar a Alemania, quería darme tiempo yo y a los niños; pensaba que, si regresaba pronto, a los niños les sería más difícil adaptarse a vivir aquí. Aún sigo pensando igual, pero al mismo tiempo deseo volver a ver a mi familia".

"Si me permites que te dé mi opinión sin causar en ti algún tipo de conflicto interno, yo te recomiendo que tan pronto puedas ir, vayas a visitarlos. A lo mejor pudieran ir Robert y tú. Y después podrían ir todos juntos. Yo creo que ya ha pasado un tiempo considerable y sería una muy bonita sorpresa para tu familia volverlos a ver".

"Acuérdate de que el tiempo pasa volando; hoy estamos, pero un mañana no lo hay. Y creo que también sería muy bueno para tu corazón reencontrarte de nuevo con tus raíces. Pertenecemos a donde nacemos, aunque hayamos emigrado a otros lugares y tengamos una vida entera viviendo en otra cultura, somos del lugar a donde pertenecemos. Ahora y siempre así será. Porque un honorable y verdadero hombre ama a su patria primero".

"Así que, si mis palabras tocan un poco tu corazón, te sugiero que planees ese viaje. Entiendo que la distancia es muy larga, pero sé que encontrarás el momento oportuno y te escucharé diciéndome que viajarás a ver a tus padres".

"Provecho a todos, que el desayuno de hoy sea del agrado para ustedes", les decía Lisa a don Marcelo y a Richard.

"Esto está riquísimo, Lisa. No había vuelto a probar esta omelette con champiñones y acelgas desde que Elenka murió, era de mis desayunos favoritos que ella me preparaba con mucha frecuencia", Richard así elogiaba por última vez a Lisa.

"Y continuando con la plática de anoche con respecto a la estancia de Lisa aquí en la casa, ¿qué fue lo que decidiste, Lisa?", preguntó don Marcelo.

"He decidido continuar con mis planes, don Marcelo, y en estos días me marcho a casa de mis padres", respondió Lisa pidiendo desde el fondo de su corazón ser salvada de la soledad, sin quedarle más que proponerse continuar aun cuando la fe ya estaba perdida y ella destruida.

"Eso quiere decir que la casa se quedará sola", interrumpiendo y afirmando Richard la conversación de Lisa y don Marcelo. "Así es. Porque Richard ha decidido que, al marcharme yo, la casa se cerrará y de vez en cuando él y Robert vendrán a pasar unos días".

"Quedando resuelto ya este asunto, nosotros nos podremos marchar con tranquilidad. ¿No es verdad, Richard?", preguntó don Marcelo. "Es correcto, todo ha quedado ya resuelto y esto no es una despedida, es simplemente un nos veremos pronto".

"Creo que debemos prepararnos, Marcelo, en unos minutos pasarán por nosotros". Los velices se encontraban en la puerta principal de la casa. Lisa no podía evitar sentirse abatida y Richard disimulaba muy bien lo que su corazón estaba sintiendo en esos momentos. Don Marcelo observaba en silencio la tristeza que reflejaban ambos en sus ojos.

"Señor Pilz, disculpe que interrumpa su desayuno, pero he estado tocando a la puerta y nadie me abre y por eso me tomé la libertad de entrar por la puerta de la cocina. Como sé que se marcha en un momento, vine a decirle que lo esperan afuera".

"En un momento voy para allá", le respondió Richard al jardinero.

"Se me ha pasado decirte, Lisa, que en estos días puedes decirle al jardinero que ya no necesitaremos más de sus servicios; ya sabes en dónde se encuentra el sobre con dinero para que le pagues al hombre lo que se le debe".

"Así lo haré, Richard", respondió Lisa, "sabiendo el día exacto en que me marcho, yo hablaré con él".

"Bueno, pues sin más que decir, se llegó la hora de irnos, don Marcelo". "Esto no es una despedida", le dijo don Marcelo a Lisa. "La vida nos volverá a reunir en otro momento, mi querida y joven Lisa. Si Dios así lo dispone. Yo me adelanto y los dejo solos a ti y a Richard para que se digan lo que a lo mejor todavía no se han dicho".

"Hasta pronto, don Marcelo, guardaré en mi corazón sus consejos y siempre estará muy presente en mí". Lisa se levantó de la mesa para darle un abrazo y un beso a don Marcelo, y este tomaba la mano de ella, acariciándola suavemente.

"Ayuda a levantarme, hijo, y pásame el bastón que lo he dejado colgado en el perchero".

A los pocos minutos Richard y Lisa se quedaron solos. "Anoche he hablado contigo desde lo más profundo de mi sentir y esta despedida me va a doler siempre. Quizá no he hablado todo lo que yo hubiera querido, pero creo que mi corazón ya descansó. A lo mejor esperabas más de mí, pero créeme que yo tengo que terminar de sanar. Quizá mis palabras puedan ayudar un poco tu corazón. Dijimos que seguiríamos con nuestras vidas y será un proceso acostumbrarme a estar sin ti y sé que igualmente para ti es muy difícil esta separación, pero el tiempo y la distancia harán su trabajo y cuando menos lo pensemos, un día despertaremos sin sentir más dolor. En ese momento sabremos que estaremos listos para volver a amar y solamente seremos un recuerdo, un buen recuerdo". Richard declaraba su amor a Lisa ese día, pero al mismo tiempo decidió renunciar a ella sin darle a ella la oportunidad siquiera de hablar. Como muchas veces sucede, solo es uno el que decide el futuro de los dos.

Lisa escuchaba a Richard sin dejar caer una sola lágrima de sus ojos. Se había prometido no llorar más por él. Aunque ese fue el último día que sus ojos vieron a Richard, no derramó ni una sola lágrima al despedirse de él. A lo mejor sus ojos ya habían llorado tanto que ya no había ni una sola lágrima más que derramar. O quizá él la había lastimado tanto que fue su orgullo el que ese día le dio fortaleza para que el hombre al que había amado tanto no pudiera ver su dolor.

Richard salió del comedor para ir a buscar a don Marcelo, escuchando los pasos de Lisa detrás de él y sin permitirse voltear a verla por temor a dejarse llevar por sus impulsos e ir corriendo hacia los brazos y las caricias de ella. Don Marcelo esperaba a Richard sentado en el sofá de la sala listo para partir a México en cualquier momento. Al salir ambos de la casa pudieron ver a Lisa por una ventana decirles adiós, y así fue como Lisa y Richard dejaron que su amor se acabara con el paso del tiempo.

Como si el amor fuera algo tan fácil de encontrar. Y peor aún si nos empeñamos en buscarle, porque pareciera que se da cuenta de que le buscamos y se esconde más, sin dejarse encontrar, engañándonos muchas veces y haciéndonos creer que al fin le hemos encontrado. Para después volver de nuevo a su búsqueda, regresando nuevamente al principio. Y así se nos pasa la vida caminando alrededor de una esfera luminosa y hermosa de la cual, si tenemos suerte, logramos salir victoriosos volviendo a amar de nuevo, pero si no lo logramos, la desilusión nos hace quedar atrapados ahí, en esa esfera que ahora ya se ha vuelto oscura y en la cual es seguro que de un momento a otro perdamos la fe, dejando morir la esperanza de volver a amar.

Los días siguientes don Marcelo sirvió de gran consuelo para Richard. Pocas fueron las palabras que mencionó durante el camino de regreso a México, pero don Marcelo dejó que viviera ese proceso tal y como Richard lo quiso. Don Marcelo le leyó libros, le platicó de su vida en Madrid, de su niñez en Morelia, cada vez que podía trataba de sacarle una sonrisa al hijo que la vida le había regalado y al que había aprendido a amar con todas las fuerzas de su ser.

"Han llegado buenas noticias del extranjero", mencionó don Octavio a Celia, teniendo en sus manos el telegrama que había llegado para avisar que Richard y don Marcelo se encontraban de regreso.

"¿Han escuchado eso, niños?", les preguntaba la señora Celia con un tono de voz fuerte a Cecilia, Helma y Robert. "No hemos podido escuchar", respondió Cecilia. "¿Acaso han llegado noticias de mi padre?", preguntó. "Sí, Cecilia, tu padre y don Marcelo llegarán pronto. Mañana por la mañana iremos a la villa y le avisaremos a Martina que muy pronto estarán habitando la villa junto con ella. Espero que los muebles que compró tu padre ya estén en la villa; compraremos víveres y ayudaremos con la limpieza a la pobre de Martina, que ya me imagino lo cansada que estará al estar ella sola a cargo de todo".

"Ve y diles a tus hermanos la buena noticia y prepárense para dormir que mañana nos espera un largo día. Yo me quedaré hasta tarde bordando unas sábanas que compré para ustedes y para tu padre;

ojalá las camas estén ya en la villa para poder así vestirlas con estas sábanas que hice como regalo para su nuevo hogar. Anda, Cecilia, ve y descansa para que mañana puedas levantarte muy temprano".

Cecilia se despidió de los Martínez y subió a la habitación que compartía con Helma para descansar. Al abrir la puerta vio a Helma dormida con su libro favorito en las manos. Helma se había quedado dormida leyendo, siguiendo el consejo de Lisa de leer un poco antes de ir a la cama. Cecilia apagó la luz de la lámpara de su buró y fue a buscar a Robert a la habitación de al lado, pero vio que se encontraba con las luces apagadas por lo que decidió ir a descansar y a la mañana siguiente les daría a sus hermanos la noticia del regreso de su padre. Al poner Cecilia la cabeza en su almohada pensaba si Lisa vendría con su padre y con don Marcelo. Imaginaba que cuando la viera, le daría un gran abrazo y un beso, y pensaba en cómo le iba a decir que mejoraría en sus lecciones y que ya no sería tan distraída. Cecilia estaba segura de que Lisa vendría a vivir con ellos a México.

Al amanecer, muy temprano, la señora Celia tocaba a la puerta. "Cecilia, Helma, despierten, buenos días. Arriba, arriba, que tenemos muchas cosas que hacer hoy". La señora Celia abrió las cortinas para que el sol pudiera entrar y fuera más fácil para las niñas despertar. "¿Pero qué pasa?", dijo Helma, "¿por qué tenemos que despertarnos tan temprano?", preguntaba. "Por lo que veo, Cecilia no te ha dicho que tu padre llegará muy pronto y hoy iremos para la villa". "¿Es verdad lo que me dice señora Celia? Anoche me he quedado dormida leyendo y ya no vi a mi hermana". "Claro que es verdad, Helma, tu padre nos ha avisado que estemos al pendiente de su llegada".

"Pero Cecilia, hija, despierta que se nos hace tarde". Cecilia con mucho esfuerzo abría los ojos y sentándose en la cama se estiró para quitarse de encima la pereza que tenía esa mañana por no haber dormido a la hora de costumbre. "¡Buenos días!".

"¿Por qué no me has dicho que mi padre llegará muy pronto?", le dijo Helma a su hermana mayor. "Anoche cuando he venido a avisarte, tú ya estabas dormida, es por eso que no te lo he dicho", le respondió Cecilia a su hermana.

"Vamos, vamos, niñas, apúrense que se nos hace tarde. En la mesa está el chocolate caliente y el pan para que desayunen lo más pronto posible mientras yo voy a la miscelánea por unas canastas que llevaré a Muzquiz. Robert ya está desayunando y en espera de ustedes. Nada más llegando con las cosas que compraré, nos vamos. El chofer de tu padre llegará en unos veinte minutos".

Cecilia y Helma se alistaron lo más rápido posible y se encontraron con Robert en la cocina.

"Vengan a comer del pan que la señora Celia hizo para el desayuno, el pan con chocolate es el mejor". "¡Buenos días, Robert! Al parecer la mala educación de tu amigo se te ha pegado". le decía Cecilia a Robert, un poco molesta por no recibir un saludo de buenos días de su hermano.

"¡Buen día, hermana! Perdón por mi descuido, pero es que el pan está tan rico que fueron mis primeras palabras sin pensar".

"Creo que alguien llama a la puerta, Robert, ve a ver quién es porque el señor Octavio no se encuentra en casa. Ha de ser el chofer de mi padre que ya llegó por nosotros".

"Apúrate, Helma, que no vas a alcanzar a desayunar. Yo llevaré mi pan en una canasta, si quieres me llevo el tuyo también, solo tomaré el chocolate para no demorar más".

"Es don Chuy, dice que esperará afuera mientras estamos listos. Yo ya estoy lista y es mejor que ustedes dos también ya lo estén", les dijo Cecilia. "Vamos, rápido no hagan esperar tanto a don Chuy porque la señora Celia se molestará con nosotros".

Al poco tiempo los tres niños Pilz se encontraban listos para ir a Muzquiz con la señora Celia y con don Chuy, el chofer de Richard Pilz que la minera había puesto a su disposición hacía unas cuantas semanas.

La señora Celia llegó apresurada con las canastas repletas de cosas para la villa subiéndolas al automóvil con la ayuda de don Chuy.

"Tendremos que ir más despacio que de costumbre, porque en Muzquiz está lloviendo y la carretera se encharca mucho; al pasito nos vamos, a ver si deja de llover". Don Chuy con la seriedad que lo identificaba les decía a todos que se irían muy lento al pueblo de Muzquiz.

Finalmente, después de haber hecho el recorrido por el camino mojado, llegaron a Muzquiz. La villa a lo lejos parecía que era una nueva construcción. Las personas que trabajaron en las remodelaciones se habían sacado un diez, decía la señora Celia cada vez que entraba y veía algo nuevo en la villa.

"Es ahí, en esa casa empedrada", le dijo Helma a don Chuy, quien se detuvo y fue a tocar para que alguien le abriera y recibiera a los hijos del señor Pilz y a la señora Celia, que venía cargada con cosas que Martina de seguro necesitaría ahora que Richard y sus hijos llegarían a instalarse a su nueva casa.

"La puerta está abierta sin seguro", les dijo Robert, "de seguro Martina fue a algún lugar". "O a lo mejor ya se marchó al lugar a donde pertenece ella", dijo Cecilia. "No lo creo, no puede ser, ella le comentó a tu padre que necesitaba el trabajo y que no tenía a ningún lado adónde ir", hablaba la señora Celia con los niños. "Bajen pronto, niños, y ayuden a cargar las canastas a don Chuy. Tan pronto y llevemos todo a la cocina, van y buscan en las habitaciones a Martina".

"No está por ningún lado, señora Celia, ya busqué por todas partes y no está", dijo Robert. "Voy a buscar si su ropa sigue en el lugar donde ella duerme. Qué raro, no hay nada de Martina en donde ella duerme. De seguro se imaginó que no regresaríamos y se fue". "Lo más seguro es que así fue", dijo la señora Celia. "Entonces creo que estaremos todo el día aquí en la villa para poder terminar con lo que vine a hacer. Ve con don Chuy, Robert, y dile que regrese por nosotros en la tarde antes de que se guarde el sol". Cecilia y Helma ayudaban a la señora Celia a limpiar un poco y Robert hacía los trabajos más pesados, como cargar y mover los muebles que su padre había comprado. Cecilia al ver que la hora de la comida se acercaba les dijo a todos: "Yo prepararé la comida hoy, para que la señora Celia pueda terminar con todo lo que hay que hacer en casa".

Como no sabía cuándo regresarían con ella a casa, Martina fue en busca de unos condimentos que necesitaba, pero se entretuvo porque se encontró por el camino a una señora que vendía conitos rellenos de cajeta. Muy común encontrarlos en el pueblo de Melchor Muzquiz al igual que muchos otros dulces más, preparados artesanalmente por la misma gente de por ahí.

"Creo que mijor me regreso pa la villa, porque tengo rete harta hambre y tengo sed", pensaba Martina. Al llegar a la villa se dio cuenta de que la puerta se encontraba entreabierta.

"¡Ay, Diosito! Creo que mi han entrado a robar; ay, virgencita santa". Asustadísima, Martina pensó que alguien pudiera estar robando sus cosas y no los hermosos muebles que aún se encontraban empacados y nuevos.

"¡Ya llegó Martina!", le avisaron las niñas a la señora Celia. "Güenas, güenas, con su compermiso". "Pero qué muchacha tan malcriada, pero cómo usted entra así a la villa, corriendo como loca por todos los pasillos". "Ay, siñora, disculpé asté, pero cuando vi la puerta de la entrada casi abierta, pos pensé que mi robaban mis cosas y corrí pos pa salvar aunque juera la camita donde duermo".

"En vez de pensar que pudieran haber robado todo lo nuevo que acaba de llegar a la villa, ¿usted pensó en su camita? ¡Qué barbaridad, muchacha! Venga mejor y ayúdeme, que hay muchas cosas que hacer. El señor Richard llegará muy pronto y hay que tener todo listo porque va a llegar aquí a la villa con sus hijos a instalarse".

"Sí, patroncita, ahorita rapidito verá que acomodamos todo".

"No soy su patroncita, muchacha. Su único patrón aquí es el señor Richard; bueno, mientras siga viudo y no se vuelva a casar". "¿A poco don Ricardo es viudo?", preguntó Martina muy sorprendida. "¿Quién le ha dicho a usted que puede llamarlo don Ricardo? Dígame, ¿quién le ha dicho que le puede llamar así?". "Pos los siñores que anduvieron aquí trabajando, li dician don Ricardo y pos yo tamén li digo así. Si no crea, yo también lis pregunté lo mesmito que asté me preguntó ahorita a mí, porque yo sabía que se llamaba don Richard, pero ellos mi dijeron que tábamos en México y que aquí su nombre era don Ricardo". "Tendrás entonces que preguntarle a él cómo lo llamarás. Y ya no esté perdiendo el tiempo platicando, póngase a trabajar". "Sí, siñora, ahoritita verá cómo terminamos rapidito de acomodar y limpiar". Todos ese día, se dedicaron a poner en orden la villa.

Por supuesto el espíritu de Elenka deambulaba feliz, viendo cómo sus hijos preparaban todo para mudarse al lugar que ella había escogido para ellos ir a vivir. El ambiente se percibía de lo más feliz y agradable. Helma jugaba en el patio. Acomodó sus muñecas en una mecedora pequeña, del tamaño de ella, que su padre le compró para que la pusiera a la salida de su recámara. La vista de su habitación daba justo al frente del patio y de la fuente de cantera. Cecilia acomodaba las especias en la despensa, ordenaba todo a su gusto y a su alcance para tener todos los días lo necesario para preparar sus platillos. Robert les quitaba el plástico a los muebles nuevos que su padre había comprado y los acomodaba en el lugar donde irían. La señora Celia vestía las camas con las sábanas que había hecho ella misma con sus manos como regalo y recuerdo del gran cariño que ella les tenía a los Pilz.

De repente se dejó sentir un fuerte viento, viniendo desde el recibidor y atravesando cada una de las habitaciones de la villa hasta llegar a la cocina donde se encontraban Martina y Cecilia. "Pero qué juerte viento, niña Cecilia, hasta mi dio jrío". "Sí, Martina, de seguro mi hermana ha dejado abierta la puerta de la entrada". Pero esos fuertes vientos no eran nada más que Elenka recorriendo la hermosa villa.

La tarde empezó a caer. La luz del sol que alumbraba el patio de la villa se guardaba dentro de las montañas de la sierra de Muzquiz, y las luces de las velas se comenzaron a encender por todas y cada una de las habitaciones de la villa por primera vez. "¡Salgan todos al patio!", les avisó Robert, "vean qué hermosa se ve la villa desde aquí al centro". "Parece un pastel de cumpleaños con sus velitas encendidas", dijo Helma. "¡Qué belleza!", exclamó la señora Celia. "Acérquense un momento aquí conmigo, niños, quiero decirles unas palabras.

Muy pronto ustedes vendrán a vivir aquí a la villa y este será su nuevo hogar. Aquí crecerán, se convertirán ustedes dos en unas hermosas mujercitas y tú, Robert, serás el varón gran orgullo de tu padre. Deberán cuidar cada día de este su nuevo hogar. Deberán permanecer unidos, siempre unidos, hasta que la vida disponga lo contrario".

"De prisa, pongan la gallina encima de la mesa, hay que desplumarla. Yo prepararé la salsa que llevará encima. Martina, tú encárgate de limpiar muy bien la loza, que quede perfectamente limpia. Y tú, María, encárgate de revisar que el vestido de mi hermana esté listo; la costurera está en la habitación de las visitas terminando los últimos detalles con mi vestido. Cerciórate de que el traje de papá también quede listo. Cuando termines de hacer lo que te pido, vienes y me ayudas con las botellas de vino, hay que limpiarlas muy bien y llevarlas a la mesa de degustación de mi padre".

"Niña Cecilia, el niño Daniel acaba de dejar esta carta pa asté, dice que en un ratito más llega. Y la correspondencia de don Ricardo la voy a dijar en su escritorio, si no pa que quere que se enchile conmigo". "La guardas en el cajón de su escritorio, acuérdate de que se molesta mucho si dejas la correspondencia solo encima de sus papeles".

"Niña Cecilia, dice María que todo tá listo, su vestido tá sobre su cama en su habitación, si asté quere yo puedo terminar de embetunar el pastel pa que asté no se retrase". "No, Martina, yo puedo hacerlo sola, ya me falta muy poco para terminar", le respondió Cecilia. "Mejor ve con Helma y pregúntale si ya está lista para que baje a la sala, porque no tardan en llegar los invitados. Parece que hace rato vi a mi padre sentado en la sala, de seguro nos está esperando para que lo acompañemos".

"Sí, niña Cecilia, ahoritita voy corriendo pa dicirle a la niña Helmita que li apure".

El señor Robert Richard Pilz esperaba sentado en la sala de la villa a que sus hijas se presentaran en el salón para recibir a los invitados que en cualquier momento podían llegar. Las botellas de vino se acomodaban en línea para que pudieran verse las etiquetas y cada invitado pudiera degustar el vino de su preferencia. Un pequeño detalle de parte del señor Pilz para sus invitados de esa noche.

Los quince años de Helma se habían planeado todo un año completo. Solo faltarían al festejo su familia de Alemania y Lisa. Helma era ya toda una señorita. La belleza de Elenka se reflejaba en ella, su caminar, su hermosura, su cabello dorado y rizado era el mismo cabello que su madre tuvo a su edad. El vivo retrato de Elenka vivía en su hija menor.

Helma llevaba puesto ese día un vestido rosa pastel hecho con una tela americana que su padre le había regalado para sus quince años. Llevaba una corona con pequeños brillantes en el cabello que le había mandado su abuela de Alemania para que ella la usara ese día tan especial.

"Niña, niña Helmita, ¿puedo pasar?". "Pasa, Martina, ya casi estoy lista, solo falta abrochar mis zapatillas". "Deje le ayudo, niña. Pero mire qué rebonita se ve asté, es igualita a la foto de su madre que don Ricardo tiene en su biblioteca, pero qué retebonita se ve asté. No, si yo sempre dije, esta niñita va a estar rechula cuando crezca, y no me equivoqué, niña. Pero apúrese, porque ya hay mucha gente allá abajo esperando por asté".

"¿De verdad, Martina? ¿Quiénes son los que ya han llegado?". "Pos mire, ya llegó el niño Daniel, pero está en la cocina con su hermana. Ya llegó su padrino don Adolfo, con sus hijos, la doña Celia y don Octavio también ya llegaron, la siñora Ana María y su esposo tamén ya tan en el salón; sus amiguitas Julia y Rebeca ya la esperan, cada una con sus padres, nomás falta don Marcelo, todavía no baja, él dice que cuando asté baje, él baja tamén, y su hermano dijo que iba a ir por la señorita María Antonia y por sus padres a Palaú. Y pos a los demás ya no los conozco. Pero ya apúrese, porque su hermana me va a regañar si no ve que ya la llevo pal salón, así que ándile, apúrese".

Helma salió de su recámara acompañada por Martina y don Marcelo, que caminaba detrás de ella. "Ten cuidado con tu vestido, hija, no lo vayas a pisar ahorita que bajes las escaleras", le decía don Marcelo a Helma. "Ayúdala, Martina, sostén tú la cola del vestido para que no se vaya a caer Helma". "Sí, don, no se apure, aquí la tengo bien agarrada".

Los invitados esperaban en el salón más grande de la villa, el cual se había adornado y preparado para festejar a lo grande a Helma. Toda la familia esperaba con mucha alegría festejar sus quince años. El tiempo había pasado tan tranquilamente en la villa que la pequeña niña de Richard se estaba convirtiendo en una mujercita, los años que tenían viviendo en Muzquiz habían sido maravillosos para todos y se podía ver en cada uno de los integrantes de la familia Pilz. Cecilia se encontraba enamorada y a punto de casarse. Robert vivía sus mejores días a lado de María Antonia y aún no estaban casados porque ella se negó, no por falta de amor, sino porque años atrás había tenido un novio de un pueblo cercano; el joven doctor estaba perdidamente enamorado de María Antonia al igual que ella, pero su padre don Félix Colombo se opuso totalmente a ese noviazgo, ya que él quería que su única hija mujer se casara con algún joven que fuera de una familia conocida del pueblo, así que por tal motivo su familia se interpuso entre ella y el doctor, logrando así que esa relación se terminara. Esto hizo que María Antonia quedara muy decepcionada. Cuentan las malas lenguas que ella planeaba huir con el doctor una noche de frío invierno, pero sus hermanos se dieron cuenta de lo que pensaban hacer. Aquella noche dejaron que María Antonia creyera que podía escapar con el doctor. Él la esperaba a la salida del pueblo; ella lo encontraría en ese lugar casi al amanecer, pero sus hermanos ya estaban listos para impedir lo que tramaban. Y cuando ella salió aquella madrugada, sus hermanos la esperaban escondidos detrás de unos matorrales justo a unos metros donde ella se encontraría con el doctor, impidiendo así que se marcharan juntos sin decirle a nadie. María Antonia tenía diecinueve años cuando eso sucedió, y desde ese entonces, jamás volvió a salir con ningún hombre. La fila de pretendientes al ir a su casa a visitarla, tenían que regresar con el obsequio que le llevaban intacto, porque ella ni siquiera se dignaba a recibirlos. Únicamente veía a cada uno de ellos pasar por la ventana de su recámara en donde pasó casi toda su juventud a causa de la gran decepción que guardaba en su corazón. Hasta que a sus veintiséis años conoció a Robert Richard Pilz Jr. gracias a una cena que don Félix organizó en su rancho con la intención oculta de lograr que su hija y el hijo de don Richard Pilz se enamoraran y algún día pudieran casarse, uniendo así dos países. Pero los planes de don Félix y Richard no estaban saliendo como esperaban. Los meses pasaban y la propuesta de matrimonio se posponía por parte de Robert, porque veía que María Antonia se rehusaba a casarse. El plan de don Félix y Richard funcionó a la perfección, ellos habían logrado que sus hijos se hicieran novios mas todavía no lograban conseguir que sus hijos se comprometieran, y se veía que las cosas no iban a estar fáciles para Robert, porque María Antonia no era como cualquier mujercita de aquella época: ella se valía por sí misma, montaba a caballo por las montañas y los llanos, atendía el rancho de su padre al igual que sus hermanos, le gustaba vestir con pantalones y arriba de ellos llevaba su vestido largo, porque decía que así montaba más cómoda. Era la única mujer en su pueblo y de los pueblos vecinos que manejaba un automóvil. En aquellos años la liberación femenina ni se imaginaba que llegaría a suceder, pero María Antonia luchaba para poder hacer todo lo que amaba hacer, y que no eran precisamente cosas que las mujeres acostumbraran ni que les llamara mucho la atención. Pero María Antonia desde que era una niña hizo su santa voluntad sin que nadie lo pudiera evitar. Poco a poco le fue robando el papel principal a su madre en casa y, cuando se dieron cuenta, ya María Antonia mandaba a todos: ordenaba lo que se iba a hacer en el rancho y tomaba decisiones junto con su padre; ah, pero eso sí, a la cocina ni en sueños, jamás, ni para lavar la loza; si su madre le pedía que la ayudara en la cocina, ella prefería no comer nada, se iba a los establos y esperaba que todos terminaran de comer para volver a la casa. Su madre con tal de no discutir con ella por el mismo motivo, dejó de regañarla y obligarla a estar con ella preparando la comida de su padre y de sus hermanos.

"Me he dado por vencida con esta niña, Félix, no quiere aprender a cocinar, no quiere aprender a bordar y no sabe tampoco coser, es una mula. Solo Dios sabe qué va a hacer cuando se case", decía su madre Petrita al ver el desastre de hija que tenía. Porque eso era María Antonia para su madre, todo un desastre, aunque para su padre fue un gran orgullo, viendo y admirando en ella cómo luchaba siempre por hacer lo que quería, sin miedo nunca a nada. Y como decía su hermano Antonio: "¡Mire, padre!, cómo esta niña anda cuidando las chivas en los establos y trae medias y vestido y no le da miedo romper el vestido ni las medias". "¡Ay, Antonio! Como si no conocieras a tu hermana. ¡No le tiene miedo ni al diablo! ¿Le va a andar teniendo miedo a romperse las medias?".

La bella María Antonia

De pronto todos vieron que Helma se acercaba al salón. Los invitados se pusieron de pie y la recibieron con un gran aplauso. Su padre se adelantó para darle un abrazo y el obsequio que tenía para ella desde hacía ya mucho tiempo.

"Mira, hija, estos pendientes son unos rubíes que te compré cuando eras muy pequeñita y que he guardado para obsequiártelos en un día muy especial, y hoy es ese día. Recíbelos con todo el amor con el que los guardé estos años". Cada uno de los invitados se fue acercando a Helma para felicitarla y darle un obsequio. Cecilia veía desde la cocina cómo todos felicitaban a su hermana. Daniel era el prometido de

Cecilia, tenían poco más de dos años de noviazgo y ya se encontraban preparando su boda, ellos quisieron que los quince años de Helma se celebraran primero que su boda para dejarla brillar en su día especial.

"¡Vamos, Cecilia!", le decía Daniel a su prometida. "De prisa, no demores más. Vamos a felicitar a Helma". "Deja que todos la feliciten, Daniel", le respondió Cecilia. "Cuando llegue Robert nos acercamos. Por lo pronto quédate aquí conmigo porque necesito estar al pendiente de que todo se sirva exactamente como lo hemos practicado".

Don Marcelo saludaba a los invitados y los invitaba a la degustación de vinos que se estaba ofreciendo. Ana María acompañaba a Ernesto Berlanga a la degustación que don Marcelo encabezaba. Se podía ver en los rostros de cada uno de los invitados lo feliz y placentero que estaba resultando la degustación de los vinos.

"Parece que ya llegó tu hermano, Cecilia, sí, es él. Viene entrando a la villa con María Antonia y sus padres. Van en dirección a felicitar a Helma. ¿Quieres que nos acerquemos ya, o nos esperamos un poco?". Daniel, observando todo desde la cocina, le informaba a Cecilia cada detalle.

"Sí, es mejor que vayamos ahorita que aún no se ha servido la cena. Porque si no al rato voy a estar muy ocupada y nerviosa. Vayamos a felicitar a Helma".

Robert Richard llegó tomando de la mano a María Antonia. "Buenas noches a todos. Pero mira nada más quién ha llegado acompañado de su linda novia, Robert Richard Pilz Jr. Qué gusto me da saludarte, muchacho, espero que esta vez no solo estés aquí de visita. Es un placer saludarla, señorita María Antonia. Don Ricardo nos ha dicho que ya no regresarás con don Marcelo a la hacienda y que por fin te quedarás a vivir para siempre en la villa", le comentaba don Adolfo a Robert. "Es correcto, don Adolfo, pero pensar en quedarme para siempre en la villa, pues eso sí no está decidido. Espero algún día ser el afortunado que se case con María Antonia, y si eso llega a suceder, pues creo que tendré que marcharme de la villa para ir a vivir con ella a donde la dueña de mi corazón elija vivir", muy orgulloso y enamorado Robert comunicaba que no era su intención permanecer en la villa por siempre.

"Me ha dado gusto saludarle, don Adolfo. Por aquí nos estaremos viendo; quiero ir con mis suegros para presentarlos con algunos amigos de mi padre". "Ve, hijo, adelante, cumple con tu novia y con tus suegros". Robert y María Antonia pasaban por el medio del salón mientras las parejas bailaban al son de un violinista y la música del piano de Elenka, que días antes había sido afinado para que esa noche se escuchara espectacularmente. Robert saludaba amablemente a cada uno de los invitados que se encontraban esa noche en la velada ofrecida en honor a Helma.

"Hola, hijo, qué bueno que han llegado. Hola, mi querida María Antonia. Ven, hija, permite que te dé un abrazo". "Es usted muy amable, don Ricardo". María Antonia, abrazando a su suegro, le agradecía el cariño que le tenía. "Nos hemos demorado porque la madre de María Antonia me ha pedido que la esperara un poco. Al parecer momentos antes de salir para acá la señora se sintió un poco mal, pero por fortuna se recuperó y de inmediato se incorporó con nosotros y pudimos llegar a tiempo con ustedes". "Qué bueno, hijo. Deja voy a saludar a tus suegros y a acompañarlos un poco en su mesa. ¿Cómo estás, amigo Félix? Qué bueno que nos acompañes hoy. Cómo está usted, señora Petrita, me ha dicho mi hijo Robert que estuvo un poco mal de salud antes de venir para acá. Pero si yo la veo muy bien". "Sí, don Ricardo", respondió la señora Petrita, "he estado un poco mal de salud, yo pienso que es solo cansancio, pero quise estar hoy con usted y con Helmita. He hecho un gran esfuerzo por estar aquí, pero no me perdería por nada del mundo acompañar en estos momentos a la familia del novio de mi hija María Antonia".

Don Félix y Richard Pilz platicaban y la señora Petrita le decía a su hija: "No sé de qué tanto platican estos dos hombres, podrían pasar un día entero y ellos ni se darían cuenta de las horas que han pasado". "¡Ay, mamá! Robert me ha dicho que don Ricardo le comentó que cuando platica con papá, es como si volviera a vivir en Alemania de nuevo. Por cierto, me ha dicho Robert que viajarán a ver a sus abuelos el próximo mes, pero Cecilia y Helma se quedarán en la villa con Martina. Al parecer ellas irán a Valencia en unas semanas a recoger unos papeles y van también por el vestido de novia de Cecilia".

Unos años atrás, Robert Richard había vendido su casa en Nueva York y había comprado una casa muy pequeña en Valencia, Pensilvania. Las razones solo él las sabía, y era muy común que Richard y su hijo viajaran constantemente a Valencia. Los asuntos de trabajo siempre los hacían quedarse en Valencia más del tiempo que habían previsto. La plática de María Antonia con su madre esa noche solamente se trató de los viajes de su novio a Valencia y de la próxima boda de Cecilia a celebrar.

"En la esquina de allá enfrente están unas personas que quieren conocerte, Félix", le decía Richard a su amigo sosteniendo un puro. "Les he dicho que somos grandes amigos desde hace muchos años y que ahora lo somos más, gracias a la relación que tienen nuestros hijos. Ellos vienen de Texas. Vayamos con ellos para presentártelos".

"En un momento regresamos, me robaré unos minutos a Félix porque quiero que conozca a unos amigos muy queridos". "Sí, don Ricardo", respondió la señora Petrita, "aquí les espero. María Antonia está bailando con Robert y yo probaré un poco de vino".

Esa noche María Antonia llevaba puesto un vestido blanco de seda que dejaba ver la hermosura de su cuerpo. Toda su belleza era impecable, motivo por el cual sus pretendientes estaban a su acecho. Pero ella era solamente para Robert. Es bien sabido que heredamos muchas cosas de nuestros padres, pero amar como nuestros padres han amado, ¿acaso eso también se hereda? No lo sabemos. Pero lo que sí era cierto es que Robert amaba a María Antonia con las mismas fuerzas con que su padre había amado a su madre. Robert desde el primer instante que vio a María Antonia la amó con un amor admirable e interminable, sin tacha, porque los consejos de don Marcelo no habían sido en vano, y entre ellos estaba el fomentar un sentimiento que no tiene valor material alguno y que para la mayoría a veces es imposible de tener, porque su valor va más allá de lo que nosotros mismos podemos entender. Y es ese sentimiento al que llamamos amor. El amor incondicional que llegamos a sentir en nuestro corazón que llega, echa raíces, nace y crece, desde lo más profundo e incomprensible de todo nuestro ser, recorriendo cada uno de nuestros sentidos y que, al poder llegar a sentir y vivir el verdadero amor, sabemos muy bien, quien nos amó primero así.

"Mis muy queridos amigos, les presento al señor Félix Colombo Bello". "Es un gusto conocerle, señor Félix", respondía cada uno de los hombres por favor tome asiento o si prefiere acompáñenos a la degustación de vinos". "Me han dicho que don Ricardo tiene una excelente cava aquí en la villa, comentaba un invitado de Robert Richard, a lo mejor si no fuera molestia sería bueno conocerla". "Claro que sí", respondió Robert Richard, "la cava se encuentra en un sótano que he hecho especialmente para guardar las barricas de vino. Con los años, he tenido la suerte de hacer grandes amistades en Eagle Pass y ellos han colaborado para que mis barricas hayan permanecido llenas".

Los amigos de Richard se pusieron de pie para ir a conocer la famosa cava que se encontraba en la villa, que, por cierto, muy pocas personas tenían la fortuna de conocer.

"Aquí les presento mi lugar favorito y mi escondite cuando no quiero lidiar con los grandes problemas que mis hijas dicen tener, ya saben, la juventud y su belleza, pero al mismo tiempo la complejidad de no saber si eras o eres. Me refiero a mis hijas: hay momentos en los que no saben si siguen siendo unas niñas y otros en los que me hablan como si fueran todas unas mujercitas. A ese dilema es al que me enfrento en estos momentos. Y saber que tengo este maravilloso lugar al que puedo escapar, volviendo a renacer después de mucho meditar, sin lugar a dudas ha sido mi mejor inversión".

"Solamente mi amigo Félix me ha acompañado en este lugar en contadas ocasiones. Aquí platicamos de nuestros recuerdos, de nuestra familia que se ha quedado en Europa, y cada vez que platicamos, volvemos a nuestra patria para vivir de nuevo en ella. Sumergidos totalmente en el vino que hemos tomado y en nuestros recuerdos. No sé si les he dicho que Félix es originario de Italia; tuvimos la fortuna de conocernos aquí en Melchor Muzquiz y hemos hecho una gran amistad que ha ido creciendo con el paso de los años. ¿No es verdad, Félix?". "Por supuesto que sí, Ricardo, nos hemos hecho compañía muchas veces que nos sentimos solos y lejos de nuestra patria. Tanto él como yo nos apoyamos en momentos difíciles que hemos vivido por ser extranjeros".

"¿Me imagino que llegó usted a México por cuestiones políticas, señor Félix?", preguntaba un integrante en la conversación. "Así es, llegué muy joven a México y me casé casi de inmediato, nacieron mis hijos y fue entonces cuando sin pensar y sin darme cuenta, vi que estaba ya muy arraigado a esta patria. Hubo momentos en que pensé en tomar mis cosas y a mi familia y regresar a mi país, pero mis hijos se negaban a irse de aquí. Fue entonces cuando borré de mi mente para siempre la posibilidad de regresar de nuevo a Italia".

"Disculpen por interrumpir; por favor, no me lo tomen a mal, pero van dos veces que veo pasar a una mujer de cabellos rubios. Pasó detrás de ese mueble, se los juro, traía puesto un camisón blanco de dormir. Disculpen mi torpeza y la interrupción, no ha sido el vino que he bebido, se los puedo asegurar". "No se preocupe, todos hemos bebido demasiado y a estas horas de la noche, a todos se nos da por ver cosas. ¿No es verdad, mi querido Ricardo?". "Claro, hombre, no se preocupe, a todos se nos han pasado las copas alguna vez y es cierto que hemos visto o creído ver cosas o mujeres hermosas por ahí cerrandonos el ojo para que corramos muertos de deseo por ellas". La risa de todos los caballeros se escuchó hasta las escaleras hechas de piedra que llevaban hasta el sótano donde ellos se encontraban.

"Como dice por ahí un refrán, entre broma y broma, la verdad se asoma. De seguro eso le sucedió a Ricardo alguna vez". "Claro, cuando me he pasado de copas veo mujeres a mi alrededor coqueteándome y al día siguiente que ya me encuentro en mis cabales, me vuelvo a encontrar solo porque solo fue en mis pensamientos donde estuvieron esas mujeres". Los invitados bromeaban con una verdad confesada por un invitado y amigo de ellos que fue, para desgracia de él, el elegido esa noche para ver a la bella Elenka caminando entre las barricas que su amado esposo guardaba y apreciaba como un tesoro. Elenka sabía muy bien que Richard amaba estar a solas en ese lugar. En esos momentos de soledad para Richard, ella entraba en sus pensamientos y buscaba formas de hacerle saber que se encontraba muy cerca de él, tan cerca que, si Richard hubiera querido, hubiera podido sentir su presencia.

"Creo que es mejor regresar a la fiesta", comentó Richard, "me imagino que la cena estará por servirse. ¿Qué les parece si uno de estos días nos reunimos aquí mismo para seguir con la plática tan amena que hemos tenido? A ver qué nueva broma se les ocurre, pero que no sea de fantasmas y esas cosas de misterio, porque a mí lo único que me causan es risa y no miedo". Todos se pusieron de pie y al marcharse de la cava todos platicaban y subían las escaleras de dos en dos por lo estrecho del lugar.

Cecilia corría por toda la cocina, al igual que Martina. La cena estaba a punto de servirse, el platillo hecho especialmente para esa ocasión fue una crema de verduras, que se cocieron a vapor condimentadas con todo tipo de especias italianas y un poco de vino blanco. El plato fuerte fue medallones de pollo en salsa de chabacanos, que preparó la misma Cecilia. Martina cortaba el pollo en la forma que Cecilia le pedía y esta daba el acabado final a los medallones. Estando cocido el pollo lo pasaban a cada plato, servían la salsa de chabacano encima y a un lado del pollo una rebanada de pan con ajo y ajonjolí, hecho en un hermoso horno de leña que Martina, de madrugada, encendía y preparaba para cocer el pan de cada mañana, que por cierto, decían los vecinos que la villa no solo era una villa, era también una panadería, quedándose como punto de referencia, "la casa que siempre huele a pan".

Helma bailaba con su padre en el salón. Por primera vez sus pies bailaban al son de la música del piano que ella no se encontraba tocando y del violín. El vals, que se tocó especialmente para que Helma bailara con su padre, llamaba a todos los invitados a unírseles.

Robert y María Antonia fueron los primeros en acercarse a la pista y abrir el baile para todos los presentes. Se podía ver en el rostro de cada persona la felicidad que causa la música al dejar que todo nuestro cuerpo se deje llevar por los bellos sonidos de ella, llevándonos a una paz total en donde solo la alegría se puede hacer notar. Quien ha gozado de esos momentos puede entender, porque el bailar es como todo en la vida, hay que también aprender a disfrutar.

"¡Atención!", avisaba Robert Richard a todos los presentes. "Primero que nada, quiero agradecer a todos ustedes que se hayan tomado el tiempo de estar aquí con nosotros celebrando el cumpleaños de mi hija Helma. Ahora les voy a pedir a todos que levanten su copa y que brindemos por este momento que ha sido tan esperado por mi familia, pero sobre todo por Helma. ¡Salud por la vida de mi hija!". Cuando Robert Richard levantó su copa para brindar se vino a su mente el momento en que Helma había nacido, el mismo día en que su gran amor dejó de respirar. Él se había prometido no llorar; lo único que pudo hacer fue voltear a ver a su hija amada y regalarle con su mirada todo el mismo amor que le dio el primer día que la tuvo en sus brazos. Todos los invitados brindaron y Helma a un lado de su padre levantaba su copa brindando con él. Inesperadamente unos meseros aparecieron con el enorme pastel color rosado que Cecilia tenía de regalo para su hermana. Encima del pastel, Cecilia había puesto una pequeña cajita que llevaba dentro un dije con las iniciales de su madre y de Helma. Las letras estaban entrelazadas porque era así como recordaban a Elenka, ellas estaban unidas para siempre por el destino, la vida y la muerte.

La tan ansiosa y esperada cena fue servida. El pollo en salsa de chabacano fue todo un éxito. "Pocas veces se puede degustar un platillo así, me han comentado que la hija de don Ricardo se ha encargado del banquete. ¿Es cierto eso?", preguntaba uno de los invitados a su mujer. "Ha quedado todo delicioso", decía María Antonia, "mi padre prepara un pan parecido a este en casa, y ha querido que yo aprenda a hacerlo, pero la verdad no me he tomado el tiempo para poder ir a la cocina con mi padre cuando veo que está haciendo el pan". "Pues deberías hacerlo, María Antonia, porque cuando nos casemos quiero comer casi igual que lo que como aquí en la villa. Yo sé que para eso falta un poco de tiempo, pero no está de más que vayas aprendiendo todo lo que puedas". "No querrás que cocine como tu hermana Cecilia, ¿verdad? Ella es un genio para la cocina", le decía

María Antonia un poco disgustada a Robert Richard. Ah, porque eso sí. María Antonia era una mujer de carácter seco y fuerte; era la hija menor de don Félix Colombo Bello y había crecido entre puros varones. Su única hermana había fallecido cuando ella era muy niña, el veneno de una víbora acabó con su vida y sus hermanos se convirtieron en su única compañía desde entonces.

"Don Ricardo, allá afuera están unos muchachos pidiendo que les deje entrar, pero les he dicho que tengo que anunciar su llegada porque los invitados se encuentran cenando", le decía Felipe, el empleado de más confianza, a Richard. "¿Te han dicho sus nombres?". "Dicen que son hijos de don Félix Colombo". "Pero qué barbaridad, Felipe, ve de inmediato y diles que están en su casa, que pasen, por favor". Felipe, apresurado, casi corriendo y deteniéndose el sombrero con la mano, fue a pedirle a los hermanos de María Antonia que pasaran al festejo. Los cuatro muchachos, Juan, Antonio, Félix y Alberto eran conocidos en el pueblo por su temperamento fuerte y por las tremendas borracheras que se ponían. Alberto era el más responsable y maduro de los cinco hijos de don Félix Colombo. Cuando los jóvenes entraron a la villa consiguieron ser vistos y llamar la atención de todos los que se encontraban presentes en la fiesta, pero más habían llamado la atención de las señoritas que se encontraban festejando a Helma y que además eran solteras y casamenteras. Emma era una de esas señoritas; ella era un poco mayor que Helma, pero igualmente eran muy amigas. Cada vez que Emma veía a Antonio Colombo sentía cómo su corazón palpitaba queriéndose salir de su pecho, sabiendo ella que el corazón de Antonio le pertenecía. Mientras que Juan, Félix y Alberto robaban los suspiros de todas las señoritas del pueblo que, si les hubieran dado a elegir a alguno de ellos, no hubieran sabido con cuál de los cuatro quedarse.

"Ya llegaron tus hijos, Félix", le decía la señora Petrita a su esposo, "ya están en la degustación de vinos, a ver si no se les pasa la degustación y nos hacen pasar una vergüenza aquí en casa de don Ricardo". "No te preocupes, mujer, los muchachos saben bien que están en casa del novio de María Antonia y que tienen que comportarse. Por Antonio ni te preocupes, ya lo vi que fue a platicar a la mesa de la señorita Emma y no creo que se mueva de ahí en toda la noche. Y por los otros tres de tus hijos, ahí sí no respondo, pero tampoco me preocupo porque sé muy bien que aprecian mucho a Robert y sé que no harán de la fiesta su cantina privada".

La noche transcurría de maravilla, todo había salido perfecto y la hora de marcharse había llegado. Los invitados se despedían y desalojaban el lugar poco a poco llevándose con ellos el mejor y agradable sabor de boca con todo lo que Cecilia Pilz había preparado para el banquete y por supuesto con la sorpresa que ofreció Richard, la degustación de vinos exquisitos. Algunos, por supuesto, jamás iban a olvidar aquel delicado detalle.

Ana María, su esposo Ernesto Berlanga y don Marcelo fueron los últimos en ir a descansar esa noche. "Creo que se han marchado todos, pero no veo por ningún lado a mi hija Helma. ¿Se ha ido ya a descansar?". "Hace un rato vino a darme un beso de buenas noches y se ha retirado", le dijo don Marcelo a Richard. "¿Y Cecilia? ¿La ha visto acaso?". "Sí, ella se encuentra en la cocina ayudando un poco con la limpieza. Y Robert de seguro ya viene de regreso de Palaú, no me he dormido porque estoy esperando que regrese". "Ay, don Marcelo, cómo le voy a pagar yo todo lo que ha hecho por nosotros. Ha querido usted a mi hijo tanto que de verdad admiro la grandeza de su corazón". "Y créeme que es igualmente correspondido. Sabes bien, Richard, que Robert ha sido mi compañía, mi pañuelo de lágrimas cuando he necesitado llorar. Han sido tantos los años a mi lado que el amor que le tengo es interminable, pero me gustaría verlo casado y con sus hijos. Ojalá la muerte no me alcance o al menos me dé tiempo de ver a Robert formar su familia con María Antonia". "Eso queremos muchos, Marcelo. Félix también anhela ver a su hija casada, pero María Antonia a veces es dura con ella misma, me imagino que tiene sus razones y a nosotros solamente nos queda esperar".

"¿Ana María y Ernesto ya se han ido a descansar?", le preguntó Richard a don Marcelo.

"Sí, Ana María tiene que cuidarse porque su embarazo le ha causado muchos problemas de salud, pero Ernesto se fue con Robert para que al regresar de Palaú viniera acompañado. Le he pedido a Ernesto que así lo hiciera, porque Robert se negaba a llevarlo".

"Parece que escuché voces en el recibidor", dijo Richard, "de seguro son ellos que ya han llegado". "No me digan que han estado esperándonos", le preguntó Robert a don Marcelo. "Por supuesto que sí, hijo, el camino a Palaú no es corto y no me podía ir a dormir sin ver que llegaras".

"Pues entonces, vayamos a su habitación para que descanse. Tome mi brazo, yo me llevo su bastón. Hasta mañana, Ernesto, por la mañana nos veremos en el desayuno".

"Hasta mañana, don Marcelo, me quedaré un momento con Richard, solo mientras termino de fumar este puro".

Robert y don Marcelo atravesaban el patio y caminaban por un lado de la fuente. "¿Se acuerda el primer día que llegué a la hacienda, Marcelo?", le decía Robert llevándolo del brazo y caminando lentamente al paso de él.

"Cómo no me he de acordar, hijo, si en el brillo de tus ojos vi lo mucho que te había gustado la hacienda. Nunca me hubiera imaginado que te quedarías a vivir conmigo tanto tiempo. Ahora solo le pido a Dios que me permita llegar al día en que tú te cases con María Antonia; yo creo que eso sería el mejor regalo que me pudieras dar. En estos años me has dado tanto que mi corazón solitario se llenó por completo con tu presencia. Creo que ahora que ya no vivirás más conmigo en la hacienda. No solo yo te voy a extrañar; has dejado tu huella y un pedazo de tu corazón en El Canto de María, que todos los que vivimos ahí te recordaremos siempre con mucho amor. Y a pesar de saber que nos dejarás para venir a vivir con tu familia, no puedo evitar sentirme triste".

"No deje que su corazón desfallezca, ¿no me lo dijo usted tantas veces?". "Sí, hijo, es verdad. No dejar que el corazón desfallezca permitiéndonos no dar paso al dolor y así poder ver lo sorprendente y extraordinaria que es la vida, a pesar de llevar a veces el corazón destrozado". Don Marcelo y Robert repetían al mismo tiempo esas palabras que en algún momento sirvieron de consuelo para Robert cuando llegó a sentirse con el corazón destrozado.

"Bueno, pues hemos llegado a su habitación, permítame entrar primero para encender la luz", le dijo Robert a don Marcelo.

"¡Listo! Vamos directo a la cama, porque le quitaré sus zapatos y me cercioraré de dejarlo acostado". "Sí, hijo, ayúdame, por favor".

Robert Richard cerró la puerta de la habitación de don Marcelo y se dio cuenta de que todo se encontraba en total oscuridad, pero al ir caminando por un pasillo pudo ver cómo alguien caminaba por el patio. La oscuridad le impedía distinguir quién era.

"¡Helma, Helma! ¿Qué haces a esta hora despierta? Ve a tu habitación a descansar. Si mi padre ve que estás descalza te va a regañar. ¿Me escuchaste?".

Martina revisaba que todas las puertas de las habitaciones estuvieran cerradas, y se encontraba en la cocina preparando la leña para encenderla en unas pocas horas, y pudo escuchar cómo Robert le hablaba a alguien.

"Niño Robert, ¿pos con quén habla asté?", le gritó desde la cocina al pasillo del segundo piso donde se encontraba él. "Espera, Martina, ahora voy para allá".

"Le estoy diciendo a Helma que vaya a dormir, además he visto que está descalza". "¿A quén dijo asté que ha visto?". "A Helma, andaba caminando en el patio, vi que entraba a la biblioteca". "No, niño, imposible, todos tán dormidos. Yo andaba revisando que las puertas estuvieran bien cerradas y la primera que jui a revisar fue la de la niña Helma. No, niño, asté vio mal, la niña está retedormida". "Qué raro, estoy seguro de que la vi. Bueno, a lo mejor es que ya es de madrugada y estoy muy cansado", le respondió Robert a Martina. "Sí, niño, de seguro eso jue. Ya vaya y duérmase. Diosito lo cuide". "Igualmente, tú también descansa que hoy mi hermana y tú trabajaron mucho. Ah, se me olvidaba decirte: María Antonia y su familia han dicho que todo estuvo riquísimo". "Pos dígale mejor a su hermana, pos yo nomás hago lo que ella me va dicendo". "Sí, es verdad, mañana por la mañana en el desayuno se lo diré".

Martina, al asegurarse de que todas las habitaciones estaban cerradas, se fue a dormir, pero iba pensando en lo que Robert le acababa de decir.

"Qué raro, cómo es que el niño Robert vio a Helmita". Martina desató las cintas de sus huaraches y se deshizo las trenzas de su cabello negro, pero al poner la cabeza en la almohada. dio un salto para sentarse en la cama. "¡Ay, Diosito!, pos si yo tambén he visto lo que el niño vio, pos si es esa mujer que tambén vive aquí, yo la vi desde aquel día que llegué a la villa. Tonces no es mi imaginación, ay, Dios mío, a lo mejor es lo que toy pensando". Martina recordaba con claridad aquel día que vio por primera vez a aquella mujer. Ella también la había visto caminando por el patio muy cerca de la fuente las primeras noches que llegó a vivir ahí. Elenka siempre dejó que Martina pudiera verla, aunque Martina en su ignorancia siempre pensó que era solamente su imaginación y todos estos años se lo había estado callando, pero ahora Elenka dejaba que su hijo Robert la viera. Su espíritu permanecía siempre cerca de él, pero esta vez fue clara al hacer notar su presencia, como en aquel día cuando Robert viajaba en el tren con don Marcelo para ir a conocer la villa. Elenka entró en el sueño de Robert para mostrarle el que sería su nuevo hogar y en el cual ella permanecería a lado de ellos para siempre.

Cuando al fin Martina había logrado quedarse dormida, el canto del gallo la despertó. Se puso sus pantuflas y su bata encima para ir a la cocina a encender la leña para preparar el pan y dejarlo en el horno para que este se cociera. Qué hermosas debieron ser esas madrugadas en las que Martina despertaba escuchando a los gallos cantar, pudiendo ver el alba de cada día y experimentar ese momento en el que un nuevo amanecer nos hace despertar renovados y listos para seguir caminando por los senderos perfectos de nuestra vida.

"Martina, don Marcelo ya se encuentra en el comedor, tá leyendo. ¿Quere que le pregunte si ya va a desayunar?", le preguntaba María a Martina. María era el brazo derecho de Martina, se encargaba de la limpieza de la villa y ayudaba un poco en la cocina. Al igual que un día llegó Martina a la villa, María también tuvo la suerte de encontrarse con la familia Pilz, solo que a ella la llevaron el señor Octavio y la señora Celia. La habían visto sentada cerca de los rieles del tren de Palaú. Don Octavio comentó que se veía que no había comido por muchos días, venía llegando desde Oaxaca escapando de su padre porque este quería casarla con un hombre muy mayor de su comunidad y ella solo tenía doce años. Su madre una madrugada la despertó y le dio una moneda para que se fuera y no permitiera que su padre decidiera su futuro. Y desde ese día, ella caminó casi descalza por muchos estados de la República Mexicana hasta que llegó a Coahuila pensando en la posibilidad de cruzar algún día la frontera.

"Yo creo qui mijor asté le lleva su café, María, la olla tá lista en la estufa, ya tá hirviendo el café listo pa servirse".

"¡Güenos días, don Marcelo! Aquí li traigo su cafecito y el pan recién hechecito. ¿Va asté a esperar a que lleguen don Ricardo y los muchachos? La siñora Ana María ha dicho que ella y su esposo se encuentran indispuestos y no bajarán a desayunar". "Bueno, pues entonces esperaré a Richard y a los muchachos para no desayunar solo".

"¡Buen día, Marcelo! Creo que he dormido un poco más de lo normal, pero ya estoy listo para acompañarlo a desayunar". "¡Buen día, Richard! Creo que Martina hoy nos sorprenderá, desde muy temprano los aromas que salían de la cocina llegaron a mi habitación y de inmediato vine para ver qué era lo que estaban preparando para el desayuno".

"¡Güen día, siñor Ricardo!". "Buen día, María. Por favor me sirves café, y me traes el desayuno". "Sí, siñor. Ya tá listo". María salió de la cocina con una charola en donde llevaba dos platos servidos de chilaquiles con pollo, queso y crema y una salsa hecha en molcajete recién preparada por Martina. Todo lo que se desayunaba siempre en la villa era fresco, el queso y la crema los vendían en contra esquina de la villa. La leche la llevaban cada mañana todavía tibia de donde estaba recién ordeñada. Y las gallinas, mejor me ahorro el comentario, solo de pensar como las hacían pollo a las pobres.

Primero le sirvió María el desayuno a don Marcelo. "Con razón, criatura del Señor, olía tan rico desde muy temprano, mira nada más qué ricos chilaquiles nos han preparado hoy". "Sí, siñor, y los frijolitos ahoritita los traigo junto con el pan y las tortillas, el queso y la crema tán recién hechos, hoy muy tempranito los trajieron".

"¡Güenos días, siñores! Aquí traigo las tortillas y el pan, aquí en esta jarra ta el chocolate y en esta otra ta el café", les dijo Martina.

"Muchas gracias, Martina, todo se ve riquísimo, si necesitamos algo más yo te aviso. Ah, por favor ve y despierta a mis hijas, ya son las seis treinta y ya deberían estar aquí en la mesa". "Sí, siñor Ricardo, no tardo".

Martina fue a despertar a Cecilia y a Helma como cada día, solo que hoy las había dejado dormir un poco más por lo cansadas que pudieran estar por la desvelada de la noche anterior.

"Niña Helmita, dispierte ya", Martina le hablaba a Helma al mismo tiempo que abría las cortinas de su habitación. "Su padre y don Marcelo ya tan desayunando, y me han pedido que li diga a asté que baje a desayunar".

"Dile por favor a mi padre que me permita dormir un poco más, estoy muy cansada, no tengo fuerzas para bañarme, mucho menos para arreglarme y estar sentada en la silla de la mesa del comedor escuchando a mi padre hablar con don Marcelo". "Entonces si ya no regreso con asté, quere decir que sí le han dado permiso de dormir más, pero si regreso, rapidito se me va a bañar". Martina salió de la habitación para ir a buscar a Cecilia. "¡Güenos días, niña Cecilia! ¡Ay, niña! ¿On tá?". La habitación se encontraba vacía. Cecilia no estaba durmiendo, y al mover Martina las sábanas vio una nota escrita en un papel blanco. "¿Pos qué dirá aquí? Mejor voy con don Ricardo pa decirle que la niña Cecilia no tá".

"Don Ricardo, traigo un recado pa asté, la niña Helmita dice que está muy cansada y que quisiera dormir un poco más si asté le da permiso y la niña Cecilia no está en su habitación, dejó esta nota en su cama y se la traje pa que asté la lea".

"Dame por favor la nota". "Sí, siñor, la tengo aquí en la bolsa de mi mandil, deje la busco".

La nota decía:

"Padre, buenos días, primero que nada. Hoy muy temprano Robert y yo nos hemos ido al rancho del papá de María Antonia, al parecer los Colombo quieren que mi hermano les ayude con unas cuentas y Robert me ha invitado y yo he aceptado, espero que no cause molestia en ti el haberme marchado con Robert sin esperar a que amaneciera y pedir permiso personalmente. Si el haberme marchado sin avisar causa molestia en ti, te pido una disculpa. Estaremos regresando por la tarde, casi noche a la villa.

Con afecto escribo estas líneas.

Cecilia Humberta Pilz".

"¿Qué ha dicho Cecilia en la nota, Richard?". "Dice que hoy muy temprano ella y Robert se han ido al rancho de Félix a ayudarle con unas cuentas y que regresarán por la noche".

"Me da gusto que Robert se lleve tan bien con su futuro suegro", le comentaba Richard a don Marcelo. "Creo que Félix se apoyará mucho en Robert cuando su hija y mi hijo se casen, ha visto que mi hijo es un hombre muy responsable y trabajador y no en vano ha hecho tanto para que se casen. No sé si sabes que le ofreció a mi hijo vivir en el rancho el día que María Antonia y él se casen. Pero Robert sabe muy bien que eso no puede ser así, él tiene responsabilidades que tiene que cumplir, no sé cómo le va a hacer para decirle a Félix que no vivirá en el rancho con su hija, sino que además se irán a vivir lejos de aquí".

"Bueno, hijo, no te preocupes todavía por eso, deja que los muchachos decidan casarse, y cuando suceda eso, tú hablas con Félix y le comentas que es imposible que Robert viva en el rancho con ellos".

"Es verdad, ahorita lo que tenemos que hacer es irnos preparando para viajar lo antes posible a Alemania. Hoy por la noche hablo con Robert para ponernos de acuerdo, tenemos que estar en Nueva York en quince días.

Ya tengo que marcharme, don Marcelo, porque se me hace tarde para llegar a la mina. Despídame de Ana María y de Ernesto, por favor". "Sí, hijo, de tu parte. Aquí nos vemos por la noche".

En el rancho las cosas no estaban resultando como don Félix hubiera querido. Tenía varios meses pagando deudas de sus hijos y poco a poco su fortuna se iba acabando.

"Las cuentas no me cuadran, don Félix", le decía Robert a su suegro. "Creo que están teniendo más gastos de los que deberían, y el rancho corre peligro de seguir así. Si usted gusta podemos hablar con mi padre para que él le haga un préstamo y así usted liquide todas sus deudas, pero creo que sería muy bueno que ahorita sus hijos estuvieran presentes para poderles explicar la situación en que se encuentran".

Robert había estado todo el día revisando los libros de registros donde don Félix llevaba sus cuentas y realmente se había preocupado con lo que había encontrado.

"Está bien, muchacho, les diré a mis hijos que vengan un momento para explicarles lo que sucede. Don Félix salió de su oficina en busca de su hija. María Antonia, ve por tus hermanos y diles que vengan a mi despacho porque quiero hablar con ellos". "¿Sucede algo malo, padre?", preguntó María Antonia. "No es nada, hija, solo necesito decirles algo".

"Vamos, Cecilia, ayúdame a buscar a mis hermanos, yo voy al establo y tú ve a las caballerizas. ¡ANTONIO, FÉLIX!", gritaba María Antonia. "Qué pasa, niña, por qué gritas así", le dijo Juan a María Antonia. "Papá me ha dicho que los busque porque quiere decirles algo, ve por Alberto y Félix y vayan al despacho de papá".

Félix tocó a la puerta mientras que sus hermanos esperaban nerviosos a que su padre abriera. "Son ellos", dijo don Félix, "deja voy a abrir". "Padre, nos ha dicho María Antonia que nos busca". "Sí, pasen y siéntense. Como ya les había dicho en estos días, le he pedido a Robert que me ayudara a revisar los libros donde llevo las cuentas del rancho. Como me lo imaginaba, estamos en números rojos, nada de lo que está aquí cuadró, y de seguir así estamos a punto de perder el rancho. Robert y yo hemos visto que hubo muchos gastos este año y el año pasado, gastos que no vi en físico. También hemos visto que usaron dinero para comprar un tractor que, por supuesto, nunca estuvo aquí, y así como detectamos lo del tractor, otras muchas cosas más. Me imagino a dónde ha ido a parar todo ese dinero, no lo tengo ni siquiera que imaginar. Ahora yo les pregunto a ustedes: ¿qué es lo que vamos a hacer? El dinero no lo vamos a recuperar y es seguro que perderemos el rancho. Quiero que se retiren de aquí los cuatro y vayan pensando muy bien en la posibilidad de marcharnos a Italia. Hoy mandaré una carta a mi hermano platicándole lo sucedido y según lo que hable con él, tomaré una decisión.

Y de este asunto, no quiero que su madre y su hermana sepan nada".

Los hijos de don Félix se marcharon con la cabeza agachada y la mirada en el suelo. Jamás pensaron que el rancho se encontrara en esa situación; sabían muy bien que su padre tenía dinero para solventar cualquier imprevisto y por eso habían sido siempre tan irresponsables, pero la intención de ellos no era causarle un daño a su familia.

"Don Félix, disculpe que le pregunte esto, pero ¿por qué no les ha dicho a sus hijos que hablaremos con mi padre para que lo ayude a resolver el problema del rancho?".

"Porque sería lo mismo, Robert. Si ellos saben que tenemos un grave problema y que lo resolveré de inmediato, volverían a hacer lo mismo más adelante, se les olvidaría la situación en la que ahora estamos y se repetiría la misma historia. Yo he tenido la culpa de esto que ha sucedido, les he dado todo a mis hijos y ellos no han valorado mi esfuerzo por lograr que nada les falte. Ahora aprenderán una lección y sabrán que, en la vida, nada es eterno, y sobre todo las cosas materiales que poseemos, Robert, eso es efímero, se van de nuestras manos tan fácil y rápido que, cuando menos pensamos, ya no hay nada. Dímelo a mí, que al llegar a este país llegué con las manos vacías, solo tenía lo que llevaba puesto, luché y no me di por vencido para poder tener lo que ahora tengo. Ve ahora lo que ha pasado por mi culpa, yo he sido el único culpable de esto que sucedió, no les enseñé a mis hijos el valor del tiempo y de la vida. Porque son horas las que el hombre pasa trabajando y en ello es el tiempo el que se nos va al igual que la vida, pero ellos no saben nada de eso, porque he sido yo el que facilitó la vida de ellos y les regalé horas de ocio en vez de horas de trabajo". Don Félix lloraba sentado en su escritorio desahogándose con Robert.

"No se preocupe, don Félix, verá que hoy mismo resolvemos esto. Si usted gusta, puede regresar conmigo hoy a Muzquiz para que hablemos cuanto antes con mi padre, estoy seguro de que mañana ya habremos encontrado una solución. Y tiene que ser cuanto antes que demos solución a esto porque mi padre y yo viajaremos a Alemania en un par de días. Por ahora solo nos queda irnos a Muzquiz y esperar a que mi padre llegue a casa para, así, hablar con él".

"Prepararé los papeles que necesito que vea tu padre y cuando esté listo, nos vamos a Muzquiz". "Me parece bien, yo por lo pronto voy con María Antonia y con mi hermana, de seguro se han de estar preguntado por qué no he salido de su oficina en todo el día".

"Sí, hijo, ve con ellas y por favor no menciones nada que pueda preocupar a mi hija, solamente dile que eran muchos los asuntos que te pedí que me ayudaras a resolver".

"No se preocupe", le respondió Robert a don Félix, "de mi boca no saldrá nunca ni una sola palabra acerca de lo que sucede en el rancho".

Al salir del despacho de don Félix pudo ver Robert a Antonio sentado a las afueras bajo un árbol. Volteó hacia los lados para ver si María Antonia no se encontraba cerca y, al ver que se encontraba solo, caminando por los pasillos de la casa fue en dirección a donde estaba Antonio.

"Me imagino cómo te has de sentir, Antonio, serán difíciles momentos los que vendrán, pero no pierdas la fe, espera a que tu padre encuentre la solución a todo esto. Creo que es todo lo que te puedo decir". Antonio, sentado en la tierra y con la mirada al suelo, solo escuchaba las palabras de Robert sin responderle ni una sola palabra.

"Tengo que irme, Antonio, tu hermana ya vio que estoy hablando contigo y ya viene para acá. Me voy, pero ya sabes que cuentas conmigo para lo que sea, díselo a tus hermanos también".

"Pero ¿qué te pasa, Antonio? ¿Por qué estás llorando? ¿Acaso está sucediendo algo y no me lo quieren informar?", le decía María Antonia a su hermano.

"No, María Antonia, es solo que a tu hermano le ha dado algo de nostalgia con lo que tu padre acaba de hablar con ellos".

"¿Es verdad eso, Antonio?". "Sí, María Antonia, tú sabes lo mucho que queremos a papá y a veces cuando nos llama la atención por algo que hacemos mal me da un poco de nostalgia cuando veo que se enfada con nosotros".

"Creo que mejor deberíamos dejar solo a Antonio. Tu madre me ha pedido que nos quedemos para la merienda y Cecilia al parecer se encuentra con ella en la cocina.

Vamos, deja que Antonio se quede solo, en un momento más lo verás como si nada montando su caballo".

Robert tomó del brazo a María Antonia llevándola al otro lado del rancho donde se encontraban Cecilia y la señora Petrita. "Te pido de favor, María Antonia, que no menciones nada con tu madre de esto que está pasando, tu padre está un poco molesto con tus hermanos y no hace falta que preocupes a tu madre; para mañana las cosas van a estar como siempre, así que mejor merendemos como si nada hubiera pasado. Tu padre no nos acompañará porque se encuentra ocupado y además irá conmigo a Muzquiz, así que mejor no comentes nada ahorita que estemos con tu madre".

"Qué bueno que han llegado a merendar, María Antonia", dijo la señora Petrita. "¿No sabes en dónde están tus hermanos? Hace rato salí y nos los vi por ningún lado, pero no importa, vayan a la mesa y en un momento Cecilia y yo los acompañamos, ve a buscar a tu padre y dile que lo estamos esperando". "Don Félix no nos acompañará, señora Petrita", comentó Robert, "él está algo ocupado arreglando unos papeles, me ha dicho que se sirva la merienda sin él". "Bueno, pues entonces por lo que veo solo seremos nosotros cuatro. A lo mejor los muchachos se aparecen de repente por aquí y nos acompañan a merendar". María Antonia volteó a ver a Robert como queriéndole decir con la mirada que le estaba resultando muy difícil no decirle a su madre que algo estaba sucediendo en el rancho, pero sobre todo con sus hermanos.

Los hijos de don Félix esa noche llegaron al rancho hasta altas horas de la madrugada. María Antonia los veía desde la ventana de su habitación. Pudo ver cómo Alberto ayudaba a su hermano Félix a bajar del caballo; por el semblante de Alberto sabía muy bien que algo no andaba bien. Pero esa noche el asunto de su familia no le quitó el sueño, ella no podía dormir por estar pensando en que Robert se marcharía en unos días a Alemania y no lo vería por un par de meses.

"Quizá su familia le pida que se quede allá. Al fin y al cabo, allá es su país, nació y creció ahí. A lo mejor los meses lo hacen que se olvide de mí. Creo que he cometido un error todo este tiempo al no aceptar casarme con él. Esta vez serán muchos los meses que estará allá". María Antonia no dejaba de dar vueltas en su cama pensando y creyendo con toda su alma que Robert no regresaría de Alemania.

Su preocupación la hizo levantarse por un vaso de leche tibia para así poder conciliar el sueño. Los pasos de don Félix se escucharon a lo lejos. Robert y su padre llegaban con él de regreso al rancho. Ahora él podía respirar con tranquilidad, su amigo Ricardo Pilz le había ofrecido ayudarlo a pagar las deudas del rancho sin cobrarle ni un solo centavo de intereses.

Al llegar esa madrugada de regreso a la villa, Richard y Robert se fueron a platicar al despacho un poco sobre el asunto del rancho de don Félix y sobre el próximo viaje que harían a Alemania.

"Siéntate, por favor, hijo", le dijo Richard a Robert. "He decidido que nos vamos a Nueva York la próxima semana. Tienes solo cuatro días para prepararte. Tus abuelos y tus tíos nos esperan desde hace meses y ya están desesperados por vernos, lleva únicamente lo necesario. Ve mañana muy temprano a despedirte de María Antonia y de su familia, hijo, por favor.

Marcelo se quedará en la villa unas semanas y Ana María y su esposo también se quedarán con él; al parecer lo llevarán a la hacienda y se quedarán en Morelia un tiempo con la familia de Ernesto. Ana María ya no va a poder viajar cuando lleguen a la hacienda, así que el parto será en Morelia.

Mañana por la mañana espero que estés presente en el desayuno para que convivas un poco con ellos. El asunto de Félix quedará resuelto en unos días, no te preocupes por eso, pero espero que Félix haga entender a sus hijos la responsabilidad tan grande que tienen al ser dueños de tan basta propiedad. No sé qué es lo que pensará hacer al respecto. Espero que cuando regresemos ya esté todo en orden".

"Padre, yo había pensado que regresando de Alemania María Antonia y yo podríamos comprometernos; la verdad no quiero que si algo vuelve a pasar con el rancho de su padre ella siga viviendo ahí".

"¿Le has dicho a Félix que no vivirás en el rancho con María Antonia si ustedes llegaran a casarse?".

"Todavía no, quiero planear muy bien cómo le entregaré el anillo de compromiso a María Antonia, y ya que decida eso, pienso cómo le diré a don Félix que no viviremos con él".

"¿Y en dónde piensas que sea mejor para ustedes vivir? ¿Quieres regresar con Marcelo a Morelia? ¿O quieres ir a Valencia a vivir?". "Creo que podríamos pasar un tiempo en la villa y después nos podríamos mudar a Valencia o a otra parte que fuera de agrado para María Antonia".

"Me parece bien, hijo, ahora ve a tu habitación y descansa. Yo me quedaré aquí terminando de fumar mi puro y este ron que aún no he terminado de beber.

Por favor, mañana te quiero ver a primera hora sentado esperándonos para desayunar todos juntos. Deja por favor tus asuntos un momento, que por un poco que demores no pasa nada".

Robert desayunó el día siguiente con la familia tal como su padre se lo pidió, pero al terminar lo primero que hizo fue ir a buscar a María Antonia. Ella lo esperaba sentada en un columpio que sus hermanos le habían hecho cuando era pequeña y en el que aún solía columpiarse cuando le gustaba estar a solas y pensar. Robert vio a María Antonia a lo lejos; su cabello café oscuro brillaba con los rayos del sol que caían sobre su cabeza, y sus manos delicadas apretaban con fuerza las cuerdas del columpio para no caerse.

"¡Hola, María Antonia!", le dijo Robert al irse acercando a ella. María Antonia bajó del columpio de un salto para ir a abrazarlo. Robert traía en sus manos unas flores las cuales ella tomó percibiendo su aroma.

"Sabía que vendrías", le dijo María Antonia. "¿Y cómo lo has sabido si apenas ayer por la noche estuve contigo?". "Lo he sabido porque te he llamado con mis pensamientos, he hecho magia con mi mente y te he traído hacia mí".

"No seas mentirosa, María Antonia, tu magia no me ha traído hacia ti, ha sido mi corazón que no puede vivir sin el tuyo el que me trae siempre a tu lado".

"Anoche no he podido dormir pensado que no regresarás de Alemania". "Claro que regresaré y nos casaremos y no volveremos a separarnos nunca".

María Antonia abrazaba a Robert con todas sus fuerzas y, viendo que sus hermanos la observaban, se cuidó de que el abrazo no durara más de lo permitido.

"Tan pronto y pueda te haré saber cómo me encuentro, y no hagas caso de las noticias que están sucediendo por allá. Ahora tengo que marcharme porque mi padre y yo tenemos muchos pendientes que hay que dejar resueltos antes de irnos. Cecilia y Helma estarán en casa solo unos días y después se irán a Valencia; el señor Octavio las llevará y ahí esperarán a que nosotros regresemos para después regresar todos juntos a la villa.

Cuídate mucho y cuida a tus padres, verás que los meses pasan pronto y cuando nos volvamos a ver, jamás nos volveremos a separar. Te dejo mi corazón en tus manos; cuídalo, María Antonia. No olvides nunca que eres mi vida entera, así suceda lo que suceda, yo volveré para estar contigo. Aún si dejara de existir, regresaría para seguir aquí a tu lado". María Antonia vio cómo Robert se marchaba y se perdía entre el camino de tierra del rancho de su padre.

Cabe mencionar que María Antonia no era nada sentimental como su hermano Antonio. Ese día no dejo caer ni una sola lágrima de sus ojos. Sabía bien que Robert moría de amor por ella y esos meses sin él solo servirían para reafirmar sus sentimientos por él. Evidentemente, María Antonia no iba a mostrarle sus sentimientos a Robert, y al mismo tiempo quería demostrarse a ella misma que, si él no regresaba, no moriría de amor por él. Así que, al marcharse Robert, solo se permitió sentir un poco de pena, pero sin más ni más secó la única lágrima que apenas se podía ver en uno de sus ojos.

No sabemos nunca lo que tenemos hasta que lo perdemos, y cuando nos negamos a aceptar un sentimiento lo único que logramos es que ese sentimiento se arraigue más dentro de nosotros mismos.

Al llegar Robert de regreso a la villa le informó a su padre que ya se había despedido de María Antonia y que podían empezar a preparar su viaje.

"Hoy por la tarde iremos a despedirnos de mi amigo Adolfo. Por favor te vistes con ropa adecuada para la ocasión. Robert, hijo, ve por favor con Daniel, él está en la sala con tu hermana, pregúntale por favor cómo van con los preparativos de la boda, procura que eso también quede en orden".

Cecilia y Daniel escogían las invitaciones de la boda cuando Robert entró a la sala.

"Hola, Daniel, ¿cómo estás? Veo que se encuentran ocupados con asuntos de su boda, pero aprovecho el momento para preguntarte cómo van con eso". "Mis padres y Cecilia han visto cada detalle y parece que todo va bien hasta hoy", respondió Daniel, "solamente falta ir por el vestido de Cecilia y mandar hacer las invitaciones, y cuando estén listas, ir personalmente a entregarlas, pero por todo lo demás está todo listo. Solo esperaremos con calma a que lleguen ustedes de su viaje para poder celebrar la boda".

"Entonces, si todo marcha bien, se lo comunicaré a mi padre. Los dejo solos para que continúen con lo que están haciendo".

"Padre, vengo de hablar con Daniel y Cecilia, ellos se encuentran con los últimos detalles de su boda, pero al parecer casi está todo listo. Los pendientes en Acuña quedaron resueltos desde hace un par de días, así que cuando gustes podemos marcharnos". "¡Excelente, hijo! Si te encuentras listo ahora, podemos ir con don Adolfo. Creo que yo ya no tengo nada más que resolver, estaría bien viajar mañana. ¿Cómo ves tú?", le preguntó Richard a su hijo. "Creo que es buena idea, mis cosas están listas, solo falta bajar el equipaje y dejarlo en la puerta principal".

"Don Ricardo, disculpe asté, está correspondencia acaba de llegar. ¿Asté quere que la deje aquí o mi la llevo a su despacho?", preguntaba Martina.

"Déjala en mi despacho, Martina. Por favor, al terminar con lo que te encuentras haciendo bajas el equipaje de Robert y el mío y lo dejas en la puerta principal. Partiremos mañana por la mañana".

"Vamos con Adolfo, hijo, antes de que se haga más tarde".

Adolfo Romo tenía una pequeña oficina en el centro del pueblo y la villa se encontraba a unas cuantas cuadras de ahí, así que en pocos minutos llegaron con él. "Buenas tardes, Adolfo, ¿qué hay de nuevo, amigo?".

"Pásele, Ricardo, por favor. ¿Cómo estás, Robert? ¿Ya listos para partir a Alemania?", preguntó el señor Adolfo.

"Sí, amigo, yo pensé que saldríamos a Nueva York en unos cuantos días, pero ya hemos terminado con nuestros pendientes y nos vamos mañana por la mañana".

"Qué bueno, Ricardo, me da gusto que vaya a ver a sus padres y a sus hermanos". "Quisiera poder ir más seguido, pero me es imposible, esta vez nos quedaremos un poco más de tiempo, porque Robert quiere casarse cuando regresemos de Alemania y, si eso sucede, ya no podrá ir conmigo como lo ha venido haciendo todo este tiempo".

"¿Qué te parece si jugamos un poco dominó en lo que estamos aquí platicando?", le preguntó Adolfo Romo a su amigo.

La plática esa tarde se tornó en cuanto a la situación política de Alemania y de México, del clero que en aquellos tiempos jugaba un papel muy importante en México y de tantos otros temas más. La luna comenzaba a iluminar el cielo oscuro de Melchor Muzquiz y los Pilz tenían que regresar a la villa porque les esperaba un largo viaje. "Padre, creo que ya deberíamos irnos, mañana viajaremos y si no descansas, estarás muy cansado mañana".

"Es verdad, hijo". Levantándose rápidamente de la silla Richard se despidió de Adolfo con un fuerte apretón de mano y un abrazo. "Nos vamos pronto, Adolfo, se me ha pasado el tiempo volando. Ya me hacía falta despejar un poco la mente. Nos volveremos a ver en unos meses. Te encargo que de vez en cuando te des una vuelta por la villa".

"Sí, amigo, no te preocupes, cuando regreses te encontrarás con todo exactamente como lo has dejado. ¡Suerte! Y les deseo un buen viaje".

Nunca des nada por hecho, porque no sabes mañana qué sucederá.

Y a las pocas horas, Richard y Robert se encontraban en camino a Nueva York. "Güenos días, niña Helmita, hoy la he dejado dormir un poco más porque su padre y su hermano ya se han marchado. Cecilia ha querido seguir durmiendo. ¿Asté quere que me vaya y en un ratito más regreso pa dispertarla?". Martina, con todo el amor del mundo que les tenía a las niñas, dejaba que en el tiempo que su padre no se encontraba en casa pudieran hacer un poco lo que ellas quisieran. Y una de las cosas era no despertarlas tan temprano para el desayuno.

Don Marcelo, Ana María y Ernesto se encontraban en la plaza del pueblo dando un paseo. "Parece que la iglesia es la única construcción grande que hay en el pueblo, don Marcelo", dijo Ernesto.

"Así es; sin temor a equivocarme, yo pienso que esta iglesia es más grande que la de Morelia". "Esta iglesia de Santa Rosa de Lima es hermosa", decía Ana María volteando a ver la construcción de pies a cabeza, "y tiene gran parecido a muchas iglesias que se encuentran en México". "Es verdad, Ana María, en México hay muchas construcciones como esta, tan imponentes", comentaba su esposo Ernesto.

"Ahora que Richard se ha marchado, ¿cuándo tienen pensado que regresemos a Morelia?", le preguntó don Marcelo a Ana María.

"Creo que deberíamos marcharnos cuanto antes", comentó Ernesto, "me preocupa que en tu estado el viaje a Morelia no te haga nada bien. Yo creo que deberíamos marcharnos en dos días más".

"Hoy le diré a don Chuy que se prepare porque viajaremos a la ciudad de Nuevo Laredo y ahí tomaremos el tren que nos llevará a Morelia. Más tarde que lleguemos les diré a las niñas para que estén enteradas". "¿Y por qué a Nuevo Laredo, don Marcelo?", preguntó Ana María. "Porque en Ciudad Acuña no todos los días hay salidas a Morelia, es más fácil ir a Nuevo Laredo y buscar una salida a Morelia de ahí".

El paseo por Muzquiz fue de lo más relajante para todos, pero en especial para Ana María, que tenía varios días en cama. El esfuerzo que había hecho al estar en los quince años de Helma le había dejado agotada y tuvo que permanecer en cama hasta sentirse recuperada.

"Por aquí venden unos quesos que son una maravilla; vayamos a comprar unos. También hacen una cajeta deliciosa que creo que sería bueno que compremos y llevemos a Morelia. Los dulces de leche que venden aquí también son exquisitos". Don Marcelo había probado cada uno de los postres que en Muzquiz se vendían. Sus paseos por la plaza y por otros lugares del pueblo lo habían hecho descubrir todo lo que se hacía ahí, de manera artesanal y tan delicioso. La carne seca era estupenda, los quesos, el chorizo, las nieves y las paletas que se vendían enfrente de la plaza. "Todo es riquísimo", decía don Marcelo. Acompañado de las niñas ya había probado todos los sabores de la paletería que se llamaba La Michoacana, y no es que Marcelo fuera el dueño de la paletería o tuviera algo que ver con ese negocio, pero yo creo que

Muzquiz lo esperaba, y lo recibía siempre tan bien, que quizá el dueño de la paletería quería honrarlo al bautizar su negocio con el nombre del estado a donde don Marcelo pertenecía. Don Marcelo era un hombre al que todo mundo apreciaba mucho. Los amigos de Richard se habían convertido en amigos de él también, era conocido por la gran sabiduría que él regalaba en cada uno de los consejos que daba, sin contar a las personas que acudían a él para preguntar su opinión acerca de un tema o solamente para platicar con él para después preguntarle. ¿Qué consejo me daría, don Marcelo, si hago tal o cual cosa? Porque ya sabían que cualquier palabra que saliera de la boca de don Marcelo iba a ser de edificación, pero, sobre todo, y lo más importante, siempre a cada uno de los consejos que él regalaba le agregaba el condimento final: amor. Ese mismo amor que sentía por el prójimo y que lo hacía ser el hombre tan especial que era y sobre todo tan amado por muchos que correspondían con gratitud su bondad para con el mundo.

"¿En dónde están todos?", preguntaba Cecilia a Martina. "Ay, niña, qué sustote me ha dado asté. Todos se han ido pa la plaza a dar una vuelta porque la doña Ana María nitaba caminar, el dotor li dijo que li tenía que dar el sol y qui nitaba caminar y se jueron todos. ¿Quere que le sirva el desayuno? O mijor dicho la comida, niña, ya casi es la una de la tarde". "Sí, Martina, por favor, me muero de hambre". "Pos cómo no, niña, si trae la panza vacía desde ayer y asté no tá acostumbrada a hacer ayuno. Güeno, así como ayuno pos no, porque el ayuno se hace cuando uno tá dispierto y asté taba dormida, pero como quera sí era ayuno porque sus tripas taban vacías. Güeno, niña, lo que sea que jue, eso es".

"Ay, Martina, no te he entendido nada", le dijo Cecilia sorprendida de ver cómo enredaba las palabras. "¿En dónde está Helma, Martina?". "La niña Helmita tá en casa de la niña Julia, dijo que regresaría pa la tarde". "¿Entonces desayunaré yo sola?". "Sí, niña, y no es desayuno, niña, es comida, ¿ya ve por qué su padre las dispierta muy temprano?, ¿ya ve?, es pa que todos tén juntos en el desayuno y puedan platicar. Yo qué más quisera que acompañarla, pero voy pa la tienda de don Pancho, hace rato jui a llevarle la lista de lo que nito y ya tengo qui ir por las cosas, además la comida ya tene que tar servida a las dos de la tarde, ya sabe que su papasito no me deja que me retrase ni un minuto al servir. Así que asté se va a quedar solita mentras yo regreso".

"¿Y María dónde está?". "Ella se va conmigo, niña, porque yo no puedo con las bolsas, tán muy pesadas y además son muchas. Y apúrese mejor en comer porque el niño Daniel va a vinir a comer". "¡Daniel! ¿Quién le ha dicho que venga a comer hoy?". "Pos don Marcelo, niña. El niño Daniel vino a buscarla por la mañana y don Marcelo lo invitó a comer. ¿Ve cómo es mijor dispertar temprano? Ya no mi intritenga, niña, coma y se va rapidito a arreglar, pa que el niño Daniel no la vea en esas fachas y toda desgreñada".

Martina se fue a recoger a la tienda de don Panchito lo que había mandado pedir, y se regresó a la villa lo más pronto que pudo para terminar de preparar la comida.

"Las gallinas se mitieron pa la cocina, María, sácalas, córrele, antes de que si vayan pal salón. Úchala, úchala", les decía a las gallinas Martina. "Córrele, María, córrele". Al fin Martina y María pudieron atrapar a las gallinas y regresarlas de nuevo al gallinero. "Ay, siñor, siñor, con estos animales tan disentendidos. Asté tene la culpa, María, pa que dejó aberto el corral, ya ve, mire la hora qui es y yo aquí lidiando contigo y con las gallinas. Apúrese y deme la olla grande de los frijoles y traiga el comal de barro pa hacer las tortillas, ¿el arroz ya tá listo? Vaya a tatemar los chiles y los tomates y yo hago lo demás, ándale, María, apúrese".

Llegó el día de partir a Morelia. Don Marcelo subía al tren con ayuda de Ernesto y Ana María para sentarse en la primera línea de asientos del vagón. El tren partió de Nuevo Laredo, Tamaulipas, a la ciudad de Morelia, Michoacán, a las tres de la tarde.

"La casa se siente muy sola", le decía Helma a Martina. "Pos sí, niña, si don Marcelo es la luz de esta casa, cómo lo quiero yo, le agarré reteharto aprecio desde que lo conocí, la que no termino de tragar es a la doña Ana María. Diosito mi perdone, pero no sé qui sento cada qui la veo. Y el don Ernesto pos el pobre hombre ni habla, se ve que la que lleva los pantalones es la doña Ana María y no él, pero pos a mi qui mi importa. ¿Verdad, niña?". "Pues sí, Martina, acuérdate de que no debemos opinar ni juzgar a las personas. Te lo ha dicho mil veces mi padre, Martina". "Pos sí, niña, nomás qui si mi olvida. Y hablando de olvido, si mi olvidaba dicirle, niña, que don Octavio vino hoy por la mañana y me dijo que regresaba al rato, quere hablar con su hermana y con asté pa dicirle cuándo se van pal otro lado. Uy, mi acuerdo cuando yo vivía aquí solita y esperaba todos los días a que su papá regresara de donde andaba pa vinirse a vivir aquí con ustedes. En esos tiempos sí que taba la villa retesola, qué tempos aquellos, asté estaba retechiquilla. ¿Se acuerda, niña? Apenas podía hablar español, ni me entendía cuando le hablaba, pero rápido que la enseñó esa maestra que tuvo viniendo todos los días y mírese ahora, rebién que habla español y el inglés y el otro que se escucha reterraro". "Se dice idioma, Martina. El otro idioma".

"Bueno, pos como si diga, niña, cuando llegan esos siñores que hablan reterraro así como su papá, nomás pienso, pos cómo no se les enreda la lengua a estos y luego tan rápido que hablan, ay no, que güeno que no hablo así como ellos. Oiga, niña, ¿y por qué todos esos hombres cuando venen a la villa no pueden hablar así como nosotras, niña?".

"Porque son asuntos de trabajo los que ellos tratan y no es de nuestra incumbencia saber de lo que hablan ellos", le decía Helma a Martina mientras doblaba su ropa para ir guardándola en el veliz que llevaría a Valencia. "Pos sí es serto, niña, a mí qui mi importa. Pero a veces sí mi importa, niña, porque mi da curiosidad saber lo que dicen".

"Pues haces mal, Martina, eso es una falta de respeto. No debemos interesarnos por lo que hablan los demás. Yo creo que mejor en vez de estar preguntando tanto, deberías ayudarme a terminar de hacer mi veliz y también el de Cecilia, imagínate que don Octavio nos diga que nos vamos mañana por la mañana y nosotras con todo este desorden aquí". "Oiga, niña, ¿le puedo hacer una pregunta?". "Dime, Martina", le respondió Helma. "Cuando su papá el día de sus quince años le dio esos aretes rojos tan retebonitos, ¿qué sintió?". "¿Te refieres a los rubíes?". "Pos sí, niña".

"No sentí nada, Martina, ¿por qué me lo preguntas?". "Pos es que yo quisiera ver qui si sente traer colgadas esas piedras tan bonitas y brillosas, chulas de bonitas que se ven, niña".

"¿Quieres probártelas para que veas qué se siente?", le dijo Helma a Martina.

"Pos sí, niña, si asté me da permiso, pos sí". "Ven, Martina, siéntate en el banco que está enfrente de mi peinador". Helma fue a su vestidor a buscar los rubíes para así poder regalarle ese pequeño instante a Martina, que a lo mejor ella soñaba tener en su imaginación, verse por primera vez al espejo como una mujer que lleva puestos unos pendientes en donde la feminidad y la belleza de una mujer resalta a flor de piel.

"¡Mire qui chulos se me ven, niña!". "Sí, Martina, pero no veas solo la belleza de los rubíes, aprende a ver también la belleza que hay en ti, cada vez que no te sientas tan animada, recuerda estos rubíes y lo hermosos que son. Quiero pedirte que no olvides esto que te voy a decir: la verdadera belleza no es solo lo que podemos apreciar desde afuera; hay algo más hermoso que a simple vista nuestros ojos no pueden apreciar, eso es el alma, Martina, y el corazón de cada persona cuando se ha tenido la sabiduría de poder llenarlo de amor y de verdad".

Martina veía por el espejo a Helma, que se encontraba detrás de ella tomándola de los hombros y diciéndole las palabras más hermosas que jamás antes nadie nunca le dijo. La vida había reunido a dos almas que para la eternidad permanecerán unidas.

Robert Richard Pilz sentado, acompañándolo detrás de él, Martina y Cecilia

Más tarde Cecilia apareció de repente en la habitación de Helma. Pero esta dormía encima de la ropa que le faltaba guardar en la maleta que llevaría a Valencia. Cecilia fue a su habitación y se encontró con su veliz encima de su cama, solo faltaban unas cuantas cosas de empacar. Escuchó que la campana de la puerta comenzó a sonar anunciando la llegada de alguien. Bajó corriendo las escaleras pensando que sería Daniel el que llegaba, pero Martina ya había abierto la puerta y era don Octavio que esperaba sentado en la sala para hablar con ella.

"Buenas noches, don Octavio, creo que imagino el motivo de su visita", le dijo Cecilia.

"Sí, Cecilia, partiremos a Valencia mañana, tu padre me ha dicho que solo lleven lo necesario porque tu vestido ocupará mucho espacio; temprano vendré por ustedes para marcharnos".

"Sí, don Octavio, ya casi estamos listas mi hermana y yo".

"Sin más que decir, Cecilia, me retiro para que terminen de prepararse. Hasta mañana".

Cecilia fue a la cocina a buscar a Martina para pedirle que le ayudara con lo último que le faltaba por empacar. "Martina, ¿por qué mi hermana está dormida? Cuando en este momento debería estar terminando de preparar sus cosas". "La niña Helmita dijo qui quería descansar porque el viaje pal otro lado es muy largo y ella no puede dormir ben en el tren. Así que mejor déjela asté descansar y asté también duérmase temprano hoy para que mañana se vaya fresquecita.

¿Quere que le prepare la cena?". "No, Martina, solo quiero un vaso de leche, por favor llévamelo a mi habitación. Creo que Daniel ya no vendrá hoy, pero si llega, déjalo pasar". "No, niña, ya son como las siete de la noche, si lo dejo pasar su padre me va a regañar, además asté se tiene que dormir temprano. Asté ya debió de haberse despedido de él desde ayer, además no creo que el niño Daniel venga, él ya sabe que, por las tardes, si no está don Ricardo, no puede venir a visitarla".

"Bueno, pues entonces me voy a mi habitación y por favor ayúdame a terminar de arreglar mis cosas. Ah, que no se te olvide mi vaso de leche. Me llevas también tres galletas, por favor, Martina, y les pones miel con cajeta encima". "No, niña, eso es mucha azúcar, le va a hacer daño". "Ay, Martina, primero no me dejas que vea a Daniel, segundo no dejas que coma. ¿Qué más no puedo hacer? Todo en esta casa está prohibido. ¡Todo!". "No diga eso, niña, no todo está prohibido, pero casi todo, sí.

Mejor vaya pa su habitación y no haga berrinches, quen la vera, niña, si ya va a ser toda una señora y hacendo todavía pataletas. No, niña, eso no, qui dijera el niño Daniel si la vera comportándose como una niña mimada, ni Helmita que está chiquita me hace esas rabietas". Pero Cecilia no hizo caso de las palabras de Martina y se fue corriendo a su habitación molesta por no poder comer las galletas con miel y con cajeta que tanto quería.

"¡MARÍA!", gritaba Martina. "¿Pos ónde anda, mujer?". "Taba tendiendo mi ropa que taba lavando, ¿pa qué soy güena?". "Voy con las niñas pa que terminen de arreglar sus cosas, si oye que tocan y es el niño Daniel, no lo deje entrar, y si ve que la niña Cecilia oye que tocan y le pregunta quen jue, asté le va a dicir que era el lechero". "¿En la noche el lechero, Martina?". "Cállese y déjeme hablar. Porque si don Ricardo se entera de que el niño Daniel vino por la tarde, mi va a matar, ya sabe asté qui aquí no se mueve ni un alfiler sin que don Ricardo dé la orden. ¿Llegó la correspondencia de don Ricardo?". "Sí, Martina". "¿Y on ta?". "Pos en el despacho, ahí donde la pone asté". "¿Y por qui no me la dites en mis manos, mujer?". "Pos yo quiba a saber que se la tinía que dar en sus manos, pos como veo que ahí la pone, pos ahí la puse".

"Córrele, vamos pal despacho y mi dice ónde la puso". "Ya ve, ahí tá, igualita que como la dejé, nomás no la puse en el cajón". "Pos porque tene llave, sí serás mensa, María. Dámela pa ca, y no vuelva a tocar la correspondencia de don Ricardo, solo yo tengo el pirmiso de entrar aquí". "Sí, Martina, como asté diga", le respondía María con la cabeza agachada. "Váyase de aquí pa otro lado y dijime sola, que con esos ojotes con los que me está asté vendo, no mi puedo consternar en lo que voy a hacer". María se fue apresurada a la cocina y Martina guardó la correspondencia de don Ricardo bajo llave, en el mismo lugar donde la venía guardando por muchos años.

Martina subió a la habitación de Cecilia con el vaso de leche y las galletas en una charola. "¡Niña Cecilia! ¿Me da permiso de entrar?". "Pasa, Martina, la puerta está sin llave". "Aquí le traje su leche y sus galletas, le puse solo un poco de cajeta encima, pero poquita nomá, niña. A ver, déjeme que la ayude a terminar de empacar, usté tómese su leche".

"Parece que ya quedó todo listo, niña Cecilia, solo falta revisar la maleta de la niña Helmita. Deje voy pa su habitación pa ver si terminó de arreglar sus cosas". La puerta de la habitación de Helma se encontraba entreabierta y Martina pudo entrar sin tocar. Helma aún seguía dormida, pero Martina decidió no despertarla y dejarla que durmiera, al cabo el sol ya se había guardado, pensó Martina. "Ya mañana será otro día y terminaremos de empacar las cosas de la niña".

"Niña Cecilia, ya se tene que dormir porque hay que madrugar mañana, póngase el pijama y venga pa tejerle una trenza en su cabello, tan bonito cabello cafecito que asté tene, niña". "Mi hermana lo tiene más bonito que yo", comentó Cecilia, "no digas mentiras, Martina". "No, niña, no diga eso, la niña Helmita solo lo tene de otro color, imagínese qué dirán de mi cabello retenegro, pos que ta horrible, no ve que se dice que lo negro es del diablo, niña". "Ay, Martina, pero eso no aplica en el cabello, eso es mentira, no creas esas cosas". "Pos qué güeno que mi dice asté eso, porque si así juera, todo los que vivimos en este país juéramos del diablo, niña, y los de su país del cielo". "Ay, Martina, contigo no se puede". "Güeno, pos yo mentras me llevo las maletas pa la entrada pa que don Octavio mañana no pierda tanto tiempo aquí".

La mañana llegó rápido. Todo estaba listo para que las hijas de Richard Pilz se fueran a Valencia un par de semanas. Don Octavio las llevó hasta ahí, quedándose unos días con ellas. El tiempo que pasarían en Valencia Helma y Cecilia iba a ser largo, pero eran los últimos meses que vivirían juntas. Su padre había planeado ese viaje exactamente para eso, para que disfrutaran una de la otra porque la nueva etapa que venía en la vida de Cecilia ya no le permitiría pasar tiempo a lado de su hermana. Así que los momentos en Valencia fueron para crear recuerdos inolvidables para la vida de ambas.

El día de la boda de Cecilia y Daniel se acercaba cada vez más. El vestido de Cecilia era perfecto, ya estaban con los últimos arreglos y Daniel no dejaba de escribirle cartas a Cecilia todos los días por las noches. Daniel le platicaba en lo que habían avanzado con respecto a la boda y hubo días en los que Daniel fue a la villa para que Martina le dictara lo que les mandaba decir a Helma y a Cecilia.

Richard y Robert disfrutaban cada momento en Alemania. La casa de Elenka y Richard permanecía exactamente igual; el jardín seguía impecable. Richard había estado viajando a Alemania una vez por año y nunca había querido entrar a la que fue su casa, pero en este viaje había decidido romper con sus miedos.

"Mañana iremos a la casa, Robert. Quiero ver en qué condiciones se encuentra. Tu abuelo me ha dicho que está perfecta y que ya han querido comprarla. ¿Te gustaría que fuéramos? ¿Crees que estás listo para enfrentarte con tus recuerdos? ¿O prefieres quedarte solo con lo que ahora hay en tu mente?".

"Creo que me gustaría ir contigo, padre, los recuerdos que guardo en mi corazón de la casa donde viví con mi madre siempre serán muy importantes y especiales; en esa casa nací, en esa casa mi madre murió y de esa casa partimos a América. Si tú no hubieras tomado la decisión de marcharnos, en estos momentos estaría viviendo aquí y María Antonia no estaría en mi vida ni don Marcelo; no imagino mi vida sin ellos, padre. No sé si agradecerte que hayas decidido ir a América, porque eso significaría agradecerte el haber dejado el recuerdo de mi vida a lado de mi madre aquí en Alemania, pero definitivamente fue lo mejor que pudiste haber hecho por ti y por tus hijos. Además, padre, valoro mucho el que hayas dejado todo por darnos una nueva oportunidad, que al principio, no podemos negar, la incertidumbre nos dejó mudos muchas veces, pero fuimos viendo cómo todo poco a poco se acomodó a nuestro favor y ahora estamos aquí, solo recordando y con una vida maravillosa que tú decidiste regalarnos.

Así que estoy listo para regresar a casa, pero creo que mañana no es el día de ir, el día es hoy, padre; vayamos a pasar la tarde allá y hagámoslo solos, les diremos a los abuelos que queremos pasar la tarde en casa, pero que queremos disfrutar de ese reencuentro solos".

"Abuela Alfreda, hemos estado platicando mi padre y yo en ir a casa, hoy pasamos muy cerca de ahí, y decidimos que iremos hoy por la tarde a ver cómo se encuentra".

"Las cosas están exactamente como tu madre las tenía en vida, hijo; su habitación tiene hasta las mismas sábanas que dejó ella, la cuna de Helma está en un lado de su cama y su ropa sigue en el vestidor, tus cosas y las de Cecilia están en el mismo lugar. ¿Quieren que tu abuelo y yo los acompañemos?", le preguntaba Alfreda a su nieto con ese mismo amor con el que cuidó tanto a Richard.

"No, abuela", le respondió Robert, "creo que queremos ir solos". "¿Tú qué dices, Richard? ¿Quieren ir solos Robert y tú?". "Sí, madre, desde hace mucho tiempo debí haber regresado a casa, hace muchos años que mi corazón se encuentra listo y Robert también lo está". "Entonces, lo que necesitan ustedes es ir a casa, estar en silencio y dar gracias por su renacer", les dijo la abuela Alfreda.

La casa de Richard y Elenka se encontraba solo a unas cuantas casas de Alfreda. Robert y Richard caminaron hasta llegar ahí. "Ve y toma las llaves, Robert, están en el sótano".

Richard veía la casa y tocaba las paredes. Podía escuchar las voces de sus hijos jugando en el jardín; el lago llevaba una corriente muy fuerte y el árbol permanecía exactamente igual, recostado encima de él. "¿Te acuerdas, padre, cuando nadábamos en el lago? Todavía puedo ver a mi madre vernos desde la ventana de la cocina y a ti en tu oficina, todo lo que encontrábamos en el lago lo íbamos a poner en esa ventana de tu oficina en la que el sol daba todo el día".

"Aquí está la llave", dijo Robert. "Yo abro la puerta, padre". Al abrir la puerta de la casa todos los muebles seguían en el mismo lugar, la casa despedía un fuerte olor a humedad, y la luz del día no podía entrar por la ventana porque las cortinas seguían cerradas.

Richard caminó en dirección a la que fue su habitación. Los recuerdos se apoderaron de él, pero esta vez no se manifestaron en tristeza. En esos momentos pensaba: "Definitivamente la vida me llevó al otro lado del mundo para seguir siendo tan feliz como algún día lo fui aquí; me fui huyendo, creyendo poder escapar de mi tristeza y mi dolor, pero nunca imaginé lo que la vida me tenía preparado. Tenía que suceder así; no podemos escapar de nuestro destino porque estamos marcados por él, y es verdad que el proceso para llegar a él fue duro, pero ahora solo puedo voltear hacia atrás para ver que lo que creí que fue una desgracia, solo era el camino que me llevaría a mi destino".

"¡Mira, papá! ¡Aquí están todos nuestros juguetes! ¡Si Cecilia los hubiera visto de seguro se llevaría unos cuantos! ¿Te acuerdas de que dijiste que un día volveríamos por ellos?".

"Sí, Robert, y no volvimos por ellos porque no eran una prioridad para ti. Además quise enseñarte con eso que en la vida podemos llegar a tenerlo todo, pero en un abrir y cerrar de ojos lo podemos perder todo también. Y no importa si así sucede, porque lo que realmente debemos cuidar como un tesoro es nuestra vida y nuestros pensamientos, porque tanto una como la otra son del mismo valor. La vida nos permite estar con nuestros seres queridos, conocer el mundo y ver lo bello que hay en él y también nos enseña a amar. Y nuestros pensamientos, Robert, si les permitimos que nos dañen y que nos contaminen, estamos perdidos, ellos nos construyen o nos destruyen. Acompañándonos siempre para toda la eternidad, ellos nos ayudan a convertirnos en reyes o en mendigos".

Robert escuchaba atentamente a su padre, viendo los juguetes de su niñez y recordando los momentos tan felices que vivió algún día ahí con su madre.

"Las palabras que ahora me dices, padre, se escuchan como si don Marcelo fuera el que me las está diciendo", le decía Robert a su padre.

"Pues es por don Marcelo por quien hablo así, sus palabras se han vuelto la voz de mi conciencia".

"Padre, creo que ya es hora de marcharnos, mis abuelos estarán esperándonos para la cena". "Sí, Robert, ya estamos listos también para dejar ir esta casa". "¿A qué te refieres con dejar ir esta casa?", le preguntó Robert a su padre.

"Me refiero a que ya es hora de que otra familia pueda habitarla y puedan disfrutar de vivir aquí".

"Creo que es muy buena idea", le respondió Robert a su padre. "Mi abuela ha dicho que han querido comprarla, pero que ellos han tenido que decir que es una casa que aprecian mucho y que jamás se venderá. Hoy puedes decirles a los abuelos que has cambiado de opinión y que la casa ya se puede vender".

"Creo que hoy por la noche se los diré. Tus abuelos se sorprenderán, pero les dará gusto que alguien más pueda vivir aquí.

Hay que darnos prisa, hijo, pronto será la hora de la cena, y si demoramos tu abuelo se enfadará mucho".

La alegría de Alfreda por tener a su hijo pequeño en casa la hizo levantarse de la cama. Había días en los que solo se movía de su cama para salir un poco al jardín, porque la edad ya le impedía poder caminar a los lugares donde ella se sentía feliz de estar.

"He preparado hoy para Richard el arroz con leche que tanto le gusta, espero que lleguen pronto. La cena también estará lista en un momento". El padre de Richard solo escuchaba a Alfreda sin dejar de leer las noticias del periódico.

"Tu hijo ha llegado, Alfreda, lo he visto pasar por el patio. Se me había olvidado decirte que hoy hablaré con él de algo que va a suceder en pocos días".

"Buenas noches, padres", dijo Richard, "creo que se nos abrió el apetito con la caminata". "Qué bueno, hijo", le dijo Alfreda, "ve a la cocina para que veas qué hay en la nevera".

"Qué costumbre la tuya, Alfreda, de seguir tratando a Richard como un niño", regañaba el padre de Richard a Alfreda en un tono serio y cortante. "¡Qué rico, madre! Tenía muchos años de no comer mi postre favorito. Gracias, madre".

Todos se encontraban cenando en silencio como era la costumbre y el padre de Richard como siempre tomó la palabra.

"Richard, hijo. Le he dicho a tu madre hace unos momentos que hoy les daría una noticia que sé muy bien que les causará dolor, pero su sufrimiento no será mayor que el mío. Los momentos por los que estamos atravesando en este país no solo son difíciles, son dolorosos también. Tu hermano Rudolf y yo hemos tomado la decisión de cerrar las puertas de la fábrica de cartón; esta será la última semana que estará abierta al público. Ha terminado un legado con este cierre, pero se quedará para siempre en el corazón de la familia Pilz. La fábrica de cartón.

Por ahora, no quiero que de su boca salga ni una sola palabra, permaneceremos en silencio cenando como siempre lo hemos hecho y mañana cuando sea otro día volveremos hablar del tema".

De sobra es sabido que cualquier tema, por más doloroso y difícil que este sea, al día siguiente siempre se verá de diferente manera. ¿Por qué sucede eso? No lo sabemos, pero quizá en las noches cuando dormimos, en nuestros sueños más profundos en que nos adentramos nos renovamos, y cada mañana al despertar es un nuevo renacer, devolviéndonos la fortaleza que cada ser humano posee y haciéndonos ver las cosas y hasta la misma vida de diferente manera. Y en la familia Pilz no era la excepción: el más longevo de toda la familia guardaba silencio en un momento difícil y hacía a los otros esperar al día siguiente para poder escuchar una opinión prudente respecto a lo sucedido.

En el rancho de don Félix Colombo poco a poco volvía todo a la normalidad. Les había dicho ya a sus hijos que había conseguido un préstamo que tendría que pagar durante los próximos cinco años. Los muchachos parecía que ponían de su parte, pero don Félix sabía en sus adentros que sus hijos eran cabeza dura y no estaba muy seguro de que en el futuro no fueran a hacer otra cosa que pusiera en peligro el rancho o hasta su misma vida.

Alberto era el hijo más cercano a su madre y gracias a eso era un poco más dócil y responsable. Pero a todos los demás, incluyendo a María Antonia, les faltaron un par de nalgadas a cada uno.

"Madre, ¿no han llegado noticias de Robert? Yo pensaba que para estas fechas ya sabría algo de él. ¿Mi padre no te ha dicho si don Ricardo le ha enviado una carta?".

"No, hija, ya sabes que tu padre no comenta nada, pero pregúntale a tu hermano Alberto; si él sabe algo, de seguro te lo va a decir".

"No sé", dijo María Antonia, "siento como que algo no anda bien por allá". "Nada está bien por allá, María Antonia, pero era imposible que Robert no fuera con su padre a Alemania. Piensa que muy pronto regresará y todo estará como siempre. Y creo además que deberías estar feliz porque tengo un muy buen presentimiento, creo que cuando pase la boda de Cecilia, tú y Robert se casarán". "A lo mejor sí, madre, me lo ha pedido tantas veces que ahora sí estoy segura de casarme con él. Claro, no será pronto, pero al menos ya sé que viviré el resto de mi vida a su lado".

Las semanas siguieron pasando y María Antonia no sabía nada de Robert. Y un día que ella se encontraba con su madre tomando el té, su padre se acercó a ellas y les dijo: "Tengo noticias de Ricardo y de Robert, María Antonia". Ella, enojada por no haber sabido nada de Robert durante casi cuatro meses, siguió tomando su té, haciendo parecer que su padre no le había dicho nada.

"¿Me has escuchado, María Antonia? No tengo buenas noticias para ti. Ricardo dice en esta carta que Robert ha tenido un accidente y que, por tal motivo, no habían podido enviar noticias de ellos. No explica mucho lo que sucedió, pero dice que Robert continuará en el hospital un tiempo más. Menciona también que en cuanto pueda tendremos más noticias, y te manda decir que seas fuerte y que siempre estás en los pensamientos de su hijo".

María Antonia dejó caer la taza de su mano y llorando abrazó a su padre. Doña Petrita lloraba también sin consuelo al recibir la noticia. Era el mes de abril de 1941.

Don Félix trataba de guardar la compostura delante de su hija y de su esposa. El impacto de la noticia lo tenía en shock.

"Vamos a calmarnos, María Antonia, tengamos fe en que todo va a salir bien. Robert es muy joven y fuerte y cualquier cosa la va a soportar. Tendremos que esperar con paciencia que volvamos a tener noticias. Mañana iré a la villa para saber cómo se encuentran las hijas de Ricardo. No creo que sepan nada; si no, ya nos lo hubieran hecho saber".

Esa noche María Antonia no podía dormir por el remordimiento que sentía por no haber aceptado nunca ser la esposa de Robert. Pero lo que menos hacía falta en ese momento era sentir culpa. Estaba con las manos atadas y no podía hacer absolutamente nada, más que esperar en calma a que el tiempo pasara para poder volver a saber de Robert.

Las niñas al fin regresaban de Valencia. No sabían absolutamente nada de lo que sucedía con Robert. La tardanza de su regreso de Nueva York no estaba prevista, ese motivo las hizo regresar a Muzquiz solas con don Octavio ya que la espera por viajar todos juntos de regreso se había demorado mucho por lo sucedido con Robert en Alemania. Y en Muzquiz don Félix mantenía a Martina al tanto de todo, pero Martina tendría que guardar el secreto del accidente, esperando que Richard fuera quien informara a su familia lo que había sucedido en Alemania.

"Niñas, la niña María Antonia vino a visitarlas". "Gracias, Martina, en un momento bajamos". María Antonia veía las fotografías de la familia Pilz y con gran tristeza veía una foto en donde Robert estaba sentado en las piernas de su madre Elenka. Sabía que no podía decir ni una palabra de lo que había sucedido, pero quería sentir un poco de consuelo al sentirse cerca de las hermanas de Robert.

"Cecilia, qué gusto me da verte de nuevo". "Hola, María Antonia, te hemos extrañado, ha pasado el tiempo muy rápido y casi no me he dado cuenta de que falta tan poco para mi boda", platicaba Cecilia emocionada con María Antonia.

"Sí, Cecilia, se ha pasado el tiempo volando. ¿Y Helma, en dónde se encuentra?". "En un momento viene a acompañarnos.

¡Me imagino que estarás emocionada porque Robert llega dentro de muy poco!", le dijo Cecilia. "Sí, han sido muchos los días desde que tu hermano se marchó y en este tiempo he valorado tanto su presencia que ahora estoy muy segura de que Robert es el amor de mi vida. Pero ¿quién te ha dicho, Cecilia, que tu padre y tu hermano regresarán pronto?". "No me lo ha dicho nadie, lo sé porque ellos tienen que estar aquí para mi boda".

"¿Entonces ustedes no han sabido absolutamente nada de tu padre y de tu hermano?". "Sí, el señor Octavio cuando fue por nosotras nos ha dicho todo lo que sucede en Alemania, han sido solo malas noticias, pero nos ha dicho también que mi padre no ha tenido tiempo de mandar noticias tanto como él hubiera querido. Y como nosotras estuvimos ocupadas con lo de mi vestido y visitando a conocidos de mi padre, no le di importancia al hecho de que no nos escribiera tanto".

Que prueba más difícil enfrentaba María Antonia en ese momento al no saber si Robert seguía aún con vida o jamás regresaría. Richard se había limitado a escribir en sus cartas solamente que atravesaban momentos difíciles.

Los siguientes días fueron los más duros para María Antonia por ver a Cecilia continuar con los preparativos de su boda sin imaginar lo que sucedía en Alemania con Robert. Y ella tener que actuar como si no sucediera nada.

Pero la tranquilidad llegó a María Antonia cuando su padre por fin le dio la noticia de que irían a Eagle Pass a recoger a Richard.

"María Antonia, ven, por favor, aquí tengo en mis manos el telegrama que Ricardo me ha enviado, ha dicho que estará en Eagle Pass el 10 de agosto, ve por tus hermanos y diles que por favor vengan".

María Antonia salió corriendo del despacho de su padre en busca de sus hermanos, pero al ir corriendo sus lágrimas quedaban sobre la tierra que pisaba. Su pañuelo blanco guardaba el secreto de su dolor y su corazón le decía a gritos que jamás volvería a ver a Robert. Sus pensamientos la atormentaron cada noche al acostarse. Nunca se perdonaría el no haber estado a lado de él cuando más necesitó sentir su presencia y la suavidad de su piel. María Antonia lloraba desconsolada, lloraba como si su padre le hubiera anunciado ese día la muerte de Robert.

"¡María Antonia! ¿Qué es lo que te pasa?", le preguntaba su hermano Félix, "contesta, María Antonia". Ella lloraba sentada en su columpio y arrastrando los pies sobre la tierra sin poder responderle nada a su hermano. "Ve por favor por mis hermanos y vayan con papá".

Félix dejó a María Antonia sola y fue a buscar a sus hermanos tal como María Antonia se lo pidió. Corría despavorido pensando que algo malo le había sucedido a su madre.

Don Félix los esperaba sentado en su silla de piel negra donde por años se sentó a leer interminables cartas de su familia que llegaban de Italia, pero ahora leía el telegrama de su entrañable amigo Ricardo Pilz.

"Padre mío", le dijo Félix acompañado de todos sus hermanos. "¿Qué es lo que ha sucedido? ¿En dónde está mi madre?". "Tu madre está bien, hijo, está en su habitación descansando. Los llamé porque he tenido noticias de mi amigo Ricardo, él llegará pronto y ustedes me acompañarán por él a Eagle Pass". "¿Robert viene con él?". "No sabemos, hijo, espero que Robert se haya recuperado y su situación no se haya complicado, pero la verdad no tengo buen presentimiento. María Antonia está destrozada, les pido que estos días sean muy considerados con ella". "Hace un rato la vi llorando, estaba sentada en el corral de sus chivas", comentó Antonio. "Déjenla sola", dijo don Félix, "dejen que llore lo que tenga que llorar, ha sido mucho el tiempo que mi amada hija ha vivido en angustia por no saber nada de Robert y necesita desahogarse".

Cuando parezca que todo está perdido, no des nada por hecho, porque nada está dicho. Cuando menos lo pienses, verás la mano de Dios tocando tu vida para que tus ojos puedan ver el amor del que ya se ha escrito. Nada es definitivo.

El camino a Eagle Pass esa mañana del 10 de agosto estaba perfectamente despejado. Eran las cinco de la mañana y todos los varones de la familia Colombo a excepción de don Félix pasaban a caballo el puente que conectaba a México y Estados Unidos.

"¿De dónde vienen, amigo?", preguntó el agente aduanal norteamericano. "Venimos de Palaú, Coahuila", respondió don Félix. "Veo que son extranjeros. ¿Por qué viven en México?". "Porque mi padre tiene sus negocios en Muzquiz", respondió Alberto. "¿A qué se dedican, amigo Félix?". "Compramos y vendemos ganado y vamos a Italia cada año a traer telas y más cosas para vender en Nuevo León y en la ciudad de México". "Muy bien, amigos. Adelante, pasen ustedes".

Los Colombo cruzaron la frontera y se dirigieron a una oficina de correos que se encontraba enfrente de la única plaza que había en Eagle Pass. Ahí estaría Richard esperándolos después de mediodía. Las horas pasaban y Richard no llegaba. "Padre, quizá don Ricardo no llegue hoy", le decía Antonio a su padre, ya cansado por la espera. "No, hijo, imposible. Él me pidió que estuviera aquí este día y así tiene que ser". Los muchachos caminaban de un lugar a otro, desesperados porque ya eran las cinco de la tarde y aún seguían esperando. "Yo creo, padre, que iremos por ahí a ver si hay algo de tomar y de comer". "Sí, hijo, vayan, yo me quedaré aquí a esperar". Al haber pasado un rato en que los muchachos se fueron, de pronto se acercó un automóvil negro al lugar donde don Félix se encontraba. El hombre que manejaba el auto negro se bajó para abrir la puerta de los que venían en la parte trasera del carro. Don Félix se acercó y reconoció de inmediato quiénes era los que venían en el auto. Richard fue el primero en bajar.

"¡Félix, qué gran alegría me da verte, amigo! ¿Dónde están tus hijos?". "Al ver que no llegabas se fueron a una tienda de abarrotes a comprar algo de beber, pero no han de tardar en regresar". "Hemos demorado más de la cuenta en llegar, por lo que ahora verás". Al llevar Richard a Félix por un lado del carro, pudo ver a través del vidrio la cabeza de Robert. "¡Dios mío!, pero si es Robert". "Sí, Félix, mi hijo ha sobrevivido, pero aún no se encuentra completamente bien". Richard abrió la puerta del automóvil y Robert con una sonrisa saludaba a su suegro sin poder bajar del auto. "Pero, hijo, no sabes cómo te hemos extrañado. ¿Cómo te encuentras de salud?". Richard interrumpió a Félix y le dijo: "Mi hijo a causa del accidente ha perdido todos los dedos de su mano izquierda y ha perdido la movilidad de sus piernas, pero hay mucho trabajo por hacer con él, Félix. Él aún no puede caminar, pero el volver a ver de nuevo a María Antonia lo hará levantarse de esa silla de ruedas. ¿Verdad, hijo?". Robert movió la cabeza asegurando que María Antonia haría el milagro de que él volviera a caminar de nuevo.

"Allá vienen los muchachos, deja voy a encontrarlos", le dijo Félix a Richard.

"Hijos, ya han llegado los Pilz. Pero Robert viene un poco mal de salud. Lo pasaremos a nuestro automóvil y al nosotros esperar para cruzar la frontera, ustedes se adelantan para que vayan por los caballos, y nosotros iremos tras ustedes. No hagan ni una sola pregunta, vayan y saluden a Robert y denle ánimo".

Los hijos de don Félix al llegar al puente para cruzar la frontera se adelantaron y al poco tiempo ya estaban de nuevo con ellos. El viaje de regreso tardó más de la cuenta porque Robert había comido algo que no le cayó muy bien en el estómago. Además, su padre lo tenía que mover constantemente para estirarle las piernas. El solo deseo de Robert por volver a ver a María Antonia lo había mantenido con vida. En aquel tiempo del accidente, Robert no sabía si esos serían sus últimos momentos de vida, pero el deseo por volver a los brazos de María Antonia lo mantuvo con vida.

La luna llena alumbraba el camino esa noche mientras se iban acercando al rancho de don Félix. María Antonia y su madre esperaban afuera sentadas en unas mecedoras. Las horas pasaban y ellos no llegaban. Doña Petrita dormía y despertaba mientras que María Antonia alumbraba el camino con una lámpara de gas de su padre. Ella caminaba y se alejaba del rancho para ver si podía escuchar a lo lejos las pisadas de los caballos de sus hermanos, y en una de esas caminatas que hizo escuchó las voces de sus hermanos y las pisadas de los caballos. Al correr para ir con ellos, soltó el chal con el que se cubría del frío de la noche y levantó lo más que pudo la lámpara de gas para que sus hermanos pudieran verla.

"Allá está María Antonia", les dijo Alberto a todos, "ha venido a encontrarnos". "Apresúrate, Antonio, y ve por ella y tráela". Antonio se fue a todo galope por María Antonia y al ponerle el freno a su caballo le dio la noticia a su hermana.

"Dime que Robert está con vida, Antonio, por favor, dímelo". "Sí, María Antonia, él viene más atrás con papá y con don Ricardo". "Llévame con él, Antonio". "Dame tu mano y sube, toma fuerte mi cintura porque el caballo va a correr a todo galope". Los dos fueron al encuentro de Robert. El viento secaba las lágrimas de María Antonia; la luna los acompañó esa noche en que la vida le regresaba el amor de Robert.

Los hermanos de María Antonia venían unos minutos atrás del automóvil y el corazón de Robert palpitaba haciéndolo sentir de nuevo lo maravilloso que es estar vivo, pero sobre todo vivo para amar. "Allá se ven las luces del automóvil de papá. ¿Las ves, María Antonia?". "Sí, puedo verlas". El llegar hacia donde estaba Robert parecía que era más lento que la espera cuando él se ausentó. Don Félix detuvo el automóvil al ver que Alberto y María Antonia se acercaban hacia ellos.

"Baja, María Antonia, toma mi mano para que no vayas a caer", le dijo su hermano Félix.

Robert apenas podía distinguir la figura de María Antonia. "¿Dónde está Robert, papá?". "Está acostado en el asiento de atrás, asómate para que lo veas". "Robert, Robert", tocaba la ventanilla María Antonia. "Acá estoy, María Antonia", le respondió él. "Sabía que vendrías a encontrarme". "¿Cómo lo has sabido, Robert?". "Porque hice magia, le he pedido al universo volver a verte y mis pensamientos te han traído de nuevo hacia mí". María Antonia abrazó con todas sus fuerzas a Robert y juró jamás volver a separarse de él.

"Hoy dormirán Robert y su padre en el rancho, mañana muy temprano iremos a dejarlos a Muzquiz. Prepara la habitación mientras Richard y yo bajamos a Robert".

"¿¿Por qué tienen que bajarlo, papá? ¿Acaso se siente mal y no puede caminar?". "No hagas tantas preguntas, María Antonia, y ve a hacer lo que te pedí".

"Tenemos que decirle a María Antonia lo que ha sucedido con Robert", dijo su hermano Félix. "Lo sé, hijo, pero por ahora será mejor que todos descansemos. Mañana, yo hablaré con ella".

"Todo está listo para que Robert y su padre descansen, papá", dijo María Antonia. "Ve a despedirte de Robert y dile que mañana por la mañana los verás". "¿En dónde está él, papá?". "Él está descansando en la sala con tus hermanos". "Robert se ha quedado dormido, el viaje ha sido muy pesado para él". "No te preocupes, hija, tus hermanos y yo los atenderemos. Ve con tu madre a la cocina, ella le está preparando un té a tus hermanos y a Ricardo". "Solo deja voy a despedirme de Robert". "No, hija, déjalo ya descansar". María Antonia sentía que algo no andaba bien. La noche fue larga para todos menos para María Antonia, que sin saber nada de lo que le pasaba a Robert, dormía como hacía muchas noches no lo hacía.

El sol salió aquel día y don Félix Colombo esperaba a María Antonia sentado en la silla negra de piel en donde estaba su escritorio.

"Se han marchado ya, papá, y nadie me ha despertado. ¿Qué es lo que está sucediendo?, ¿por qué no hay nadie en casa?", preguntaba María Antonia.

"Siéntate, hija. Las cosas no han ido bien todo este tiempo, como ya sabes. El accidente de Robert ha ocasionado una lesión en la columna y, por ese motivo, lleva estos meses en silla de ruedas. No solamente es eso, María Antonia. Robert ahorita trae unas vendas en el brazo porque su padre tiene que cuidar que ninguna bacteria entre en las heridas que tuvo. Pasó por una serie de operaciones, hija, porque los doctores querían salvar su brazo izquierdo lesionado, pero las cosas no salieron como esperaban todos. El brazo y su mano se han podido salvar, los dedos no. Todo esto que ha sucedido aún Robert no lo termina de digerir; los doctores tienen esperanzas de que la lesión de la columna sane completamente y Robert pueda volver a caminar, pero eso solo el tiempo lo dirá. Por lo pronto estará en la villa con rehabilitación; en unos días llegará una enfermera de Eagle Pass para atenderlo, pero estamos seguros de que tu amor lo va a sanar y algún día lo levantará de esa silla. Tienes que ser fuerte, hija, pero sobre todo alienta a Robert para que también lo sea".

Todo se había convertido en una pesadilla, ahora todo sería distinto. María Antonia trataba de comprender lo que era ahora su realidad, pero se negó a dejarse derrumbar: esta vez no dejaría que la tristeza se apoderara de ella, lucharía a lado de Robert para que poco a poco recuperara su vida.

"Pero Diosito de mi vida, qué güeno que llegaron con bien, don Ricardo. Pero ¿qui tene el niño Robert? ¿Por qui lo train cargado los Colombo?". "Espera un momento, Martina, deja que los muchachos lleven a Robert a su habitación y ahorita voy a la cocina para hablar contigo y con María". "Sí, siñor, no se apure".

"¡MARÍA, MARÍA!", gritaba Martina. "¿Pa que soy güena, Martina?". "Ya llegó don Ricardo y el niño Robert, pero aquí algo no anda ben, María, el niño vene malito pero el don no mi quiso decir qui tenía. ¡Ay, María! Yo mi muero si le pasa algo a mi niño". "No se apure asté, Martina, ya verá que el niño no tene nada malo. ¿Segura que asté vio que el niño venía malito?". "Pos claro qui sí, María, pos si no toy ciega". "Pos yo no dije eso, Martina, pero como a veces dice asté que ve por la casa a una mujer que no ta viva, pos yo pensé que a lo mejor asté no vio ben". "¿Y asté cómo sabe qui yo dije eso, María? ¿Acaso asté escucha lo que yo hablo con la gente? Ya mi la imagino, María, ditrás de las puertas oyendo todo lo qui no li importa. Ya verá lo que le va a pasar si la llego a ver de fisgona y de metiche, ya verá, María".

Richard y Robert llegaron a la villa cuando Cecilia y Helma aún dormían. Los hermanos de María Antonia lo llevaron cargado a su habitación y lo dejaron descansar.

Al dejar descansando a Robert, su padre fue a buscar a Martina y a María para explicarle qué era lo que le había sucedido a Robert. "Vengan para acá, Martina, quiero hablarles". "Sí, siñor, diga asté".

"Robert sufrió un accidente justo días antes de regresar a México; por eso ha sido la demora en regresar a casa. El accidente fue tremendo y en verdad llegué a pensar que mi hijo perdería la vida".

"Ay, don Ricardo, ni lo diga. Don Octavio vino y mi platicó un poco lo que había sucedido con el niño Robert, pero mi dijo que las niñas no podían saber nada y pos yo guardé el secreto todo este tiempo".

"Ahorita, Martina, quiero que vayas por mis hijas, les dices que ya regresamos y que quiero verlas aquí mismo, de urgencia.

En un rato más que Robert haya despertado, van a ver su mano izquierda con muchas vendas, eso es porque su mano no ha terminado de sanar y tenemos que hacerle curaciones. Mañana llegará una enfermera que lo atenderá, vivirá aquí con nosotros hasta que el tiempo decida lo contrario. Ahora te pido que te marches, por favor, y traigas a mis hijas". "Sí, don Ricardo, ahoritita mesmo voy por ellas. Solo deme unos minutitos y regreso con ellas".

"Niña Helmita, dispierte, su padre y su hermano acaban de llegar".

Helma brincó de la cama con la noticia. "¿Dónde está mi padre, Martina?". "Está en su despacho, pero primero si tiene que arreglar pa poder bajar a verlo. Apúrese, yo mentras voy a dispertar a la niña Cecilia".

"Niña Cecilia, niña, dispierte, niña, su padre ha regresado". Martina abría las cortinas de la habitación de Cecilia para que entrara el sol que todavía no dejaba ver su resplandor. "¡Ha llegado mi padre!". Los ojos le brillaban a Cecilia de felicidad, porque eso significaba que pronto se celebraría su boda con Daniel.

"Arréglese, niña, y ahorita subo por la niña Helmita y por asté, su padre quere verlas y mi dijo que ¡para ya!". Nunca se imaginarían Helma y Cecilia que recibirían una de las noticias familiares más tristes de su vida.

Martina llamó a la puerta del despacho de Richard, acompañada por Cecilia y por Helma. "Pasen, por favor". "¡Padre! ¿cómo has estado? Te hemos extrañado mucho". Cecilia y Helma abrazaban a su padre pudiendo sentir en ese abrazo que algo malo sucedía. Ese abrazo no había sido como el de siempre. "Siéntense, hijas, tengo que hablarles de algo muy importante. Hemos demorado mucho en regresar porque Robert ha sufrido un accidente en Alemania, él tenía que recobrar fuerzas para hacer el viaje de regreso. Robert está pasando por momentos difíciles y es necesario que cuente con todo nuestro apoyo. Ahorita él está usando una silla de ruedas para desplazarse, porque su columna está lesionada. El doctor ha dicho que tendrán que hacerle varias operaciones y que, con el tiempo, quizá volverá a caminar. Y también hay algo más, a causa del accidente tan aparatoso, Robert ha perdido los dedos de la mano izquierda; en estos momentos trae unas vendas en el brazo que usará por un tiempo, los doctores afortunadamente salvaron su brazo izquierdo, pero fue imposible que salvara sus dedos.

Mañana llegará una enfermera que cuidará de él y vivirá con nosotros un tiempo. Las cosas no van a ser nada fáciles para él ni para nosotros, pero estoy seguro de que Robert saldrá adelante".

"¿Ya sabe don Marcelo lo que ha sucedido, padre?" "No, Cecilia, y no pienso decirle por el momento nada, no quiero dañar su salud con una noticia así. Veré cuál es el momento adecuado para informarle lo que sucedió con Robert".

"¿Y dónde está Robert ahora?", pregunto Helma. "Está descansando, ha pasado muy mala noche y ahora se encuentra durmiendo en su habitación; le va a hacer muy bien estar ahí, pero sobre todo la presencia de María Antonia lo va a reconfortar mucho.

Ahora quiero platicarles todo lo que sucedió en Alemania desde el primer día que llegamos.

Su tía Linna les ha mandado obsequios y unas cartas que más tarde les daré. Yo he traído algo que sé que les va a encantar y que ahorita mismo se los muestro".

"¡Padre! No lo puedo creer, mi muñeca que me regaló mi madre cuando cumplí seis años. Gracias, padre. Has ido a la casa, ¿verdad?". "Sí, Cecilia. Tu hermano y yo fuimos a ver cómo se encontraba todo y pensé que sería buena idea traerte tu muñeca que querías tanto y que un día te dije que regresaríamos por ella. Ya ves, regresé por ella y yo creo que este será mi regalo de bodas para ti. Recuerda que el valor está en lo que representa para ti esa muñeca, que me imagino que si te pregunto cuánto es, tú me responderías: 'El valor es incalculable porque cada vez que veo a mi muñeca, veo en ella a mi madre'.

Y a Helma le he traído su colcha que su madre tejió cuando esperábamos con tanta alegría su llegada".

"¿Y Robert, papá? ¿Qué ha traído él?". "Él trajo su tractor hecho de cartón que mi padre le regaló cuando la fábrica se encontraba en su mejor momento.

Quiero decirles que las cosas no van muy bien por allá. No voy a platicarles mucho, quizá su hermano algún día lo hará, pero quiero decirles que ahora ustedes son muy afortunados de poder vivir aquí. Creo que su madre las libró del peligro con el que en estos momentos nos estaríamos enfrentando. Lo que en Alemania sucede quedará en la memoria de todos para siempre.

Quiero pedirte como un favor muy especial, Cecilia, que tu boda se celebre lo más discretamente posible por respeto a lo que tu hermano se encuentra viviendo en estos momentos. Me imagino que estará listo todo. Solo quiero pedirte que le digas a Daniel que necesito hablar con sus padres.

Les sugiero que acompañen a Robert lo más que puedan, sobre todo tú, Cecilia, que muy pronto te irás a vivir a San Luis Potosí. Robert las necesita mucho y las ha extrañado mucho también".

Robert había despertado sin decir nada. Él permaneció en su habitación en silencio hasta que Helma y Cecilia fueron a saludarlo.

"La puerta de la habitación de Robert está abierta, Helma, ¡vamos a saludarlo!". La silla de ruedas estaba de espaldas a la entrada de la habitación y Robert contemplaba por una ventana la calle solitaria que había detrás de la villa.

Cecilia se puso detrás de él y le tapó los ojos. "¿Quién soy, adivina quién soy?". "Mm, déjame pensar, ¿serás María Antonia o quizá eres Helma?", sabiendo que era Cecilia la que estaba detrás de él. Cecilia quitó sus manos de los ojos de Richard y lo abrazó con todo el cariño que puede tener una hermana para su hermano que había sido lastimado por la vida.

"Te hemos extrañado mucho, Robert", le decía Helma. "¿Les ha contado mi padre lo que sucedió?". "Sí, lo sabemos todo, pero estamos seguras de que volverás a caminar, y por tu mano no te preocupes. Helma y yo te ayudaremos con todo lo que podamos".

"¿Estás lista para casarte, Cecilia? Cuéntame cómo va todo", preguntó Robert. "Cómo quisiera estar yo en tu lugar, había pensado que cuando regresáramos de Alemania le pediría a María Antonia que se casara conmigo, pero ahora no sé si eso va a ser posible". "¿Y por qué no se lo preguntas a ella? Y si acepta, pueden casarse. Daniel y yo podríamos posponer la boda unos meses para que tú y María Antonia puedan casarse. ¿Cómo ves? Yo creo que tu recuperación sería más rápida si ella estuviera contigo todo el tiempo". "¿De verdad crees que eso pueda ser posible?". "Sí, hermano, absolutamente lo creo. ¿Qué te parece si hoy mismo le decimos a papá que serás tú el que se casará?". Cecilia sacrificaba el estar al lado de Daniel y sus sueños para que su hermano algún día se pudiera recuperar, porque sabía muy bien que la fuerza del amor todo lo puede.

Los ojos de Robert volvieron a brillar y en unas pocas semanas estaba todo listo para su matrimonio con María Antonia. Un día del mes de Octubre de 1941.

La boda se celebró en la villa con solamente la familia de María Antonia, don Marcelo, Juan Antonio Nuncio, su gran amigo de Morelia, y Carlos. Con mucha dificultad pudo siquiera Robert permanecer dos horas con los invitados; las rehabilitaciones habían empezado y atravesaba por su peor momento, pero sabía que María Antonia estaría ahí para ayudarlo a levantarse un día, porque si algo tenía muy claro era que volvería a ser el mismo hombre del que ella un día se enamoró.

Don Marcelo, al ver en el semblante de Robert el dolor y el cansancio por el que pasaba, lo llevó a su habitación, disculpándose con todos los presentes.

"Mira, hijo, en el camino hacia acá les escribí estas líneas a María Antonia y a ti. Ha sido un terrible golpe para mí verte en esta situación, mas sé muy bien que saldrás adelante, de eso sí no tengo ninguna duda. Y estaremos aquí todos para ayudarte". Robert tomó la carta en sus manos estando recostado en su cama. María Antonia estaba sentada a su lado y don Marcelo le pidió a ella que la leyera.

"Mis queridos Robert Richard y María Antonia:

Estos son consejos para la vida.

Esta carta que ahora escribo significa más que un regalo de bodas, pude haber comprado el obsequio más costoso para ti y para María Antonia, pero solo hubiera sido algo material que con el tiempo y el paso de los años se hubiera convertido en nada. Por eso he decidido regalarles unas cuantas palabras en las que dejo plasmado mi amor y mi respeto por los dos, esperando que estas mismas permanezcan con ustedes el resto de sus vidas.

La sabiduría no solo la dan los años, hijos, búsquenla, pídanla y si es necesario, imploren por ella, para que sus días aquí en la tierra estén llenos de dicha y de felicidad. Y no se olviden de caminar siempre hacia adelante siguiendo su destino. Aun cuando hayan tropezado, levántense y vean qué fue lo que los hizo caer y, al retomar nuevamente el camino, vayan con cuidado observando que no haya nada que nuevamente los haga tropezar, para que así logren llegar a la meta que espera por ustedes al final de su camino.

Marcelo Alonso de la Vega".

"Y a ti, Robert, hijo mío, te digo: ve y vuela tan alto como el vuelo de las águilas. No permitas que tu vuelo lo detenga nadie. Ve y no te detengas nunca hasta que a lo lejos hayas visto que encontraste el propósito de tu vida para que así puedas alcanzar el estado máximo de bienestar.

Estas palabras las he escrito con el cariño que guardo en mi corazón para ustedes, un cariño eterno que no se destruye con el paso del tiempo, y que con los años se vuelve cada vez más fuerte. Porque como fue antes, lo es hoy y lo será siempre.

Marcelo Alonso de la Vega".

Robert Richard Pilz sentado, acompañado por Robert y María Antonia, a su espalda.

María Antonia se levantó de la cama donde se encontraba sentada y fue a abrazar a don Marcelo y Robert con lágrimas en los ojos. Solo le pudo decir: "Si le dijera que agradezco lo que ahora nos ha dicho, no sería nada que no hubiera escuchado de mí. Solo quiero decirle, don Marcelo, que tiene en mi corazón el mismo lugar que mi padre ocupa. He sido afortunado de haber vivido una etapa de mi vida a su lado, pero soy inmensamente dichoso por haber tenido dos padres a mi lado".

Al terminar de decirle esas palabras a don Marcelo, sus brazos se extendieron para abrazarlo como cuando Robert era un niño y recostaba su cabeza en el hombro de don Marcelo cuando sentía nostalgia por tener a su familia tan lejos.

"Todos se han marchado", se oyó decir a lo lejos a Cecilia. "¿Cómo se encuentra Robert, María Antonia?". "Se ha quedado profundamente dormido, Cecilia; las emociones de este día lo han cansado más que si hubiera caminado kilómetros. Vayamos a descansar porque mañana viene el doctor que operará a Robert y todos tenemos que estar bien descansados, porque dice papá que a lo mejor tendremos que viajar a San Antonio".

Los siguientes meses pasaron lentamente para Robert. Su vida y la de María Antonia transcurrió entre hospitales, el rancho de don Félix y la villa.

La boda de Cecilia y Daniel se celebró a los pocos meses que María Antonia y Robert se casaron. Fue igual de pequeña que la de su hermano, por respeto a la situación que este y la familia vivían.

"Yo creo que sería buena idea que Robert fuera a la hacienda un tiempo, Richard. ¿No crees que sería buena idea?", preguntaba don Marcelo. "Quizá su recuperación sea más rápida allá, me da pena todas las operaciones que le han hecho y pareciera que no sirvieran de nada. Yo creo que a ti también te caería bien alejarte un poco de la villa. ¿Crees que es buena idea que nos marchemos todos?".

"A lo mejor Robert y María Antonia sí pudieran irse, pero yo no me siento muy bien a veces de salud. Yo creo que el que Cecilia se haya casado y marchado de aquí no me ha facilitado las cosas con referencia a Robert; ella siempre fue un gran apoyo para mí. A veces pienso, Marcelo, que mi hijo no volverá a caminar, y me da pena por María Antonia, porque son muy jóvenes y tienen toda una vida por delante y no es justo lo que en estos momentos ellos viven". "No pierdas la fe, hijo, todos hemos sido creados con la misma fortaleza, pero la fe en un momento como el que atraviesa Robert es lo más importante; su fe lo hará volver a ser quien era. No te preocupes, hijo, lo volverás a ver caminar, pero solo quiero que pienses eso y te lo repitas siempre. ¡Robert va a volver a caminar!".

La idea de don Marcelo les sentó como anillo al dedo. Robert necesitaba respirar nuevos aires y María Antonia también. Cuando don Marcelo anunció el plan, de inmediato y sin pensarlo aceptaron ir.

"Está todo listo, Richard. Ya he hablado con los muchachos y nos marchamos a la hacienda en las próximas semanas. María Antonia pasará unos días en el rancho con sus padres y con sus hermanos y después de eso nos iremos a la hacienda. Tienes muchos días para pensar si te marchas con nosotros o prefieres quedarte".

"Don Ricardo", interrumpía la plática Martina. "Disculpen astedes, pero don Octavio dijo que mañana pasa por la niña Helmita".

"Es verdad, qué torpeza la mía", dijo Richard, "deje voy a buscar a Helma, don Marcelo, para preguntarle si ya tiene todo listo para marcharse".

"Hija, ha venido Octavio a avisar que mañana pasan por ti. ¿Está todo listo ya?".

"Sí, padre, las maletas las bajará María en un rato más. ¿Sabes si la señora Celia nos acompañará?". "Sí, mi hijita, los dos te van a llevar y más adelante yo voy a visitarte. El conservatorio donde estudiarás es lo más maravilloso que vas a vivir y espero comprendas que en estos momentos quiero estar cerca de tu hermano. Dentro de poco Marcelo regresará a la hacienda y quiere que Robert y María Antonia vayan con él, y me ha pedido que me tome un tiempo para que los acompañe yo también, y es casi seguro que acepte la invitación. A menos que tú me pidas que te lleve a Pensilvania; si eso sucediera, me iría mañana contigo, pero si continúan los planes como están, te veré allá en unas semanas más".

"No, padre, yo voy a estar bien, el señor Octavio y la señora Celia cuidarán de mí, ve con mi hermano y María Antonia a Morelia. Robert te necesita más que yo en estos momentos".

"Muchas gracias, Helma, por comprender por lo que tu padre atraviesa en estos momentos". Richard abrazó a su hija con el mismo cuidado con el que la abrazó el primer día que la tuvo en sus brazos; la fragilidad de ese ser tan indefenso le hacían pensar en la fragilidad también de la vida. Eso significaba para él Helma, lo frágil que puede llegar a ser la vida para algunos a veces.

Helma partió a Pensilvania la mañana del día siguiente. Se marchó convertida en toda una mujer. La vida la había hecho madurar siendo muy joven al enfrentarse a las adversidades que la vida nos llega a presentar. Sobre todo cuando las familias se enfrentan a accidentes que les cambian la vida o con enfermedades que hacen que cada ser humano vea la perspectiva del diario vivir de diferente manera.

Los días en el rancho de don Félix fueron un respiro de paz y alegría para María Antonia. Sus cabras, las gallinas, todos sus animales la recibían siempre con mucho gusto cuando iba a visitarlos, pero esta vez los dejaría por un largo tiempo y sentía que parte de su corazón se quedaba ahí, en ese lugar donde creció y fue tan feliz.

"¿Recuerdas, Robert, cuando subíamos los dos a mi columpio y cómo este volaba hasta el cielo? ¿Lo recuerdas?". "Sí, María Antonia, sí recuerdo, pero sobre todo recuerdo la sensación de libertad que sentía al tocar el viento mi rostro. Esos fueron los primeros meses de mi vida a tu lado. Recuerdo también que cuando me fui a Alemania, tú estabas ahí columpiándote, yo venía a despedirme de ti, y algo dentro de mí me decía que sería una despedida para siempre y no entendía por qué me sentía así, pero ahora sé que hay algo dentro de nosotros que nos alerta cuando algo nos va a suceder y esto que te estoy diciendo te lo puedo asegurar".

"No pienses en nada más, Robert, que no sea nuestro viaje a Morelia. Estoy segura de que las cosas irán mejor allá, pero tienes que poner de tu parte para que los planes en cuanto a tu recuperación se hagan realidad.

Mi hermano Antonio nos llevará esta noche a la villa para poder partir a Morelia cuando tu padre lo haya dispuesto". Esa noche Antonio manejó el automóvil de don Félix y Alberto iba a un lado de él. Martina y la enfermera esperaban en la puerta de la villa para ayudar a Antonio a bajar del automóvil a Robert.

"Se les ha hecho tarde y Robert tiene que ir mañana al doctor a Eagle Pass. ¿Lo has olvidado, María Antonia?". "Sí, don Marcelo, lo olvidé, le pido una disculpa, pero mañana estaremos listos muy temprano".

"La cena ta lista, niña María Antonia", dijo Martina "¿quere que la lleve a su habitación?". "Sí, Martina, por favor, pero solo sube la de Robert, yo no tengo hambre". "Pero niña, asté necesita juerzas pa cuidar al niño Robert, tiene que comer bien, yo le voy a llevar un caldito de verduras y si no lo quere, pos lo deja".

Martina subió la cena de Robert y María Antonia. Él tenía un menú especial, no podía comer cualquier alimento porque padecía de estreñimiento por la falta de movimiento y otras cosas más, así que hasta su alimentación tuvo que cambiar.

La enfermera llamó a la puerta al amanecer del siguiente día para preparar a Robert para viajar a Eagle Pass, pero María Antonia seguía en pijamas y acostada. "¿Qué hora es, Ana?", le preguntó María Antonia a la enfermera. "Son las seis de la mañana, señora, ya es un poco tarde. Al parecer su suegro y don Marcelo han dicho que saldremos a Eagle Pass en un rato más. Ellos están en el comedor desde las cuatro; todavía alcanza a arreglarse".

"No sé qué me pasa, pero me siento mal, a lo mejor fue el caldo que cené anoche". "No creo, señora", respondió Ana, "el caldo era de verduras, no pudo haberle caído mal".

"Si quieres quedarte en casa recostada puedes hacerlo, María Antonia", le dijo Robert. "Iremos solo mi padre, Ana, don Marcelo y yo".

En eso, entró Martina con la charola del desayuno. "Güenos días a todos. Niño Robert, hace rato que pasé por aquí, y vi qui aún dormían y pos no quise molestar, pero aquí ta el desayuno. Pero niña María Antonia, no cenó su caldo, mire nomás". "Es que no me siento muy bien", le respondió María Antonia. "Otra vez, niña, qui van a dicir sus padres que mi comida la enjerma, pos siempre amanece con que se sente mal".

"No es nada, Martina, es solo que son mis nervios por tantos doctores que verán a Robert este mes y yo creo que también por el viaje a Morelia". "Pos mejor apúrese, niña, porque ya se van pal otro lado en un rato y asté no se ha levantado ni bañado". "María Antonia no irá con nosotros, Martina", le respondió Robert. "Es mejor que se quede en la villa a descansar". "No, niña María Antonia, esto ya me huele mal. Li voy a dicir a su suegro pa que les diga a sus papás.

Ah, niña, en la mesa de la sala he dejado una carta pal niño y pa asté, es de la niña Cecilia".

"¡Ya estamos listos! ¿verdad don Marcelo?", preguntaba Richard.

"Sí, hijo, ya estamos listos, pero María Antonia al parecer no va, ella se siente un poco mal, dijo Martina que cuando estemos de regreso de Eagle Pass quiere decirte algo". María Antonia se quedó recostada casi todo el día. No abrió la carta de Cecilia para esperar a que Robert regresara. Durante el día sus malestares no mejoraron; al contrario, parecía que empeoraban, el cansancio que sentía en todo el cuerpo no le permitía siquiera levantarse para comer. Lo único que hacía era dormir y dormir.

Martina veía con apuro cómo María Antonia empeoraba y el apuro la hizo tomar la decisión de ir a buscar a don Félix. "María, voy pa Palaú a buscar a don Félix; la niña María Antonia ta muy malita, todo el día ha estado dormida, pero yo la verdad, ya me reteasusté, no quise dicirle a don Ricardo que la veía retemal pero no quero que le vaya a pasar algo por mi culpa, por no dicir que le vi retemal".

Martina llegó al rancho como pudo. Por el camino Antonio Colombo la vio que venía y fue a su encuentro.

"Muchacha, ¿tú eres la mujer que trabaja con don Ricardo Pilz? ¿Qué necesitas?", le preguntó Antonio algo preocupado por la rapidez con la que Martina caminaba.

"Sí, siñor, yo mera soy. Pero vine a buscar a su apá pa dicirle que la niña María Antonia ta malita, ¿asté puede darle el recado?". "Claro, mujer. Espera aquí y ahorita nos vamos todos para la villa".

Antonio se fue en busca de su padre lo más rápido que pudo y se topó en el trayecto con su hermano Félix. "¿Qué pasa, hermano? ¿Por qué la prisa?". "Hazte a un lado, Félix, la mujer que está allá parada trabaja con don Ricardo Pilz, vino porque María Antonia está enferma y quiere que mi padre vaya para la villa.

Vamos por papá". "Está en los corrales con Juan". "Yo voy por mi madre, Félix, y nos vemos aquí afuera de la casa".

"¡PADRE!", gritaba Antonio. "¿Qué pasa, hijo? Estamos contando estos animales que acaban de llegar, no interrumpas".

"Padre, han venido de la villa a avisar que María Antonia se encuentra mal de salud y quieren que vayamos a verla".

"¿Quién ha venido?". "Es una mujer indígena que trabaja con don Ricardo Pilz". "Ah, sí, ya sé quién es. Bueno, vayan Juan y tú por tu madre para irnos a Muzquiz". "Alberto ya está con ella y nos están esperando en el patio".

Los padres de María Antonia y sus hermanos llegaron a la villa en un abrir y cerrar de ojos. "Pásile, don Félix", le dijo María, "la niña está en su habitación, ahorita lo llevo con ella".

"Todos ustedes esperen aquí", dijo don Félix, "no quiero que vayan a incomodar a María Antonia si no se encuentra presentable para recibirnos".

"¡María!", dijo Martina. "Ve y lleva a los muchachos a la oficina de don Ricardo y que ahí esperen a sus padres".

"Pasen por aquí, si gustan sentarse, ahorita les traigo algo de tomar", les dijo María a los cuatro muchachos.

En eso Alberto se levantó de la silla para ir a caminar. "¿Creen que pueda salir un poco a caminar? Ahí, alrededor de la fuente", les dijo Alberto a sus hermanos.

"Pues ve, nosotros te esperamos aquí". "Mejor no voy", les dijo Alberto. "Ahí está una señorita sentada con los pies dentro del agua, además está en camisón. Mejor no voy, y desde aquí observo quién es". Ninguno de los hermanos de Alberto se puso de pie para ver quién era la señorita de la que Alberto hablaba.

"Yo creo que es visita de don Ricardo", dijo Félix sosteniendo con sus manos el periódico que se encontraba leyendo. "Si no, ¿quién más puede ser? En la villa ya no vive ninguna señorita". "A lo mejor es amiga de Helma", dijo Juan. "No, imposible que eso sea porque Helma se ha ido a estudiar a Estados Unidos", respondió Félix.

"No sé quién será, pero desde aquí puedo ver lo hermosa que es", pensaba en silencio Alberto con tal de que sus hermanos no se levantaran de donde se encontraban sentados para ver a la hermosa mujer. Unos minutos más tarde llegó Martina. "Niños, dicen sus padres que vayan a buscar al dotor". "Yo iré", respondió Félix, "ustedes tres se quedan aquí por si a mis padres se les ofrece algo".

"En un momento traigo algo para que coman, niños, ya han de tener harta hambre". "No, muchacha", respondió Juan, "mejor esperamos a mis padres; no queremos nada de comer, muchas gracias".

"Yo no quiero comer", dijo Alberto, "pero sí quiero que me digas quién es la muchacha rubia que estaba sentada en la orilla de la fuente con los pies dentro del agua. ¿Es acaso un familiar de don Ricardo?".

"No, niño, ¿de qui me habla asté?, ¿pos cuál muchacha? Ahorita solo la niña María Antonia y María tan en la villa, porque todos andan juera.

¡Ah, ya sé de qué me ta hablando asté, esa muchacha qui vio, es la dijunta de don Ricardo y madre de los niños Cecilia, Robert y Helmita. Venga pa'ca". Martina llevó a Alberto al inmenso librero que Richard tenía en su despacho y donde él conservaba fotografías familiares. "¿Es esta la muchacha de la que asté habla?". "Dios mío, si es ella", respondió Alberto. "Ni se apure, niño, la dijuntita vive aquí con nosotros, pero ni tenga miedo, al contrario, séntase honrado de que la pudo ver porque la dijuntita no se deja ver por cualquera. Verá asté, cuando yo lligué aquí a la villa, desde las primeras noches la dijuntita caminaba por el patio y yo pensaba que era mi imaginación, pero después el niño Robert tambén un día la vio, y don Ricardo le platicó un día a don Marcelo que cuando taban en los quince años de la niña Helmita un conocido de él que taba allá abajo donde él tiene los barriles y botellas de vino, un siñor vio a una mujer que caminaba por ahí por donde taban ellos y dijo también, que naiden pero naiden le creyó. Le dijieron al pobre hombre que taba borracho y se echaron a reír. Y yo en eso que le taba sirviendo el café a don Ricardo, casi ensucio el mantel de la mesa por tar escuchando la plática, y nomás pensé, pobre hombre, el susto que le ha de haber dado la dijuntita. No crea, yo cada que me acuerdo, voy pa la juente y le echo agua bendita, pa que se vaya, porque me ha dado cada sustote, pero no se asuste asté, pero no le vaya a dicir a naiden porque si no, se van a reír como se rieron del hombre del que le acabo de platicar.

Güeno, ya mi voy, niño, porque los frijoles se me van a quemar. Ándale, María, no esté de fisgona. Pa qué me pelas esos ojotes, si ya sabes que la dijuntita aquí vive con nosotros". Pero María no era que estuviera de fisgona como Martina le decía, era que del susto por estar escuchando la plática ya no se pudo mover.

Alberto volteó a ver a sus hermanos, que estaban cada uno en su asunto; tomó su sombrero del perchero y se salió de la casa de don Ricardo Pilz.

"Ya llegó Félix con el doctor", se oyó decir a alguien. Antonio se levantó de su silla para ver qué era lo que pasaba.

"Vamos a pasar a la habitación de María Antonia", le dijo Félix a Martina. Félix llamó a la puerta y su padre lo recibió. El semblante de María Antonia era pálido al igual que sus ojos. La madre de María Antonia tomaba su mano y se podía ver la preocupación que la acongojaba. El doctor se acercó a tomar el pulso y revisar los latidos del corazón de María Antonia. El silencio en la habitación hacía que se pudiera escuchar casi el respirar de cada uno de los que se encontraban ahí.

"Señores, no es nada malo lo que le sucede a María Antonia, no se preocupen. Sus malestares son solo achaques de su embarazo. ¡Muchas felicidades a todos! Este niño será completamente la unión de dos países, tal y como don Ricardo y usted, don Félix, siempre lo soñaron".

El doctor era gran amigo de don Félix y de Richard y fue él mismo quien recibió a la primogénita de María Antonia y de Robert.

Los ojos verdes de Alicia y su cabello dorado como el de Elenka devolvían a la familia Pilz la fe y la esperanza. El nacimiento de la niña fue como agua viva en aquel entonces, cuando ya casi estaban todos a punto de perder la esperanza, como muchas veces sucede cuando sentimos que las fuerzas para seguir adelante se nos han acabado y de repente sucede el milagro. Robert comenzó a recuperarse milagrosamente y llegó el día en que sus pies volvieron a sentir de nuevo lo maravilloso que poseemos muchos y que es el poder mágico del andar.

La recuperación de Robert tardó casi tres años, pero sin lugar a dudas el amor y los cuidados de María Antonia, y el nacimiento de la pequeña, le dieron a Robert la fuerza que poseemos todos dentro de nuestro ser para saber cómo recuperarnos cuando estamos atravesando por una adversidad.

"Tenemos que ir al registro civil para registrar a la niña", le dijo María Antonia a Robert. Él se quedó muy pensativo recordando que, a causa del accidente, no se había dado cuenta de si su padre había traído con él los documentos importantes de la familia.

"Ahorita voy a buscar a mi padre para pedirle mis documentos para prepararnos esta misma semana para registrar a la niña". Robert fue al despacho de su padre, pero se dio cuenta de que había unas personas hablando con él. Se sentó en un sillón que se encontraba afuera del despacho y comenzó a hacer memoria. No podía recordar si aquel día que estuvieron en su casa su padre había mencionado llevarse los documentos personales de la familia.

Richard se desocupó y vio que su hijo Robert esperaba afuera de su despacho. Los caballeros que se encontraban con Richard salieron de la villa acompañados por Martina.

"¿Llevas mucho esperando, hijo?". "Solo un momento, padre". "Pásale y siéntate, me imagino que es importante lo que quieres preguntarme, ya que has estado esperando afuera y no pudiste esperar a la noche para hablar conmigo. ¿Qué sucede?". "Hace un rato, por la mañana para ser exactos, María Antonia me ha pedido mis documentos para que registremos a la niña. No sé si tú los has traído contigo. Supongo que con el accidente ya no tuviste cabeza para pensar en traer nada".

"Supones bien, Robert, los documentos personales se han quedado en casa, pero podemos pedirles a tus abuelos que los envíen. Eso tardaría un tiempo, pero podemos esperar". "¿Y qué le voy a decir a María Antonia?".

"La verdad. Que no tenemos ningún documento personal tuyo aquí en México y que tenemos que pedir que no los envíen y que eso va a tardar un tiempo". "Entonces hablaré de eso ahorita mismo con ella".

Robert se levantó de la silla donde se encontraba sentado y se fue inmediatamente a hablar con María Antonia.

"María Antonia, acabo de hablar con mi padre y justo lo que pensaba que había sucedido, sucedió. Mis documentos están en Alemania. Tenemos que mandarlos pedir, pero también hay que ser realistas. La situación en Alemania ya la conoces y no sabemos si mis abuelos puedan mandarlos inmediatamente. Tendríamos que esperar a que pase todo esto, pero significaría no registrar a la niña por ahora".

"¿Y cómo has hecho para que podamos casarnos? No lo sé, lo ha hecho todo mi padre, además recuerda que el juez trabaja con él y todos los testigos son sus colegas alemanes que viven en Eagle Pass. No sé, no tengo la más mínima idea de cómo le hizo, pero me lo puedo imaginar. ¿Tú crees que es buena idea que se lo pregunte?".

"No, Robert", le respondió María Antonia. "Esos son asuntos de tu padre, no puedes preguntarle. Tendremos que esperar a que esos documentos lleguen y cuando mis padres pregunten por qué la niña no ha sido registrada, les diremos la verdad".

Y mientras la hija de María Antonia y Robert jugaba en el patio de la villa, Cecilia recibía en sus brazos al pequeño Robert Richard Pilz cuarto. Richard y Robert viajaron hasta San Luis Potosí para poder estar con ella y conocer al primer nieto varón de Richard.

El viaje fue muy corto por cuestiones de trabajo y en pocos días se encontraban de regreso en Melchor Muzquiz. Robert y su padre pasaban largas temporadas en Estados Unidos. María Antonia y su hija se quedaban en la villa esperando siempre el regreso de Robert. Contaba María Antonia que cada vez que Robert regresaba de sus largos viajes ella dormía sobre el brazo de él, no importaba que en toda la noche no pudiera él dormir, por no haber movido su brazo para que ella no despertara.

Es así entonces la grandeza del amor, pensaba yo, pero con el paso de los años me di cuenta de que así era la grandeza del amor, pero del amor verdadero. El día que mi abuela se convirtió en madre, para mi abuelo también significó ver el amor de su madre Elenka en su amada María Antonia. Volviéndose para él, su madre, llamando a María Antonia así, hasta el último día de su vida. Heredando lo que a lo mejor para algunos es imposible de heredar. Heredó de su padre Richard el saber amar con el alma y el corazón y con algo más que no todos tienen la dicha de experimentar.

"¡Papá Calo!", dijo la pequeña nieta de Richard Pilz, al ver que su abuelo entraba por la puerta principal de la villa.

"¿La has escuchado, María Antonia? Dijo con efusiva emoción mi nombre, me ha dicho papá y quiso decir Ricardo". Todos sonrieron porque pudieron entender que la niña no pudo pronunciar bien el nombre de su abuelo y desde ese día, para toda la familia don Robert Richard Pilz se convirtió en "Papá Calo" y con el paso de los años en "Papá Calito".

El tiempo había pasado y Helma regresaba a la villa después de varios años ausente. Su mayor ilusión era regresar a Muzquiz para conocer a su sobrina Martha Alicia y al pequeño hijo de Cecilia, que se encontraba de vacaciones en Muzquiz. Al llegar Helma a la villa, se impactó al ver el gran parecido que tenía su sobrina Martha Alicia con ella.

Cuentan que cuando toda la familia se encontraba reunida en la villa, Elenka dejaba que la pudieran ver, sobre todo sus nietos y en especial su nieta Martha Alicia, quien fue la que llegó a tener más parecido con ella después de su tía Helma.

"¿Te has dado cuenta de cómo la niña se parece a mamá y a mí?", le decía Helma a su padre.

"Sí, hija, es increíble el parecido que tiene la niña a tu madre y a ti. Cada vez que la veo desde aquí jugando en el patio, recuerdo cuando tú eras una niña y al ver a Robert lo mucho que la quiere, me veo en él en mis años de juventud y no puedo evitar sentir un poco de nostalgia, pero al mismo tiempo alegría de verlo ahora tan feliz".

En ese momento entró Robert a la sala donde su padre y su hermana se encontraban platicando. "¿Por qué se han quedado en silencio?", preguntó Robert. "¿Acaso están hablando mal de mí? Puedo darme cuenta de que se encuentran muy serios".

"No es eso, hijo, estamos hablando de tu hija, del gran parecido que tiene con tu madre y con Helma". "Sí, es extraño. Dice María Antonia que cuando está en casa de sus padres, y llega alguna visita que no sabe que es hija de don Félix, preguntan de qué lugar es la niña, y mi suegra les responde que es su nieta pero que no se parece a ellos porque se parece a su abuela paterna". María Antonia fue siempre una mujer muy bella. Tenía una sonrisa inigualable y un cabello negro ondulado que odiaba tener; su figura esbelta fue la causante de que la nombraran reina de las festividades de su pueblo, pero la belleza de su hija era totalmente lo opuesto a ella. Crecí escuchando decir a mi familia lo hermosa que siempre fue mi abuela María Antonia Colombo. Pero también siempre escuché que su hija Martha Alicia, mi madre, no tenía ni un ligero aire a ella.

Un día caluroso, muy común en Muzquiz, Helma y la pequeña hija de Robert disfrutaban de una tarde en el río. El calor era insoportable y se habían retrasado un poco en regresar a la villa. Martina guardaba las cosas en una canasta para poder marcharse antes de que oscureciera cuando de repente, de la nada, llegaba Robert apresurado diciendo:

"Vayamos pronto a casa, ha pasado una tragedia". "¿Qué es lo que sucedió, Robert? ¿Acaso es mi padre?". "No, Helma, afortunadamente nuestro padre se encuentra bien". "¿Entonces qué es?". "Camina de prisa, Helma, ayúdame con la niña.

Es don Félix, se encuentra muy grave". "Pero qué barbaridad. Y María Antonia, ¿en dónde está ella?". "Está en la villa esperando que regrese con la niña. Su hermano Antonio vino a avisar lo que había sucedido. Ustedes se van para la casa con la niña y no se muevan de ahí hasta que regrese yo con noticias".

María Antonia llegó a la casa de sus padres y todo era un caos. Doña Petrita lloraba sin parar y sus hijos, hincados alrededor de la cama, esperaban que don Félix pudiera despertar y decirles algo.

"¿Qué es lo que sucedió, madre? Si mi padre se encontraba bien de salud". "Pregúntale a tu hermano Antonio, que él te lo diga". "¿Pero que ha dicho el doctor? Díganme, por favor, ¿qué le sucedió a mi padre?". María Antonia lloraba desconsolada mientras que su suegro la tomaba del brazo.

"Vamos para afuera un momento, María Antonia, deja que tu padre descanse. Que no te escuche llorar así". Robert llevaba a María Antonia al patio para que pudiera tomara aire fresco y la abrazaba cubriéndola por completo entre sus brazos.

"Voy a buscar a tu hermano, María Antonia", decía Richard, "porque no veo a Félix por ningún lado, a lo mejor todavía no sabe lo que está sucediendo". En eso Antonio se acercó con Robert y con su hermana María Antonia.

"¿Pero qué fue lo que sucedió, Antonio?, si apenas hoy por la mañana estuve con mi padre y se veía muy bien". Antonio volteó a ver a Robert diciéndole con la mirada que tendría que platicarle a María Antonia la verdad de lo que había sucedido tiempo atrás. "Solo te voy a decir con brevedad lo que sucedió, María Antonia. El día que Robert vino al rancho con nuestro padre para ayudarlo con los libros de registro del rancho, mi padre se dio cuenta de la infinidad de deudas que teníamos y le pidió ayuda a tu suegro y a Robert para que nosotros no fuéramos a perder el rancho. Todo lo demás, Robert te lo irá platicando. Pero hace unas semanas mi padre nos dijo que el rancho estaba de nuevo en problemas. Y Félix hoy por la mañana entró a la casa cuando todos estábamos con mamá en la cocina desayunando y nos dijo:

'Padre, los problemas del rancho han sido culpa de nosotros y para que usted ya no se preocupe más, he vendido todas sus propiedades. A partir de hoy, ya no volveremos a tener problemas con el rancho'. Cuando mi padre escuchó lo que Félix le dijo, le pidió que repitiera de nuevo lo que acababa de decir, y en ese momento papá cayó al suelo desplomado. Fuimos en busca del doctor y al verlo tendido todavía en el suelo, nos preguntó si mi padre había recibido una impresión muy fuerte y le respondimos que sí. Y sus palabras fueron: 'Don Félix acaba de sufrir un infarto y se encuentra muy grave'". Todavía no terminaba de explicar por completo Antonio lo que había sucedido cuando en eso, se acercó Alberto con la terrible noticia.

"Mi padre ha muerto. Me ha pedido mi madre que entremos todos a la casa". María Antonia no dejaba de llorar; corrió en dirección a la habitación de sus padres levantándose la falda larga que llevaba puesta para no caer, y vio a su padre recostado en la cama, como si él estuviera profundamente dormido. Todos los hijos de don Félix se encontraban alrededor de la cama de su padre y lloraban su trágica muerte. Doña Petrita con tan terrible noticia tuvo que ser aislada por cuestiones de salud.

Richard y su hijo Robert ayudaron a los Colombo con todo lo necesario en cuanto al funeral. El señor Félix Colombo Bello quedó descansando para siempre en la ciudad de Melchor Muzquiz, Coahuila, llevándose en su corazón a su patria de la que siempre platicó y se sintió orgulloso.

Es bien sabido ya que no somos sabios en este arduo y duro camino de ser padres, sabiendo también que es seguro que nos equivoquemos continuamente, pero vamos haciendo camino con cada paso al andar, para poder avanzar, luchando constantemente para no caer y, aun así, caemos, y no solo una vez, pero hay que seguir avanzando porque es seguro que lo lograremos.

Pero qué difícil es para un padre cuando no ha puesto límites a sus hijos pensando que con el tiempo llegarán a madurar y lo único que sucede al final es que la vida los forma a su manera, y puedo asegurarles que no lo hará amablemente como un padre lo haría. Finalmente, la vida es así, nos va formando también ella. Ahora te toca a ti como padre elegir cuál de los dos caminos tomar: serás tú quien guíes y formes a tu hijo, o lo harán las calles y la vida misma.

"Ha llegado correspondencia de Morelia, padre", le decía Robert a su padre. "Don Marcelo quiere que vayamos a la hacienda; él cree que María Antonia va a estar mejor allá. Yo le he dicho que todos estos meses han sido muy difíciles para todos. Él cree que ella podría llegar al término de su embarazo en la hacienda. ¿Tú cómo ves, padre?". "Yo encantado de la vida partiría a Morelia", dijo Robert, "pero no sé si María Antonia querrá".

"¿Y por qué no se lo preguntas en vez de estar aquí conmigo platicando? Vamos, ve y dile que Marcelo quiere que vayan con él de visita. Y si María Antonia acepta, yo puedo llevarlos", le dijo Richard a su hijo. Don Marcelo hacía la invitación porque sabía que Richard se encontraba muy afectado por la muerte de su amigo, y María Antonia ni se diga. El poco tiempo que tuvo don Marcelo de tratar con don Félix le había parecido que el hombre era de lo más sincero y amable.

María Antonia se encontraba cepillando el cabello de la pequeña Martha Alicia cuando entró Robert a la habitación.

"María Antonia, han llegado novedades de Morelia y también la invitación para que vayamos allá. Don Marcelo dice que el nacimiento del nuevo bebé podría ser en Morelia. ¿Quisieras ir para allá? A todos nos preocupa mucho tu salud y la del bebé".

María Antonia siguió cepillando el cabello de su hija, pero de inmediato le dijo a Robert que preparara todo para marcharse. "Solo quiero pedirte un favor, Robert, la niña aún sigue sin ser registrada, quiero que le preguntes a tu padre qué es lo que vamos a hacer ahora que nazca este bebé que viene en camino. Antes de partir a Morelia, te pido, por favor, que me tengas una respuesta".

"Hoy mismo hablo con mi padre para que podamos viajar con tranquilidad a Morelia", le respondió él.

"Martina, ven, por favor, la señora María Antonia necesita que le ayudes a empacar, partiremos a Morelia y necesita de tu ayuda".

"Sí, niño, ahoritita voy con la niña María Antonia pa que mi diga todo lo que va a llevar. Asté no se apure, que yo me encargo de todo".

"¿Sabes en dónde está mi padre?". "No, niño, él se jue tempranito pa la mina, dijo que pa la noche regresaba. Entonces si lo quere ver, será mejor que vaya a buscarlo pa la mina.

¿Y por qué no lo espera, niño?". "No, Martina, tenemos que resolver un asunto muy importante, y entre más rápido suceda, mejor. Dile a María Antonia que regreso por la tarde".

Robert sabía muy bien que los papeles que necesitaban no los iban a tener, y con la muerte de su suegro habían olvidado que la pequeña niña aún no había sido registrada. Robert estaba en serios problemas y tanto él como su padre tenían que hacer algo ya, porque ya no era solo Martha Alicia, ahora venía en camino un nuevo bebé y eso complicaba más las cosas.

"Don Ricardo, afuera está su hijo, dice que quiere verlo. ¿Lo hago pasar?". "No, en este momento estoy ocupado, que espere a que termine".

"Don Ricardo se encuentra muy ocupado, pero si usted gusta esperar, él lo atenderá en un momento", le dijo una secretaria del área donde Richard trabajaba.

Cuarenta minutos habían pasado y Robert seguía sentado en la vieja silla de madera donde le habían hecho esperar. El olor y el sabor del café le permitían calmar sus nervios. Las personas iban y venían y el ruido de las máquinas de excavación de la mina se podía escuchar hasta donde se encontraba él.

"Adelante, hijo, qué bueno que has venido a visitarme". "No es una visita, padre, vengo a hablar contigo de algo muy importante". "¿Y no has podido esperar a que regresara a casa, Robert?". "No, padre, el asunto que me trae hasta aquí no es desconocido para ti". "Pasa entonces, si es tan urgente, dime, te escucho".

"Hoy le he dicho a María Antonia de la invitación a Morelia y ella ha aceptado, pero con la condición de tener noticias de mis documentos personales. ¿Acaso has sabido algo? Supongo que no, de lo contrario ya me hubieras informado algo".

"Estás en lo correcto, Robert, me temo que tus documentos no llegarán. La casa sufrió severos daños con los bombardeos y solo han quedado escombros ahí. Tu abuelo me lo hizo saber justo cuando Félix acababa de morir, y no consideré prudente darte tan terrible noticia. Pero todos estos meses he estado pensando cómo le vamos a hacer y solamente se me ha ocurrido una idea. Pero primero déjame hacer las cosas a mí solo, y en unos días te informo qué sucedió. Por lo pronto, antes de viajar a Morelia tienes que ir a Valencia. Te quedarás una semana ahí, y cuando hayas regresado, te puedes ir a la hacienda". Los planes de Robert se detuvieron y no partieron a Morelia como él hubiera querido.

"Parece que ya le está creciendo la panzota, niña María Antonia, de seguro es otra niña, se le ve luego luego en lo redondo de su panza. En mi pueblo dicían eso, que si la barriga tá redonda entonces sería niña y si no, pos es niño. Yo creo que ya no alcanza a irse pa Morelia, niña, a mí si mi hace que aquí nace la criatura. ¿Quere que me lleve a la niña pa la plaza, pa que asté duerma un poquito?".

"Sí, Martina por favor, vayan a caminar un poco, yo estoy muy cansada y necesito dormir. El calor me tiene agotada, quisiera descansar sola en mi habitación un poco. Vayan y compren algo helado para que las dos se refresquen".

"Sí, niña, ahorita li digo a María que se quede al pendiente de asté".

"Anda, María, ve y séntate ajuera de la habitación de la niña María Antonia porque voy con la niña pa la plaza, pa pasiarla un ratito. Llévale a la niña María Antonia una limonada bien jresca y unas galletas con nuez, de esas que preparé ayer. Búllele, no la dejes sola porque se me hace que no le falta mucho pa parir".

María hizo todo como se lo pidió Martina y con voz de profeta, como siempre solía suceder con todo lo que Martina decía que sucedería, María Antonia entró en labor de parto esa misma madrugada.

Nuevos aires de paz trajeron la llegada de María Antonieta. Su padre Robert se encontraba en Valencia cuando ella nació y su abuelo Richard y su abuela Petrita la recibieron en este mundo. María Antonia recuperaba nuevamente las fuerzas de vivir con la llegada de su hija. La madrugada del parto todo permanecía en quietud, y María Antonia dormía con su hija María Antonieta en sus brazos aferrándose a ella, con la esperanza de mitigar el dolor de sentir la ausencia de su padre.

Martina cuidó de la pequeña Martha Alicia los siguientes días y doña Petrita atendió a su hija los primeros días de su recuperación.

"Levántate, María Antonia, no puedes seguir acostada, la niña tiene que comer. Ya no te puedes dar el lujo de quedarte en cama, porque María Antonieta te necesita igual que Martha Alicia".

María Antonia no podía superar la muerte de su padre y le resultaba imposible levantarse de la cama, pero su madre la ayudó hasta donde pudo para que ella pudiera sacar adelante a su familia. Aun con la fortaleza del nombre con el que habían decidido llamar a su hija, se veía que María Antonieta iba a necesitar estar muy cerca de su madre, a diferencia de la pequeña Martha Alicia que al dar sus primeros pasos lo había hecho por ella misma sin temor a caer y dejando notar la gran fortaleza con la que había nacido.

María Antonieta le regresó a su madre las ganas de vivir y María Antonia se aferró a ella, con todas sus fuerzas, creando un vínculo entre las dos que solo ellas sabían lo grande de su amor. Mientras que Martha Alicia y su padre Robert unían sus vidas con fuerza cada día.

Robert regresó a la villa, encontrándose con la sorpresa del nacimiento de su segunda hija, que no estaba programado para la fecha en que sucedió.

"Ahora sí tenemos que registrar a las niñas, Robert. ¿Qué es lo que vamos a hacer?". "Mi padre ha dicho que él nos lo explicará", le respondió Robert. "Deja lo llamo para que charlemos del asunto los tres juntos".

"¿Podemos entrar?", le preguntó Robert a su padre. "Pasa, hijo". "Venimos a hablar contigo sobre las niñas. María Antonia está preocupada y verás que no podemos marcharnos a la hacienda si las niñas no están registradas".

"Entiendo, hijo, pero eso no será un problema ya. Le he pedido de favor a mi amigo Adolfo que me ayude, y los dos hemos estado buscando una solución y él me ha dicho que las niñas pueden llevar su apellido, solo sería cuestión de explicarle al notario, y más adelante, cuando todo haya pasado en Alemania y podamos volver, las registraremos con nuestros apellidos. Así Martha Alicia podrá ir pronto a la escuela sin problemas.

Piénsenlo ustedes y me dicen mañana qué fue lo que decidieron, pero si me pidieran mi opinión y mi consejo, yo les diría que hagamos eso. No tenemos otra solución por el momento. Si no están seguros de tener una respuesta para mañana, vayan a Morelia, despejen su mente un tiempo y a su regreso podemos volver hablar del asunto.

Por lo pronto organicen su viaje, porque Marcelo los espera con gran ansia desde antes del nacimiento de María Antonieta".

El viaje a Morelia fue una gran hazaña. Robert nunca había viajado con su familia y esta vez eran tres las personas bajo su responsabilidad. Durante el trayecto a Morelia, Robert y María Antonia pensaron en la propuesta de don Adolfo. No era una idea tan descabellada, decía ella; al fin y al cabo, mejorando las cosas las niñas podrían recuperar los apellidos de su padre.

Robert no pensaba nada, sabía que la guerra había acabado en Alemania, pero no sabía cuál sería el mejor momento para volver a su país, nadie lo sabía y él menos que nadie, pero no había otra salida más que aceptar lo que proponía don Adolfo.

Faltaban pocas horas para llegar a Morelia y Robert estaba ansioso por ver a don Marcelo y platicar con él. María Antonia veía por la ventanilla lo verde de los paisajes y lo hermoso de las montañas. Sus hijas dormían y ella recostada bajo el brazo de Robert se sentía la mujer más amada y protegida.

"Hemos llegado, Robert. Despierta, ahí está don Marcelo esperándonos".

María Antonia fue la primera en bajar del tren y Robert parado tras ella veía cómo Marcelo había envejecido durante los meses en que no se vieron. Su cabello ya estaba cubierto de canas y el cansancio en su andar delataba lo frágiles que ahora eran sus piernas, pero su sonrisa a lo lejos iluminaba todo como siempre, como desde aquel primer día que le conoció, dándole la mano a su padre para saludarlo e invitándole a compartir momentos juntos en el barco que los fundió como una sola alma y que ahora él también, al igual que su padre, su alma también se sentía unida fuertemente a él.

Los pasos de don Marcelo cada vez se aproximaban más al tren donde Robert y su familia esperaban para darle un abrazo.

"Hijo, ha sido mucho el tiempo sin verte. María Antonia, tus hijas han heredado tu hermosura, qué dichoso me encuentro ahora al poder abrazarlos.

La hacienda te espera, hijo, todos ahí tienen muchas ganas de verte. Vamos, no hay que demorar más".

"Ahí viene el joven Robert, corran todos, vamos a recibirle", decían los trabajadores a los que años atrás Robert mostró una gran lección de amor al enseñarles a leer y a escribir.

"De seguro ha de ser mucha tu hambre, ¿verdad, hijo?", preguntó don Marcelo. "Sí, don Marcelo, mucha". "Acuérdate, hijo, de que no solo de pan vive el hombre". "Sí, don Marcelo, a eso me refiero, ahora más que nunca tengo hambre de saber, de entender, de conocer la verdad, de llenarme del placer de vivir. No sabe cómo añoraba sentir su presencia, y la tranquilidad que sus palabras le dan a mi a veces desalentada alma".

"Tus ojos llegarán a ver grandes cosas que tu mente humana no alcanzará a comprender, Robert. Pero el milagro estará ahí, recordándotelo siempre. Solamente tendrás que voltear a ver el cielo para siquiera un poco puedas comprender el poder de lo infinito".

"Buenas tardes, joven Robert, bienvenidos sean usted y su familia a la hacienda El Canto de María. Qué gusto nos da volver a verlo, ya con su familia. Pásele, yo me encargaré de su equipaje", dijo el hombre que los recibía a la entrada de la hacienda.

"Pasa, María Antonia, estás en tu casa", dijo don Marcelo. "Ahora que nos encontramos solos, quiero darte mi más sentido pésame por la muerte de tu padre. Cuando recibí la noticia, he lamentado mucho que un gran hombre como lo fue tu padre perdiera la vida en esas circunstancias. Espero que en este tiempo que permanezcan en la hacienda, tu corazón se reconforte un poco o un mucho, eso solamente lo vas a decidir tú".

"¿Por qué me dice eso, don Marcelo? El dolor que ha dejado la partida de mi padre en mí no creo poder sanarlo yo sola".

"No, María Antonia, te equivocas, tú sola sanarás tu dolor y el tiempo solo hará su parte, pero en ti estará siempre la decisión. La muerte es solamente una parte más que conforma la vida. Primero que nada, tendrás que aprender a no verla como lo dice su nombre, de esa manera tan fría y trágica. Debes aprender a ver la muerte como una etapa más de nuestro paso por este maravilloso mundo en el que vivimos.

Enfrente de ti tienes el regalo más valioso que la vida te pudo dar. La vida en todo su esplendor de Martha Alicia y María Antonieta. Así es como deberíamos aprender a ver la muerte, como nueva vida para nuestro espíritu que a veces ya se encuentra cansado y necesita urgentemente un nuevo renacer.

No dejes pasar tu vida como si esta no valiera nada. La esperanza es la que aquí se queda, pero el tiempo es el que se marcha".

"Tenemos muchas cosas que hacer, María Antonia", le decía Robert a lo lejos. "Tenemos que ir al río para que lo conozcas y mañana llevaremos a las niñas al centro de Morelia, para que coman algodones de azúcar, que tanto comí yo en aquellos tiempos que tuve la fortuna de vivir aquí. Y hoy por la noche iremos a cenar a casa de mi amigo Juan Antonio y su esposa".

Todo en la hacienda era exactamente igual que cuando Robert se marchó. La casa tenía el delicioso olor a café y a tortillas de maíz de nixtamal tan característico de Morelia. "El aire de Morelia se respira diferente al de muchos lugares, ¿no te parece, María Antonia?", preguntaba Robert.

Mientras tanto, en Melchor Muzquiz, Richard disfrutaba de las tardes de barajas con sus amigos. "Es viernes ya, siñor", dijo Martina. "¿Sus amigos vendrán a visitarlo como cada semana? Porque si dice que sí, tengo que ir a la tienda de don Pancho pa comprar lo que voy a preparar pa la cena".

"Sí, Martina, ve a comprar lo que necesites y no olvides poner el mantel blanco en la mesa del comedor y la vajilla blanca de porcelana. Esta noche seremos diez personas en el comedor, para que se preparen con todo". "Sí, siñor, ahoritita mesmo le corro pa la tienda de don Pancho, no tardo, siñor. Ahí tá María en la cocina por si asté necesita algo".

Martina, con el paso de los años, se había ganado más que la confianza de los Pilz. Se había ganado el amor de todos. Richard, sin siquiera imaginar, había encontrado a su compañera de vida; ella era quien veía por él y por sus hijos y ahora veía también por sus nietos con tal desinterés que, si hubiese sido necesario dar su vida por alguno de ellos, sin lugar a dudas lo hubiera hecho.

No solo nuestros compañeros de vida son las personas a las que les entregamos nuestro corazón y con quienes formamos una familia, son también aquellas que van caminando con nosotros de la mano, estando ahí para ayudar a levantarnos después de una caída fuerte y dolorosa, o para disfrutar también de nuestros logros y nuestras alegrías. Algunas veces, esas personas resultan ser el gran amor de nuestra vida. Porque eso es lo que representan, el amor en toda su expresión.

"Ahorita le mocho el cuello a esta gallina pa meterla pal horno, ahorita vas a ver, María". "Ay no, Martina, por favor no, yo no quero ver". "Sí tene que ver, cabezona, yo no puedo hacer todo aquí en la cocina y asté se tene que enseñar". "Martina, por favor, no". "Agárrela de las patas pa que vea cómo le tuerzo el pescuezo a la condenada. Ándale, María, no tengo todo el día pa tar aquí contigo alegando". Así era un día común y corriente en la cocina de la villa. El olor a leña por la estufa que casi todo el día permanecía encendida, el olor de los chiles tostándose en el comal y el cacaraquear de las gallinas cada amanecer. Ah, pero a Martina se le podía escuchar por toda la villa cuando alegaba con María o con alguien que se le atravesara por su cocina. Porque, eso sí, quien llegó a mandar en la villa con el paso de los años fue ella. "Martina Pérez García pa servile a asté", como decía siempre ella. Como años atrás don Marcelo se lo dijo a Richard el primer día que Martina llegó a la villa.

"Vaya por el mantel blanco, María, y póngalo en la mesa, y sacuda las sillas y la consoleta. Ponga los puros de don Ricardo en medio de la mesa por donde tán las velas. Las servilletas tan recién lavadas, vaya al tendedero por ellas y las plancha. Rápido, muchacha, porque mi tiene que ayudar a pelar las papas".

María vestía la mesa con tal elegancia que cada día parecía que se iba a celebrar una fiesta. Tenía el don de hacer todo a la perfección y vestir la mesa no era la excepción. Cada cubierto en su lugar, los platos acomodados perfectamente y las copas brillando por haber sido lavadas con vinagre y limón. Las servilletas y los manteles eran puestos en remojo en agua hirviendo y con el jugo de unos cuantos limones, así se quedaban toda la noche para al día siguiente ser lavadas y puestas a secar en el sol; de esta manera lucían perfectamente blancas para cada día al usarlas en la mesa del comedor, que tres veces al día Martina y María cambiaban para volver a hacer el mismo procedimiento.

El comedor de la casa de Richard, donde cada día tomaban los alimentos, lo había hecho un ebanista mexicano que con mucho cuidado labró rostros de militares en combate en la madera perfectamente tratada únicamente de cedro, toda una obra de arte. Richard se había dado ese lujo porque le gustaba recibir a sus invitados como todos unos reyes, además fue siempre muy consciente de saber que, en la mesa, y tomando los alimentos de cada día, se disfrutaba de pláticas incomparables y momentos de debate, de muchas sonrisas, pero además se recibía cada mañana la llegada de un nuevo día.

Robert Richard Pilz siempre tuvo un ritual para cada mañana. El desayuno se servía a más tardar a las seis y media de la mañana y cuando todos estuvieran sentados a la mesa, tenían que estar bañados y arreglados; nadie podía retrasarse ni un solo minuto, a menos que estuviera enfermo. Ninguno de los hijos de Richard Pilz podía faltar a la mesa a la hora que sirvieran los alimentos, por ningún motivo. El desayuno duraba aproximadamente una hora; se hablaba de lo que se haría durante el día, de temas de importancia, pero sobre todo lo más importante era que se recibía la llegada de un nuevo día. Nadie podía estar malencarado por la mañana, porque si eso sucedía, se tenía que retirar a esperar a que todos terminaran de desayunar y así poder volver más tarde.

El momento en que se toman los alimentos logra crear en las familias lazos fuertes y rutinas; las conversaciones que se tienen quedan guardadas en nuestra memoria y la unión en la familia prevalece por siempre, logrando así que la familia tenga mejor comunicación. Los Pilz pasaron incontables horas frente a la mesa, pero ese fue uno de los mejores momentos de calidad que se regalaban como familia.

Los invitados de Richard llegaron, eran las seis de la tarde. Primero tomaron una copa de vino y fumaron de los puros que tenía Richard para ofrecerles. El recibidor de la villa era como una pieza gigante de madera, material con el que estaban cubiertos los techos, las paredes y el piso. En ellas había hojas de madera preciosamente labradas, en las que el ebanista había plasmado su inspiración dejándose llevar por su imaginación.

Las pláticas en el recibidor a puerta cerrada y en el comedor eran interminables. Nadie podía entender lo que ahí se decía porque Richard Pilz y sus colegas eran alemanes y solo se comunicaban en ese idioma, aunque todos hablaran español. Una vez por semana eran las reuniones que ahí siempre se celebraban.

La madrugada se acercaba y todos se comenzaban a marchar y Richard se preparaba para ir a Eagle Pass el siguiente día a recibir a Helma. Ella se quedaría por fin con su padre en la villa para siempre. Ese último viaje que hizo Helma a Pensilvania fue únicamente para despedirse de sus amistades en ese lugar.

"Prepara algo de comida, Martina, por si me llega a dar a hambre en el camino. Octavio y yo iremos por Helma y por la tarde estaremos de regreso. Prepara para mi hija su comida favorita y busca unas flores para que las pongas en el florero que está en la entrada, de preferencia busca rosas rojas para Helma".

"Sí, siñor, ya casi todo tá listo pa cuando la niña Helimita llegue, solo me faltan las rosas de la niña. Ya tengo todito listo, asté no se apure, don Ricardo. Váyase con cuidado y dele a don Octavio y a la doña Celia mis saludes".

"De tu parte, Martina. Nos vemos por la noche. Trataré de no llegar tan tarde porque mañana salgo fuera".

"Ay, don Ricardo, otra vez se va, pos ya descanse, mire cuántos años lleva así, por qui mijor no se va pa la hacienda con el niño Robert y la niña María Antonia pa que descanse un poco, don. Pos no dijo que si iba a ir con ellos y a luego les cambió la jugada y no jue, se quedó aquí pa nomás estar con sus amigotes tomando vino".

"Ya veremos después, Martina, ya veremos", le respondió Richard a Martina con su inigualable y amorosa voz que siempre tenía para ella.

Helma esperaba a su padre sentada en una plaza solitaria de Eagle Pass. Las horas pasaban y no lo veía por ningún lado, hasta que de repente escuchó que alguien la llamó por su nombre. Llena de emoción vio que era él, que llegaba junto con don Octavio para llevarla a casa.

"Hija, ¿cómo estás? ¡Qué hermoso vestido rosa vistes hoy! Por fin has llegado para no marcharte nunca, Helma. Te quedarás por siempre a mi lado, ¿verdad, hija? Nada me haría más feliz en la vida".

"Claro que sí, padre, lo prometo. Pero si por ahí encuentro a mi príncipe azul, creo que tendré que romper mi promesa, pero te llevaría conmigo así sea hasta el fin del mundo". Esa tarde el universo escucharía el deseo que Richard pedía.

Los tres sonrieron por las palabras que Helma le decía a su padre. Pero nunca debemos olvidar que las palabras que lanzamos al mundo muchas veces las convertimos en realidad. Si realmente deseas algo, suéltalo al universo, con suerte serás escuchada y lo verás hecho realidad.

"Qué maravilloso es respirar estos aires de tranquilidad", decía Helma, "aquí siento que mi espíritu se renueva, padre, exactamente no tengo las palabras para poder explicarte el gozo de mi corazón al pisar tierras mexicanas. Me muero de ganas por ver a Martina, extraño su comida, pero más extraño pasar tiempo con ella". "Martina también te extraña mucho, ayer me dijo que no ha dormido bien por la emoción de tu regreso", le comentaba Richard a su hija.

"¿Qué novedades hay de Cecilia y Robert, padre?". "Cecilia me ha tenido un poco olvidado, sus cartas solo mencionan lo rápido que mi nieto va creciendo y lo difícil que ha sido para ella haber dejado la villa. Si por ella fuera, regresaría a la villa a vivir de nuevo con nosotros. Y Robert no deja de mencionar lo feliz que está con las niñas y con María Antonia. La semana pasada he recibido noticias de él; al parecer se quedarán una temporada larga en la hacienda, don Marcelo no los deja regresar. María Antonia se ha sentido mucho mejor, los aires de Morelia le han servido para recuperarse, pero Robert me comenta que te pedirá que vayas a pasar unos días a la hacienda".

Richard escuchaba con atención todo lo que Helma venía platicando en el camino; observaba cómo su hija se había convertido en una mujer en un abrir y cerrar de ojos y veía con alegría que sus hijos se habían convertido en adultos de provecho y que, además de eso, eran buenos seres humanos, que se habían podido adaptar a tantos cambios siendo apenas unos niños.

"Hemos llegado a Palaú, Richard", dijo el señor Octavio. "¿Quieren bajar a saludar a Celia?". "Sí, Octavio", respondió Richard, "pero primero pasaré a casa de Carlos. Robert me mandó una carta para él y tengo que entregársela".

Richard cruzó la calle para ir caminando a casa de Carlos y pudo ver que él se encontraba afuera de su casa en una mecedora vieja en la que le gustaba ir a sentarse cuando la noche caía y el calor del día había pasado.

"Carlos, soy Richard Pilz. La noche es muy oscura, ¿puedes verme? ¿Cómo has estado, hijo?".

"Señor Pilz, ¿cómo está usted? Justo hace un momento le decía a mi madre que Robert me había avisado que estaría en Morelia un tiempo con don Marcelo. Mi madre quería invitarlo a cenar hoy, y hace solo un momento le comentaba lo que ahora le cuento.

¿Está bien Robert?"."Sí, hijo, solo que me ha pedido que traiga este sobre para ti. Yo vengo llegando de Eagle Pass y pasé a entregártelo.

Me retiro porque ya es tarde. Saludos a tus padres, Carlos, y que pases una buena noche".

"Señor Pilz, dígale a Robert que muchas gracias y dígale también que lo extraño y que lo quiero". "Yo le paso tu recado, hijo, y gracias a ti por querer a mi hijo como lo quieres".

Las horas en casa de los Martínez, como siempre, eran para disfrutarse. Las pláticas, acompañadas de un café y un poco de coñac con algún aperitivo que la señora Celia preparaba, eran interminables, pero había llegado la hora de marcharse porque Helma se encontraba cansada del largo viaje.

"He oído un ruido ajuera, María, vaya y asómese a la ventana, di seguro es don Ricardo y la niña Helma". "Sí, Martina, ya venen caminando por la acera de enfrente". "Pos búllele, María, vaya a recibirlos, qué yo voy pa la habitación de la niña pa ver que nada falte".

"Güenas noches, siñor, güeñas, niña Helma, qué güeno que ya llegó a su casa. Martina está en su habitación preparando su cama pa que asté ya pueda discansar".

"Hola, María, qué gusto me da verte. Deja voy a ver a Martina, tengo muchas ganas de verla. Padre, muchas gracias por todo, he pasado una noche muy agradable con don Octavio y la señora Celia. Mañana por la mañana te veo en el desayuno".

"Mañana te permito que duermas hasta que te plazca, hija; no es necesario que te presentes a la mesa, entiendo que estarás muy cansada", le dijo Richard a su hija.

"Gracias, padre, pero te tomaré la palabra y me quedaré en cama descansando. ¡Buenas noches!".

"Yo la acompaño a su habitación, niña". "Vamos, María. Me muero de ganas por ver a Martina".

Helma se adelantó, dejando a María detrás de ella, y subió corriendo las escaleras para llegar más rápido a su habitación. "Martina, Martina, ya llegué. ¿En dónde estás?".

"Niña Helma, acá toy, vine a revisar que las ventanas tuvieran cerradas. ¿Cómo está mi niña Helma? Mírela nomás, qué hermosa tá asté, ya toda una señorita".

"Dame un abrazo, Martina, te he extrañado mucho; estoy feliz de haber regresado a casa. Pondré esto sobre la cama mientras me pongo mi pijama para dormir. Ven, siéntate aquí conmigo, me imagino que tendrás mucho que platicarme". "Sí, niña, que no terminaría en dos días enteros, pero ya gracias a Diosito, ya regresó, pa no irse nunca. Su papá mi dijo que asté ya no se va a volver a ir, si vera qui sola se sente la casa sin asté, uy pos nomás se oyen las cortinas que se mueven, porque la casa se quedó retesola desde que el niño Robert se jue pa Morelia, la niña Martha Alicia jue la que le devolvió la alegría a esta casa desde que asté se jue; uy, no sabe cómo su papá la quere, la carga, la llena de besos y ahora con la llegada de la niña María Antonieta, pos ni se diga, cómo la quere tambén, ahora que se jueron se ve que su papá ta muy triste, hacen falta los chillidos de las niñas, no crea, si se sente la casa muy sola, los pobres gallos cantan todos aguados, tambén están muy tristes. Su piano lo limpio todos los días como asté me encargó, no dejo que las niñas se acerquen, no si lo vayan a quebrar y me vaya a matar su siñor padre por andar de descuidada, pero no crea, las niñas son retechulas, ni lata dan, era más traviesa asté. ¿Se acuerda cómo li gustaba subirse a la juente? Ay, Diosito, qui miedo mi daba verla ahí y que se juera a caer y se me hogara. ¿Se acuerda, niña? Niña Helmita, apoco ya se me durmió. Ay, niña, me dejó hablando sola como merolico, pos ni modo, ya mañana le termino de platicar todo lo que ha pasado en la villa, porque ahorita ya es muy tarde y todos tenemos que descansar. Pos ya mijor mi voy pa mi cuarto; deje la tapo, niña, va a tener frío si no la tapo, la luz se la voy a dejar prendida pa que no tenga miedo, porqui de seguro asté anque esté grandota, va a tener miedo, la conozco rebién. Güeno, niña, que Diosito me la bendiga siempre, ya sé que no me escucha porqui tá retedormidota, pero qui mi importa, yo la quero mucho comoquera, anque asté no me escuche".

Martina cerró la puerta de la habitación de Helma con mucho cuidado para no despertarla y recorrió el segundo piso de la villa para cerciorarse de que todas las ventanas estuvieran cerradas, para que así el piso de barro de los pasillos pudiera permanecer limpio por más tiempo.

"No voy a voltear pa la juente ni pal patio, no voy a voltear, no voy a voltear, Ave María purísima, Diosito y todos sus santos me guarden, no quero voltear, no quero voltear, Ave María purísima, sin pecado confundido, o como si diga eso. Ya voy llegando pa la cocina, ya mero llego, ya mero llego". Cada noche, en todos los años que Martina vivió en la villa, ese era su ritual según ella para salvarse de ver el espíritu de Elenka rondando por ahí.

"¡Martina! ¿A dónde se metió asté?", María en voz alta buscaba dónde estaría Martina a tan altas horas de la noche.

"Ay, madre mía, mira nomás el susto que me has dado, María, mira lo que hiciste, tumbé la vela del candelabro por tu culpa, muchacha. ¿Pos que no te he dicho que cuando ande revisando la casa por las noches no me asutes con tus gritotes?, ¿no se lo he dicho muchas veces? Ahora voy a tener que tomarme un té de tila pal susto, María".

"Pero el té de tila no es pal susto, Martina". "Pos no, eso ya lo sé, es pa dormir, pero como me asutates tanto, pos no voy a poder dormir, por eso necesito el té de tila. Hazte un lado que toy muy enojada contigo. Tan jeliz que venía yo de ver a mi niña. Tenías que arruinarme mi momento jeliz del día". "Pos será de la noche, Martina, más ben de la madrugada, porque a estas horas, decía mi agüela, que es la hora de las brujas y de los dijuntos que no pueden descansar y se andan pasiando por las noches y yo ya mijor mi voy pa mi cuarto, porqui ya mi dio miedo". "Te vas, nos vamos, María, a mí no mi deja asté aquí sola. Órale, muévase de aquí y húyale pal cuarto".

Esa noche Martina no pudo dormir a causa de sus nervios. El té de tila le había hecho lo que el viento a Juárez, expresión dicha coloquialmente en México que significa, absolutamente nada.

"¡Buen día, María!". "Güen día, siñor". "¿En dónde está Martina? Dile que venga y me traiga el periódico y la correspondencia. Hoy mi hija no desayunará conmigo, tendrán que llevarle a su habitación lo que ella pida si es que no quiere bajar a desayunar".

"Pos verá asté, siñor. Martina se quedado dormida y yo no la quise dispertar porque mi di cuenta de que la pobrecita no durmió, pero su desayuno ya ta listo. Ahorita mesmo se lo traigo y su correspondencia eso sí que no se la traigo, pa que quere asté que Martina se enchile conmigo por andar de atrevida con sus cosas, y ya ve asté que yo no hago nada sin que ella me lo ordene".

"Pero qué raro me parece eso, María", comentó Richard, "si Martina es la primera en levantarse. ¿Estás segura de que es solo eso? Yo creo que mejor voy por el doctor para que la revise; eso no es normal, ella nunca se queda en cama. Ve y dile que en un momento el doctor va a revisarla. Que esté lista para cuando toquemos a su puerta".

"Sí, siñor, ahorita mesmo, voy y li digo".

"Martina, dispierte". "¿Qué quere asté, María? ¿No li dije que si me ayudaba a servir el desayuno porqui no dormí nada? ¿No le acabo di dicir, María?". "Pos sí". "¿Entonces qué quere?, ¿pa qui mi molesta?, váyase de aquí a atender a don Ricardo".

"Pos esque el siñor me mandó aquí pa que le diga que ya vene el doctor a ver por qué asté no se ha levantado de la cama, porqui dice el siñor que asté nunca hace eso, entonces dijo el patrón que a asté le van a poner un piquete como los que le ponían al niño Robert cuando se enjermó. ¿Pa que me pela eso ojotes? ¿No me dice así muchas veces asté a mí?, pos ahora le digo yo. ¿Pa qui pela esos ojotes así?".

Al darse la media vuelta María para ir de regreso al comedor con don Ricardo, Martina brincó de la cama como si le hubiera picado una chinche o algún tipo de insecto que a todos nos hace brincar del miedo, y en menos de lo que canta uno de sus gallos ya estaba llevando el café de la mañana para don Ricardo.

"Martina", exclamó Richard. "Pensé que en verdad te sentías muy mal, me ha dicho María que estabas en cama. Estaba a punto de ir a buscar al doctor. ¿Te encuentras bien?".

"Sí, don Ricardo, pero ya toy muy ben, jue solo un resjriado, pos fíjese que tenía mucha tos, pero ya no tengo, ya toy muy ben".

"Qué bueno, Martina, en verdad me preocupé. ¿Segura que ya te sientes bien?". "Sí, don Ricardo, muy ben que me sento. Ahoritita le traigo su pidiórico y su correspondencia".

Richard, por cuestiones de la guerra, tenía mucho tiempo sin saber de su familia. No sabía en dónde se podían encontrar, aunque sí sabía que podían estar en Rusia o en Austria. Esa información se la había hecho llegar su padre y hasta ese momento no había sabido absolutamente nada más. Su hermana Linna era quien lo mantenía al tanto porque Rudolf había dado por muerta su relación por la falta de compromiso por parte de Richard, cuando decidió marcharse a América, para con la familia y para con la fábrica de cartón. Que de nada había servido quedar enemistados, porque la fábrica se había ido de pique cuando pasó a las manos de Rudolf. Pero esa mañana de febrero de 1948, Richard recibió una carta de su hermana Linna.

"Querido Robert Richard Pilz.

Envió mis más cordiales y afectuosos saludos.

Hermano, las cosas han ido difíciles aquí. Lamento escribir solo malas noticias, al menos ahora podemos escribir cartas, pero no tenemos la certeza de que llegarán a las manos de las personas a quienes van dirigidas.

He estado pensando mucho y buscando las palabras adecuadas para que, al darte esta terrible noticia, tu dolor no sea tan grande, aunque sé que eso no lo voy a poder evitar.

La noche del viernes 20 de noviembre de 1947 nuestra madre Alfreda ha muerto. No quiero hundir mi carta en detalles porque no me siento con los ánimos de hacerlo. Mi padre no ha dejado de preguntar por ti, mas sabe muy bien que te encuentras a salvo en América.

Rudolf ha tenido secuelas de los bombardeos que afectaron su casa y la de mis padres. Sus piernas aún siguen muy lastimadas y no ha vuelto a trabajar. Los hongos que habías sembrado en gran cantidad han desaparecido en su totalidad. Solo nos ha quedado el recuerdo. Los doctores mencionan que Rudolf mejorará si es esa su voluntad. Hemos perdido casi todo y por ahora estamos en Austria.

Si acaso piensas en regresar algún día, tendrás que venir hasta acá. Mi padre se niega rotundamente a viajar para América, nos quedaremos en Austria hasta que veamos cuál es el momento adecuado para regresar a Alemania.

Saludos a los niños, me imagino que Cecilia y Helma estarán casadas con algún mexicano y Robert también, me imagino también que ya han llenado tu casa con hermosos nietos que en estos momentos ya has de tener.

Espero tener la fortuna de volverlos a ver algún día. Mi padre te manda muchos saludos y a los niños también.

Todos en la familia sentimos la pérdida de mi madre y te damos también nuestro más sentido pésame.

Con cariño:

Linna Pilz.

P. D. Hazme saber que has recibido esta carta".

El semblante de Richard empalideció al leer tan terrible noticia.

"¿Li pasa algo, don Ricardo? ¿Si sente ben? ¿Quere qui li traiga tantita agua?".

"No, Martina. Voy a mi despacho, por favor no me molesten. Dile a Helma, cuando despierte, que no me interrumpa, tengo mucho trabajo por hacer y ahorita no puedo tener distracciones".

Robert Richard se levantó rápidamente, dejando el periódico sobre la mesa y llevando en su mano la carta de su hermana Linna. Cuando llegó a su despacho, se encerró con llave para que nadie lo molestara.

"Si mi hace que algo le pasa al patrón, Martina, porque no ha salido de su despacho desde la mañana que asté li dio la correspondencia, pos qui diría en esos papeles". "Ya li dije que no le diga patrón, muchacha. Se llama don Ricardo. Y a asté qui li importa lo qui diga en esos papeles, córrale mejor pal gallinero con las gallinas.

¿Pos que no li he dicho que no sea igualada?". "¿Pos tonces no es mi patrón don Ricardo?", preguntó María. "Deveras contigo, María, que no mi entiende asté nada. Ahora dígame pa onde se jue la niña Helma".

"Pos dijo que pa la casa de la niña Rebeca, a lo mejor se va a pasar todo el día allí, comoquera a las seis tenemos qui ir por ella, porque si el patrón sabe que anda tan tarde en la calle, se va a enojar mucho".

Pasaron las horas y Richard no salió en todo el día de su despacho. Eran ya las ocho de la noche y la luz seguía encendida.

"Pos sí que algo le pasa a don Ricardo, María. No quiso comer y no quiso tampoco cenar. Ahorita jui pa ver si quiría algo antes de que mi vaya a dormir, y mi dijo que me juera, que no quiría nada. Le pregunté que si quiría ver a la niña Helma y mi dijo que no quiría.

Pos yo no entiendo. Mijor me voy a cepillarle el cabello a la niña Helma, antes de que se duerma".

"Niña, ya llegué. Venga pa que le cepille su cabello tan retebonito que asté tene. Mire nomás qué bonitos sus chinos, me acuerdo cuando la peinaba de chiquilla. ¿Asté se acuerda, niña?".

"Claro que sí me acuerdo, pero no platiques tanto, Martina, y mejor hazme rápido la trenza porque me quiero dormir. Me preocupa que mi padre trabaje tanto y no se alimente bien. ¿Por qué crees tú que hoy no quiso comer?".

"Pos quen sabe, niña, a lo mejor le duele la panza, ya ve que él no dice nada y si uno le pregunta pos pior, se queda como mudo. Yo digo que a lo mejor sí le puede doler la panza, porque a veces don Ricardo come mucho. ¿No se ha fijado todas las tortillas que se come? Él dice que le gustan mucho, pero tampoco que se las coma todas, digo yo. Porque la gente cuando come mucho, pos se empacha, a lo mejor eso es lo que le pasa a don Ricardo, ta empachado con tanta masa.

¿No cree asté eso, niña?".

"Definitivamente, no lo sé, pero lo que sí sé es que ya me quiero dormir".

"Güeno, niña, pos ya me voy, acuéstese pa que la arrope. Dejo la luz prendida, ¿verdad que sí, niña?".

"Sí, Martina, por favor, ya déjame descansar porque mañana muy temprano iré a visitar a la madre de María Antonia y, por cierto, tú me vas a acompañar porque no iré sola".

"Pos ya dijo, niña. Mañana nos retachamos pa la casa de la doña Petrita. Hasta mañana, que descanse asté".

"Son las 4:30, María, córrale pal gallinero a sacar los huevos, mientras yo me voy a amasar la harina pal pan. Apúrese, porque en un rato más me voy con la niña Helma a casa de la mamá de la niña María Antonia. Estoy segura de que don Ricardo va a tener mucha hambre ahorita. A ver si no se come todas mis tortillas". "Pa qui dice asté eso, si ya sabe que sí se las va a comer toditas, pos si parece pelón de hospicio o de batallón mejor dicho". "Sí será grosera asté y majadera, cómo li va a dicir al patrón pelón de hospicio, va a ver asté cómo le va a ir al ratito que regrese". "¿Pos no mi acaba di dicir apenas ayer que no es patrón, que es don Ricardo? Pos quen la entende a asté, oiga. Y pa qué va asté con la niña Helma pal rancho de don Félix, ni que la doña Petrita juera su suegra, ¿además a asté quen la invitó?". "¿Cómo que quen me invitó, María, pos cómo que quen? Además, ¿a asté qui li importa, María? Húyale pal corral con las gallinas y no esté aquí de chismosa jeringándome mi día".

Richard se presentó en el comedor como cada mañana, nada más que esta vez había perdido el apetito. No podía mostrar ningún tipo de sentimiento que lo delatara, así que trató de aparentar que no sucedía absolutamente nada.

"Güenos días, don Ricardo, qué güeno que ya salió del despacho. ¿Me va a dejar entrar pa limpiar? ¿O se va a regresar pal despacho otra vez? Aquí le traigo su café y su panecito".

"Hoy no voy a desayunar, me iré a la mina en unos minutos, hoy no tengo apetito". "¿Le pasa algo, don Ricardo? ¿Ni siquiera se va a tomar su café?".

"No, Martina, tengo algo de prisa. No veo por aquí a Helma. ¿En dónde está? Ay, don Ricardo, no mi vaya a regañar, yo le di permiso de dormir un poquito más, poquito nomás, no crea que se va a levantar a las diez, no, siñor. Yo creo que ya se ha de estar bañando porque vamos pa la casa de doña Petrita".

"¿Y por qué le has dado tú permiso para dormir más, Martina? Muy mal hecho, señoritas. Cuando regrese voy a hablar con las dos. Y a todo esto, ¿a qué van al rancho de los Colombo? ¿Sucede algo malo con la señora Petrita?". "Yo no sé nada, don Ricardo, la niña Helma mi pidió anoche que juéramos pal rancho de don Félix en paz descanse y Diosito lo tenga en su santa gloria. Que pa ver a la doña de don Colombo".

"Muy bien, vayan con cuidado, y no regresen después de las seis por favor. Aquí las veo para la cena".

"Sí, don Ricardo, que vaya con bien por su camino". "Sí, Martina, muchas gracias, eres muy amable". Richard apresurado no hallaba cómo terminar la conversación con Martina pues ya sabía que no había que preguntarle nada, porque entonces la conversación no tendría fin.

El rancho de los Colombo se veía más triste que nunca. La ausencia de don Félix Colombo se veía reflejada desde la entrada hasta el último rincón del rancho.

"Bienvenidas", saludaba Alberto a Helma y a Martina. "¿Qué las trae por aquí? Me imagino que vienen a visitar a mi madre, porque no creo que a la hija de don Ricardo Pilz le plazca visitar a los hijos de Félix Colombo Bello. ¿O me equivoco?".

"No se equivoca, niño, nosotras vinimos pa ver a doña Petrita, dígale por favor que si nos puede recibir".

"¿Y por qué no responde la señorita lo que estoy preguntando? ¿Acaso le han comido la lengua los ratones?". "No, niño, su padre no la deja hablar con ningún hombre, por eso la niña Helma no dice nada, no vaya a pasar a creer que la niña ta mudita; no, niño, eso no. Vaya por favor con su mamacita y dígale que tamos aquí".

"Permítanme un segundo, ahora vuelvo. Si gustan sentarse en estas mecedoras que tiene mi madre para tomar el té de en la tarde". "Sí, niño, muchas gracias. Véngase, niña, aquí, siéntese conmigo".

Alberto se bajó de su caballo y arrastrando las espuelas subía unos escalones que lo llevaban a la entrada principal de su casa, donde a su madre le gustaba pasar las tardes leyendo y disfrutando de los atardeceres del rancho, viendo por una ventana inmensa la puesta del sol y las montañas cubiertas de nieve cada invierno que amenazaba con traer fuertes fríos y hermosos amaneceres nublados y húmedos que eran una belleza poder tener la dicha de contemplar.

"¡Madre! Afuera está la hija de don Ricardo Pilz y su nana. Me pidieron que viniera a preguntarle si puede recibirlas".

"Pero claro que sí, hijo. Ve y diles que pasen, diles que no puedo ir a recibirlas pero que son bienvenidas siempre y a toda hora. Tráelas aquí, por favor, Alberto".

"Sí, madre, ahorita paso su recado tal cual me lo ha dado y les doy el pase".

"Hola, señora Petrita, ¿cómo le va?", le dijo Helma.

"Pero qué hermosa estás, mi niña, y cómo has crecido. Ven para que te dé un beso".

"Muchas gracias por recibirnos, doña Petrita, aquí le dejo a la niña pa que platiquen".

"Sí, Martina, pasa a la cocina si gustas para que comas algo. ¿Cómo te fue en Valencia, Helma? Ha sido mucho el tiempo que te has marchado, hija. ¿Te gusta mucho estar allá?".

"Sí, señora Petrita, me gusta mucho, aunque la vida es muy diferente, pero mi padre quería que conociera a un prospecto con el que me pudiera casar".

"'"¿Y lo has conocido?", preguntó la señora Petrita.

"No, señora, no le he conocido, pero eso no me impidió que pudiera conocer y disfrutar de lo hermosa que es Pensilvania".

"A lo mejor tu destino está aquí en México, hija, eso nunca se sabe, solo sucede sin que se planee y cuando menos lo imaginamos, ya estamos casadas y educando a nuestros hijos".

"A lo mejor sí, señora, o a lo mejor no, a mí me gustaría vivir con mi padre por siempre".

"No, hija, no lo digas ni en broma. Tienes que casarte y tener hijos. Además, eres muy hermosa; cualquier hombre se sentiría muy afortunado de que una mujercita como tú sea su esposa".

"¿En dónde está mi madre, Alberto?", preguntaba Félix. "¿Qué estás haciendo ahí viendo por la ventana? Ve con la yegua que está pariendo, ahí es donde deberías estar, no aquí perdiendo el tiempo".

Pero Alberto no era que estuviera perdiendo el tiempo. Habían pasado muchos meses desde la última vez que vio a Helma en la boda de sus hermanos y solamente fue por un momento muy breve. Pero Helma ya había crecido y era toda una mujer. Alberto desde ese día no dejó de pensar en ella.

"La yegua ya parió, Félix", llegó corriendo Antonio a decirle a su hermano. "Entra a la casa, Antonio, y busca toallas, y tú, Alberto, ayúdame a limpiar los establos.

No creo que mi madre necesite que estés aquí fisgoneando por la ventana a la hija de don Ricardo. Vámonos para los corrales y tráete las otras botas".

La plática se puso tan interesante entre la señora Petrita y Helma que la hora de regresar a casa se llegó.

"Qué delicia de té me ha dado usted, señora Petrita. ¿De dónde es?". "Es de Italia, mi marido cuando iba para allá llegaba cargado con estos tés que son mis preferidos, y el té rojo también es exquisito. Deberías volver pronto para invitarte a tomar cada uno de la variedad de tés que tengo aquí. Bueno, en un día no alcanzarías a probarlos todos, pero si vienes seguido, seguro que sí los pruebas todos".

"Sí, señora, yo volveré pronto para probar sus tés y para saludarla también.

Es hora de retirarnos, mi padre nos ha pedido que estemos temprano en casa y usted ya sabe cómo es él, no puedo retrasarme ni un solo minuto".

"Adelante, hija, deja voy a la cocina a buscar a Martina. ¿Vendrán por ustedes? ¿O prefieres que alguno de mis hijos las lleve?".

"En un momento más vendrán, pero nosotras podemos caminar hasta la entrada del rancho y esperar a que vengan por nosotras".

"No, hija, deja voy y busco a alguno de mis hijos, permíteme tantito".

Helma se quedó sentada esperando a que la señora Petrita regresara, y ahí sentada donde estaba pudo ver fotografías de la familia y de su cuñada María Antonia.

Había ido a visitar a la señora Petrita por encargo de María Antonia. Sus hermanos le habían dicho que veían muy decaída a su madre y que no sería mala idea que viniera a visitarla, pero Helma vio muy bien a la señora Petrita, más que bien, y ese fue el recado que le pasó a su cuñada.

"Hijos, necesito que alguno de ustedes vaya a dejar a Helmita a su casa. ¿Quién de todos puede ir?".

"Yo voy madre", dijo Félix. "¿Y por qué tú?", argumentó Alberto, "mejor voy yo". "Tú estás atendiendo a la yegua". "Mejor voy yo, pues ¿no dices siempre que yo nunca hago nada? Deja que haga algo entonces".

"Bueno, bueno. Van los dos a dejar a Helmita", les dijo su madre Petrita. "Pero apúrense, porque don Ricardo le pidió que estuviera en casa para la cena".

"Por favor, señorita Helma, suba usted al automóvil, mi hermano Félix manejará y yo iré adelante con él", dijo Alberto. "Ahorita en un dos por tres llegaremos a su casa". Durante el regreso solo hubo silencios, porque Alberto, de los nervios por tener tan cerca a Helma, no pudo hablar.

"Listo, señoritas, han llegado a su casa. Es un honor poder servir en algo a la hija del señor Pilz. Saludos a la familia", dijo Félix. Alberto se bajó del carro para abrir la puerta de Helma, pero ella solamente se limitó a darle las gracias, sin voltearlo a ver a la cara.

María recibió en la puerta a Helma y a Martina para después regresarse corriendo a la cocina, porque en media hora tenía que servir la cena.

"Mira nomás, María, cómo tá asté de retrasada, si no llego, el pobrecito de don Ricardo no cena, hágase pa un lado, pa que pueda meter la cuchara a la olla. Así está sempre asté, metiendo su cuchara en todo".

"Qué bueno que ya llegaron, hija, ¿cómo están la señora Petrita y los muchachos?". "Muy bien, padre", le respondió Helma. "María Antonia me pidió que fuera a visitar a su madre, porque ella creía que podía estar enferma, pero yo la he visto muy bien. Tendré que avisarle que su madre se encuentra perfectamente".

"Quizá solo sean los nervios de María Antonia. Nunca había estado tanto tiempo lejos de su madre; es normal que se preocupe", le respondió su padre.

"Me ha dicho la señora Petrita que te pase sus saludos, y que espera volver a reunirnos todos cuando regrese mi hermano de Morelia".

Faltaban pocos días ya para que María Antonia y Robert abandonaran la hacienda El Canto de María, pero en verdad que era un canto aquel lugar. Las mañanas comenzaban con el hermoso canto chillante de los cientos de pájaros que descansaban por las noches en los árboles de la hacienda. El ajetreo de los trabajadores cada madrugada, preparándose para la llegada de un nuevo día, y los inolvidables aromas a flores, a frutas y a campo. Sin tomar en cuenta los olores dentro de la casa en la vieja cocina, que siempre le despertaban el apetito hasta a un muerto. Los días en que se acercaba la pisca eran como una fiesta donde don Marcelo observaba y celebraba, cada año que pasaba, cómo había estado la cosecha. Y veía cómo cada uno de sus trabajadores también celebraba. Y al terminar con el festín, todos se reunían en círculo tomados de las manos para agradecer a Dios un año más con salud y un año más de abundantes cosechas.

"Tenemos que regresar a la villa a más tardar en cinco días, María Antonia, porque saldré de viaje con mi padre y tardaré unos meses en regresar".

"No sabía que partirías tanto tiempo con tu padre", le respondió María Antonia. "Mi padre así lo ha decidido, pero primero registraremos a las niñas y después mi padre y yo nos marcharemos. Aprovecha los días que nos quedan aquí y descansa. Piensa bien el lugar donde viviremos, por favor; yo no sé si Saltillo será el mejor lugar para nosotros. ¿Estás segura de querer vivir allí? Porque podríamos vivir en Querétaro o en el lugar donde tú quieras. Texas sería buena opción, pienso yo".

"Yo pienso que Saltillo es el mejor lugar", le respondió María Antonia a Robert. "Así no estoy tan lejos de mi madre y tú también tienes a tu padre cerca".

"Cuando lleguemos a la villa, le pediré su opinión a mi padre y después decidiremos cuál es el mejor sitio". "Helma entristecerá mucho cuando sepa que no podrá ver a las niñas todos los días".

"Esperemos que no sea mucho el tiempo que Helma siga soltera", respondió Robert, así no se sentirá tan sola en la villa y además criará a sus propios hijos y no sentirá tanta nostalgia de no estar cerca de nosotros ni de sus sobrinos.

"¿Estás listo, hijo? ¿Vamos para que veas el nuevo camino? María Antonia puede acompañarnos a caballo", le dijo don Marcelo a Robert. "Creo que ella tomará una siesta con las niñas, hoy se han despertado muy temprano porque María Antonieta ha pasado muy malas noches últimamente". "Bueno, entonces vayamos nosotros dos solos, mañana nos acompañará María Antonia".

Al ir cabalgando por los nuevos caminos de la hacienda don Marcelo le comentó a Robert: "Hoy he recibido una carta de tu padre y me ha preguntado cuándo regresaran. Le he dicho que pronto regresarás a la villa, pero siento cierta angustia en él; procura acompañarlo siempre a dónde él vaya. Tú eres su gran apoyo y siempre estará necesitando más de ti. He visto que María Antonia se encuentra mejor, me alegra que los días aquí le brinden aunque solo sea un poco de paz.

¿Y tú, hijo?, ¿cómo te encuentras? ¿Tu salud va bien? No puedes negar que tus hijas te han devuelto la vida que tenías antes del accidente. Aunque el verdadero milagro vino de Dios.

Verás, hijo, a veces cuando lo tenemos todo, no valoramos cosas que a simple vista no podemos ver. Muchas veces pensamos que si nuestro cuerpo no sufre de algún malestar todo está bien. Pero no siempre suceden así las cosas. Podemos estar enfermos y no percatarnos de ello, porque a veces es el alma y nuestro espíritu el que enferma, pero como no podemos verlo con nuestros ojos, damos poca importancia a lo que nuestro espíritu está sintiendo y nos pide. ¿Y sabes tú por qué enferma nuestra alma?". "No, don Marcelo", respondió Robert. "Enferma porque contaminamos todo nuestro ser con envidias, con rencores, con odio, y esos sentimientos hacen que vayamos muriendo poco a poco sin darnos cuenta. ¿Sabes qué es lo peor en un ser humano, Robert?". "No, don Marcelo, ¿qué es?". "Lo peor en un ser humano es no saber ser agradecido y ver lo que se posee como algo ya dado por hecho. ¡Acuérdate! Nada es definitivo. Hoy somos, hoy estamos, hoy amamos, pero mañana, quién sabe lo que sucederá mañana, nadie lo sabe. Solo hay alguien que lo sabe, pero lo guarda en secreto para que así podamos gozar de felicidad y paz. Cuánto él nos ha de amar, que nuestro futuro solamente él lo sabrá. Porque así son los designios del Señor, Robert, porque no entendemos ni sabemos qué es lo que hay en su corazón, solo debemos aprender a escucharle y amarle para poder entender. Él es verdaderamente grande, tanto que nuestra mente todavía no lo alcanza a comprender. Él está con nosotros en todo momento, no se va nunca. No te sientas jamás solo porque él ahí estará en todo momento; así lo fue antes, lo es hoy y lo será mañana porque él es el mismo siempre, vive con nosotros en estos tiempos y en los que vendrán.

Acuérdate también, hijo mío: quien sabe dominar sus palabras es quien tiene el poder, hay que aprender a ganar nuestras batallas con el poder del amor puesto en cada una de nuestras palabras. Aprende a dominar los impulsos de tu corazón para que tus palabras no hieran algún día a quien más amas.

Quiero decirte también, Robert, que afortunado es aquel que en la vida encontró poca dificultad a su paso, pero más afortunado es aquel que en la vida caminó llevando de la mano la adversidad y el desconsuelo, porque al final de todo gozará de dicha y felicidad y se verá la paz reflejada en su semblante".

Robert caminaba viendo hacia la tierra del camino y pateaba las piedras que veía escuchando con atención cada palabra de don Marcelo.

"Así como pateas esas piedras que ves por el camino, Robert, así deberás patear con todas tus fuerzas los pensamientos que atormenten a tu corazón, porque deberás saber que siempre estarán ahí, esperando a que les permitas entrar para llenar tu espíritu de inseguridad y miedos, y a causa de eso no puedas avanzar por los senderos que lentamente y con cuidado tienes que caminar".

"Don Marcelo, hábleme de la libertad. ¿Qué significa para usted la libertad?", preguntaba Robert.

"Bueno, hijo, la libertad y la justicia son dos cosas idénticas para mí. Cuando una persona tiene ansias de libertad y de justicia, no hay nada que pueda detenerlo para conseguirlo y su sueño siempre será poder ser escuchado. Pero la libertad y la justicia, también existe alguien que nos las da, pero está en nosotros saber en dónde buscar la verdadera justicia y la libertad".

El Canto de María con los años cada vez se volvía más próspero y eso llenaba de orgullo a don Marcelo. Pero la hacienda necesitaba nuevos aires, aires de juventud para poder seguir adelante, con todo su esplendor. Y con la visita de Robert y María Antonia, recibía esos aires de juventud maravillosos.

"Olvidé decirle, don Marcelo, que regresaremos a Muzquiz en unos días, registraremos a las niñas y después comenzaremos con la mudanza a Saltillo. Aún no sé si sea el lugar perfecto para mi familia, pero con el consejo de mi padre tomaré una decisión definitiva".

Pasaron los días y María Antonia y Robert estaban de regreso en la villa. Richard en compañía de Helma fue a recibirlos a la estación del tren en Ciudad Acuña.

"Bienvenido, hijo. Hola, María Antonia, cómo ha crecido María Antonieta, pero qué belleza de niña, hija, se parece mucho a su madre". "Hola, don Ricardo, ha sido pesado el viaje con las niñas, pero no me puedo quejar, pensé que sufriría más, pero me han sorprendido con su buen comportamiento".

"¿Cómo está Marcelo?", preguntó Richard. "Me ha dicho que la hacienda está de maravilla, como nunca, que les ha tocado la fiesta de la pisca y que han tenido muy buena cosecha". "¡Hombre!, pero qué bueno, qué gusto me da".

"Pensamos que estarías en la hacienda para la cosecha, padre, me sorprendió mucho que no llegaras, dijiste que estarías allá en unos días. ¿Por qué decidiste no ir?", le preguntaba Robert a su padre.

"Llegando a casa te explico. Por lo pronto, mañana registraremos a las niñas, a las ocho de la mañana veremos al juez y a mi amigo Adolfo. Todo va a salir bien, mientras que podemos solucionar esto".

"María Antonia, he ido a casa de tu madre, le he visto muy bien, hemos tomado el té de en la tarde, que por cierto me ha dicho que tu padre lo ha traído de Italia. Me ha gustado mucho pasar tiempo ahí, yo he visto de maravilla a la señora Petrita; no debes preocuparte por ella. Si tú quieres podemos pasar mañana mismo a visitarla. Tus hermanos se han portado como todos unos caballeros, me han traído de regreso a mi casa, sin importarles la hora que fuera".

"Qué bueno que me dices eso, Helma. En verdad que he estado muy preocupada por ella. No sé, quizá exagere y mis nervios me han hecho creer otra cosa. Pero es excelente idea ir mañana al rancho a ver a mi madre. Mañana después de registrar a las niñas nos vamos para allá".

"Hay que bajar todo del automóvil, Martina, dile a María que te ayude. Vamos al despacho, Robert, necesito hablar contigo". "Sí, siñor, como asté diga, pero primero déjeme saludar al niño Robert y a la niña María Antonia, ¿on tan mis chiquillas tan chulas?". "Vienen dormidas, Martina, será mejor que no hagas mucho escándalo para que no despierten", comentó Robert.

"Cierra bien la puerta, hijo". "Esta Martina no cambia, padre, no me explico de dónde has sacado tanta paciencia con ella tú que eres tan especial". "Don Marcelo me dijo un día, hijo, 'con esta muchacha no vas a necesitar mujer porque ella llevará las riendas de la villa'. En ese momento no le hice caso a sus palabras y me reí a carcajadas, pero pregúntame ahora en qué momento sucedió eso, no lo sé, hijo, si tú tienes la respuesta por favor dímela, y si no la tienes yo creo que la misma Martina nos la dará algún día". Robert y su padre reían encerrados en el despacho. "Siéntate, Robert. Quiero explicarte el motivo por el cual no he ido a Morelia. Tu tía Linna me escribió una carta en donde me informó de la muerte de tu abuela Alfreda. Tu tío Rudolf no se encuentra muy bien de salud. La guerra no ha cesado en su totalidad, pero ya todo está mucho mejor. Tu abuelo y tus tíos están en Austria y se quedarán ahí por un tiempo; más adelante me informarán qué es lo que harán en los próximos meses".

"¿Y por qué no vienen a vivir acá, padre?", preguntó Robert. "Tu abuelo no quiere, dice que el viaje es muy largo y que no lo va a tolerar. Dejemos que pase un tiempo y a lo mejor puede que cambien de opinión, y si eso sucede podemos ir a Austria por ellos y traerlos para acá.

¿Le has dicho a María Antonia que cambiaran de residencia?". "Sí, padre, he pensado en vivir en Saltillo, porque así no estoy tan lejos de la frontera ni de ti, y en el momento que me digas que viajemos a Valencia puedo desplazarme rápido desde ahí y María Antonia estaría cerca de su madre.

Yo creo que Helma debería venir con nosotros a Saltillo a vivir. ¿No crees tú, padre?".

"No lo sé, Robert, a ella le gusta mucho estar aquí. En todo caso, más adelante puede regresar a Valencia para que conozca un buen partido y se case, ya que esta vez que la mandé no tuvo mucha suerte, pero eso lo resolveremos más adelante. Ahorita registraremos a las niñas y prepararemos todo para que vayas a Saltillo a vivir.

Por lo pronto, me tengo que ir, es jueves y hoy tengo jugada de dominó en casa de Adolfo. Si quieres, puedes acompañarme, ahí estará Luis, el hijo mayor de Adolfo, te va a caer bien. Viene llegando de Texas, y pasará unos días de vacaciones en casa de su padre. Deberías acompañarme".

"No, padre, creo que mejor me iré a Palaú a visitar a Carlos, tengo mucho de no pasar tiempo con él. ¿Le has llevado lo que te pedí?". "Sí, hijo, claro que lo he hecho".

"Bueno, pues entonces me retiro. Yo también me voy ya a Palaú".

"Ya es un poco tarde para irme, pero aprovecharé que María Antonia está platicando con Helma y guardando sus cosas", pensaba Robert antes de irse en busca de su amigo.

"¡Carlos, Carlos!", gritaba Robert afuera de la casa de su amigo.

"Anda, hijo, parece que te llaman afuera, me pareció escuchar la voz de Robert". "En un momento bajo, madre, ya vi que es él".

"Robert, amigo, ¿cómo te va? Estás más gordo, te ha sentado bien la vida de casado. ¿O me equivoco?". "No te equivocas, amigo, la vida a lado de María Antonia y mis hijas sí es vida. Deberías casarte tú también". "¡No!, ni diosito lo mande, eso no es pa todos, solo pa los que se dejan mangonear por las mujeres, yo soy muy feliz así solito".

"Ya te veré, Carlos, y te voy a decir: '¡Te lo dije!'". "Sí es cierto, amigo, mejor ya no digo nada, porque no me vaya a tocar estar como tú en unos años y ya te veo riéndote de mí. ¡Vámonos por unas cervezas! Está retefuerte el calor. ¿O prefieres entrar y comer algo?, ¿tortillas de harina con mantequilla no quieres? Nomás que, si quieres tortillas de harina, te vas a tener que esperar un rato, porque mi amá va pa ca mi tía y se va a tardar".

"No, Carlos, te lo agradezco, pero solo vengo un momento a platicar. No le he dicho a María Antonia que he venido y tengo cosas por hacer. Pero me parece bien ir por unas cervezas y las tortillas las dejamos para después". "Pos entonces vámonos, pues", le dijo Carlos. "Niñas, la cena tá servida. Hoy don Ricardo no viene a cenar porque es jueves, y el niño Robert tampoco ta". "¿Y a dónde ha ido mi hermano, Martina?". "Pos no sé, si jue sin avisar, ha de andar con su padre, niña".

"No importa", dijo María Antonia, "vamos a cenar nosotras solas. ¿Las niñas ya cenaron?". "Sí, niña, desde hace rato. María ya las está bañando pa que se duerman, asté no se preocupe".

"¿Le ha gustado la cena, niña María Antonia?". "Sí, Martina, muy rico todo, pero creo que ya me voy a descansar porque me ha dado mucho sueño". "¿Te habrá caído de peso la cena, ¿María Antonia?", preguntaba Helma. "No lo sé, quizás sí, la comida en la hacienda es muy diferente, don Marcelo lleva una dieta muy estricta y no come carne; quizá haya sido eso, el cambio de alimentos.

Con permiso, me retiro a dormir y me disculpo contigo, Helma, por no poder quedarme para el postre". "No importa, María Antonia, ahora que no está mi padre aprovecharé para comer un poco más de postre, porque ya sabes lo que piensa si comemos azúcar por las noches, pero no me importa, ya no soy una niña y puedo comer lo que me plazca".

"Aprovecha entonces, Helma, y que tengas dulces sueños, valga la redundancia". María Antonia le dio un beso de despedida a su hermosa cuñada y se retiró a descansar.

Richard se topó con Robert en la entrada de la casa. Eran más de las doce de la madrugada.

"Buenas noches, padre, me he retrasado un poco en llegar, pero la plática con Carlos se alargó más de lo pensado. A ver si María Antonia no se molesta conmigo".

"Ve y duerme, hijo, yo me quedaré un rato aquí en el despacho. Hay unos papeles que tengo que revisar y no lo puedo dejar para mañana. Me ha dicho Adolfo que a las ocho nos veremos todos para registrar a las niñas".

"Padre, ¿tú crees que cuando pase un poco más de tiempo podamos registrar a las niñas con mi apellido? Porque con todo lo que ha pasado se me hace que eso no va a ser posible".

"Estoy seguro de que sí, Robert, solamente es cuestión de tiempo, tienes que pensar que las cosas mejorarán en Alemania. Pero ahorita tus pensamientos deben estar enfocados en la mudanza a Saltillo y en tu familia. Adolfo me ha dicho que un familiar de él tiene una casa que puede prestarnos mientras llega y conoces la ciudad. Mañana platicarás de ello con él. Pero ahora márchate y ve a descansar".

Eran las seis treinta de la mañana y todos se encontraban ya sentados al frente de la mesa para desayunar. "Buenos días a todos", les dijo Richard parado detrás de la silla del comedor donde él se sentaba. "Veo que hoy han madrugado y han sido puntuales. Me da gusto porque Helma últimamente se ha tomado libertades sin antes consultarme. Pero me da gusto que las cosas vuelvan a ser como antes y que estemos reunidos todos a la mesa puntualmente como ustedes están acostumbrados".

"¡Güenos días! Aquí traigo el cafecito y el pan, don Ricardo, y ahorita lis traigo el omelé, las tortillas tán en ese canasto y la salsita la toy preparando. El omelé tene champiñones con queso y jamón como le gusta al siñor y como mi enseñó la niña Cecilia. Si alguen quere otra cosa, pos mi dice ya pa que no mi hagan dar tanta güelta y se lo preparo de voladita. Si mi olvidaba dicirles que hoy no habrá jugo de naranja, será de toronja porque las naranjas taban reteagrias. Con su con permiso, ahorita regreso con lo demás".

"Quiero que por favor al terminar de desayunar vayan a la sala, ahí estaré esperándolos a todos", dijo Richard. "¿En dónde están las niñas?". "Están en mi recámara", respondió María Antonia, "terminándose de arreglar. María se encuentra con ellas, pero terminando de desayunar subo para ver si está todo listo".

Al término del desayuno, todos se sentaron en la sala para escuchar lo que Richard tenía que decir. "Como saben ya, las niñas no han podido ser registradas por cuestiones que no han estado en mis manos, y ustedes han sido testigo de todo lo que he hecho para que lleven nuestro apellido. Hoy, mi gran amigo y apreciado Adolfo será testigo en esta ceremonia que haremos para ellas registrándolas con sus apellidos, para que así puedan desenvolverse en este país como cualquier otro ciudadano mexicano. Tan pronto podamos viajar Robert y yo a Austria con mi padre, recuperaremos los documentos que se han perdido de toda nuestra familia en Alemania y las niñas llevarán nuestro apellido".

"Hoy en la ciudad de Melchor Muzquiz, Coahuila, a las diez horas del día veintiocho de junio de 1949 de mil novecientos cuarenta y nueve, ante mí, Rafael Elizondo, oficial del registro civil, compareció el señor Robert Richard Pilz y la señora María Antonia Colombo Soriano presentando a una niña de cuatro años a la cual dicen ser padre y madre de la pequeña presentada. Originario él del país de Alemania y la madre originaria de nacimiento de de Palaú, Coahuila, con nacionalidad italiana. Contando el padre con 38 años y la madre con 28 años de edad, llamando a la niña: Martha Alicia Romo Colombo.

Presentándose como testigos el señor Adolfo Romo del Bosque, de cincuenta años, y la señora Alma de Romo, de cincuenta años, y el señor Carlos Gómez Lara, de treinta y tres años".

Ese día, quedaron registradas las nietas de Robert Richard Pilz Metzner. Las niñas vivirían como cualquier ciudadano en México, con las mismas oportunidades mientras llegaba el día en que su padre pudiera registrarlas con el apellido Pilz.

La casa que don Adolfo le prestó a Robert y a María Antonia se encontraba exactamente en el centro de la ciudad de Saltillo. La alameda se encontraba al frente, y un portón alto y grande cubría casi en su totalidad la casa donde Robert y su familia vivirían. "Es hermoso este lugar, Robert", le decía la señora Petrita a su yerno. "En mi vida había visto una construcción así". "Al parecer la construyeron arquitectos de la ciudad de México, y todos los acabados se han traído de diferentes partes. El dueño de la casa vivirá aquí en un par de años, dice él que no quiere pasar su vejez en Muzquiz, y esa es la razón por la cual ha construido esta casa", comentó Robert.

La vida en Saltillo fue muy diferente a lo que María Antonia pudo imaginar. Robert trabajaba seis meses fuera de México y los otros seis en Texas y en Valencia, Pensilvania. Era inevitable que María Antonia se sintiera sola. Sus hijos ayudaban a mitigar su dolor, pero la herida estaba ahí. Porque las ausencias de Richard iban acabando con su amor. Cómo es que sobrevive un corazón que no se siente amado, cómo es que sobrevive sin las dosis de amor diarias que deberían estar y ya no estaban. El amor, cuando ve que estamos ausentes, se va, porque no importa la cercanía física entre las personas; la cercanía debe ser de las almas que pudieron encontrarse y, aun así, es seguro que, con el paso de los años, si dejas que el amor muera únicamente quedarán los recuerdos de lo que algún día fue. Porque así es el amor, es como todo lo que existe, un día empieza para después acabar; es solo cuestión de tiempo, pero de que sucederá, es seguro que sucederá. Pero hay amores que no podemos comprender porque se quedan con nosotros para la eternidad, aun sin estar cerca el uno del otro. ¿Cómo es que sobrevive entonces un amor así? Sin los besos y las caricias, que son el alimento en dos seres que se aman. Y más aún incomprensible es el amor, cuando hemos amado a alguien de quien ni siquiera hemos podido sentir la cercanía y el calor de su piel. Cómo comprender entonces lo que es el amor. El verdadero significado de amar. Es por eso que el amor es engañoso, nos atrapa con sus fuertes vientos de deseo y torbellinos de pasión, y sin darnos cuenta de si en realidad es amor lo que estamos sintiendo nos encontramos perdidos dentro de lo que con el paso del tiempo ya se ha convertido en un huracán, a veces destruyéndonos al grado de encontrarnos en la necesidad casi de volver a nacer para poder reencontrarnos. Es por eso, que deberíamos asegurarnos de qué es lo que buscamos y queremos en la vida en realidad, porque podría ser solamente nuestra soledad pidiéndonos a gritos solo un poco de compañía y no un amor para toda la vida.

El verano se acercaba y con él las vacaciones. María Antonia y sus hijos preparaban todo para viajar a Muzquiz a visitar a su madre, que tenía varios meses en cama por un malestar que los doctores aseguraban que no era nada serio. Pero María Antonia no se sentía muy satisfecha con lo que los doctores le decían a su madre, y estaba pensando muy seriamente en llevarla a la ciudad de Saltillo para buscar una opinión más.

"Hoy por la noche llegará María Antonia, madre. A lo mejor la visita de su hija y de sus nietos la va a mejorar", le dijo Alberto a su madre. "Había olvidado que hoy sábado llegarían. Estos achaques me tienen loca, Alberto. Tu hermano Antonio dijo que vendría a traerme a Napoleón para que lo cuide porque él y Emma irán a Palaú a ver al doctor. A mí se me hace, que Emma está de encargo y por eso quieren ir para allá a ver a ese doctor que dizque es muy bueno para traer niños al mundo. Napoleón va a estar muy contento de ver a las niñas, a lo mejor sus padres lo pueden dejar unos días si María Antonia decide quedarse aquí en el rancho. Ya ves que al niño le gusta estar mucho aquí conmigo". "Está engreído contigo, madre, se la pasa enredado entre tus faldas en vez de andar con nosotros en los corrales", le decía Alberto a su madre. "Y cómo no lo va a estar, hijo, si es mi primer nietecito. Todos lo queremos mucho a este chamaco; es tan noble mi niño que en sus ojitos se puede ver todo el amor y la nobleza que hay en él". "¡Ay, madre! Si es un niño, tiene que ser bueno, todavía no hay maldad en su corazón".

"Ya lo verás, Alberto, cuando este niño crezca, recordarás mis palabras, sé lo que te digo, porque no en vano tuve tantos hijos. Y desde el día en que nació cada uno, pude saber cómo iban a ser. Cuando te conviertas en padre, lo entenderás. Ya estoy ansiosa por que llegue María Antonia, tengo muchas ganas de conocer a Domingo, ya tiene un mes mi nietecito y apenas lo voy a tener en mis brazos por primera vez.

¿No sabes si se quedará en casa de don Ricardo?". "No sé, madre", respondió Alberto, "no ha dicho nada en su carta, pero en un rato más nos prepararemos para ir por ella y por los niños".

"Revisa que la recámara de María Antonia esté limpia y ordenada", le dijo la señora Petrita a su hijo, "le he mandado traer una cuna para el pequeño Domingo y para Félix. Si acaso no quieren dormir todos juntos, me traeré a Félix conmigo y las niñas y Domingo se quedarán con su madre".

"Primero tenemos que ver en dónde se quedará María Antonia, madre. No se haga tantas ilusiones, porque de seguro se quedará en la villa. Mejor descanse, porque tiene que guardar fuerzas porque tendrá a casi todos sus nietos en casa y la van a agotar".

"Es verdad, hijo, ya que María Antonia llegue veremos qué es lo que se va a hacer. Cuando traiga tu hermano a Napoleón me despiertas. Voy a dormir un poco porque me siento muy cansada".

Pasaban de las once de la mañana y Antonio llegó con su pequeño hijo Napoleón para que su madre lo cuidara mientras Emma y
él iban al doctor, pero la señora Petrita Soriano Valle, viuda de Félix
Colombo Bello, ya no despertó. Murió dejando en el universo el deseo de conocer al hijo menor de María Antonia, Domingo Fernando
Romo Colombo. Y ese sería el motivo por el que María Antonia ya
no volvió jamás al lugar que la vio nacer y crecer. Cada vez se fue
ausentando más y más de sus hermanos, y papá Calo, como lo llamaba ella, se convirtió en su segundo padre, encontrando en él y en
sus hijos todo el amor y el apoyo que pedía en un grito de silencio, el
silencio que a ella siempre la caracterizó.

"Niña Helmita, su padre si sente mal, dice que quere ver al niño
Robert y a la niña María Antonia. ¿Qui hago? ¿Pos de dónde quere
don Ricardo que traiga al niño Robert si está retelejos?". "Deja voy
con mi padre a su habitación". Richard tenía varios días sintiéndose
mal y el doctor le había pedido guardar reposo.

"El semblante de don Ricardo es bueno, solamente tiene que
cuidar lo que come y lo que bebe. Los días de descanso, señor Pilz,
tienen que ser más a menudo; los viajes tan largos que ha hecho
toda su vida le están pasando la factura. Tendrá que pasar unos días
en cama y alimentarse bien. Déjese consentir por su familia y deje a
Robert que viaje solo, usted ya no tiene edad de andar en esos trotes.
Hágame caso y verá cómo en unas semanas volverá a estar fuerte
como el roble que usted dice ser, señor Pilz". Estas fueron las palabras
del doctor Galván que lo atendió.

María Antonia, tan pronto supo que papá Calo se encontraba
mal de salud, preparó a sus hijos y viajó a la ciudad de Melchor Muzquiz para ayudar a Helma con lo que se llegara a necesitar. Papá Calo
fue trasladado a la ciudad de Saltillo por problemas en su corazón.
Los días en el hospital fueron eternos; la salud de papá Calo empezó a deteriorarse rápidamente sin que los doctores pudieran hacer
mucho al respecto. Helma, Cecilia y María Antonia cuidaban de él
y Robert se encargaba de todos los asuntos que papá Calo había dejado pendientes en la mina y en su vida personal. Todos los nietos de

papá Calo se encontraban en la casa de María Antonia y de Robert, y Martina cuidaba de ellos.

"He visto pasar por ese pasillo a tu madre, Helma, y ella no me ha visto. Anoche que volvió a pasar por el mismo lugar la he llamado, pero me ha visto como si no pudiera reconocerme. Ella llevaba el cabello suelto; recordé el día que la conocí, en un segundo regresé de nuevo al lugar donde nos vimos por primera vez".

Helma volteó a ver a María Antonia, tratando de detener las lágrimas que iban a caer por su mejilla. María Antonia la tomó de la mano y le habló a Cecilia para que estuvieran las tres juntas con papá Calo.

"A lo mejor es hora de ir con ella, papacito", le dijo Cecilia, "cuando venga mi madre a la noche, ve y busca su mano y no te detengas, ve con ella". Papá Calo veía el rostro de Helma recordando el primer día que la tuvo en sus brazos y veía cómo ahora era ella quien lo sostenía a él en sus brazos y lo ayudaba a despedirse de este mundo. Esa madrugada papá Calo murió, siendo sus últimas palabras: "¡Ha venido de nuevo Elenka! Va pasando por el pasillo, Helma. Ya es hora de despedirme".

Robert llegó pocas horas después de la muerte de su padre quedando totalmente destrozado y muy solo el resto de su vida, él preparó todo para el entierro de su padre en la ciudad de Saltillo..

La villa se había quedado sola. Solamente María cuidaba de la casa y por tal motivo todos regresaron a vivir ahí.

"Ahora yo tomaré las riendas de la villa", dijo Robert. "María Antonia tendrá que viajar con los niños a Saltillo para que ellos estudien allá y vendrá temporadas a la villa para pasar tiempo contigo, Helma. Ahora que ya no está mi padre los viajes serán más largos para mí, tendré que pasar muchos meses fuera y ustedes dos tendrán que hacerse compañía mientras Helma consigue esposo y se casa. Si eso no llegara a suceder, vivirás con nosotros, Helma, aquí en la villa y en Saltillo".

Martha Alicia, al ser la primera sobrina de Helma, se habían convertido en las mejores amigas, se volvieron inseparables y así Helma pudo ir superando la muerte de su padre poco a poco con la ayuda de su sobrina. Los hijos de Robert iban creciendo, Félix era el más tranquilo y Domingo Fernando era el vivo retrato de su abuelo Robert Richard Pilz, mientras que María Antonieta iba siempre de la mano de su madre.

"Cecilia pasará las vacaciones con nosotros, dejará a la familia en San Luis Potosí. Dice en su carta que quiere pasar tiempo de hermanos. Dice que manda saludos y que pronto estará con nosotros". Helma le leía la carta a María Antonia mientras ella preparaba la cena.

"Qué bueno que vendrá a vernos, desde que murió papá Calo se ha separado mucho de nosotros", le decía María Antonia a Helma. "Ya casi he olvidado su buen sazón, espero que traiga muchas recetas nuevas que nos pueda enseñar. Estoy ansiosa por verla llegar".

"¿Por qué no llevas a los niños a la alameda, Helma? ¿Quieres hacerme ese favor? Solo deja a María Antonieta conmigo, estoy haciendo un vestido para ella y se lo tiene que medir". "¿Y Martha Alicia no tendrá vestido nuevo por estrenar?". "No. Cuando llegue su padre, le comprará lo que ella le pida, ya sabes cómo es Robert con ella y cómo la quiere".

Conforme fueron pasando los años Robert se fue inclinando mucho hacía Martha Alicia. Quizá su hija representaba para él la vida, la fe, un nuevo comienzo; no lo sabemos, pero lo que sí se sabía era que esa niña era todo su querer.

Cecilia llegó de visita y los momentos vividos crearon recuerdos. Recuerdos guardados en el corazón de Helma y de María Antonia para siempre. Las visitas de Cecilia a Saltillo fueron cada vez más frecuentes, los hijos de Robert y María Antonia iban creciendo y el tiempo pasaba. Martha Alicia pasaba mucho tiempo en la villa con su tía Helma y con Martina, mientras que María Antonieta no se separaba de su madre. Félix y Domingo Fernando acudían a un colegio católico en donde estaban internados y pasaban la mayor parte del tiempo viviendo ahí, siendo solo los fines de semana los días que podían convivir con la familia.

"Hoy en tu cumpleaños, Martha Alicia, quiero darte un obsequio que ha permanecido en nuestra familia por muchos años, ha estado resguardado por mucho tiempo porque es muy valioso y estoy segura de que el día de mañana, cuando tú te cases y nazca tu primer hijo o hija, se lo regalarás y le hablarás de sus orígenes".

Martha Alicia observaba cómo su tía Helma abría con una llave el mueble del comedor donde el obsequio se encontraba guardado.

"Aquí está, mi niña, es este juego de té de porcelana; fue hecho en Austria y está bañado en oro. Ven para que puedas verlo. Tócalo con cuidado para que no lo vayas a quebrar. Dentro de la jarra hay una caja roja; sácala y ve lo que hay dentro". Martha Alicia quitó la tapa de la jarra de porcelana bañada en oro y sacó de ahí los hermosos rubíes que papá Calo le había regalado a Helma aquel día de su fiesta de quince años.

Martha Alicia se había convertido en una mujercita y era idéntica a su abuela Elenka y a su tía Helma. Los años siguieron pasando y el lazo entre ellas cada vez era más fuerte.

"Han avisado de Saltillo que tu padre está enfermo, Martha Alicia; tenemos que ir con tu madre para ayudarla con lo que necesite. Pero tu madre me ha pedido que pasemos por Félix y por Domingo al internado y después vayamos con ella y con María Antonieta".

"¿Quere que las acompañe, niña? Yo puedo ser de mucha ayuda si asté quere". "No, Martina, tú tienes que quedarte aquí, esa tos que traes últimamente la tienes que atender, ahorita mismo iremos al doctor antes de que Martha Alicia y yo no vayamos a Saltillo a ver a mi hermano".

"¿Cómo se encuentra Martina, doctor?". "Muy bien, señorita Helma, es solo que está resfriada, a lo mejor se habrá quedado con la ropa mojada y se resfrió, y como no se atendió es por eso por lo que tiene esa tos persistente, pero con lo que le voy a recetar quedará como nueva. Como en aquellos años en que barría la banqueta del frente de la villa descalza y no le pasaba nada. Sí se acuerda, ¿verdad?", le preguntaba el doctor a Martina.

"Pos cómo no mi voy a acordar, si en aquellos años taba yo retechiquilla cuando llegué con don Ricardo a pidirle mi diera trabajo, y miré asté, todo el trabajo que mi dio".

El doctor y Helma soltaron una carcajada al oír lo que Martina les decía. Aún con el paso de los años, Martina siguió siendo siempre igual. Sin la presencia de ella en la villa de los Pilz, la vida de todos hubiera sido muy distinta. Helma se convirtió en la compañía eterna de Martina y también se convirtió en su gran amor. El amor más puro y sincero que un ser humano puede brindar es el amor que no espera recibir nada a cambio más que solamente poder llegar a ser igualmente correspondido, y aun cuando eso no llegara a suceder, el corazón de quien sabe amar así seguiría amando incondicionalmente de la misma forma sin esperar recibir nada a cambio, porque esa es una gran verdad, no todos sabemos amar incondicionalmente, porque para amar así es necesario olvidarnos de nuestras propias necesidades para poder reconfortar al otro que en su llanto y en su soledad ha buscado quien le pueda amar.

Martha Alicia y Helma llegaron a Saltillo una mañana muy fría de diciembre. Félix y Domingo Fernando esperaban en el internado a la tía Helma y a su hermana mayor para poder volver a casa, mas no sabían lo que había sucedido con su padre. Su madre María Antonia les había avisado que él se encontraba enfermo, pero no había dado ni un detalle más de lo que sucedía. Cecilia y María Antonia se encontraban con Robert en el hospital. María Antonieta se había quedado en casa por si su tía y su hermana llegaban a casa con sus hermanos.

"¿Qué es lo que te sucedió, padre?", preguntó Martha Alicia. "He tenido un accidente en la carretera, veníamos llegando de San Antonio, Texas, y la camioneta en la que viajábamos se volcó".

"Qué bueno que no ha sido nada de gravedad", le dijo Martha Alicia a su padre. Pero el susto por la volcadura hizo que el azúcar en el cuerpo de Robert subiera tanto que a partir de ese día tuvo que ser medicado para controlar sus niveles de azúcar.

La salud de Robert se fue deteriorando poco a poco y lentamente. Era inevitable ver el deterioro en su salud. Su vista se fue yendo, su caminar no era como el de antes, pero sus continuos viajes al extranjero y a otras partes seguían siendo igual y con la misma frecuencia, solo que ahora ya no eran solo seis meses los que se ausentaba de casa, ahora eran solo tres meses lo que pasaba con su familia; sus hijos iban creciendo y el tiempo pasaba rápidamente. Como siempre pasa, el trabajo absorbió su vida y su esposa y sus hijos vieron pasar la vida sin él. Su ausencia se hizo una costumbre y María Antonia vivía la vida sin él, aferrándose siempre al amor de sus hijos.

Una mañana como cualquier otra, pero con la diferencia de que esa mañana llegó Robert para no marcharse nunca más, él abrió la puerta de su casa con sus llaves, dejó su sombrero en el perchero que se encontraba a un lado de la puerta principal de su casa y se sentó a esperar a que todos despertaran. La primera que se llevó la sorpresa fue su amada María Antonia. Robert tomaba un poco de agua y ella vio por el pasillo de su casa que él se encontraba sentado en su silla del comedor, y fue lentamente hacia él para poder darle un beso de bienvenida sin hacer mucho ruido al acercarse. "Has llegado al fin, Robert. Nos has hecho mucha falta, muchas cosas han sucedido". "He llegado para no marcharme jamás, mi madre amada", le respondió él.

"Le he prometido a la vida que me quedaré a lado de ustedes hasta el último día de mi vida. He cometido muchos errores, María Antonia, pero el amor que te tengo a ti me hace volver a poner los pies en la tierra haciéndome comprender lo incomprensible y grande que es el amor". María Antonia escuchaba las palabras que hacía tanto tiempo anheló escuchar. El amor hacia Robert incomprensiblemente regresó, borrando en ella los años de soledad, de lágrimas y de desvelos. Acaso tiene eso sentido. No hay sentido alguno. Pero esa es la más grande prueba de cuando un amor es verdadero y eterno, porque nunca termina, porque no cambia y porque aún con las ausencias el amor sigue creciendo.

A partir de ese día, Robert y María Antonia vivieron más enamorados que nunca y jamás se volvieron a separar. El amor borró sus heridas y el tiempo fue sanando el corazón de ambos. Pero la dicha solamente duró un año. Robert volvió a recaer, pero esta vez había perdido la vista completamente y así como su vista se apagó, él lentamente se apagó también.

"Cómo quisiera regresar el tiempo atrás, María Antonia. Si yo tuviera esa oportunidad, no volvería a dejarte jamás. No pensé que sería muy corto el tiempo junto a ti, no me di cuenta y vi los días pasar sin pensar cuántos días de vida me pudieran quedar".

Robert cerró sus ojos y lentamente soltó la mano de María Antonia. Ella no olvidaría jamás ese día 6 de diciembre de 1971. De nuevo volvía a estar sola, pero ahora sin esperanzas, porque Robert se había marchado para ya no regresar.

"El tiempo y la vida se van y no hay marcha atrás. La vida es hoy, es este momento, porque mañana no sabes si estarás. Ama hoy, vive hoy, sueña hoy, baila hoy. Pero hazlo con todas tus fuerzas porque no sabes si será tu último día para amar o es tu último día para soñar, o quizá se la última melodía que bailarás"

Robert alcanzó a ver casada a su hija María Antonieta, la cual le regaló cuatro nietos de los cuales solo conoció a dos. Tuvo la dicha de ver cómo su hija Martha Alicia se iba desenvolviendo en un mundo que era únicamente de hombres; era el año de 1964 y su amada Martha Alicia lograba lo que ninguna mujer de su época ni siquiera contemplaba o imaginaba poder ser. Ella se postulaba para un puesto de gerente en un banco y su inteligencia sobresalía por encima de quien fuera, demostrando en aquella época que no solo los hombres podían ocupar puestos importantes. Martha Alicia hasta el día de hoy es una mujer incomparable, fue una mujer emprendedora desde muy joven cuando en aquellos tiempos esa palabra ni siquiera existía: abrió su propio restaurante, heredando la exquisita sazón de su tía Cecilia, y no solo fue un restaurante sus emprendimientos, han sido un poco más de seis negocios los que abrió a lo largo de su vida. Se casó no muy joven enviudando al poco tiempo y quedando el recuerdo de su esposo Jesús Baltazar en su única hija.

Cecilia murió muy joven por causas desconocidas, dejando a su único hijo al cuidado de su amado esposo Daniel.

Helma permaneció soltera y envejeció a lado de Martina y de María. Ambas dejaron la villa cuando sus fuerzas ya no pudieron seguir atendiéndola más y llevando siempre en su corazón el recuerdo de don Ricardo Pilz hasta el último día de sus vidas. Helma y Martina partieron de este mundo casi al mismo tiempo. Podría decirse que siempre permanecieron juntas y, como si se hubieran puesto de acuerdo, murieron una seguida de la otra.

¡La fuerza del amor es grande!

María Antonia fue la última en morir. Quizá guardaba un secreto que no la dejaba partir con los demás. Sus silencios no pudimos comprenderlos jamás, su semblante de tristeza la acompañó toda su vida, y de la bella María Antonia que siempre fue solo quedaban los retratos de sus días de juventud. A papá Calito, como lo empezamos a llamar los nietos de Robert, siempre lo recordamos como un gran hombre y como un ejemplo. Toda la familia admiró siempre cómo logró mantener a su familia unida. Después de tantos años de su muerte y de la muerte de mi abuelo, todos los recordamos como si aún siguieran con vida. Las anécdotas y vivencias que nuestra abuela nos platicó, las interminables charlas en el comedor de papá Calito que ahora cuenta con ya casi cien años de su fabricación, toda la odisea al llegar ellos a América y muchas otras cosas más.

La vida, o el destino, como ustedes quieran llamarle, ya no le permitió a Robert cambiar los apellidos de sus hijos, y llevamos con nosotros el apellido de don Adolfo que muy amablemente nos lo prestó.

Un día. María Antonia sintió que la muerte la rondaba y le pidió a su hija María Antonieta una caja donde guardaba la verdadera historia de una familia.

"Esta caja, María Antonieta, solo pertenece a la familia. Nunca deberás permitir que nada le pase. Son recuerdos muy queridos de la familia: ahí encontrarás fotos, cartas y algunas cosas más. Puedes hacer lo que quieras con ella, pero debes prometerme que solamente la familia la conservará".

María Antonia murió una madrugada de un infarto fulminante a los ochenta y dos años. Se llevó a la tumba el linaje de los Pilz y sus secretos, teniendo la seguridad de que jamás serian descubiertos.

Pero la caja que se quedó con María Antonieta guardaba en ella todo lo que ellos nunca imaginaron que algún día se iba a revelar. Permaneció guardada por unos cuantos años más, igual que todas las pertenencias de la familia Pilz que fueron desapareciendo poco a poco con las mudanzas, permaneciendo intactas hasta el día de hoy, piezas bañadas en oro y el juego de té que Helma un día le regaló a su sobrina Martha Alicia.

María Antonieta envejeció y, así como un día su madre le obsequió la caja a ella, ahora María Antonieta la pasaba a la tercera generación Pilz. Pero lo que papá Calito nunca imaginó es que las cartas que estaban escritas en alemán, y en otros idiomas, algún día serían leídas todas por sus bisnietos. Además de descubrir también la razón de las ausencias de papá Calo y de Robert, y de aquel fatal accidente en Alemania en el que Robert casi pierde la vida. Y eso no fue todo, con el tiempo y con los avances en cuanto a imágenes que ahora podemos ver perfectamente con una cámara de un teléfono inteligente, pudimos descubrir que las piezas de oro que se conservan de la familia Pilz, incluyendo el juego de té que la tía Helma le regaló a Martha Alicia, todo lleva grabado el sello de un escudo de la realeza de Austria que, hasta el día de hoy, no hemos sabido exactamente a dónde pertenece todo eso.

"Primera carta escrita al señor ingeniero Robert Richard Pilz. Comandante y espía nazi viviendo actualmente en la ciudad de Melchor Muzquiz, Coahuila, México. Teniendo como domicilio calle Santa Rosa número 30".

Y así como este encabezado, encontramos muchos más, comprendiendo ahora todas las ausencias de Richard y de Robert, y comprendiendo al fin por qué su linaje no llevaría más el apellido Pilz.

Así lo decidieron ellos, porque sabían que sería el mejor camino y el más seguro para su familia.

Don Marcelo no ha sido olvidado en esta historia. Don Marcelo no puede morir, porque Marcelo Alonso de la Vega es la voz de Dios mismo hablando a nuestra conciencia, es esa voz que va acompañándonos siempre en cada camino que vamos recorriendo en nuestra vida. Es él, susurrándote al oído muy suavemente que podrías llegar a pensar que es tu imaginación. Pero es que él es así, es tan suave y delicada su voz que, si quisiéramos escucharle, bastaría con solo abrirle nuestro corazón y todos nuestros sentidos.

Don Marcelo no puede morir, no lo debemos dejar morir, porque si eso sucediera, moriría todo.

"Si no nos hacemos responsables de nuestros errores y no aprendemos que por ahí no es el camino, seguiremos siempre regresándonos al principio"

Marcelo Alonso de la Vega

Ningún ser humano que habita en este mundo es totalmente malo, porque todos llevamos en nuestro espíritu la esencia de Dios que a cada instante se está manifestando. En todo ser humano hay grandeza, pero también hay torpeza al tomar decisiones que sabemos muy bien que algún día estaremos doblegados y rendidos por el arrepentimiento.

El alma de Elenka seguirá viva eternamente y a lado de su familia, ella los hizo cruzar las aguas del océano y permaneció siempre con ellos en el agua de la fuente. Salvando así, la vida de cada uno de ellos, estando ella siempre presente.

Made in the USA
Columbia, SC
18 April 2023

15538426R00174